BASTEI
LÜBBE
TASCHENBUCH

Titel in der Regel auch als E-Book erhältlich

Über den Autor:

Wes Andrews saß schon auf dem Rücken eines Pferdes, trug einen Colt an der Hüfte und hat nächtelang in Stiefeln geschlafen. Wenn er nicht gerade Romane schreibt, schaut er sich alte Filme an, streift durch die Natur oder spielt mit rauen Männern Karten. Er lebt mit Frau und Tieren in einem verschlafenen Städtchen in den Südstaaten. Wes Andrews ist das Pseudonym des bekannten deutschen Fantasyautors Bernd Perplies.

Wes Andrews

FRONTIERSMEN – BLUTFEHDE AUF ALVARADO

Roman

BASTEI LÜBBE
TASCHENBUCH

BASTEI LÜBBE TASCHENBUCH
Band 20 809

Dieser Titel ist auch als E-Book erschienen

MIX
Papier aus verantwortungsvollen Quellen
FSC® C083411

Originalausgabe

Dieses Werk wurde vermittelt durch die Literaturagentur
Schmidt & Abrahams

Textredaktion: Hanka Jobke, Berlin
Titelillustration: Guter Punkt München unter Verwendung
von Motiven von Arndt Drechsler, Regensburg
Umschlaggestaltung: Guter Punkt, München
Satz: Urban SatzKonzept, Düsseldorf
Gesetzt aus der Garamond
Druck und Verarbeitung: CPI books GmbH, Leck – Germany
Printed in Germany
ISBN 978-3-404-20809-8

5 4 3 2 1

Für Sergio Leone & Clint Eastwood,
die den Western um Mundharmonikaspieler
und Männer ohne Namen bereicherten.

Und für meine Eltern,
die mich bei meinen Gedankenreisen
immer unterstützt haben.

– 1 –

Für eine Hand voll Dollar, so lautete eine weithin bekannte Wahrheit, bekam man auf Alvarado alles.

Die Welt lag an der Grenze der Kernwelten und galt als Sprungbrett zu den Randplaneten. Aus diesem Grund wurden am Raumhafen der planetaren Hauptstadt Zaragoza, dem Hauptumschlagsplatz für Waren auf Alvarado, Hightech-Waffen ebenso gehandelt wie guter alter Whiskey, Kernweltenmode ebenso wie Tierfelle, chemische Düngemittel und Steuerelektronik für Terraformer ebenso wie Peko-Schmuck und Getreide.

Auch lebende Tiere wurden regelmäßig nach Alvarado importiert und dort einem festen Abnehmer übergeben oder auf den Warenmärkten zum Verkauf angeboten. Hühner, Schafe, grauhäutige, sechsbeinige Kamas von Loredo oder auch Rinder wechselten hier mit schöner Regelmäßigkeit den Besitzer. Rinder wie die, die John Donovan im Gepäck hatte.

Eine ganze kleine Herde Longhorns von Purcell stand in den beiden Frachträumen seines in die Jahre gekommenen Raumfrachters *Mary-Jane Wellington* und starrte von Medikamenten benebelt ins Leere, während sie stoisch auf Heuballen herumkaute und stinkende Fladen auf den mit Industriefolie ausgelegten Boden fallen ließ. Sie hatten nur drei Transits von Purcell bis nach Alvarado durchführen müssen, trotzdem war John der Flug so lange wie selten vorgekommen. *Tiere gehören einfach nicht in Raumschiffe, in denen man kein Fenster aufmachen kann,* dachte er zum wiederholten Mal in den vergangenen Tagen.

»Wo bleibt der Bursche nur?«, fragte sich Pat Hobel, genannt Hobie, der genau wie John auf einem ausgeklappten Liegestuhl im Schatten des Steuerbordfrachtraums der *Mary-Jane* saß. Unter der zerknautschten roten Schirmmütze – ein Markenzeichen, genau wie seine taschenreiche Weste und der kalte Zigarrenstumpen im Mundwinkel – kniff Johns langjähriger Freund und Mechaniker die Augen zusammen. Suchend ließ er den Blick übers Landefeld des Raumhafens schweifen, eine riesige, betonierte Fläche mit eingezeichneten Landezonen für Schiffe unterschiedlicher Größe, zwischen denen breite Zufahrtsstraßen verliefen.

John zog die Goldimitat-Taschenuhr aus seinem knielangen, grauen Mantel und warf einen Blick darauf. Eigentlich gehörte die Uhr einem Freudenhausbetreiber in Williamsport auf Briscoll. Er hatte dem Mann sein Eigentum längst zurückschicken wollen, aber irgendwie war er noch nicht dazu gekommen.

»Hm«, brummte er. »Hadden-Paton ist schon drei Stunden überfällig. Seltsam. Bei unseren Gesprächen machte er auf mich den Eindruck, als sei er ein Mann, nach dem man die Uhr stellen könnte.«

Henry Hadden-Paton war ein Rinderbaron, der irgendwo außerhalb von Zaragoza eine Farm besaß. Er hatte John und seine Leute engagiert, um zweihundert Tiere einer Rasse, die er hier ansiedeln wollte, von Purcell nach Alvarado zu bringen. Eine Anzahlung hatte der steife und in Johns Augen überkorrekte Ex-Unionsoffizier selbstverständlich geleistet. Dennoch wollte John auch den Rest seines Geldes sehen. Vor allem wollte er die Tiere loswerden, deren Futter langsam knapp wurde.

John steckte die Uhr wieder in die Manteltasche, schlug den Saum etwas zurück und zog das Komm-Gerät vom Gürtel. Er rief Kelly, die gemeinsam mit Aleandro und Piccoli im Schiff geblieben war, um die Rinder zu versorgen.

»Was gibt es, John?«, wollte seine blonde Partnerin wissen.

»Hat sich unser Geschäftspartner Hadden-Paton bei euch gemeldet?«, antwortete John mit einer Gegenfrage.

»Nein.«

Er verzog das Gesicht. »Seine Verspätung beginnt mir mehr und mehr Sorge zu bereiten.«

»Soll ich ihn anrufen?«

»Das wäre fantastisch. Danke, Kelly.«

»Kein Problem, John.«

Kelly hatte ursprünglich in den Kernwelten Medizin studiert, doch kurz vor dem Abschluss alles hingeschmissen, um hinaus ins All zu ziehen und das echte Leben kennenzulernen. John hielt das bis heute für eine etwas fragwürdige Geschichte, aber er war froh darüber, dass er ihr begegnet war – und das nicht nur, weil sie ihm an jenem Abend vermutlich das Leben gerettet hatte, als sie in einer Gasse buchstäblich über ihn gestolpert war.

John beschattete die Augen und ließ seinen Blick über das Landefeld schweifen. Die übliche Mischung aus Passagierraumern, Konzernfrachtern und Freischaffenden hatte sich an diesem Nachmittag am Raumhafen von Zaragoza eingefunden. Die aggressive, stahlgraue Form eines Patrouillenschiffes des Unionsmilitärs fiel John ins Auge. Außerdem schien eine Vaudeville-Truppe vor Kurzem gelandet zu sein, denn eines der Raumschiffe wies eine schreiend bunte Lackierung auf und blinkte aufdringlich im vorderen Bereich des Raumhafens. Bekannte Schiffe fand er nicht. Obwohl Alvarado seit jeher ein Treffpunkt für Frontiersmen war, die sich bis in die Kernwelten vorwagten, schienen sich im Augenblick alle seine Freunde und Feinde an einem anderen Ort aufzuhalten.

Sein Komm-Gerät piepte. Er hob es an die Lippen. »Und, Kelly, wie sieht es aus?«

»Nicht gut«, erwiderte die junge Frau. »Ich erreiche Hadden-Paton nicht, weder auf seinem persönlichen Komm-Gerät noch auf dem offiziellen Anschluss seiner Farm, den Aleandro mir aus dem Netz besorgt hat.«

»Das wollte ich nicht hören.« John fluchte leise. Dann warf er Hobie einen Seitenblick zu. »Wie es scheint, muss ich dem Burschen wohl einen Besuch abstatten.«

Er wandte sich wieder dem Komm-Gerät zu. »Kelly, kopier mir die Adresse unseres Geschäftspartners auf einen Speicherstift. Seine Farm liegt doch irgendwo außerhalb von Zaragoza. Ich fahre mit dem Schweber mal hin und erinnere den guten Mann an unseren Handel.«

»Ist gut«, erwiderte sie. »Ich bringe dir den Zylinder gleich in den Frachtraum.«

John stand auf.

»Soll ich mitkommen?« Fragend blickte Hobie zu ihm hoch.

»Nein, hilf lieber den anderen, die Tiere zu versorgen. Mit unserem guten Rinderbaron komme ich schon klar.«

»Wie du meinst, John.« Hobie zuckte mit den Achseln, bevor er sich ebenfalls erhob und beide Klappstühle einpackte.

Unterdessen stiefelte John zur offenen Rampe des Backbordfrachtraums hinüber. Als er sie erklomm, schlug ihm der Gestank von zu vielen Tieren auf zu engem Platz entgegen. Aus großen, gleichgültigen Augen glotzten ihn die Longhorns an, die hinter einer Absperrung den Frachtraum ausfüllten. Johns zweisitziger Landgleiter, ein Fargo-Ti27, parkte quer davor am oberen Rand der Rampe. Auf der kleinen Ladefläche zwischen den kegelförmigen Außentriebwerken stapelten sich Kisten, die derzeit keinen richtigen Platz im Frachtraum hatten.

»Aleandro«, rief John dem jüngsten Mitglied seiner Besatzung zu, einem zwanzigjährigen Vagabunden von Loredo, der ein wahrer Zauberer im Umgang mit Computern und anderer Feinelektronik war. »Komm mal her und hilf mir mit den Kisten.«

Der junge Mann mit dem schulterlangen Haar, dem weißgrauen Stirntuch und dem etwas gerupft wirkenden Bart lehnte seufzend die Schaufel an die Seitenwand des Frachtraums, mit der er soeben Exkremente in einen Eimer geschippt hatte. Vorsichtig schob er sich zwischen den Rindern hindurch. Er trug Gummistiefel und einen braunen Arbeitsoverall und sah damit aus wie ein jugendlicher Strafgefangener, den man zur Zwangsarbeit auf einer Farm verdonnert hatte.

»Ich bin so froh, wenn wir diese Mistviecher los sind«, stöhnte er, als er über das provisorische Gatter stieg.

»Ich gebe mein Bestes, damit dies noch heute geschieht«, erwiderte John. »Leider ist unser Kunde nicht aufgetaucht, sodass ich zu einem Hausbesuch gezwungen bin.« Er packte eine der klobigen Kisten am Griff.

»Wie unerfreulich.« Aleandro fasste die Kiste auf der anderen Seite und gemeinsam wuchteten sie sie zu Boden.

Kurz darauf hatten sie den Fargo frei geräumt. Sie stellten gerade die letzte Kiste ab, als Kelly aus dem Schiffsinneren durch die Luke in den Frachtraum trat. »John, deine Daten.« Sie wedelte mit einem kurzen, silbernen Speicherstift, während sie sich an den Rindern vorbeidrängte. Über das Gatter hinweg reichte sie ihn John. »Eine Stunde Fahrt etwa. Hadden-Paton lebt in den Sheridan Hills östlich der Stadt.«

»Danke, Kelly.« John nickte ihr zu, nahm den Stift und kletterte in den Fargo. Keine Minute später fuhr er mit dem Schweber schwungvoll die Frachtraumrampe hinunter. »Ich bin heute Abend wieder da«, rief er, bevor er beschleunigte und über das Landefeld davonschoss.

Etwas langsamer steuerte John den Fargo an den Raumhafengebäuden vorbei. Er passierte *Ingberts Warenbörse*, den verruchten *Rocket-Girl-Club* und die heruntergekommene, aber unter Frontiersmen legendäre *Starship Cantina*. John kannte keines der Etablissements aus persönlicher Erfahrung, doch Hobie erzählte immer wieder davon, wenn die Rede auf Alvarado kam. Früher, als die *Mary-Jane Wellington* noch unter dem Kommando des alten Sturges gestanden hatte, waren der Captain und seine Leute – darunter Hobie – häufiger an diesem Ort gewesen. Bevor John allerdings vor etwa zehn Jahren als junger Mann auf der *Mary-Jane* anheuerte, hatten sich Sturges' Geschäfte bereits weiter randwärts verlagert. Es war erst das zweite Mal, dass John Zaragoza besuchte, und beim ersten Mal hatte er keine Zeit für heiße Mädchen und kühle Getränke gehabt.

Nachdem er den Raumhafenbezirk von Zaragoza hinter sich gelassen hatte, steuerte John den Schweber auf eine der Hauptstraßen, die ihn in östlicher Richtung aus der Stadt führte. Zahlreiche andere Gefährte waren unterwegs. Es handelte sich überwiegend um Radfahrzeuge und Fortbewegungsmittel, die auf Prallfeldern dahinglitten, aber auch vereinzelte Pferdegespanne fielen im Straßenbild auf. Deren Besitzer waren vermutlich Farmer aus dem Umland, die den Weg nach Zaragoza auf sich nahmen, um in der Stadt Geschäfte abzuwickeln.

Kaum dass John die Stadtgrenze hinter sich gelassen hatte, ließ der Verkehr spürbar nach. Alvarado war keine kleine Welt, aber ihre Kolonisierung hatte zerstreut stattgefunden, und die Einheimischen – überwiegend Farmer und Tierzüchter – verteilten sich über eine weite Fläche. Austausch mit fernen Nachbarn fand in den meisten Fällen durch die Luft statt. Nur hin und wieder donnerten riesige Lasttransporter mit mehreren Anhängern im Schlepptau von einem Zentrum zum nächsten.

Eine halbe Stunde fuhr John annähernd schnurgerade nach Osten. Links und rechts der Überlandstraße ließen die Anzeichen der Zivilisation immer weiter nach. Schließlich verschwanden sie ganz und das graue Band zog sich durch weites, leeres Grasland. Als die Gegend hügeliger wurde, schob John den Speicherstift ins Navigationssystem des Fargo und rief die Umgebungskarte auf, die Kelly ihm aus dem planetaren Datennetz abgerufen hatte. Dies erwies sich als vorausschauend, denn der Weg, der wenige Minuten später von der Hauptstraße abzweigte, war so unscheinbar, dass er mit Sicherheit daran vorbeigefahren wäre.

Über Stock und Stein ging es in die Wildnis. Struppiges Gras und niedriges Buschwerk bedeckten die flachen Hügelflanken. Gelegentlich ragte ein einzelner Baum auf. Der Schweber federte und wippte, während er auf seinen Prallfeldprojektoren über Bodenunebenheiten hinweg glitt. Eine Wolke aus Staub wehte hinter dem Fargo in den wolkenlosen Nachmittagshimmel. Hadden-Paton musste bereits bemerken, dass Besuch nahte.

Oder auch nicht, ging es John durch den Kopf, als er einen Hügelkamm erreichte und die am Rand eines weitläufigen Talkessels liegende Farm in Sicht kam. John stoppte den Schweber und erhob sich von seinem Sitz, um über den Rand der schmutzigen Windschutzscheibe des Fargo hinwegzublicken. Ein ungutes Gefühl machte sich in seiner Magengrube breit.

Das Anwesen von Hadden-Paton mochte früher von beeindruckender Größe gewesen sein. An ein großes, zweigeschossiges Haupthaus schlossen sich Wohngebäude für Bedienstete und Ställe sowie Schuppen und Fahrzeuggaragen an. Daneben lagen mehrere Paddocks. Jenseits der Farm erstreckte sich offenes Weideland.

Von all dem war nicht mehr viel übrig geblieben. Das Haupthaus stand noch, weil es als einziges Gebäude hauptsächlich aus Stein errichtet worden war. Doch sein Dachstuhl war ein Gerippe aus verkohlten Balken, und die Fenster und Türen glichen leeren, schwarzen Augenhöhlen. Die anderen Häuser, bei denen Holz, Formplast und Wellblech als Baustoffe verwendet worden waren, lagen vollständig in Trümmern. Kaum mehr als in sich zusammengesunkene Haufen aus halb verbrannten Stämmen und geschmolzenen Plastplatten waren übrig geblieben.

»Da soll mich doch einer …«, murmelte John, als er den Blick über die Ruine gleiten ließ, die einst Hadden-Patons Heim gewesen war.

Leben schien es dort unten keins mehr zu geben. Zumindest gewahrte John keine Tiere oder Menschen, die zwischen den Trümmern umherliefen. Allerdings fielen ihm ein paar verdächtige, wenn auch auf die Entfernung schlecht zu erkennende Umrisse ins Auge, bei denen es sich um Tote handeln konnte.

Obwohl er nicht sonderlich erpicht darauf war, diese Toten aus der Nähe zu betrachten, war John das Untersuchen und Plündern von Stätten des Unglücks – meist von im All treibenden Raumschiffwracks – so sehr in Fleisch und Blut übergegangen, dass er sich wieder auf den Fahrersitz rutschen ließ und gemächlich mit dem Fargo näher heranschwebte. Aufmerksam behielt er die Umgebung im Auge. Was immer hier geschehen war, lag nicht lange zurück. An einigen Stellen glommen noch kleine Brandherde, und von den Trümmern stiegen feine Rauchfahnen auf, die rasch in der Luft zerfaserten. Es war nicht ausgeschlossen, dass jemand das Inferno überlebt hatte und nun womöglich verletzt und mit sehr nervösem Zeigefinger Johns Nahen beobachtete.

Er stellte den Schweber am Eingang des Anwesens ab.

»Hallo?«, rief er. »Ist da jemand?«

Nichts regte sich.

John schaltete den Fargo ab, schob sich aus dem Sitz und flankte über die Verkleidung. Bedächtig schlug er seinen Mantel zur Seite und legte die Rechte auf den Griff des Santhe-CG, seines zwölfschüssigen Revolvers, der in einem Holster an Johns Oberschenkel hing. »Hallo? Mein Name ist Donovan. Ich bin ein Geschäftspartner von Mister Hadden-Paton.«

Keine Antwort.

Während er über den Hof schritt, verhärtete sich seine Miene. Der Eindruck von Ferne hatte nicht getäuscht. Es lagen wirklich tote Tiere im Hof zwischen den Brandruinen herum: ein Hund, zwei Ziegen und eine Reihe Rinder, die vermutlich aus einem nahen Stall ausgebrochen waren. Alle wiesen Schussverletzungen auf. *Also war es kein Unfall*, stellte John fest. *Ein Dachstuhlbrand tötet nicht mit Kaliber 45.*

Als er sich dem Haupthaus näherte, entdeckte er auch menschliche Leichen. Einige von ihnen mussten durch den Eingang vor dem Feuer geflohen sein. Dort hatte sie ihr Schicksal in Gestalt mordlustiger Revolverschützen erwartet. Andere waren anscheinend bereits brennend aus den Gebäuden geflohen, nur um dann wenige Schritte vor den Mauern ihren Verletzungen zu erliegen. John überflog die Szenerie mit Blicken und zählte knapp ein Dutzend Personen. Ob der Rinderbaron unter ihnen war, kontte er nicht sagen. Zu den Erschossenen zählte er offensichtlich nicht, aber er mochte unter jenen sein, deren Körper vom Feuer derart verzehrt worden waren, dass sie kaum noch als Mann oder Frau zu erkennen waren. Und zu genau wollte John sich diese Toten nicht anschauen. Allein vom Gestank wurde ihm schlecht.

Trotzdem schritt er weiter und durchstreifte vorsichtig die Trümmer. Dabei suchten seine Augen gleichzeitig nach Überlebenden wie nach Wertsachen. Er fand weder das eine noch das andere. Die Mörder von Hadden-Patons Familie hatten in jedweder Hinsicht ganze Arbeit geleistet. »Verdammte Mistkerle«, murmelte er, als er schließlich an den Toten vorbei über den Hof zurück zu seinem Schweber ging.

Neben einem der Paddockzäune fiel ihm ein in der Sonne blinkender Gegenstand ins Auge. Als er nähertrat, erkannte John, dass es sich um einen verzierten silbernen Knopf handelte, der möglicherweise zu einer Jacke gehört hatte. Stirnrunzelnd hob er ihn auf, wog ihn kurz in der Hand und steckte ihn dann ein. Vielleicht lief jemand in Zaragoza herum, dem ein Knopf fehlte und dem John die zweihundert Rinder in Rechnung stellen konnte, auf denen er jetzt saß.

Als er wieder in den Fargo gestiegen war, warf er durch die Windschutzscheibe einen letzten düsteren Blick auf das Gemetzel. Dann startete er den Motor des Schwebers, wendete ihn und überließ den Schauplatz des Schreckens sich selbst.

– 2 –

Eine gewisse Ernüchterung, gepaart mit zunehmender Sorge, machte sich in John breit, als er mit dem Schweber nach Zaragoza zurückfuhr. Wie es aussah, war Hadden-Paton tot. Er mochte keine Leiche gefunden haben, aber angesichts der heruntergebrannten Farm und der Tatsache, dass sich ihr Geschäftspartner bis jetzt nicht gemeldet hatte, war dies überaus wahrscheinlich. Einen elaborierten Täuschungsversuch des Rinderbarons schloss John aus. Kein Mann brannte sein Heim nieder und brachte Menschen und Tiere um, nur damit er eine Ladung Rinder nicht bezahlen musste, deren Kauf und Transport er womöglich irrtümlich in Auftrag gegeben hatte.

John aktivierte das Komm-System des Fargo und rief die *Mary-Jane*.

»John«, meldete sich Kelly, »schön, von dir zu hören. Konntest du Hadden-Paton aus seinem Mittagsschlaf wecken?«

»Ich fürchte, Kelly, den weckt niemand mehr«, gab John zur Antwort. »Hadden-Patons Farm wurde in Brand gesteckt und alles und jeder dort erschossen – sogar die Tiere.«

»Was sagst du da?«, vernahm er Kellys erschrockene Stimme über Funk.

»Hadden-Paton ist tot! Seine Farm gleicht einem rauchenden Trümmerhaufen, bloß dass er kaum noch raucht. Der Handel ist geplatzt.«

»Aber wir haben doch gestern nach unserer Ankunft am Transitpunkt noch mit ihm gesprochen.«

»Tja, gestern lebte er offensichtlich noch. Und heute lebt er nicht mehr.«

»Das ist doch unmöglich!«

»Unmöglich? Nein. Höchst unwahrscheinlich? Schon eher. Aber ich habe die Ruine und die Toten mit eigenen Augen gesehen. Daran gibt es nichts zu rütteln. Mit wem auch immer sich unser guter Rinderbaron angelegt hat, sein Gegner hat sich ausgerechnet die gestrige Nacht ausgesucht, um den Streit auf die blutige Art beizulegen.«

Eine kurze Weile herrschte Schweigen am anderen Ende der Leitung.

»Jetzt haben wir ein Problem«, meine Kelly.

»Du sagst es, Süße«, bestätigte John ihr. »Um genau zu sein, haben wir zweihundert Probleme, die uns die Haare vom Kopf fressen und die Frachträume vollscheißen.«

»Und was jetzt?«, wollte seine Partnerin wissen.

John dachte einen Moment darüber nach. »Jetzt begebe ich mich in die nächstbeste Bar und betrinke mich, bis ich vergessen habe, dass der heutige Tag überhaupt existiert hat.«

»John!«

»Na schön, ich beschränke die Alkoholmenge auf einen Whiskey und ein Bier. Aber einen Drink brauche ich jetzt. Das beruhigt die Nerven und klärt den Geist. Danach fällt mir vielleicht ein, wie wir diese Rindviecher an den Mann bringen.«

»Wie du meinst. Aber bleib nicht zu lange weg. Wir müssen mit dem Schweber noch neues Futter kaufen fahren, jetzt, wo wir die Tiere heute nicht mehr loswerden. Denn du willst keine Herde hungriger Longhorns im Schiff haben, glaub mir.«

»Woher weißt du plötzlich so viel über Rinder?«

»Ich habe sie in den letzten Tagen gefüttert, weil gewisse

Herren unglaublich viel im Cockpit und im Maschinenraum zu tun hatten.«

»He, das waren routinemäßige Wartungsarbeiten«, verteidigte John sich.

»Geh deinen Whiskey trinken, und dann komm einfach wieder«, gab Kelly zurück.

»Aye, aye, Captain.«

Der Whiskey, den John am Rand des Raumhafenbezirks in einer kleinen Kaschemme namens *Willard's Saloon* zu sich nahm, gehörte keineswegs einer Marke an, die John weiterempfehlen würde. Aber er brannte sich angenehm die Kehle hinunter, und für den Moment genügte John das. Nachdem er sich ein zweites Glas und dazu ein großes Bier genehmigt hatte, fühlte er sich langsam besser.

Im Grunde war ihre Lage gar nicht so mies. Die Rinder selbst hatte Hadden-Paton natürlich vor dem Abflug bezahlt. Schuldig war er ihnen allein die Transportkosten. Nun, da ihr Geschäftspartner nicht mehr unter den Lebenden weilte, gehörte die kleine Herde wohl John und seinen Leuten. John bezweifelte, dass jemand aus Hadden-Patons weiterem Familienkreis auftauchte und ihm die Tiere streitig machen würde. Wer immer den Rinderbaron auf dem Gewissen haben mochte, hatte ein ziemlich deutliches Zeichen gesetzt, dass die Hadden-Patons in dieser Gegend lieber keine Rinderzucht mehr betreiben sollten. Natürlich gab es zweifellos irgendwelche Regelungen der Kernwelten-Union, die in diesem Fall griffen. Die Kernwelten-Union, deren Vertreter auch auf Alvarado saßen, hatte für alles irgendwelche Regelungen. Aber der Gouverneur und seine Leute mussten ja nicht erfahren, dass John als inoffizieller Erbe Hadden-Patons die Rinder veräußerte. *Also brauchen wir bloß noch einen diskreten, wohlhabenden Käufer zu finden, und wir verdienen bei der Geschichte eine gute Stange Geld extra.*

Der Gedanke gefiel ihm, wenngleich er mit einem Anflug von schlechtem Gewissen einherging, weil er aus dem Leid und Tod einer ganzen Familie Profit schlagen wollte. »Nur nicht sentimental werden«, sagte er zu sich selbst. *Wir sind nicht schuld an Hadden-Patons Unglück. Und die Rinder den Behörden zu übergeben, wäre einfach nur dämlich.* Zur Bekräftigung leerte er den Rest seines Bierglases und hieb es auf den Tresen. Er hob eine Hand und winkte dem Barkeeper. »Zahlen, Kumpel.«

Nachdem ein paar Union Dollar den Besitzer gewechselt hatten, stand John auf und stapfte nach draußen. In der Zwischenzeit hatte sich der Himmel verdunkelt. Die Wolkendecke war dichter geworden, und es sah aus, als zöge von Norden eine Regenfront heran. *Höchste Zeit, dass ich zum Schiff zurückkomme*, dachte John. Zum einen hatte er keine Lust, in seinem offenen Schweber klatschnass zu werden, zum anderen wartete Kelly sicher schon ungeduldig auf ihn.

Der Fargo parkte auf der Straße vor dem Saloon, zusammen mit ein paar Fahrzeugen anderer Gäste. John wollte gerade einsteigen, als er einen Frauenschrei vernahm. Er hob den Kopf und sah sich um. Eine kleine Gruppe Männer fiel ihm ins Auge, die unter dem Vordach einer Bar zwei Häuser weiter links stand und mit dem unangenehmen Gelächter von Angetrunkenen eine schmale Gestalt bedrängte.

»Nicht mein Problem«, murmelte John leise. Trotzdem konnte er den Blick nicht abwenden.

Die Frau hatte ein schlichtes braunes Kleid an und ein Tuch um die Schultern geschlungen, das sie sich auch über den Kopf gezogen hatte. Einer der Männer, ein feister Kerl mit fleckigem Hemd und Hosenträgern, packte sie und machte Anstalten, sie zu küssen. Erfolglos versuchte sie, ihn von sich zu schieben. Die Frau schrie erneut.

John ließ den Blick über die Straße schweifen. Die Passanten, die vorbeieilten, gaben sich Mühe, in eine andere Richtung zu schauen. Niemand schien sich mit den Burschen anlegen zu wollen.

»Ach, verdammt!« Er zog die ledernen Pilotenhandschuhe aus der Gesäßtasche und streifte sie über.

Ein weiterer Mann packte die Frau. »Zier dich nicht so«, tönte er, »brauchst doch sicher ein paar Dollar. Bei uns kannst du dir was verdienen, glaub mir.«

Seine Kameraden lachten beifällig.

Die Frau hob abwehrend die Hände, und ihre Fingernägel fuhren über seine Wange.

Überrascht hielt ihr Peiniger inne und betastete die roten Striemen. »Na warte!« Er hob seinerseits die Rechte und verpasste ihr eine schallende Ohrfeige.

Keuchend fiel sie zu Boden.

»Los, Jungs, packt sie. Wir suchen uns ein lauschiges Plätzchen und dann zeigen wir ihr, aus welchem Holz wir geschnitzt sind.« Er wandte sich der Frau zu und lachte. »Wir werden uns ein bisschen amüsieren, oder was meinst du?«

In diesem Augenblick packte John von hinten seine Schulter und drehte ihn zu sich herum. »Wie wäre es, wenn du dich mit jemandem *amüsierst*, der deine Kragenweite hat, Kumpel?« Er wartete nicht darauf, was der Bursche von dem Vorschlag hielt, sondern versetzte ihm einen Faustschlag, der diesen zurück und in die Arme eines Freundes taumeln ließ.

»Eigentlich schlage ich ja keine Betrunkenen«, wandte sich John mit entschuldigender Miene an das Quartett. Sein Blick huschte zu der Frau am Boden, und sein Gesicht verdüsterte sich. »Aber für euch mache ich eine Ausnahme.« Er packte den nächsten am Kragen und sandte ihn mit einem schwungvollen Hieb auf die Bretter.

In die übrigen beiden kam Bewegung. Der eine schob seinen angeschlagenen Kameraden von sich, der andere stapfte mit drohendem Knurren auf John zu. Er war groß und hatte ein kantiges Kinn. *Der geht nicht nach einem Schlag in die Knie*, fuhr es John durch den Kopf. Also versuchte er es mit einer Links-rechts-Kombination – doch ohne Erfolg. Sein Gegner grunzte nur unwillig und lachte dann, wobei John eine Wolke aus Alkoholgestank entgegenwehte.

»Mach ihn fertig, Hyde!«, feuerte sein Kamerad den Hünen an.

Der Mann namens Hyde schlug zu, doch John duckte sich unter dem Schlag hinweg, der daraufhin einen der beiden Kerle traf, die John bei seinem ersten Angriff auf die Bretter geschickt hatte. Der Bursche hatte sich gerade wieder aufgerappelt und wollte John von hinten packen. Nun kippte er um wie eine gefällte Eiche.

John warf einen raschen Blick über die Schulter, bevor er sich Hyde wieder zuwandte. »Danke, sehr aufmerksam.« Er wich einem zweiten Schlag aus und versuchte es mit einem Schwinger in die Nieren seines Gegners. Keuchend krümmte Hyde sich zusammen. John nutzte die Gelegenheit, packte den Mann an den Schultern und rammte ihm das Knie gegen das Kinn. Hyde taumelte nach hinten, stolperte über seinen am Boden liegenden Kameraden und fiel krachend zu Boden.

Eine schnelle Bewegung aus den Augenwinkeln ließ John herumfahren. Nur wenige Zentimeter vor ihm fuhr eine Messerklinge durch die Luft. Er spürte einen kurzen Schmerz, als sie durch den Mantelstoff seines linken Ärmels schnitt und die Haut seines Oberarms ritzte.

»He!«, protestierte er. »Mit einem Messer zu einer Schlägerei zu kommen ist nicht sehr sportlich.«

»Zum Teufel mit dir, Peko-Freund«, zischte der Mann.

Bevor John sich erkundigen konnte, was das nun heißen sollte, stieß der andere das Messer nach vorn. John drehte den Oberkörper zur Seite und ergriff den Waffenarm seines Gegners. Kraftvoll schlug er ihn gegen einen der Holzbalken, die das Vordach der Bar stützten, und prellte dem Mann so das Messer aus der Hand. Ein kräftiger Rückhandhieb gegen die Nase schickte seinen Gegner über das Geländer auf die staubige Straße.

John wollte der Frau, die sich an die Hauswand drängte, gerade eine rasche Flucht empfehlen, als sich eine schwere Hand auf seine Schulter legte. Er wurde herumgerissen, und es gelang ihm nicht mehr, die Hände zur Abwehr zu heben, bevor ihn ein Hammerschlag ins Gesicht traf. Benommen blinzelnd taumelte er zwei Schritte zurück. Er fühlte sich, als habe ihn ein Transportschweber gerammt.

»Wir sind noch nicht fertig hier«, knurrte Hyde. Blut, das aus seiner aufgeplatzten Unterlippe lief, verschmierte sein Kinn. Er packte John am Schopf und schlug ihm ein weiteres Mal ins Gesicht. Eine Spiralgalaxis des Schmerzes erblühte vor Johns Augen mit explosiver Pracht. Er wankte weiter nach hinten, bis er mit dem Rücken gegen einen der hölzernen Stützbalken stieß. Keuchend schüttelte er den Kopf, um wieder zu sich zu kommen. Als er sich mit dem Handrücken über den Mund fuhr, schmeckte auch er Blut.

Hyde stand grinsend da und wartete. »Komm schon«, sagte er und machte eine auffordernde Handbewegung. »Zeig mir, was du draufhast.«

Hau einfach ab, empfahl John eine innere Stimme. *Du hast genug getan.* Knurrend senkte John den Kopf und stürmte los, direkt auf Hyde zu. Er rammte seinen Gegner und trieb ihn mit sich durch die Schwingtür des Saloons.

Im Inneren herrschte Halbdunkel. Viele Gäste waren nicht anwesend. Genau der Tisch am Eingang war jedoch mit gleich vier Mann besetzt, die dort Karten spielten. Krachend prallten John und sein Gegner dagegen und warfen den Tisch um. Bierflaschen, Spielkarten und Union Dollar flogen durch die Luft. Einer der Stühle kippte um, und der Mann, der darauf saß, ging mit einem Aufschrei zu Boden.

Der Sturz trieb Hyde die Luft aus den Lungen. Vielleicht war er auch etwas hart mit dem Hinterkopf aufgeschlagen. Jedenfalls wirkte er einen Moment lang benommen, und John nutzte seine Chance. Seine Finger fanden eine der Flaschen, und er zog sie Hyde über den Schädel. Es gab ein dumpfes Gong-Geräusch, das John einen leisen Fluch entlockte. Der Wirt schenkte offenbar nur Billig-Bier in Kunststoffflaschen aus. Er warf die Flasche zur Seite, schlug stattdessen mit der Faust zu und kam taumelnd auf die Beine.

»Entschuldigung«, murmelte er, während er sich mit der Hand durchs zerzauste Haar fuhr. Er nickte den Gästen zu. »Schönen Tag noch.« Dann fuhr er herum und eilte nach draußen.

Die Frau, die er gegen die vier Trunkenbolde verteidigt hatte, stand noch immer unter dem Vordach, was John verwunderte. Er hatte angenommen, dass sie das Weite suchen würde, sobald sich ihr die Gelegenheit dazu bot. Aber vielleicht hatte der Schrecken sie gelähmt. Vielleicht wollte sie John auch für seine Hilfe danken. Er wusste es nicht. Was er allerdings wusste, war, dass ihnen nicht viel Zeit blieb. Schon rappelten sich seine Gegner wieder vom Boden auf.

Hastig ergriff er die in einem dünnen Stoffhandschuh steckende Rechte der Frau. »Kommen Sie, wir müssen hier verschwinden.«

Er wollte sie in Richtung seines Gleiters ziehen, doch in diesem Augenblick flog die Schwingtür nach außen, und die vier Männer tauchten auf, deren Kartenspiel John unvermittelt beendet hatte.

»Hiergeblieben, Freundchen!«, rief einer von ihnen.

»Planänderung«, ließ John seine Begleiterin wissen. »Dort entlang.«

Er zog sie auf eine schmale Gasse neben dem Gebäude zu. Gleich darauf tauchten sie in den Schatten zwischen den Saloon und dem Nachbarhaus ein. Müllcontainer, Flaschenkisten mit Leergut und alter Bauschutt säumten ihren Weg, als sie die Gasse hinunterhetzten, um eine Parallelstraße zu erreichen.

Hinter ihnen peitschte ein Schuss.

Unwillkürlich zog John den Kopf ein. »Das ist doch nicht euer Ernst, oder?« Dann hob er die Stimme ein wenig. »Laufen Sie vor, Miss. Ich gebe uns Deckung.« Er zog sie an sich vorbei und riss gleichzeitig den Santhe-CG aus dem Holster. Blind gab er zwei hoch gezielte Schüsse die Gasse hinunter ab. Wenn möglich, würde er keine ihrer Verfolger töten. So etwas handelte einem nur Scherereien ein, vor allem in einer Stadt, in der man ortsfremd war.

Die Frau huschte um die nächste Ecke, und John folgte ihr. Die Parallelstraße erwies sich als deutlich schmaler als die Straße, aus der sie gekommen waren. Kleine und überwiegend fragwürdig aussehende Geschäfte und Bars reihten sich hier aneinander, deren Besitzer sich die Mieten in der ersten Reihe augenscheinlich nicht leisten konnten. Aus einer rauchigen Kaschemme vernahm John kehliges Gelächter und das exotische Gejaule eines fremdartigen Saiteninstruments. Gleichzeitig drangen der Geruch von Frittierfett eines nahen Straßenstandes und von scharfen Lösungsmitteln aus einer Wäscherei an seine Nase.

Johns Begleiterin wandte sich nach links und hetzte die Straße hinunter. Fahrzeugverkehr gab es so gut wie keinen, und es war noch nicht spät genug, dass die Straßen mit Vergnügungssüchtigen und Kriminellen gleich welcher Art gefüllt wären. Bis zur nächsten Abzweigung lagen sicher hundert Meter Laufstrecke über deckungsfreies Gelände vor ihnen. *Zu riskant.*

Er beschleunigte seine Schritte, holte die Frau ein und packte erneut ihre Hand. »Kommen Sie«, drängt er sie. »Hier rein.« Er zog sie auf die Wäscherei zu. Aus den Augenwinkeln sah er, wie der erste ihrer Verfolger aus der Gasse auf der anderen Straßenseite auftauchte. Ihre Blicke kreuzten sich. John fluchte unterdrückt. Er hatte gehofft, ungesehen in dem Gebäude verschwinden zu können.

Überraschte Gesichter empfingen John und seine Begleiterin, als sie durch den Raum stürmten, in dem Reihen aufgehängter, frisch gebügelter Hemden, Jacken und Hosen in Transportbeuteln auf ihre Abholung warteten.

»Verzeihung«, sagte John. »Sind gleich wieder weg.« Hastig drängte er sich an den Kleiderständern vorbei in Richtung Hinterzimmer.

Der schmächtige Besitzer und seine zwei Mitarbeiterinnen riefen ihnen aufgebracht in einer Sprache nach, die John nicht verstand. Er nahm an, dass es sich um Chinesisch oder Japanisch handelte, da alle drei asiatischer Herkunft waren.

»Tut uns leid«, versicherte er ihnen noch einmal über die Schulter, bevor er mit seiner Begleiterin durch die Tür verschwand.

Sie rannten an mehreren Industriewaschmaschinen, Trockengebläsen und einer Heißmangel vorbei, die von älteren Frauen bedient wurden. Die Luft war feucht und zum Schneiden dick. Auch hier erregten sie einiges an Unmut, der sich verstärkte, als John mit einem Jungen zusammenprallte, der gerade mit einem Korb voller Laken aus einem Seitengang kam. Der Junge fiel auf den Hintern, und die Laken verteilten sich um ihn auf dem Fußboden.

»Entschuldigung«, rief John.

Irgendwo hinter ihnen verstärkte sich der Tumult im Eingangsraum, als ihre vier Verfolger wie eine Herde wild gewordener Bisons in die Wäscherei eindrangen.

Am hinteren Ende des Waschraums verlief ein Quergang. John wollte sich nach rechts wenden, weil er dort eine Tür erspähte, doch seine Begleiterin zog ihn am Ärmel.

»Nein«, rief sie und deutete in die andere Richtung. »Da.«

Was John in der Eile für einen weiteren Raum gehalten hatte, war in Wirklichkeit ein offenes Tor, an dem ein kastenförmiger Lastschweber parkte, der offenkundig soeben frische Wäsche abgeholt hatte. Der Schweber schien im Begriff zu sein, abzufahren, denn der Motor lief bereits, und am Heck fuhr gerade eine Rollklappe herunter.

Ohne auf John zu warten, rannte die Frau auf den Wagen zu.

»Das schaffen wir nicht!«, rief er ihr nach, aber als sie nicht reagierte, folgte er ihr.

Seine Begleiterin duckte sich und huschte unter der Klappe hindurch. John dagegen war gezwungen, einen Hechtsprung hinzulegen und sich unter den schließenden Metall-Lamellen hindurchzurollen. Ächzend prallte er gegen einen Wäschecontainer und blickte hinter sich.

Just in diesem Moment tauchten ihre Verfolger im Gang

auf. Doch bevor sie begriffen, wohin ihre Opfer entschwunden waren, schloss sich die Rollklappe, das Motorenbrummen verstärkte sich, und die Schweber setzten sich in Bewegung.

John wischte sich mit dem Handrücken über die Stirn. Trotz seiner Schmerzen grinste er zufrieden. »Schade, dass wir keine Gelegenheit hatten, ihnen zum Abschied zuzuwinken«, wandte er sich im Halbdunkel der Ladefläche an seine Begleiterin. »Die dummen Gesichter hätte ich gerne gesehen.«

»Man soll sein Glück nicht herausfordern«, erwiderte sie, als sie neben ihm auf die Knie sank. Ihre Stimme hatte einen eigentümlichen Akzent, den er nicht einordnen konnte. »Ich bin dankbar, dass wir ihnen entkommen sind. Und vor allem danke ich Ihnen, dass Sie mir geholfen haben.«

Er setzte sich auf. »Das war doch selbstverständlich.«

»Das war es nicht. Darf ich Ihren Namen erfahren?«

»Donovan«, erwiderte er. »John Donovan. Und wie heißen Sie?«

»Sekoya.« Sie hob die Hände und schlug das Tuch zurück.

John spürte, wie sich seine Augen weiteten.

Sie war eine Peko.

– 3 –

»Mister Donovan?« Sekoya blickte ihn aus dunklen Augen besorgt an. Sie hatte ein hübsches Gesicht mit ebenmäßigen Zügen, fein geschwungenen Augenbrauen und sinnlichen blauen Lippen. Pechschwarzes, langes Haar war zu einem Knoten im Nacken zusammengebunden. Wäre sie ein Mensch gewesen, John hätte sie eine Schönheit genannt. »Ist alles in Ordnung?«

»Ich, ähm, ja, natürlich.« Er erhob sich in eine sitzende Position.

»Sie wirken etwas erschrocken.«

»Sie haben mich bloß überrascht. Ich habe nicht damit gerechnet, dass ...« Er brach ab und gestikulierte vage vor seinem Gesicht herum.

»... ich eine Peko bin?«

»Ja.«

Fragend legte sie den Kopf schief. »Ist Ihnen das unangenehm?«

»Nein, schon gut«, brummte John.

Genau genommen stimmte das nicht ganz. In Wahrheit hielt er sich von den grünhäutigen Fremden lieber fern. Vor Jahren hatten die erstaunlich menschenähnlichen Außerirdischen Johns Artgenossen mit ihren Texaferm-Reaktoren und der fortschrittlichen Transitfeldtechnologie den Weg zu den Sternen geöffnet. Die Menschen hatten es ihnen, von Profitgier und Größenwahn getrieben, mit hemmungsloser Expansion, Übervorteilung und Gewalt gedankt. Heute lebten die

Peko auf Reservatswelten, die ihnen die Regierung der Kernwelten-Union im Rahmen der Neuordnung des Lebensraums in diesem Teil der Galaxis großzügig überlassen hatte, und die meisten von ihnen waren nicht mehr sonderlich gut auf die Menschen zu sprechen. Nicht wenige von ihnen hatten sich in erbitterte Feinde der Menschheit verwandelt, und die Geschichten ihrer Gräueltaten – wie auch seine ganz persönliche Erfahrung – hatten Johns Einstellung den Grünhäuten gegenüber mehr geprägt, als es ihm lieb war.

Um einer Fortsetzung dieses Gesprächs vorzubeugen, rappelte er sich auf und machte sich an der Rollklappe zu schaffen. »Wir sollten jetzt weit genug entfernt sein«, sagte er. »Wird Zeit, dass wir aussteigen. Wer weiß, wohin der Transporter uns sonst fährt.«

Es klickte, als er den Schließmechanismus überbrückte, und die Rollklappe fuhr ratternd wieder nach oben. Der Schweber bog gerade in eine größere Straße ein, an der sich Fahrzeugverkäufer und Raumschiffteilehändler aneinanderreihten. Als der Fahrer merkte, dass seine Heckklappe sich öffnete, bremste er ab.

»Kommen Sie«, sagte John zu Sekoya und sprang von der Ladefläche. Er wartete, bis sie ihr Tuch wieder über den Kopf gezogen hatte und ihm gefolgt war.

Der Lastschweber entfernte sich noch ein paar Meter, dann hielt er am Straßenrand an, und der Fahrer blickte aus der Führerkabine. Er sah John und Sekoya zum Straßenrand laufen und schien eins und eins zusammenzuzählen.

»He, was hattet ihr in meinem Wagen zu suchen, ihr elenden Tramps?«

»Nichts für Ungut, Kumpel«, erwiderte John und winkte dem Mann erschöpft zu.

»Wenn ich euch noch einmal dabei erwische ...« Der Mann

ließ die Drohung in der Luft hängen, als er Johns Zwölfschüsser unter dem grauen Mantel bemerkte.

John beachtete ihn nicht weiter, sondern marschierte in die Richtung los, in der er *Willard's Saloon* vermutete. Dort parkte noch immer der Fargo.

»Warten Sie!«, rief Sekoya ihm nach.

John drehte sich um und sah, dass sie ihm hinterhergelaufen kam. »Was ist noch?«, fragte er vielleicht etwas unwirscher als nötig. Er bereute nicht, der jungen Frau gegen ihre vier Peiniger geholfen zu haben. Trotzdem wollte er diese Sache jetzt möglichst rasch hinter sich lassen – und Sekoya auch. Peko brachten einem nur Ärger ein.

»Wohin gehen Sie?«, fragte sie.

Verwirrt sah er sie an. »Zurück zu meinem Gleiter und dann zu meinem Schiff. Warum?«

Sekoya erwiderte den Blick ernst. »Sie haben mein Leben gerettet. Ich stehe in Ihrer Schuld.«

»Wie gesagt: Es war keine große Sache.«

»Doch, das war es. Diese Männer hätten mich missbraucht und danach getötet.«

»Sie übertreiben. Die waren betrunken. Sicher, Sie hätten Sie vermutlich misshandelt. Aber getötet? Das glaube ich nicht.«

Sie neigte den Kopf und blickte ihn abschätzend an. »Sie kommen nicht von hier, oder?«

»Nein«, bestätigte John. »Eigentlich bin ich nur auf der Durchreise.«

»Peko werden in Zaragoza nicht gerne gesehen«, erklärte Sekoya. »Es hat seine Gründe, dass ich Handschuhe und ein Tuch über dem Kopf trage, um mich zu verbergen. Es gibt hier Banden, die uns jagen – mit Billigung des Gouverneurs.«

»Dann sollten Sie lieber schleunigst von dieser Welt verschwinden.«

»Das ist leichter gesagt als getan. Ich bin hier gestrandet.«

»Traurig, aber nicht mein Problem. Hören Sie« – er deutete mit dem Daumen über die Schulter – »ich muss zu meinen Leuten zurück. Ich bin ohnehin schon spät dran. Also freuen Sie sich über Ihren Glückstag heute und vergessen Sie das mit der Schuld einfach.«

Sie schüttelte den Kopf. »Das kann ich nicht. Ich bin eine Peko.«

»Und?«

»Wir Peko begleichen stets unsere Schuld.«

John verdrehte die Augen. »Bei den Sternen, was wollen Sie von mir? Wollen Sie mich in Ihren Stamm aufnehmen?«

»Das kann ich leider nicht. Mein Stamm lebt fern von hier, und meine Gefährten aus Alvarado wurden schon vor Monaten getötet. Ich bin allein.«

»Mein Beileid«, sagte John. »Was haben Sie dann im Sinn?«

Sie ballte die behandschuhten Hände zur Faust und kreuzte sie vor der Brust. »Ich verkünde hiermit eine Lebensschuld. Sie haben mein Leben gerettet, John Donovan. Es gehört Ihnen, bis ich das Ihre gerettet habe.«

Geschlagene fünf Sekunden starrte John sie einfach nur an. »Wie bitte?«

»Ich habe Ihnen gegenüber eine Lebensschuld, denn Sie haben ...«

»Das habe ich schon verstanden. Aber ich begreife nicht ganz, was Sie mir damit sagen wollen.«

»Dass ich Sie von diesem Tag an begleiten werde, bis meine Schuld bei Ihnen beglichen ist«, erklärte Sekoya.

Fassungslos schüttelte John den Kopf. »Oh, nein, das werden Sie ganz sicher nicht, meine Hübsche. Ich habe mein Schiff, meine Crew, mein Leben. Nichts für Ungut, aber darin brauche ich keine Peko – zumal Sie mir nicht gerade wie eine Leibwächterin aussehen. Ich werde also, wenn es recht ist, davon absehen, vor einen fahrenden Schweber zu springen, nur damit wir quitt sind.«

»Ich muss meine Schuld bei Ihnen begleichen«, beharrte Sekoya.

»Nein, das müssen Sie nicht. Wenn Sie unbedingt ein Opfer bringen wollen, bringen Sie es, indem Sie mich in Ruhe lassen. Schönen Tag noch, Miss.« John drehte sich um, ging drei Schritte und wandte sich dann noch einmal zu ihr um. »Und wagen Sie es nicht, mir nachzulaufen«, warnte er sie mit erhobenem Zeigefinger. »Sonst bringe *ich* Sie um.«

Mit diesen Worten wandte er sich ab und ging davon. Vom Himmel fielen die ersten Regentropfen.

»Tut mir leid«, sagte John, als er wenig später die Messe der *Mary-Jane Wellington* betrat.

Die Messe war ein Raum von überschaubarer Größe im Herzen des Frachters, und wie immer herrschte heimeliges Chaos. Der Tresen, der die Küchenzeile vom Rest der Messe trennte, war von Kochutensilien und leeren Lebensmittelpackungen bedeckt. Auf dem runden, mit grünem Filz bedeckten Pokertisch, der umgeben von einer Sitzecke in der Nische auf der gegenüberliegenden Seite stand, lagen noch die Karten und Chips ihrer letzten Partie. Um den großen, am Boden festgeschraubten Esstisch in der Mitte des Raums saßen Hobie, Kelly, Aleandro und Piccoli und aßen zu Abend. Es gab Steaks mit Bratkartoffeln und gebratenem Gemüse.

Offenkundig hatte Hobie, der nicht nur das Schiff in Schuss hielt, sondern auch meisterlich den Kochlöffel schwang, zwischenzeitlich frische Lebensmittel eingekauft.

»Du kommst gerade noch rechtzeitig für einen guten Happen«, antwortete sein Mechaniker grinsend.

»Auch wenn du ihn dir nicht verdient hast«, bemerkte Kelly missmutig. »Wir wollten noch Futter für die Tiere ...« Sie brach ab, als John in den gelben Schein der absichtlich gedämpften Beleuchtung trat. »Meine Güte, hattest du einen Unfall mit dem Schweber?«

»Es war wohl eine Art Unfall, ja«, bestätigte John, als er sich auf einen der verbliebenen freien Stühle fallen ließ. »Ich bin mit Mitgliedern des örtlichen *Vereins der Menschenfreunde* zusammengestoßen.« Diesen Verein gab es tatsächlich auf einigen Planeten. Die rassistischen Ansichten, die seine Mitglieder vertraten, waren John zuwider.

»Den Peko-Hassern?« Aleandro verzog das Gesicht.

»Entweder das oder es handelte sich einfach um vier besoffene Kuhhirten.«

»Lass mich das mal ansehen«, sagte Kelly und stand auf, um sich an seine Seite zu begeben. Fachmännisch überprüfte sie seine Verletzungen.

»Autsch«, entfuhr es John, als sie seine Wange betastete. »Mir geht es gut. Du brauchst mich nicht zu verarzten.« Er wollte den Kopf wegdrehen.

»Stillhalten.« Kelly hob den Blick und nickte in Richtung einer der in die Wand eingelassenen Spinds. »Aleandro, hol mir mal den Erste-Hilfe-Kasten aus dem Schrank.«

»Geht klar.« Der Junge sprang auf und entnahm dem Spind eine rote Tasche mit weißem Schriftzug. Er stellte sie auf den Tisch.

Kelly zog ein Desinfektions- und Kältespray heraus und

begann, damit Johns Wunden zu behandeln. Erwartungsgemäß brannte sein Gesicht unvermittelt wie Feuer, und er grunzte unwillig.

»Nicht jammern«, befahl Kelly. »Sei froh, dass dir deine Menschenfreunde nicht den Kiefer gebrochen haben. Allem Anschein nach haben sie es versucht.«

»Ein oder zwei Mal schon, ja«, gab John zu und verzog erneut das Gesicht, als Kelly eine Schramme an seiner Schläfe abtupfte.

»Um was ging es bei dem Zwischenfall eigentlich?«, wollte sie wissen.

»Die Burschen haben auf offener Straße eine Grünhäutige bedrängt. Und da sich sonst keiner der braven Bürger von Zaragoza zum Eingreifen genötigt sah, habe ich die Gelegenheit genutzt und ein wenig Dampf abgelassen. Ihr wisst schon: der geplatzte Rinder-Job und so. Es tat gut, sich ein wenig abzureagieren.«

»Du hast dich mit vier Kerlen geprügelt, um eine Peko zu beschützen?« Kelly hob erstaunt die Augenbrauen. »Manchmal überraschst du mich, John. Ich dachte immer, dass du keine sonderlich hohe Meinung von den Peko hättest.«

»He, ich habe nichts gegen die Grünhäute, solange sie in ihren Raumsektoren bleiben und unsere Kolonien und Frachtschiffe in Ruhe lassen. Die Randsysteme sind gefährlich genug ohne irgendwelche Stämme auf dem Kriegspfad oder Banden, die auf Planeten Unruhe stiften. Ich meine, Peko, die sich friedlich in unsere Gesellschaft eingliedern und einfach ihrer Arbeit nachgehen, findet man ja nicht sehr häufig.«

»Ach, John.« Seufzend schüttelte Kelly den Kopf. »Ich mag dich wirklich, aber manchmal redest du einfach Unsinn. Umso mehr wundert mich, dass du für die Dame eine Ausnahme von deinen Vorurteilen gemacht hast.« Sie steckte das

Spray zurück in die Tasche und zog einen Streifen Fixierpflaster hervor, um ihn auf seine Wange zu kleben.

John brummte mürrisch. »Ich habe zu spät gemerkt, dass sie eine Grünhaut ist. Sie trug Handschuhe und ein Tuch über dem Kopf.«

»Captain, ich weiß, dass ich neu auf diesem Schiff bin und mir keine Kritik an Ihnen zusteht«, meldete sich Harold Piccoli zu Wort. »Aber Sie sollten Menschen wirklich nicht nach ihrer Hautfarbe beurteilen.« Der hünenhafte, dunkelhäutige Mann, den sie vor einigen Wochen für harte Dollar bei Kopfgeldjägern ausgelöst hatten und der seitdem an Bord seine Schulden abarbeitete, sah John ernst an.

»Das würde mir auch nicht im Traum einfallen«, erwiderte John. »Habe ich Ihnen je ein anderes Gefühl vermittelt, Piccoli? Ich denke nicht. Aber Peko sind keine Menschen. Vergessen Sie das nie.«

»So.« Kelly verpasste ihm einen leichten Klaps auf die gesunde Wange. »Fertig. In ein paar Tagen bist du wieder fast wie neu. Versuch bis dahin, dir nicht noch einmal ins Gesicht schlagen zu lassen. Dein linkes Auge und deine Unterlippe brauchen dringend eine Pause.«

»Ich werde es mir merken, danke.« John richtete sich auf dem Stuhl auf und nickte Kelly zu, die ihre Tasche zuklappte und zurück in den Spind stellte.

»Haben Sie die Schlägerei eigentlich gewonnen, Cap?«, wollte Aleandro wissen. »Ich frage, weil Sie … nun ja, Sie sehen etwas mitgenommen aus.«

»Du solltest die anderen Kerle sehen.« John grinste und entschied gleich darauf, dass das eine dumme Idee war, da sich sein schmerzender Kiefer meldete.

»Und was ist aus der Frau geworden?«, erkundigte sich Hobie.

»Tja, das war so eine Sache.« John schob seinen Teller zu den Pfannen in der Tischmitte und füllte ihn mit Fleisch, Kartoffeln und Gemüse. »Sie war natürlich ausgesprochen dankbar, dass ich sie gerettet habe. So dankbar, dass sie etwas von Lebensschuld und dergleichen gefaselt hat. Das scheint im Augenblick sehr in Mode zu sein.« Er warf Piccoli einen kurzen Seitenblick zu, den dieser ignorierte.

»Heißt das, diese Mannschaft bekommt endlich eine zweite Frau?«, fragte Kelly neugierig, als sie zum Tisch zurückkehrte und sich mit den Unterarmen auf die Rückenlehne ihres Stuhls stützte. Sie hob den Kopf. »Nichts für Ungut, Mary-Jane.«

»Schon in Ordnung, Kelly«, erklang die sanfte Frauenstimme der Schiffs-KI aus einem verborgenen Lautsprecher. »Mir ist bewusst, dass ich nicht unbedingt dem entspreche, was eine Frau aus Fleisch und Blut als Busenfreundin bezeichnen würde.«

Die Künstliche Intelligenz, genau genommen ein lernfähiges Bordzentralsystem mit simulierter Persönlichkeit, war ohne Zweifel das ungewöhnlichste Mitglied in Johns Crew. Zu Zeiten entwickelt, in denen die Reisen zwischen den Sternen noch lang und einsam gewesen waren, dienten Mary-Jane und ihresgleichen nicht nur als Kontrollprogramm aller Systeme an Bord, sondern zugleich als Bordpsychologen – als jemand, der zuhörte, wenn man sonst mit niemandem reden konnte oder wollte.

Heutzutage war eine Schiffs-KI mit Persönlichkeit eigentlich überflüssig. Trotzdem wäre John nie auf den Gedanken gekommen, Mary-Jane abzuschalten oder gegen ein moderneres System auszutauschen. Sie gehörte zum dem Frachter, dessen Namen sie teilte, wie der Pokertisch in der Ecke und der Schaukelstuhl in Johns Quartier. Laut Hobie war sie bereits installiert gewesen, als er selbst den Kahn vor gut vierzig

Jahren das erste Mal betreten hatte, und die vielen Jahre Betriebsdauer hatten dafür gesorgt, dass Mary-Jane einen ganz eigenen Charakter entwickelt hatte, der weit über schlichte Programmalgorithmen hinausging. Zumindest empfand John das so.

»Nein«, beantwortete er Kellys Frage nach der zweiten Frau an Bord etwas verspätet. Er zog seinen Teller wieder zu sich und begann mit Messer und Gabel sein Steak zu zerteilen. »Wir nehmen keine Peko an Bord. Ich habe ihr klargemacht, dass sie diese Lebensschuldkiste vergessen soll.«

»Und das hat sie hingenommen?« Hobie hob erstaunt die buschigen Augenbrauen. »Ich habe gehört, dass die Grünhäute so eine Lebensschuld ziemlich ernst nehmen.«

John spießte ein Stück Fleisch auf und schob es sich in den Mund. »Ich habe gedroht, sie zu erschießen, wenn sie mir nachläuft«, erwiderte er kauend. Dann verzog er kurz das Gesicht, als sich sein schmerzender Kiefer erneut meldete.

»Ach, John.« Kelly seufzte. »Manchmal weiß ich wirklich nicht, ob ich lachen oder weinen soll, wenn ich dir so zuhöre.«

»Vielleicht wechseln wir einfach mal das Thema«, schlug er vor. »Immerhin sind die Schlägerei und die Peko jetzt Geschichte, die zweihundert Longhorns in unseren Frachträumen dagegen ein sehr unmittelbares Problem.«

»Du hast recht, John.« Kelly warf einen Blick auf das Chronometer an der Wand neben der Küchenzeile. »Und bevor es noch später wird, fahre ich jetzt los und besorge frisches Futter. Ich bediene mich aus der Bordkasse.«

»Sei nicht zu freigiebig, wenn du unsere sauer verdienten Dollar ausgibst«, sagte John.

»Ich gebe mir Mühe. Harold, begleiten Sie mich? Ich könnte jemanden brauchen, der die Futtersäcke in den Schweber hebt.«

»Das mache ich doch gerne, Kelly«, antwortete Piccoli.

Er erhob sich ebenfalls und wollte sein Geschirr wegräumen, doch Hobie hielt ihn auf. »Lassen Sie nur, ich kümmere mich später darum.«

Der dunkelhäutige Hüne nickte dankend, dann verschwanden Kelly und er aus der Messe.

»Problem eins geklärt«, stellte John kauend fest. »Bleibt Problem zwei: Was machen wir mit den Tieren?«

»Habe ich das vorhin richtig verstanden, dass Hadden-Paton aus dem Geschäft ist?«, erkundigte sich Hobie.

»Ja, das ist leider wahr.« Während er seine Mahlzeit beendete, schilderte John Hobie und Aleandro in aller Ausführlichkeit, was er auf der Farm ihres Auftraggebers vorgefunden hatte.

»Aber diese tragische Wende der Ereignisse muss uns nicht unbedingt zum Nachteil gereichen«, schloss er wenige Minuten später. »Alvarado ist eine fruchtbare, gesunde Welt voller Menschen mit Visionen. Einer von denen wird doch zweihundert Longhorns brauchen können.«

»Du willst die Tiere selbst verkaufen?« Hobie klang ein wenig skeptisch.

»Warum nicht?«, hielt John dagegen, als er seinen leeren Teller von sich schob.

»Dir ist schon klar, dass wir die Rinder bereits beim Zoll deklariert haben, oder?«, fragte Hobie, als er aufstand, um die Reste ihres Abendessens wegzuräumen. »Die Behörden wissen, dass die Tiere eigentlich Hadden-Paton gehören. Wenn wir sie jetzt auf dem freien Markt anbieten, und die davon Wind bekommen, könnte uns das ganz schön Ärger einbringen. Insbesondere wenn jemand – so wie du – auf die Idee kommt, hinaus zur Farm zu fahren und nach Hadden-Paton zu schauen. Am Ende stehen wir in Verdacht, ihn und seine

Leute umgebracht zu haben, um die Rinder selbst zu verschachern.«

»Ein guter Gerichtsmediziner sollte diese These leicht widerlegen können«, widersprach John. »Wir hielten uns noch gar nicht auf dem Planeten auf, als die Familie umgebracht wurde.«

»Meinst du, das lässt sich in ein paar Tagen wirklich noch nachweisen?«, fragte Hobie über die Schulter, während er mit vollen Armen hinüber zur Küchenzeile ging. »Wir sind hier nicht auf den Kernwelten. Du weißt, wie die Justiz am Rand funktioniert. Da wiegen Verdachtsmomente fast so schwer wie hieb- und stichfeste Beweise.«

»Dann müssen wir halt sehr vorsichtig vorgehen.« John spürte, wie sich eine leichte Gereiztheit in seinen Tonfall einschlich. »Was schwebt dir denn vor, Hobie? Willst du den Angriff auf die Farm melden und die Rinder der Obrigkeit übergeben? Wir hatten Ausgaben auf diesem Flug, für die uns niemand bezahlt. Denn du glaubst doch nicht ernsthaft, dass der hiesige Sheriff für unsere Unkosten aufkommt. *Der* nimmt die Rinder an sich und verkauft sie selbst.«

Hobie stellte die Pfanne und das Geschirr in der kleinen Küche ab und stützte sich mit einer Hand auf dem Tresen ab. Mit der anderen fuhr er sich nachdenklich durchs schüttere, graue Haar.

»Wahrscheinlich hast du recht«, gab er zu.

»Natürlich habe ich recht.«

»Gibt es hier auf Alvarado keinen Schwarzmarkt, wo wir die Tiere an den Mann bringen können?«, fragte Aleandro.

»Den gibt es durchaus«, erwiderte Hobie. »Zumindest haben wir dort vor zehn Jahren noch eingekauft. Wie das heute aussieht? Da bin ich überfragt.«

»Aleandro, das klingt nach einem Job für dich.« John nickte dem jungen Computerspezialisten zu.

»Geht klar, Cap.« Aleandro tippte sich salutierend mit zwei Fingern an die Schläfe. »Ich klemme mich dahinter und finde heraus, wo man in der Gegend von Zaragoza am besten Waren verschiebt. Geben Sie mir Zeit bis morgen früh.«

»Kein Problem.« John sah zu seinem Mechaniker hinüber, der den kleinen Spülautomaten füllte. »Hobie, wir beide machen unterdessen einen Ausflug ins Raumhafenviertel. Vielleicht kannst du ein paar alte Kontakte ausgraben, die uns weiterhelfen. Du magst zehn Jahre nicht auf Alvarado gewesen sein, aber der ein oder andere alte Bekannte dürfte trotzdem noch hier leben, oder nicht?«

»Ich hoffe es doch.«

Unvermittelt meldete sich Mary-Jane zu Wort. »John, verzeih, dass ich euch störe.«

John legte den Kopf in den Nacken, wie er es unwillkürlich immer tat, wenn er mit der aus den Deckenlautsprechern dringenden Stimme der Schiffs-KI sprach. »Was gibt es, Mary-Jane?«

»Wir haben einen Besucher«, verkündete Mary-Jane. »Sie steht vor der geschlossenen Rampe des Steuerbordfrachtraums und ruft nach dir.«

»Sie?« John runzelte die Stirn.

»Der grünen Hautfarbe nach zu urteilen, die ich mithilfe der Außenkameras erkenne, scheint es sich um die Peko-Dame zu handeln, die du vor den Betrunkenen gerettet hast, John. Ich nehme nicht an, dass es viele andere weibliche Peko in Zaragoza gibt, die dir einen Besuch abstatten möchten.«

Hobie und Aleandro wechselten einen belustigten Blick.

»Das gibt es doch nicht«, knurrte John, als er von seinem Stuhl aufstand.

»Die Frau muss ich kennenlernen«, rief Aleandro und sprang ebenfalls auf.

»Vergesst es. Alle beide.« John hob warnend den Zeigefinger. »Wir nehmen keine Peko an Bord, die mir fortan ständig hinterherläuft, weil sie glaubt, sie schulde mir etwas. Wartet hier. Ich kümmere mich darum.« Während er sich abwandte und zur Steuerbordluke der Messe marschierte, hob er die Stimme. »Mary-Jane, lass die Rampe des Steuerbordfrachtraum runter.«

»Gerne, John.«

Es war, wie John befürchtet hatte. Als er die abgesenkte Rampe zum Flugfeld hinunterschritt, erwartete ihn am unteren Ende im Schatten des Steuerbordfrachtraums Sekoya. Die junge Peko trug unverändert ihr bodenlanges Kleid, die Handschuhe und das Tuch über dem Kopf. Sie hatte die Hände vor dem Bauch gefaltet und blickte John ernst entgegen.

»Was machen Sie hier?«, begrüßte er sie unfreundlich. »Ich habe doch vorhin gesagt, dass sich unsere Wege von nun an trennen.«

»Genau genommen sagten sie, dass Sie mich *umbringen* würden, wenn ich Ihnen folge«, verbesserte Sekoya ihn.

»Und? Welchen Teil dieses Satzes haben Sie nicht verstanden?«

Die Peko neigte anmutig den Kopf. »Ich habe sie verstanden. Daher habe ich Sie in der Stadt auch ziehen lassen. Wenn Ihnen mein Dank so unangenehm ist, sollte ich ihn Ihnen nicht aufzwingen.«

»Sehr richtig«, gab John zurück. »Also dann: Machen Sie es gut.«

Er wollte sich abwenden, aber sie hob eine Hand. »Warten Sie, ich bin noch nicht fertig.«

»Was gibt es noch?« Mürrisch verschränkte er die Arme.

»Ich bin in meine Unterkunft zurückgekehrt, bereit, die Angelegenheit zu vergessen. Doch ich konnte es nicht. Also habe ich darüber meditiert. Und im Gespräch mit den Geistern, die mich führen, wurde mir klar, dass nicht Sie mich aus einer Lebensschuld entlassen können. Nur ich selbst vermag dies.«

»Dann sollten Sie das lieber schleunigst tun, sonst werden Sie den Rest Ihres Lebens sehr unzufrieden sein.«

Sekoya trat einen Schritt auf ihn zu. »Ihr Widerstand ist nur die erste der Prüfungen, die mich in Ihren Diensten erwarten.«

»Was?« John hob abwehrend die Hände. »Sie sind doch nicht mehr ganz klar im Kopf. Noch einmal in aller Unmissverständlichkeit: Ich will Sie nicht an Bord haben. Meine Besatzung ist vollständig. Eine Peko hat mir nicht gefehlt und wird mir auch nicht fehlen. Also verschwinden Sie, verdammt noch mal. Oder muss ich Sie wirklich erschießen, damit Sie aufhören, mir auf den Geist zu gehen?«

Die Peko breitete die Arme aus. »Mein Leben liegt in Ihrer Hand.«

In seinem Rücken vernahm er ein unterdrücktes Prusten. Als John sich umdrehte, gewahrte er Hobie und Aleandro, die am oberen Ende der Rampe standen und dem Schauspiel von Ferne folgten. Hinter ihnen drängten sich die Longhorn-Rinder und schienen John ebenfalls neugierig zu beobachten.

»Habe ich euch nicht gesagt, dass ich das allein kläre?«, rief er ungehalten.

»Was regen Sie sich eigentlich so auf, Cap?« Aleandro

grinste. »Sie sieht gut aus, scheint einen starken Charakter zu haben und bietet Ihnen kostenlos ihre Dienste an. Mancher Mann würde dafür töten, so eine Frau zu treffen.«

John bedachte ihn mit einem finsteren Blick. »Pass bloß auf, mein Junge. Ein weiteres falsches Wort, und ich nehme sie mit und lasse dich dafür hier.«

Der junge Computerspezialist riss die Augen auf. »Kein Grund, überhastete Entscheidungen zu treffen.« Er zog sich einen Schritt zurück. »Ich, äh, werde dann mal wieder nach einem günstigen Schwarzmarkt schauen.«

»Gute Idee. Und du, Hobie, hör auf so zu gucken und komm herunter. Wir haben auch noch zu tun heute Abend.« Er sah seinen Mechaniker gereizt an.

»Schon gut, John. Beruhige dich wieder.« Langsam kam Hobie die Rampe hinuntergestapft.

John hob die Stimme. »Mary-Jane?«

»Ja, John«, meldete sich die Schiffs-KI.

»Fahr die Rampe wieder hoch und lass keinen außer Kelly und Piccoli an Bord, solange Hobie und ich weg sind. Vor allem diese Dame hier nicht.« Er deutete mit dem Daumen auf Sekoya.

»Verstanden, John.«

»Also« – er wandte sich erneut der Peko zu – »mein Mechaniker und ich gehen jetzt in die Stadt. Und Ihnen rate ich, dass Sie sich auf den Heimweg machen und noch einmal mit Ihren Geistern sprechen. Sie müssen sie beim ersten Mal falsch verstanden haben.«

»Nein, Captain, ich sehe klarer denn je«, widersprach die grünhäutige Frau.

»Wie auch immer. Aber eins sage ich Ihnen: Wenn Sie mir diesen Abend verderben, indem Sie mir noch einmal nachlaufen, ziehe ich bestimmt meinen Revolver.«

Sekoya neigte den Kopf. »Gut, dann werde ich Ihnen nicht folgen.«

»Na, geht doch.« John machte eine zufriedene Miene.

»Stattdessen werde ich hier auf Sie warten.«

Sein Gesicht verdüsterte sich wieder. »Ach, machen Sie doch, was Sie wollen.« Er legte Hobie die Hand auf die Schulter. »Komm, alter Freund. Wir haben Besseres zu tun, als uns mit dieser Verrückten zu streiten.«

Hobie gluckste leise. »Sicher, John.« Er lupfte seine rote Schirmmütze in Sekoyas Richtung. »Ma'am. Es war mir ein Vergnügen.«

John seufzte lautlos.

– 4 –

Gemeinsam schlenderten John und Hobie über das Flugfeld auf die Gebäude zu, die den Raumhafen von Zaragoza begrenzten. Die Regenwolken waren weitergezogen und die Raumschiffe auf den Landeflächen zur Linken und zur Rechten warfen lange Schatten im Schein der am östlichen Horizont untergehenden Sonne. An einigen Schiffen trieben sich vereinzelte Besatzungsmitglieder und Passagiere herum, aber die Zahl der Menschen wurde merklich geringer. Mit dem Anbruch der Nacht begann sich das Leben in die Straßen des Raumhafenviertels zu verlegen, deren Geschäfte und Bars mit Musik und grellen Reklamen Kunden und Gäste lockten.

»Es mag schrecklich offensichtlich klingen«, meinte Hobie, als sie sich der Gebäudereihe am Rand des Flugfeldes näherten, deren augenfälligstes Merkmal die leicht bekleidete Leuchtstoffröhren-Schönheit war, die winkend auf einer Rakete ritt und Passanten auf den *Rocket-Girl-Club* aufmerksam machte, »aber wir sollten unsere Suche in *Ingberts Warenbörse* beginnen. Der Mann ist eine Institution. Es gibt ihn und seinen Laden sicher schon seit drei oder vier Jahrzehnten. Und zumindest früher waren nicht nur Import- und Exportgüter sein Geschäft, sondern auch der Informationshandel – nicht, dass ihm die Obrigkeiten jemals etwas hätten nachweisen können.«

John nickte. »Das hört sich nach genau dem Mann an, den wir brauchen. Vielleicht können wir sogar ihm die Rinder verkaufen. Und wenn nicht, kennt er womöglich Interessenten.«

»Das war auch mein Gedanke«, bestätigte Hobie.

Sie näherten sich dem Gebäude, das eine eigentümliche Verschmelzung aus einem Flugzeughangar und einem kleinen, beinahe bescheiden zu nennenden Ladengeschäft war. Die Front von *Ingberts Warenbörse* bestand aus weißem Stein mit fast bodentiefen Schaufenstern, in denen allerdings keine Produkte auslagen, sondern nur große Infotafeln hingen, die – wie es aussah – die neusten Warenzugänge anpriesen. Dahinter erhob sich eine schmucklos aus Wellblech und Plastverstrebungen errichtete Lagerhalle, in der vermutlich eben jene Warenzugänge auf ihren Käufer warteten.

Als sie an den Schaufenstern vorbeigingen, warf John einen Blick auf die Infotafeln, die mit Computerausdrucken beklebt waren. *Zwanzig Kilometer Überlandleitung, auf Rollen*, war einer der Zettel überschrieben. *Sechstausend Galonen Harrington-Whiskey*, pries ein anderer an. *Zehn Standardcontainer modische Damenbekleidung, verschiedene Größen und Schnitte*, stand auf einem dritten.

»Den Zettel darf Kelly niemals sehen«, scherzte John, »sonst verschwindet sie eine Woche lang in dieser Lagerhalle, und wenn sie herauskommt, hat sie unser Schiff und unsere Organe verpfändet.«

»Du übertreibst, John«, erwiderte Hobie schmunzelnd. »Sie mag ja aus den Kernwelten stammen, aber trotzdem macht sie sich genauso die Hände und Hemden schmutzig wie wir alle.«

»Ja, du hast schon recht.«

»Aber ich könnte mir schon vorstellen, dass unser hübsches Mädchen ganz prachtvoll in einem schönen Kleid aussieht.«

John warf ihm einen kurzen Seitenblick zu. »Tja, leider ist das ein Luxus, für den es draußen am Rand wenig Bedarf gibt. Ich spare lieber weiter auf die Massetreiberkanone, die Martell mir beschaffen will, damit wir zukünftig irgendwelchen Peko oder anderen Raumpiraten nicht so schutzlos ausgeliefert sind wie bisher.«

Sie hatten vor ein paar Wochen einen ziemlich rauen Passagierflug von Briscoll nach Heaven's Gate weit draußen am Rand hinter sich gebracht, bei dem ihr Frachter, unbewaffnet, wie er war, mehrfach nur knapp einer Zerstörung entgangen war. Als sie endlich ihr Ziel erreichten, schwor sich John, etwas gegen diese Wehrlosigkeit zu unternehmen. Ein paar Tage später hatte er sich an Darius Martell, den Paten von Constitution, gewandt und ihn um Hilfe gebeten. Als guter Geschäftsmann, der jede Gelegenheit nutzte, auf fragwürdige Weise Geld zu verdienen, hatte Martell versprochen, sich umzuhören, und vor einer Woche hatte er John eine Nachricht geschickt, dass er ihm eine bei einer – zweifellos illegalen – Bergungsoperation gefundene Massetreiberkanone des Unionsmilitärs vermitteln könnte. Seitdem zählte John die Dollar in dem Fach in seinem Kabinenspind.

»Es war ja auch nur so ein Gedanke«, sagte Hobie, als er die Tür zur *Warenbörse* öffnete. Eine Glocke läutete, und sie traten über die Schwelle.

Der Innenraum war grob zweigeteilt. Im vorderen Bereich standen weitere Informationstafeln herum, und an einem Terminalblock mit zehn Sitzplätzen konnte man sich im elektronischen Warenverzeichnis über die Angebote des Hauses kundig machen. Im hinteren Bereich waren Sitznischen eingerichtet, in denen die privaten Kundengespräche geführt wurden. Hier machten Ingbert und seine Mitarbeiter ihre Geschäfte.

Der Übergang zwischen dem vorderen und hinteren Bereich war fließend gestaltet, was vor allem daran lag, dass die *Warenbörse* offensichtlich nicht nur ganze Schiffsladungen an Gütern vertrieb, sondern auch ein Fundus für Bergungsgut war sowie ein Secondhandhandel für alles, was man sich an nichtverderblichen Waren vorstellen konnte. Übervolle, deckenhohe Regale reihten sich an den Wänden, Kisten, Kästen und Tonnen standen aufgestapelt herum, und jede freie Nische war mit Haufen an Krempel ausgefüllt. Der Eingangsraum sah aus wie das Eldorado eines jeden Frontiersman, der auf der Suche nach diesem ganz speziellen Bauteil für sein veraltetes Raumschiff war, nach dieser ganz besonderen Haarpomade, die man vor fünfzehn Jahren auf Bénodet getragen hatte, oder nach einem Revolver aus dieser seltenen Kleinserie, den Santhe nur ein halbes Jahr im Programm gehabt hatte.

»Oh, Hobie«, murmelte John. »Du hättest mich niemals an diesen Ort führen dürfen.«

Sein Mechaniker grinste breit. »Genau das Gleiche habe ich damals zum alten Captain Sturges gesagt, als er mich zum ersten Mal zu *Ingberts* geschleppt hat.«

»Guten Abend, Gentlemen.« Ein junger, leicht korpulenter Mann in einem modischen Anzug mit Krawatte und silbernen Manschettenknöpfen kam auf sie zu. Er rieb sich die Hände und strahlte sie mit unverkennbarem Verkäuferlächeln an. »Kann ich Ihnen helfen? Sicher kann ich das. Da Sie durch diese Tür gekommen sind, suchen Sie offensichtlich etwas, und es hat noch kein Kunde *Ingberts Warenbörse* verlassen, ohne etwas gefunden zu haben.«

»Wobei es sich nicht zwangsläufig um das handelte, was er ursprünglich haben wollte, nicht wahr, Freund?« Hobie zwinkerte dem Mann vielsagend zu.

Der Mann breitete in einer entschuldigenden Geste die Hände aus. »Das Universum ist kein perfekter Ort. Aber wir machen das Beste daraus. Also, was führt Sie zu uns?«

»Wir würden gerne mit Mister Ingbert sprechen«, erwiderte Hobie. John überließ seinem Mechaniker einstweilen das Reden, da der sich hier offensichtlich auskannte.

»Mister Ingbert ist gerade mit einem Kunden im Lager, tut mir leid.«

»Kein Problem, wir warten.« Hobie sah sich nach einem Sitzplatz um.

Der junge Mann lächelte etwas irritiert. »Das ist nicht nötig, Sir. Ich versichere Ihnen, dass ich Ihnen genauso weiterhelfen kann wie Mister Ingbert.«

Hobie nickte gütig. »Das glaube ich gerne, aber Emil und ich sind alte Bekannte. Ich komme nicht mehr sehr häufig nach Alvarado, und wenn ich schon mal in seinem Laden stehe, will ich ihn auch persönlich begrüßen.«

»Hobel? Pat Hobel? Sind Sie das wirklich?«

Ein schlaksiger Mann in einem grauen Anzug mit Weste, dessen Hose und Jacke ihm eine Nummer zu groß waren, tauchte hinter einem Regal im entfernteren Teil des Verkaufsraums auf. Er ging leicht gebeugt, und sein zerzaustes Haar war schlohweiß, aber seine eisblauen Augen, die über den Rand einer dünnen Nickelbrille hervorlugten, waren voller Leben und ließen einen messerscharfen Verstand erahnen.

»Ich fasse es nicht«, fuhr der Mann fort, als er näherkam. »Das ich das noch erleben darf. Pat Hobel.«

Auf Hobies Zügen breitete sich ein Grinsen aus. Johns Mechaniker streckte die Rechte aus. »Emil Ingbert, es tut gut, Sie noch gesund und munter zu sehen. Wir alle werden ja nicht jünger.« Er schüttelte seinem Gegenüber die Hand.

»Dann müssen Sie John Donovan sein, der Nachfolger von

Sturges als Captain der *Mary-Jane Wellington.*« Der Warenhändler richtete einen prüfenden Blick auf John.

John hob die Brauen. »Erstaunlich, dass mir mein Ruf neuerdings vorauseilt. Darf ich fragen, was mich verraten hat?«

»Nicht was, sondern wer. Ich habe so meine Quellen, Captain Donovan. Eine von ihnen sitzt auf Johansson, wo Sie vor ein paar Wochen einen ziemlich guten Eindruck hinterlassen haben, als sie die Bergwerkskolonie gegen diesen Peko-Schlächter Geonoj verteidigt haben.«

»Sie sprechen nicht zufällig von Fray Bonningham?«, fragte John.

»Von keiner anderen.« Ingbert lachte heiser.

John nickte wissend. Es ergab Sinn, dass der Warenhändler und die ehemalige Mechanikerin – auch so eine Bekanntschaft aus Hobies Vergangenheit – in Kontakt waren. Bonningham hatte früher am Raumhafen von Zaragoza gearbeitet. Hobie zufolge, der sie damals kennengelernt hatte, war sie eine der Besten gewesen. In den zehn Jahren, seit sie sich aus den Augen verloren hatten, war die rothaarige Frau nach Johansson umgezogen. Dort hatten John, Hobie und die anderen sie auf ihrem Flug nach Heaven's Gate zufällig wiedergetroffen. Und dann waren die Peko gekommen.

»Eigentlich habe ich nur meine Leute aus der Stadt holen wollen, die von Geonoj und seinem Stamm angegriffen wurde«, wiegelte John ab. »Dass wir dem Burschen dabei das Handwerk gelegt haben, war eher ein Zufall.«

»Ein Zufall, für den eine Menge Leute sehr dankbar waren«, sagte Ingbert. »Dieser Konya war eine regelrechte Plage. Nun, wie dem auch sei: Es ist mir jedenfalls eine Freude, Ihre Bekanntschaft zu machen.« Er blickte zu seinem Angestellten hinüber, der immer noch etwas unschlüssig neben der Gruppe stand. »Es ist in Ordnung, Ghent, ich übernehme diese Kunden. Kümmere dich bitte um die Abwicklung des Geschäfts mit den Blue-Ocean-Leuten. Sie sind noch drüben im Lager. Sie wollen die Entfeuchter kaufen.«

»Ja, Mister Ingbert«, bestätigte der junge Mann, bevor er sich zurückzog.

»Oh, und Ghent«, rief Ingbert ihm nach.

»Ja, Sir?«

»Ruf Stanton Station an. Wilbur Stanton wollte, dass wir ihm Bescheid geben, sobald die Atmosphärenfilter für seine Luftumwälzeranlage eingetroffen sind. Sie kamen heute Nachmittag an.«

»Mache ich, Sir.«

Ingbert wandte sich wieder John und Hobie zu und wedelte mit den Armen in der Luft herum. »Geschäfte, Geschäfte, man weiß gar nicht mehr, wo einem der Kopf steht.« Er deutete auf eine freie Nische, in der ein Tisch mit Terminal und drei Stühle standen. »Bitte, setzten wir uns doch. Kann ich etwas zu trinken anbieten?«

»Für mich nichts, danke«, lehnte John ab.

Sein Mechaniker druckste ein wenig herum. »Och, so einen kleinen Schluck würde ich nehmen, falls Sie etwas da haben. Sie wissen schon ...«

»Die Hausmarke, die ich nur bei guten Geschäften und alten Freunden aus dem Schrank hole.« Der andere Mann schmunzelte. »Wollen mal sehen, ob ich noch eine Flasche davon mein Eigen nenne.«

Während John und Hobie sich auf der einen Seite des Tischs niederließen, verschwand Ingbert durch eine Tür in einem Nebenraum. Gleich darauf tauchte er wieder auf, eine Flasche mit zwanzig Jahre altem Bénodet-Whiskey in der einen und zwei Gläsern in der anderen Hand. Er setzte sich ihnen gegenüber, öffnete die Flasche und schenkte Hobie und sich die bernsteinfarbene Flüssigkeit ein.

»Aus der Destille unweit von Victoriaville«, erklärte er. »Ein edler Tropfen. Genau, wie ich ihn mag.« Er schloss die Flasche wieder und die beiden Männer prosteten sich zu.

Hobie führte das Glas an die Lippen und seufzte behaglich. »Der ist sogar noch besser als die Flasche, die Peabody mir nach unserem Flug geschenkt hat.«

Der schmächtige Whiskeyhändler war einer der Passagiere auf ihrem wilden Ritt nach Heaven's Gate gewesen. Die dreitausend Gallonen Whiskey, die er als Fracht mit an Bord gebracht hatte, waren für Johns Mechaniker eine schwere Prüfung gewesen.

Ingbert stellte sein Glas ab und faltete die Hände auf der Tischplatte. »Kommen wir also zum Geschäft. Was kann ich für Sie tun, Gentlemen?«

»Wir haben zweihundert Longhorn-Rinder von Purcell im Angebot«, übernahm John das Gespräch. »Sie waren für einen Mann namens Hadden-Paton gedacht, den allerdings kurz vor unserer Ankunft ein unerfreuliches Schicksal ereilt hat. Er wurde mitsamt seiner Familie ermordet, seine Farm niedergebrannt.«

Der Warenhändler hob die Augenbrauen. »Hadden-Patons Farm ist zerstört?«

John nickte. »Ich sah sie mit eigenen Augen. Wir waren besorgt, weil er sich nicht auf unsere Anrufe hin meldete, also fuhr ich zu ihm. Es war nichts mehr übrig außer rauchender Trümmer und Leichen. Kein schöner Anblick, das kann ich Ihnen sagen.«

»Das glaube ich.« Ingbert ließ sich bedächtig auf seinem Stuhl nach hinten sinken. »Das nimmt langsam beunruhigende Ausmaße an.«

»Haben Sie eine Ahnung, wer dahinterstecken könnte, Emil?«, fragte Hobie.

»Eine Ahnung, ja. Aber keine Beweise, ebenso wenig wie die Obrigkeiten. Und Gerüchte verbreite ich grundsätzlich nicht, zumal jede Art von Information auch eine Ware ist. Sie verstehen sicher, was ich meine.«

»Es interessiert uns auch eigentlich nicht«, erwiderte John. »Unser Problem ist, dass wir nun auf der Ware sitzen und nicht wissen, was wir damit anstellen sollen.«

»Nun, wir kaufen keine Lebendware an. Wir haben keine Lagerkapazitäten dafür. Aber natürlich kann ich gerne für Sie als Vermittler tätig werden. Unser Vermittlungstarif liegt gegenwärtig bei zehn Prozent der erzielten Geschäftssumme. Für alte Freunde bin ich bereit, auf sieben Prozent runterzugehen. Sind Sie damit einverstanden?«

Für John klang das nach einem sehr fairen Angebot. »In Ordnung.«

»Gut. Wir arbeiten an diesem Punkt noch ohne Aufzeichnungen. Vielmehr gehen wir eine Absprache unter Ehrenmännern ein. Ich weiß, dass Pat Hobel einer ist, und nach allem, was ich über Sie gehört habe, Captain, halte ich auch Sie für einen. Daher erwähne ich nur der Vollständigkeit halber, dass *Ingberts Warenbörse* sich nicht hintergehen lässt. Ich treibe meine Schulden immer ein, egal zu welchem Preis.«

»Nur verständlich«, gab John zurück.

Der alte Mann lächelte. »Schön.« Gleich darauf wurde er wieder ernst. »Ich nehme an, dass Sie die Rinder nicht einfach auf dem Tiermarkt von Zaragoza veräußern können. Wäre Ihnen das möglich, wären Sie nicht zu mir gekommen, nicht wahr?«

John schenkte ihm ein schiefes Grinsen. »Gut beobachtet. In der Tat ist es so, dass es da eine kleine Extra-Schwierigkeit gibt, die eine *gewöhnliche Transaktion* unmöglich macht.« Er betonte die Worte auf eine Art und Weise, die klarmachte, dass sie sich hier zumindest in einer Grauzone des Gesetzes bewegten.

Ein Ausdruck von Verstehen zeigte sich in Ingbert blauen Augen. »*Ingberts Warenbörse* ist bekannt dafür, Lösungen auch für die ungewöhnlichsten Probleme zu finden«, sagte Johns Gegenüber. »Gerade das Wohl alter Bekannter liegt uns dabei sehr am Herzen. Also fahren Sie fort. Ich weise darauf hin, dass wir jetzt den kostenpflichtigen Teil des Gesprächs erreichen. Entsprechend werde ich mir ein paar Aufzeichnungen machen.«

»Solange Sie nicht vorhaben, Sie vor Gericht gegen uns zu verwenden.«

»Nicht, wenn Sie Ihren Teil der Geschäftsvereinbarung einhalten.«

»Nun gut …« John räusperte sich und senkte die Stimme ein wenig. »Im Grunde gehören uns die Tiere nicht. Hadden-Paton hat sie vor dem Abflug auf Purcell bereits bezahlt. Allerdings schuldet er uns die Transportkosten. Unser Plan war, diese Kosten durch den Verkauf der Tiere zu decken. Wenn ein kleiner Bonus für unsere Mühen herausspringt, wären wir auch nicht unglücklich. Allerdings haben wir die Rinder bereits beim Zoll als Besitz von Hadden-Paton angemeldet. Man könnte es uns also als Diebstahl auslegen, wenn bekannt wird, dass wir die Tiere veräußern wollen, statt sie … nun ja … dem Zoll zu übergeben.«

»Womit sie direkt bei der Valquarez-Familie landen würden«, warf Ingbert ein.

»Das klingt, als wäre das kein erstrebenswertes Ziel«, bemerkte John.

»Wie man es nimmt.« Der alte Mann zuckte mit den Achseln. »Die Valquarez-Familie ist schon seit Jahren im Rindergeschäft. Früher waren sie nur eine von vielen Parteien. Dann übernahm Enrico Valquarez vor zwölf Jahren die Familiengeschäfte, und seitdem betreibt er eine aggressive Expansion. Immer mehr Wettbewerber verlassen Alvarado. Im Umkreis von zweihundert Kilometern um Zaragoza werden sie kaum noch freie Rinderzüchter finden.«

John glaubte zu verstehen, was Ingbert damit unterschwellig andeutete. »Diese aggressive Expansion … könnte auch das gewaltsame Vertreiben von Konkurrenten beinhalten?«

»Tja, wer weiß das schon?« Vielsagend sah sein Gegenüber ihn an. »Jedenfalls wird es Ihnen schwer fallen, Ihre Rinder hier an den Mann zu bringen, egal ob mit oder ohne Besitzurkunde. Kaum jemand wagt es noch, Tiere anzukaufen – nach dem, was mit Hadden-Paton geschehen ist, sicher noch weniger. Die Valquarez würden Ihnen Ihre Longhorns dagegen bestimmt abnehmen, vermutlich zu einem nicht gerade üppigen Preis, aber Sie wären die Tiere und Ihre damit verbundenen Probleme los. Von einem rein geschäftlichen Standpunkt aus wäre es also durchaus sinnvoll, sich mit der Familie in Verbindung zu setzen. Als Ehrenmann jedoch würde ich Ihnen davon abraten.«

»Verstehe.« Nachdenklich rieb sich John mit der Hand übers Kinn, das die unbedachte Geste mit einem schmerzhaften Stechen quittierte. Er verzog die Miene, bevor er zu seinem alten Freund hinüberblickte. »Hobie, was denkst du?«

»Ich kannte Hadden-Paton nicht, und es wäre gelogen, wenn ich behaupte, dass mir sein Schicksal schlaflose Nächte bereiten wird«, antwortete dieser. »Dennoch sind Männer wie dieser Valquarez kaum besser als Unionskonzerne, die sich am Rand ausbreiten und den kleinen Leuten die Luft zum Atmen nehmen. Mir ist so etwas zuwider, und wenn es sich vermeiden ließe, würde ich lieber keine Geschäfte mit dem Burschen machen.«

»Genau mein Gedanke. Nur, welche Alternative bleibt uns? Wir können die Rinder nicht wieder mitnehmen. Irgendwelche anderen Vorschläge, Mister Ingbert?«

»Nur einen: Wenden Sie sich an die Familie Stanton.«

»Die Stantons?«, wiederholte Hobie. »Sind das nicht die Kerle, die auf dem größeren der beiden Monde Bergbau betreiben? Die auf einer Luxusraumstation im Orbit leben?«

»Genau die«, bestätigte Ingbert.

»Seit wann sind die im Rindergeschäft?«

»Überhaupt nicht. Aber Wilbur Stanton ist der Erzfeind von Enrico Valquarez. Die beiden Männer können sich nicht ausstehen, zumal sie beide um die Vorherrschaft des Raumhafens von Zaragoza ringen. Valquarez beherrscht die Raumhafensicherheit, Stanton die Raumflugkontrolle. Beide wollen aus dem Goldesel, den dieser Raumhafen darstellt, möglichst viele Dollars rausholen. Das geht nun schon seit knapp acht Jahren so. Erst war es nur eine geschäftliche Konkurrenz, dann wurde etwas Persönliches draus. Und heute wird Wilbur Stanton jede Gelegenheit nutzen, um Enrico Valquarez eins auszuwischen – zumindest schätze ich ihn so ein.«

»Sind diese Stantons denn weniger unmoralische Schweinehunde als die Valquarez?«, wollte John wissen.

Ingbert wiegte den Kopf. »Wilbur Stanton ist kein Heiliger. Das kann wohl niemand, der hier lebt, von sich behaupten. Aber ich habe ihn als ordentlichen Geschäftspartner kennengelernt – und als Mann, der stets ein gewisses Maß im Blick behält. Gewalt um der Gewalt Willen ist ihm fremd. Für Valquarez gilt das nicht unbedingt.«

»Na schön, dann sollten wir uns also an Stanton halten.«

»Das empfehle ich Ihnen. Ich stelle gerne den Kontakt her. Wie es der Zufall will, müssen wir ohnehin einen Flug hinauf nach Stanton Station machen, um eine Fuhre Atmosphärenfilter – Sie haben es eben vielleicht beiläufig mitbekommen – anzuliefern. Bringen Sie die Filter für mich in den Orbit, und ich sorge dafür, dass Sie nicht mit irgendeinem Lakaien reden müssen, sondern Wilbur Stanton persönlich treffen können. Was halten Sie davon?« Der Warenhändler sah sie erwartungsvoll an.

Erneut wechselte John mit Hobie einen Blick. Der zuckte leicht mit den Schultern und deutete dann ein Nicken an. »Einverstanden«, sagte John und streckte Emil Ingbert die Hand hin. »Wir haben einen Deal.«

– 5 –

»Eins ist klar: Diese Stantons besitzen Geld …«

Beeindruckt beugte Harold Piccoli sich zwischen John und Kelly im Cockpit der Transportfähre nach vorn und blickte auf die Raumstation, die kaum mehr als einen Kilometer entfernt in einem geostationären Orbit über Zaragoza im All hing. Sechshundert Kilometer unter ihnen glitt langsam die grünbraune Oberfläche von Alvarado dahin. Im Vergleich zur Planetenmasse wirkte das künstliche Gebilde fragil, doch je näher sie ihm kamen, desto mehr zeigte sich, was für ein Monument sich der Stanton-Clan selbst im All errichtet hatte.

Die Station hatte in etwa die Form eines aufgespannten Regenschirms, wobei der gesamte untere Teil aus einer Sensorphalanx bestand. John nahm an, dass damit alle Flugbewegungen im Sinaloa-System überwacht wurden, zu dem Alvarado gehörte. Der obere Teil war eine mächtige, sanft nach unten gebogene Scheibe, die überwiegend aus hellgrauem, glänzendem Metall bestand und von genug kostbaren Panoramafenstern geziert wurde, um den Wohlstand ihrer Besitzer zu verdeutlichen. Im Hintergrund ging soeben weiß und majestätisch der größere der zwei Alvarado-Monde auf, Hesparda, die Quelle des Reichtums der Stantons. Der kleinere Trabant des Planeten, Terrón, war nicht zu sehen.

Kelly legte einen Schalter an der Instrumententafel um. »Stanton Station, hier ist die Transportfähre *Maultier Eins*. Wir kommen mit angemeldeter Fracht von *Ingberts Warenbörse* und bitten um Andockerlaubnis.«

Es war der Morgen des nächsten Tages, und wie versprochen hatte Emil Ingbert ihnen zu einem Gespräch mit Wilbur Stanton, dem Kopf des Stanton-Clans, verholfen. Zu diesem Zweck und um ihren Teil der Abmachung einzuhalten, war John zusammen mit Piccoli und Kelly an Bord einer Frachtfähre der Warenbörse gegangen, mit der sie die Atmosphärenfilter – tonnenförmige Gerätschaften, die hinter ihnen im kleinen Frachtraum auf Universalpaletten festgezurrt waren – in den Orbit brachten. Sie hatten noch beim Frühstück überlegt, mit der *Mary-Jane Wellington* den Flug durchzuführen, sich dann jedoch dagegen entschieden. Die Beruhigungsmittel für die Longhorns gingen langsam aber sicher zur Neige, und sie wollten den Tieren den Stress eines Ausflugs in den Weltraum ersparen.

»Hier ist Stanton Station«, meldete sich eine Männerstimme mit dem hörbar breiten Akzent der südlichen Kolonien von Alvarado. »Guten Morgen, *Maultier Eins*. Wir freuen uns schon auf die Atmosphärenfilter. Sie können an Dockkragen zwei anlegen. Ich schalte die Lichterkette für Sie an.« Er lachte, und gleich darauf glühte ein Ring aus Scheinwerfern um eine Schleusenvorrichtung am unteren Rand der Scheibe auf.

»Danke, Stanton Station. Wir docken an. *Maultier Eins:* Ende.« Mit einem Fingerschnippen legte Kelly den Schalter um, der den Kanal schloss. »Freundliche Leute hier.«

»Ja.« John ließ seinen Blick über die Station zu einem Raumschiff gleiten, das an einem der anderen Dockkragen hing. Der Form nach handelte es sich um einen ausgemusterten Patrouillenkreuzer des Unionsmilitärs. Stanton hatte sich nicht mal die Mühe gemacht, die Waffensysteme zu verbergen. »Sehr freundliche Leute ...«

Sie beendeten das Andockmanöver, und kurze Zeit später

standen sie zu dritt an der Schleuse. »Okay, jeder weiß, was er zu tun hat«, wandte sich John an Kelly und Piccoli, während sie darauf warteten, dass die Druckversiegelung auf Grün schaltete und den Durchgang freigab. »Ich übernehme das Reden, Kelly, du spielst die hübsche Ablenkung, und Piccoli, Sie halten die Umgebung im Auge. Wenn Ihnen irgendwas seltsam vorkommt, will ich es wissen.«

»Hübsche Ablenkung«, murmelte Kelly seufzend, während sie einen Knopf ihrer Bluse öffnete, um ihr Dekolleté etwas vorteilhafter in Szene zu setzen. »Wie immer.«

»Nehmen Sie es als Kompliment, Miss Kelly«, meinte Piccoli schmunzelnd.

Sie sah zu ihm hoch. »Käme es aus Ihrem Mund, würde ich es vielleicht tun. Aber John ist einfach ein unverbesserlicher Chauvinist.«

»Ich versuche nur, jeden Vorteil zu nutzen, den mir meine Besatzung bietet«, erwiderte John liebenswürdig. »Wie dein hübsches Gesicht und Piccolis Furcht einflößende Oberarme.« Die Leuchte wechselte auf Grün, und die Schleusentür fuhr nach oben. John strich seinen grauen Mantel glatt. »Dann mal los.«

Sie traten über die Schwelle ins Innere von Stanton Station. John war in seinem Leben schon an Bord vieler Raumstationen gewesen. Einige hatten die militärische Kühle und Effizienz unionsbetriebener Außenposten im All ausgestrahlt, andere waren in die Jahre gekommene Sammelsurien aus Metall, Isolierstoff und Formplast gewesen, die man im besten Fall als »heimelig« bezeichnen konnte, obwohl meist die Beschreibung »heruntergekommen« treffender gewesen war.

Stanton Station präsentierte sich vollkommen anders. Weinroter Teppich lag auf dem Boden der Zugangsschleuse. Goldene Rahmen umgaben die Leuchtpaneele an den Wänden. Die Reling an der Wand bestand aus poliertem Holz. Und als die Innenschleuse mit einem dezenten Summen beiseiteglitt, öffnete sich der Raum zu einer imposanten Kammer in Weiß, Gold und Rot. Zwei Korridore führten zur Linken und zur Rechten tiefer in die Station, und im hinteren Teil schwang sich tatsächlich eine Treppe eine Ebene höher zu einer Galerie.

»Ist das Marmor?«, flüsterte Kelly, die gebannt auf den Boden blickte.

»Die haben tatsächlich einen Kristallkronleuchter«, murmelte John, der nach oben schaute.

»Willkommen auf Stanton Station.« Aus einem Seitengang trat ein Mann in einem grauen Anzug mit Weste. Seine Stiefel waren blank poliert, die Taschenuhr, deren Kettchen aus der Westentasche hing, garantiert aus echtem Gold, und seine Kordelkrawatte wurde von einer Brosche gehalten, die das Familienwappen zierte: ein geschwungenes *S*. Sein Gesicht war für einen Raumstationsbewohner erstaunlich braun und wettergegerbt, und obwohl das graue Haar sorgsam frisiert war, verliehen ihm die buschigen Augenbrauen und der auf die Wangen herabreichende Schnurrbart das Aussehen eines Mannes der Tat. Es bestand kein Zweifel daran, wen sie vor sich hatten.

»Mein Name ist Stanton«, stellte er sich ihnen trotzdem vor und streckte John, der ihre kleine Gruppe anführte, dabei eine schwielige Hand entgegen. »Wilbur Stanton.«

»John Donovan«, erwiderte John.

»Freut mich.« Stanton hatte einen festen Händegriff. Man konnte den Eindruck gewinnen, er habe früher selbst den Bohrhammer bedient, um die Erzadern des Mondes abzubauen. »Sie bringen mir meine Atmosphärenfilter?«

»Richtig. Sind im Schiff.« John deutete mit dem Daumen über die Schulter. »Soll mein Mann sie ausladen, oder haben Sie Ihre eigenen Leute dafür?«

»Das übernehmen die Jungs«, erwiderte Stanton. Er blickte über die Schulter und hob die Stimme. »Matt, Larry, Morgan, Fred, kommt her und ladet die Fähre aus!«

Im Durchgang, den auch ihr Gastgeber genommen hatte, tauchten vier Männer in einfacher Arbeitskleidung auf. Alle wiesen Blessuren auf, als wären sie kürzlich in eine Schlägerei verwickelt gewesen. Als John sie erblickte, verhärtete sich seine Miene.

»Na, klasse«, knurrte er leise.

»Stimmt etwas nicht, Mister Donovan?«, wollte Stanton wissen.

Die Antwort gab ihm der Mann, den John als Hyde kennengelernt hatte. »He, Jungs, das ist doch der Kerl aus Zaragoza!«

Auch die anderen blickten nun in Johns Richtung. »Halt die Klappe, Hyde«, zischte sein Nachbar, dem offenbar nicht entgangen war, dass der Mann, mit dem sie sich gestern einen Schlagabtausch vor einer Bar geliefert hatten, heute mit ihrem Boss Geschäfte machte.

Irritiert blickte Stanton von seinen Leuten zu John und zurück. »Kennen Sie sich?«

John winkte ab. »Wir hatten eine kleine Meinungsverschiedenheit über den richtigen Umgang mit Damen. Nicht der Rede wert.«

»Hm«, brummte der Bergbaumagnat. Er sah seine Männer an. »Steht da nicht blöd rum und haltet Maulaffen feil«, herrschte er sie an. »Los, an die Arbeit.«

Die vier beeilten sich, seiner Anordnung Folge zu leisten.

»Zum Kistenschleppen sind sie gerade gut genug. Aber ansonsten ...« Stanton schüttelte den Kopf. »Es ist gar nicht so leicht, anständiges Personal zu finden.«

»Sprechen Sie nur für sich«, erwiderte John.

Sein Gegenüber ließ den Blick über Kelly und Piccoli gleiten. Obwohl er sich Mühe gab, es zu verbergen, schienen ihm die Muskelberge des dunkelhäutigen Mannes ebenso zu gefallen wie das hinreißende Lächeln, das Kelly ihm schenkte. »Ja, ich muss zugeben, dass Sie ein gutes Händchen in der Wahl Ihrer Begleiter beweisen.« Er nickte Piccoli zu. »He, was zahlt er Ihnen? Ich denke, ich könnte Ihnen ein attraktives Angebot machen.«

»Er ist unverkäuflich«, antwortete John, bevor Piccoli etwas sagen konnte. »Alle beide.«

»Sind Sie ganz sicher?«, wandte sich Stanton weiter an Piccoli. »Sie könnten hier ein angenehmes Leben haben.«

»Sie haben den Captain gehört«, grollte der Hüne und wurde damit seiner Rolle als einschüchternder Bodyguard mehr als gerecht.

Abwehrend hob Stanton die Hände. »Na gut. Kein Problem.« Er bedachte John mit einem bedeutungsvollen Grinsen. »Patent und loyal, ich beneide Sie wirklich. Halten Sie sie in Ehren, Captain.«

Kelly hakte sich bei John unter. »Er weiß schon, was er an uns hat. Nicht wahr, John?«

»Sicher.« John entging nicht die kleine Spitze, die in ihren Worten lag.

Hinter ihnen tauchten Matt, Larry, Morgan und Fred auf, die die ersten beiden der schweren Trommelfilter aus der Raumfähre trugen. »Bringt sie erst mal rüber ins Lager«, wies Stanton sie an. Dann klatschte er geschäftstüchtig in die Hände und richtete seine Aufmerksamkeit erneut auf John und seine

Leute. »Aber Sie wollten mich noch in einer anderen Sache sprechen, sagte Ingbert.«

»Das ist richtig«, bestätigte John.

»Heraus mit der Sprache.«

In knappen Worten schilderte John ihm, wie sie an zweihundert Longhorn-Rinder gekommen waren und dass sie diese nun möglichst unauffällig loswerden wollten. Stanton hörte ihm aufmerksam zu, schüttelte am Ende aber zu Johns Enttäuschung den Kopf.

»Verstehen Sie mich nicht falsch, Mister Donovan: Ich weiß zu schätzen, dass Sie mir die Gelegenheit geben wollen, Enrico Valquarez eins auszuwischen. Aber der Mann besitzt mehr als 10 000 Rinder. Glauben Sie mir: Es macht für mich und für ihn keinen großen Unterschied, ob noch zweihundert dazukommen. Aus diesem Grund muss ich leider sagen, dass mich ihr Angebot nicht interessiert. Was soll ich mit den Viechern? So viele Steaks kann ich gar nicht essen.«

»Es sind Longhorns von Purcell«, gab John zu bedenken. »Das ist schon eine etwas andere Qualität, als das normale Alvarado-Tiefland-Rind. Wäre dem nicht so, hätte Hadden-Paton die Tiere ja nicht extra importiert.«

Stanton winkte ab. »Ja, mag sein. Aber ich habe keine Ahnung von Rindern und will auch nicht in die Tierzucht einsteigen. Mein Metier sind Steine und Metalle, wie ich sie auf Hesparda abbaue. Also nichts für Ungut, Mister Donovan, aber hier werden wir nicht handelseinig.« Er beugte sich verschwörerisch näher und senkte die Stimme ein wenig. »Aber wenn Sie sich mal ein paar Dollar dazuverdienen wollen, hätte ich gewiss gelegentlich den ein oder anderen Auftrag für Leute wie Sie.«

Niedergeschlagen nickte John. »Danke, Mister Stanton. Das weiß ich zu schätzen.«

»Sehr gut.« Stanton lächelte zufrieden.

Durch den Schleusenzugang kamen seine Männer gerade zum dritten Mal in die Station, erneut schwer beladen mit silbernen Atmosphärenfiltern. »Das waren die letzten«, rief einer von ihnen.

Der Bergbaumagnat quittierte die Worte mit einem Nicken. »Dann entschuldigen Sie mich jetzt bitte«, sagte er zu John. »Ich habe andere Geschäfte, die meiner Aufmerksamkeit bedürfen. Sie finden selbst hinaus, nehme ich an.«

»Auf Wiedersehen, Mister Stanton«, antwortete John. »Vielen Dank, dass Sie sich Zeit für uns genommen haben.«

Sie tauschten einen Händedruck aus, anschließend marschierte Stanton davon. Im selben Augenblick schob sich ein athletisch wirkender Mann in schwarzem Hemd und dunkler Hose aus der Deckung des gegenüberliegenden Korridors. Das Licht des Kronleuchters spiegelte sich ebenso auf seiner blanken Kopfhaut wie auf dem mit Silber beschlagenen Griff seiner Pistole. Ruhig verschränkte er die Hände vor dem Bauch und sah John und die anderen an.

»Ich fragte mich schon, ob Stanton wirklich keinen Leibwächter hat«, murmelte John mit einem abschätzenden Blick auf den Glatzköpfigen. Er wandte sich an Kelly und Piccoli. »Na, kommt. Verschwinden wir von hier.«

»Mister Donovan!«

Überrascht drehte John sich um. Als er den Blick hob, gewahrte er einen Mann am oberen Ende der geschwungenen Treppe.

»Warten Sie einen Augenblick.« Der Mann kam ihnen die Treppe hinunter entgegen.

John schätzte ihn auf Mitte zwanzig. Er hatte ein markantes Kinn, leuchtend blaue Augen und sein dunkelblondes

Haar war mit Pomade nach hinten gekämmt. Seiner teuren Kleidung nach zu urteilen gehörte er nicht zu den Angestellten der Station.

»Mein Name ist Edward Stanton«, bestätigte der Neuankömmling gleich darauf Johns Einschätzung. »Ich bin Wilbur Stantons Sohn.«

»Was kann ich für Sie tun, Mister Stanton?«, fragte John und stemmte die Hände in die Hüften. Obwohl er sich seinem Gegenüber zuwandte, behielt er den schwarz gekleideten Revolvermann im Auge, der noch immer auf ihre Abreise wartete.

»Ich würde gerne in einer geschäftlichen Angelegenheit mit Ihnen sprechen.«

»Worum geht es?«

Stanton warf dem Leibwächter seines Vaters einen kurzen Seitenblick zu. »Um eine gute Gelegenheit für Sie. Was halten Sie davon, mich in meine Lounge zu begleiten? Dort können wir ungestört reden.«

Oho, Stanton Junior ist hinter dem Rücken seines alten Herrn aktiv, ging es John durch den Kopf. *Das könnte interessant werden.* Laut sagte er: »Bitte, übernehmen Sie die Führung.«

Stanton machte kehrt und ging zur Treppe zurück. Sie stiegen hinauf auf die Galerie, von der aus John den Eingangsraum überblickte. Porträts, die Mitglieder der Stanton-Familie zeigen mochten, hingen an den Wänden. Ein geschwungener Korridor brachte sie in eine andere Sektion. Der Gang verlief an der Außenhülle der Station entlang und wies zahlreiche ovale Fenster auf, durch die man auf den Planeten hinabschauen konnte.

Nach etwa zwanzig Metern bog Stanton ab und folgte einem geraden Korridor tiefer ins Innere. Von einem Lift ließen sie sich mehrere Ebenen nach oben tragen. Als sich die Aufzugtür öffnete, entfuhr Kelly ein Laut des Erstaunens.

Stantons Lounge hatte in etwa die Größe eines zünftigen Kleinstadtsaloons. Allerdings standen keine einfachen Holz- oder Metallstühle um runde Tische im Raum. Stattdessen waren kleine Gruppen aus weiß gepolsterten Sofas zwischen schimmernden Kristallskulpturen um elegante Glastische angeordnet. Obendrein schien die Bar an der rückwärtigen Wand deutlich besser bestückt zu sein als die eines Mittelklasseschankwirts. Am eindrucksvollsten jedoch war das riesige Panoramafenster aus Transparentstahl, das sich facettenartig wie ein Insektenauge über der Lounge wölbte und einen atemberaubenden Blick auf den Mond Hesparda und das sich dahinter erstreckende All ermöglichte.

»Sehr hübsch«, kommentierte John. »Wird hier drin auch gefeiert oder darf man sich die Einrichtung nur anschauen?«

Edward Stanton lachte. »Ob Sie es glauben oder nicht, Mister Donovan, in diesem Raum wurden bereits einige Sofabezüge verschlissen.«

»Igitt«, murmelte Kelly kaum hörbar.

John grinste nur.

Unterdessen spazierte Stanton zur Bar hinüber. »Was darf ich Ihnen anbieten? Einheimischen Tequila? Bourbon von Constitution? Einen Single Malt aus der Willow-Point-Destille auf Harrington?«

»Oh, zu einem Bourbon von Constitution höre ich mich nicht Nein sagen«, meldete sich Piccoli zu Wort. Beinahe schuldbewusst wandte er sich John zu. »Wenn das in Ordnung ist.«

»Schon gut, ich denke, dass uns ein Drink nicht schaden wird«, sagte John. »Also, machen Sie zwei draus, Stanton.«

»Für mich nichts, danke«, fügte Kelly hinzu. »Es sei denn, Ihre Bar enthält auch nichtalkoholische Getränke.«

Lächelnd öffnete Stanton eine Klappe im Tresen und enthüllte eine gut gefüllte Kühleinheit. »Sodawasser, Granatbeerensaft, Jin-mo, Red Rock Cola ... Sie haben die Wahl.«

Überrascht schaute Johns blonde Partnerin ihn an. »In dem Fall nehme ich einen Granatbeerensaft.«

»Aber gerne.« Stanton machte sich an der Bar zu schaffen, und kurz darauf hielten sie ihre Gläser in den Händen. Wäre er nicht gerade der Sohn eines reichen Minenbesitzers gewesen, hätte Edward Stanton, so musste ihm John zugestehen, auch einen durchaus passablen Barkeeper abgegeben.

»Also, worum geht es?«, fragte John, nachdem sie sich unter dem Panoramafenster auf drei Sofas niedergelassen und den ersten Schluck getrunken hatten.

»Ich habe zufällig mitbekommen, dass Sie meinem Vater erfolglos eine Frachterladung Rinder angeboten haben«, erwiderte der junge Mann. »Wenn ich es richtig verstand, stehen Sie unter einem gewissen Druck, die Tiere loszuwerden.«

»Es wäre mir nicht unrecht, sie bald an den Mann zu bringen«, bestätigte John.

»Ich kaufe Sie Ihnen ab«, sagte Stanton. »Und ich biete Ihnen einen guten Preis: Fünfhundert Union Dollar pro Tier.«

John konnte nicht verhindern, dass sich seine Augenbrauen vor Erstaunen hoben. »100 000 Dollar für die zweihundert Rinder?«

Stanton nickte.

Das war in der Tat ein guter Preis. Mit dem Geld in der Tasche konnten sie es sich eine ganze Weile gemütlich machen. Und die Massetreiberkanone von Darius Martell, mit der John liebäugelte, wäre auch bezahlt.

»Wo ist der Haken?«, wollte John wissen.

Ihm gegenüber stellte Stanton seinen Whiskey auf dem Glastisch ab und beugte sich vor, die Unterarme auf die Oberschenkel gelegt. Ernst sah er John an. »Ich brauche Ihre Hilfe dabei, eine Frau zu entführen.«

– 6 –

»Wir sollen eine Frau für Sie entführen?« John glaubte, sich verhört zu haben.

»So ist es«, sagte Edward Stanton. »Es geschieht nicht gegen ihren Willen, das möchte ich hinzufügen. Bitte lassen Sie es mich erklären.«

»Ich bin ganz Ohr.« John forderte den jungen Mann mit einer Geste auf, fortzufahren.

»Ich lernte jene Dame vor fünf Jahren auf einem Ball auf dem Mondanwesen meines Vaters auf Hesparda kennen. Wir tanzten, wir tranken Wein – es war von meiner Seite aus Liebe auf den ersten Blick, möchte ich sagen. Und ich war ihr auch nicht gleichgültig.« Er lächelte versonnen. »Das waren noch bessere Tage, als … der Kampf um Einfluss meine Familie, vor allem meinen Vater, noch nicht so verbittert, ja verbissen hat werden lassen. Heute steht das Mondanwesen leer. Es gibt keine Bälle mehr. Einfach eine Schande …«

»Wir sollen also Ihre Geliebte verschleppen?«, hakte Kelly nach. »Warum? Und von wo?«

Auf Stantons Miene zeigte sich ein Anflug von Bedauern. »Nun, formulieren wir es so: Unsere Liebe stand unter keinem guten Stern. Wir stammen aus Familien, die einander nicht mögen. Vor fünf Jahren handelte es sich eher um einen milden Zwist, doch mittlerweile haben wir den Punkt erreicht, an dem Blut fließt. Wir wussten immer, dass unsere Eltern, vor allem unsere Väter, diese Beziehung nicht gutheißen würden. Deswegen hielten wir sie geheim. Leider wurde sie vor Kurzem enthüllt, und uns wurde jeder direkte Kontakt unmöglich gemacht. Über gute Seelen, die uns gewogen sind, bleiben wir in Verbindung, und wir haben beschlossen, dass wir dieses Leben so nicht länger führen wollen. Wir wollen fort, fliehen, gemeinsam. Mir ist dies durchaus möglich, sie jedoch wird streng bewacht. Damit wir wieder zusammen sein können, muss ich sie entführen. Und weil ich den Männern meines Vaters nicht trauen kann, brauche ich fremde Hilfe. Menschen wie Sie.«

»Lassen Sie mich raten«, sagte John. »Bei dieser anderen Familie handelt es sich um den Clan der Valquarez.«

Stanton schürzte die Lippen und blickte in sein Glas.

»Es sind die Valquarez«, erkannte John.

»Ja, Sie haben recht, Mister Donovan. Die Dame, von der ich sprach, ist Isabel Valquarez, die jüngste Tochter von Enrico Valquarez, dem Erzfeind meines Vaters. Verstehen Sie jetzt mein Problem?«

»Das kann man wohl sagen. Und ich weiß auch, dass ich mich mit einer der mächtigsten Familien von Alvarado anlege, wenn ich Ihnen helfe. Ich fühle mit Ihnen. Junge Liebe ist so etwas Schönes, und niemand kann Eltern brauchen, die sich darin einmischen. Aber ich riskiere nicht meinen Hals und den meiner Leute, indem ich die Valquarez provoziere. Wissen Sie, Alvarado beginnt mir gerade zu gefallen. Ich würde gerne noch einmal hierher zurückkehren, ohne dass gedungene Revolverhelden auf mich warten.«

»Was ist mit Ihren Rindern? Wenn ich sie Ihnen nicht abnehme, bleiben Sie darauf sitzen. Niemand hier wird sie kaufen. Es sei denn, Sie wollen sich an Valquarez wenden.«

»Ich bin Geschäftsmann. Ich ziehe alle Optionen in Betracht.« John leerte sein Glas, stellte es auf den Tisch und stand auf. »Vielen Dank für den Drink, Mister Stanton.«

»Warten Sie!« Stanton sprang auf. »Captain, ich lege noch einmal zwanzig Prozent drauf. Ich bitte Sie. Ich brauche Ihre Hilfe.«

John zögerte. Stanton versprach Ihnen hier eine enorme Summe. Und eine Lösung für das tierische Problem in den beiden Frachträumen der *Mary-Jane Wellington*. Darüber hinaus ließ sich nicht leugnen, dass sie ihre Haut schon für weitaus weniger Geld – und weitaus weniger noble Zwecke – zu Markte getragen hatten.

»Falls wir Ihnen helfen – und ich sage deutlich *falls*, denn ich muss mich vorher mit meiner Mannschaft besprechen –, dann wird das keine wilde Schießerei. Meine Leute und ich sind kein Kanonenfutter für Valquarez' Wachen. Heimlich rein, heimlich raus und danach mit einem Fluchtfahrzeug schleunigst verschwinden.«

»Das versteht sich von selbst«, beteuerte Stanton. »Ich bin kein Soldat, Mister Donovan. Mein Vater hat mich zwar gezwungen, zu lernen, wie man mit einem Revolver umgeht, aber ich habe noch nie in meinem Leben jemanden erschossen – und ich beabsichtige auch nicht, dies in Zukunft zu ändern. Ich würde mich ganz Ihrer Führung überlassen. Ich will nur heil und mit Isabel an meiner Seite aus dieser Geschichte herauskommen.«

»Na schön«, sagte John. »Wir denken darüber nach. Sie hören morgen früh von mir.«

Edward Stanton ergriff Johns Hand und schüttelte sie dankbar. »Sie werden es nicht bereuen, wenn Sie für mich arbeiten. Das verspreche ich Ihnen.«

Als John gemeinsam mit Kelly und Piccoli um die Mittagszeit über das Landefeld auf die *Mary-Jane Wellington* zuging, sah er etwas, das seiner Laune ausgesprochen zuträglich war. Genau genommen sah er etwas *nicht*, nämlich die Peko Sekoya, die sich gestern Abend im Schatten des *Cambria*-Klasse-Frachters niedergelassen hatte, als John mit Hobie in die Stadt aufgebrochen war. Später am Abend war sie immer noch da gewesen, ebenso am nächsten Morgen, als John, Kelly und Piccoli zu ihrem Flug nach Stanton Station aufgebrochen waren. Die junge Frau hatte etwas übernächtigt gewirkt, schien aber trotzdem unverändert hartnäckig in ihrem Begehren gewesen zu sein, ihre Lebensschuld bei John einzulösen.

Mittlerweile jedoch hatte sie anscheinend der Mut verlassen. Oder sie hatte Hunger bekommen. Vielleicht war sie auch von der Raumhafensicherheit vertrieben worden. John wollte es gar nicht wissen. Für ihn zählte nur, dass er die aufdringliche Alien-Frau los war.

»Wir sind wieder zuhause!«, rief er, als sie die offen stehende Backbordrampe hinaufstiegen. Die Rinder standen dort nach wie vor eingepfercht beisammen und kauten stoisch auf dem Futtergranulat herum, das Kelly am Tag zuvor für teures Geld gekauft hatte. Jenseits der kleinen Herde vernahm John eine Bewegung, und Aleandro drängte sich zwischen den Tieren durch.

»Cap, versprechen Sie mir, dass Sie nicht ausflippen.« Der junge Computerspezialist nahm abwehrend die Hände hoch. Auf seinen Zügen lag eine ungewöhnliche Verzweiflung, und sein Tonfall hatte etwas geradezu Flehentliches.

John hob die Augenbrauen, während er über die Absperrung stieg. »Was hast du angestellt, mein Junge?«

»Na ja, Hobie war vorhin eine halbe Stunde lang unterwegs, um einen Container mit Dung in der Wildnis vor der Stadt auszukippen. Ich war also ganz allein an Bord. Ich habe gerade die Rinder gefüttert, als ich auf einmal ein seltsames Geräusch draußen hörte, so ein Seufzen.«

»Seufzen?«, echote John.

Aleandro nickte. »Ja. Ich bin also die Rampe hinunter, um mich umzusehen. Und da lag diese Peko auf dem Landefeld unter dem Schiff. Ich dachte, sie wäre bewusstlos. Aber sie war noch wach, bloß vollkommen erschöpft. Und weil ich keine Ahnung hatte, was ich mit ihr anstellen sollte – ich meine, ich konnte sie doch nicht sterben lassen oder so –, habe ich sie mit an Bord genommen.«

»Sekoya ist auf der *Mary-Jane*?«, entfuhr es John.

»Äh, ja, in der Messe«, gestand Aleandro kleinlaut.

»Ich fasse es nicht.« Mit grimmiger Miene drängte sich John an dem Jungen und den Rindern vorbei auf die Innenluke des Frachtraums zu.

»John, was hast du vor?«, rief Kelly, die ihm mit Aleandro und Piccoli folgte.

»Das weiß ich noch nicht«, erwiderte John finster. »Vielleicht erschieße ich sie. Oder ich heirate sie. Mal sehen.«

»Sie wirkte so hilfsbedürftig, Cap, wissen Sie?«, versuchte der junge Computerspezialist sich zu erklären. »Und sie ist doch eine Frau. Frauen in Not soll man beistehen. Das haben Sie mir beigebracht.«

John öffnete die Luke. »Habe ich dir nicht auch beigebracht, dass niemand an Bord der *Mary-Jane* kommt, sofern ich es nicht ausdrücklich erlaube?« Er stürmte auf den Gang und wandte sich der einige Schritte entfernt liegenden Backbordluke der Messe zu. »Du hättest wenigstens auf Hobie warten können. Der hätte dir schon gesagt, dass wir diese Frau nicht auf unserem Schiff brauchen …« Als John die Messe betrat, stockte er. »… können.«

»Hallo, John«, begrüßte Hobie ihn vom Tisch aus, wo er

gerade der auf einem Stuhl sitzenden Sekoya etwas, das nach Linsensuppe aussah und roch, mit einer Schöpfkelle auf den vor ihr stehenden Teller gab.

»Was ist denn hier los?«, wollte John wissen.

»Ich habe uns etwas zum Mittagessen gekocht«, erklärte sein alter Freund. »Und ich war so frei, einen Gast einzuladen. Die Dame harrt nun schon seit gestern Abend unter unserem Schiff aus, nur um deine Gunst zu gewinnen, John. So viel Hingabe hat einen Teller Suppe verdient, wie ich finde. Möchtest du auch einen?«

»Ich ... äh ...«

Sekoya erhob sich mit einer Anmut, die Aleandros Geschichte von der vor Erschöpfung zusammengebrochenen Frau spottete. Offenbar hatte sie sich unter Hobies Fürsorge rasch wieder erholt. »Vergeben Sie mir, Captain. Ich wollte nicht an Bord kommen, aber Mister Hobie hat darauf bestanden, dass ich etwas zu mir nehme. Sie sollen sich durch mich nicht belästigt fühlen. Ich werde wieder nach draußen gehen.«

»Nichts dergleichen werden Sie tun«, widersprach Hobie streng. »Hinsetzen. Ich habe nicht eine halbe Stunde in der Küche gestanden, nur um jetzt zuzusehen, wie Sie mein Essen verschmähen.«

John spürte, wie Kelly ihm die Hand auf die Schulter legte. »Sei noch einmal der Mann, John, der vor ein paar Wochen einem flüchtenden Sklaven gegen zwei Kopfgeldjäger beigestanden hat«, sagte sie leise zu ihm. »Für mich.« Der eindringliche Blick ihrer blauen Augen ließ seinen Widerstand schmelzen.

»Also gut«, murrte John, den mehr und mehr das Gefühl beschlich, dass seine Mannschaft hier bereits eine Entscheidung für ihn getroffen hatte. »Sie können zum Essen bleiben.« Er ließ sich ebenfalls am Tisch nieder, setzte sich aber demonstrativ so weit von Sekoya weg wie möglich.

Auch Kelly, Aleandro und Piccoli gesellten sich dazu, und Hobie verteilte an alle Teller mit Suppe.

»Wie ist es bei Stanton gelaufen?«, wollte er wissen.

»Nicht ganz so, wie wir es uns vorgestellt haben«, antwortete John. »Der alte Stanton wollte unsere Rinder nicht kaufen.«

Hobie setzte sich, zog seine rote Kappe ab und legte sie neben seinem Teller auf den Tisch. »Das ist ärgerlich«, meinte er, während er sich mit der Hand durchs zerzauste graue Haar fuhr. »Was machen wir jetzt?«

»Es gibt eine Alternative«, verriet Kelly. »Aber sie ist ein wenig heikel.« Sie warf John einen fragenden Blick zu.

Der sah Sekoya an.

»Falls Sie in Sorge sind, dass ich etwas mithöre, das nicht für meine Ohren bestimmt ist, kann ich den Raum verlassen«, bot die junge Peko sofort an. »Ich möchte aber hinzufügen, dass ich eher sterben würde, als Ihre Geheimnisse zu verraten, John Donovan.«

»Sie wissen nicht, was für Geheimnisse ich hüte«, erwiderte John düster.

»Und es ist mir gleich. Ich halte Sie für einen Mann, dessen Geist frei von Verderbnis ist. Die Art von Handeln, für die ich Sie verraten müsste, um mit mir im Reinen zu bleiben, traue ich Ihnen nicht zu.«

»Überschätzen Sie mich nicht.«

Kelly legte John die Hand auf die Schulter, wandte sich aber an die Peko. »Hören Sie nicht auf ihn«, empfahl sie. »John gehört zu den Guten, wie wir alle. Er zeigt es gegenüber Fremden nur nicht gerne. Ist schlecht fürs Geschäft, verstehen Sie?«

»Was ist eigentlich los mit euch allen?«, begehrte John auf. »Aleandro, du lässt diese Frau auf das Schiff, Hobie, du bekochst sie, Kelly, du scherzt mit ihr wie mit einer alten Freundin. Bin ich der einzige hier, der es seltsam findet, dass ich nur kurz etwas trinken gehe, dabei in eine Schlägerei gerate und am Ende eine Begleiterin fürs Leben mitbringe?«

»Ganz ehrlich, John?« Kelly schenkte ihm ein schelmisches Lächeln. »Du beschreibst gerade den Abend, als wir uns kennengelernt haben. Okay, es war eine Schießerei, keine Schlägerei, aber das halte ich für Detailkram.«

»Aleandro und Piccoli hast du auch ziemlich spontan in unsere Besatzung aufgenommen«, gab Hobie zu bedenken.

»Das waren alles drei völlig andere Fälle«, entgegnete John und wedelte verteidigend mit dem Zeigefinger. »Kelly hat mir das Leben gerettet, Aleandro kann mit Computern umgehen, was eine nützliche Eigenschaft ist, und Piccoli ... na ja, wer will so einen Muskelberg nicht an Bord haben, ganz abgesehen davon, dass er uns noch 160 000 Dollar schuldet.«

»158 000«, verbesserte der dunkelhäutige Hüne. »Angenommen, dass ich für die letzten Wochen bereits meinen Sold erhalten habe.«

»Wie auch immer. Aber was ist an ihr, dass ihr sie alle so ... so mögt? Aleandro?« John blickte den jungen Computerspezialisten an, dessen Ohren und Wangen plötzlich auffällig rot wurden.

»Ich ... ich wollte doch nur helfen«, stammelte er.

Johns Blick wanderte weiter zu Hobie, der nur mit den Achseln zuckte. Piccoli schüttelte den Kopf. »Schauen Sie nicht mich an, Boss. Ich habe noch gar nichts zu der Peko gesagt. Was nicht heißen soll, dass ich kein Mitgefühl für sie hege. Wenn ich das richtig verstanden habe, ist Ihresgleichen auf Alvarado alles andere als gern gesehen. Verfolgt zu werden, ist ein Zustand, der mir nicht unbekannt ist, wie Sie wissen.«

»Eine weitere Frau an Bord wäre jedenfalls nicht das Schlimmste«, murmelte Kelly.

John machte eine energische Handbewegung. »In Ordnung, stopp, wir hören jetzt auf, darüber zu diskutieren. Wir haben Wichtigeres zu tun, als uns zu streiten, ob dieses Schiff noch ein Mannschaftsmitglied braucht oder nicht. Und wenn wir darüber streiten, dann garantiert nicht, solange Sekoya mit am Tisch sitzt.«

»Möchten Sie, dass ich den Raum verlasse?«, fragte die Peko erneut.

Gereizt schüttelte John den Kopf. »Nein. Bleiben Sie einfach sitzen und essen Sie weiter. Ist ohnehin kein gewaltiges Geheimnis, das Kelly, Piccoli und ich mitzuteilen haben.« Er lehnte sich auf seinem Stuhl zurück und berichtete Aleandro und Hobie von ihrer Begegnung mit Edward Stanton. Als er zu Stantons Bitte kam, ihm dabei zu helfen, seine Geliebte aus dem Haus des verfeindeten Valquarez-Clans zu entführen, kletterten Hobies Augenbrauen in die Höhe.

»Versteh mich nicht falsch, John«, sagte sein Mechaniker. »Diese Geschichte trifft mich direkt in das romantische Herz, das in meiner Brust schlägt. Doch wenn wir dem Rinderbaron Valquarez seine Tochter stehlen, handeln wir uns damit garantiert kräftig Ärger ein.«

»Das sagst du, weil du ihn kennst?«, wollte John wissen.

»Nicht ihn persönlich. Aber den Valquarez-Clan gab es auch vor zehn Jahren schon, als ich das letzte Mal auf Alvarado war. Man sagte diesen Leuten nach, heißblütig zu sein und von einem fast krankhaften Ehrgefühl besessen. Mit solchen Menschen ist der Umgang schon knifflig, wenn man *für* sie arbeitet. Aber wenn man sie sich zum Gegner macht, hat man keine ruhige Minute mehr.«

John nickte verstehend. »Ich habe Stanton bislang keine Zusage gegeben, denn ich wollte vorher mit euch reden. Aber machen wir uns nichts vor: Die Rinder in unseren Frachträumen fressen uns die Dollar aus der Tasche. Sie müssen weg, so schnell es geht.« Er sah zu Aleandro hinüber. »Hat deine Schwarzmarktsuche eigentlich etwas ergeben?«

Der junge Computerspezialist senkte den Kopf. »Tut mir leid, Cap. Der Rinderhandel auf Alvarado scheint vollständig zum Erliegen gekommen zu sein.«

»Das habe ich befürchtet.« Er dachte an Ingberts Ausführungen zum Expansionsgebaren der Valquarez. »Stanton bietet uns ein kleines Vermögen für die Tiere, sofern wir uns auf ein Geschäft mit ihm einlassen. Meiner bescheidenen Meinung nach haben wir schon mehr für weniger riskiert. Und falls wir erwischt werden, geben wir Isabel eben wieder zurück und lenken den Zorn der Valquarez-Sippe auf die Stanton-Familie. Das sollte angesichts der Fehde, die zwischen ihnen herrscht, nicht allzu schwer fallen. Trotzdem möchte ich gern wissen, was ihr darüber denkt.«

»Vielleicht wäre es hilfreich, wenn wir vor einer Entscheidung erst einmal ein paar Informationen einholen«, gab Piccoli zu bedenken. »Wo hält Isabel sich auf? Mit welcher Art von Gegenwehr müssen wir rechnen? Wie kommen wir rein, wie wieder raus? Solche Dinge eben.«

»Ich kann mich mal schlau machen, wie die Hütte von diesen Valquarez aussieht«, erbot sich Aleandro. »Es findet sich bestimmt etwas im planetaren Netz.«

»Klingt nach einem Ansatz«, sagte John. »Beschaff uns zunächst bitte die Adresse. Dann schauen Hobie und ich uns das Anwesen mal an.«

»Also kümmern Harold und ich uns in der Zwischenzeit um die Rinder.« Kelly seufzte. »Ich frage mich, warum das immer an mir hängenbleibt.«

John machte eine gespielt verwirrte Miene. »Seltsam, ich dachte immer, Frauen mögen Tiere.«

»Nur in deiner von Klischees beherrschten Welt«, erwiderte Kelly bissig.

Er antwortete ihr mit einem breiten Grinsen.

Sekoya erhob sich von ihrem Platz. »Lassen Sie mich Ihre Rinder versorgen«, schlug sie vor. »In meiner Heimat auf Tonomai hatte mein Stamm eine Herde Takas, um die ich mich als Kind oft gekümmert habe. Es macht mir nichts aus.«

Sofort hellte Kellys Gesicht sich auf. »Das wäre fantastisch, wenn Sie mir helfen, Sekoya.« Sie stand ebenfalls auf. »Kommen Sie, fangen wir im Steuerbordfrachtraum an. Bei der Arbeit haben wir auch Gelegenheit, uns näher kennenzulernen.«

»Wenn Captain Donovan es erlaubt.« Zögernd sah die Peko-Frau John an.

»Captain Donovan erlaubt es«, antwortete Kelly an Johns Stelle und warf ihm hinter Sekoyas Rücken einen drohenden Blick zu.

»Captain Donovan erlaubt es«, brummte dieser.

»Sehr gut. Gehen wir.« Kelly fasste Sekoya am Arm und zog sie mit sich.

John starrte auf die Steuerbordluke, durch die die beiden Frauen verschwanden. »Sie wird hier einziehen, oder, Hobie?«, fragte er tonlos, ohne seinen alten Freund anzusehen.

»Ja, John«, bestätigte dieser. »Das glaube ich auch.«

»Was hast du eigentlich gegen Sekoya?«, wollte Hobie wissen, als John und er zwei Stunden später mit dem Fargo über Land Richtung Norden zu der Adresse fuhren, an der sich laut Aleandros Recherchen das Anwesen des Valquarez-Clans befand.

»Du meinst abgesehen davon, dass sie einfach in meinem Leben auftaucht und nicht mehr weggeht?« John warf ihm von der Fahrerseite einen kurzen Seitenblick zu.

»Das unterscheidet sie, wie wir schon festgestellt haben, nicht von Kelly, Aleandro oder Piccoli.«

»Irgendwie schon. Bei den dreien hätten wir uns stets dagegen entscheiden können, sie an Bord zu nehmen. Wir haben uns dann für sie entschieden, weil es ... nun ja, weil es einfach passte. Diese Grünhaut dagegen drängt sich auf eine Weise auf, die mir nicht gefällt.«

»Also, aufdringlich würde ich sie nicht nennen«, widersprach Hobie. »Sie ist beharrlich, das ist wahr – doch auf eine ausgesprochen stille, respektvolle Art.«

»Wie auch immer«, murrte John, wobei er auf die Landstraße starrte, die in Serpentinen eine flache Bergkette hinaufführte.

»Ich weiß, dass du deine Probleme mit den Peko hast. Leute wie Geonoj vor ein paar Wochen oder diese Bande, die uns auf Farmington vor drei Jahren erwischt hat, machen das auch nicht besser, das gebe ich zu. Aber diese junge Frau ist anders, John. Ich glaube, sie wäre imstande, deine schlechte Meinung von den Grünen zu verändern, wenn du ihr die Chance dazu gibst. So, wie du Aleandro die Chance gegeben hast, sich zu beweisen. Und Piccoli.«

»Was ist mit dem Platz an Bord?«, wandte John ein. »Wir haben jetzt schon eine Passagierkabine verloren, weil wir Piccoli darin einquartiert haben. Geben wir Sekoya auch noch eine, reduziert das unsere Kapazitäten auf vier Passagiere.«

»Wir haben noch die Container im Steuerbordfrachtraum. Sollten wir in absehbarer Zeit jemals wieder acht Fluggäste auf der *Mary-Jane* willkommen heißen, müssen Piccoli und Sekoya halt in die Notunterkünfte. Vielleicht ist Kelly auch bereit, mit ihr eine Kabine zu teilen. Dann verlieren wir nur ein Bett statt zwei. Ganz abgesehen davon hast du, wenn ich mich nicht irre, nach dem Flug nach Heaven's Gate verkündet, ab jetzt nur noch Fracht befördern zu wollen, weil dir der Stress mit unserer eigenwilligen Gästeschar zu groß war.«

Hobies Worte riefen bei John ein sarkastisches Grinsen hervor. *Eigenwillig* traf es ziemlich gut. Sie hatten unter anderem eine Hochschwangere transportiert, die während des Fluges ihr Kind bekam, einen Geschäftsmann, der sich als flüchtiger Krimineller entpuppte, und zwei Geschwister, die mitnichten ihren totkranken Vater nach Heaven's Gate brachten, sondern sich vielmehr als Kopfgeldjäger herausstellten, die einen entflohenen Bergwerkssklaven – Harold Piccoli – zu einem fragwürdigen Schauprozess überführten.

»Na gut, vielleicht hast du recht«, lenkte John ein. »Ich gewähre ihr zwei oder drei Wochen, in denen sie ihren Wert für diese Besatzung unter Beweis stellen kann. Hauptsache, sie geht mir in dieser Zeit nicht auf die Nerven. Kellys Freundlichkeiten genügen mir schon.«

Hobie lachte leise. »Ich sage das ja nur ungern, John, aber du bist Kelly gegenüber auch nicht immer das, was man einen Gentleman nennen würde. Ihr beide schenkt euch da nichts. Zum Glück ist das alles nur ein Ausdruck eurer Liebe füreinander …«

»Was?«

»… ansonsten würde ich mir ernsthaft Sorgen machen,

dass ihr es irgendwann vor dem Schiff miteinander ausschießt.«

Erneut blickte John zu Hobie hinüber. »Nur damit das klar ist: Wir lieben uns nicht! Das haben wir schon drei Wochen nach ihrer Ankunft an Bord geklärt.«

»Ich erinnere mich daran«, erwiderte der Mechaniker vergnügt. »Aber seitdem sind fast zwei Jahre vergangen. Viel Zeit, um seine Meinung zu ändern ...«

Kopfschüttelnd richtete John den Blick wieder auf die Fahrbahn. »Du fantasierst.«

Sie umrundeten einen Felsvorsprung, und vor ihnen kam ein Haus in Sicht, das sich an der oberen Kante des Berges erhob, den sie gerade hinauffuhren. Jenseits davon ragte ein Windrad in den orangefarbenen Himmel. Als sie sich näherten, tauchten weitere Gebäude im Hintergrund auf. Zumindest das Haupthaus schien auf drei Seiten von einer hohen, weißen Mauer umgeben zu sein, zu der auch kleine, überdachte Wachtürme gehörten. An der vierten Seite lag der Abhang, der steil in die Tiefe abstürzte.

Neben der Adresse des Anwesens hatte Aleandro noch zwei wichtige Informationen aus dem planetaren Netz gezogen. Zum einen besaßen sie nun ein Foto von Isabel Valquarez. Die junge Frau mit der olivfarbenen Haut und dem tiefschwarzen Haar wirkte so liebreizend, dass John plötzlich gut nachvollziehen konnte, warum Edward Stanton bereit war, alles für sie zu riskieren. Zum anderen – und das war weniger erfreulich – hatte Aleandro herausgefunden, dass Isabel eine ältere Schwester namens Sophia besaß, eine rassige Schönheit, die deutlich härter im Auftreten war. Die Leute nannten sie »Two-Guns«, und das nicht wegen ihrer bemerkenswerten Oberweite, sondern weil sie anscheinend eine gefürchtete Revolverheldin war.

Darauf hätte John verzichten können. Ein zorniger Vater war schlimm genug, eine Killerin im Haushalt machte ihren Auftrag extra heikel. Er fragte sich, wann Edward Stanton vorgehabt hatte, sie über dieses Missionsdetail zu informieren. *Na ja*, dachte er nicht ohne Zynismus, *es wäre wohl langweilig gewesen, wenn sich nicht noch eine Komplikation ergeben hätte.*

– 7 –

Sie folgten der Straße weiter, als wären sie zwei unbescholtene Überlandreisende. Als ihr Weg sie erneut zwischen zwei Bergkuppen führte und das Anwesen außer Sicht geriet, stoppte John den Fargo am Straßenrand.

»Dann wollen wir uns mal ein wenig umsehen«, verkündete er, während er die Umhängetasche mit dem Fernglas von der kleinen Ladefläche zwischen den kegelförmigen Außentriebwerken nahm.

Sie verriegelten den Landgleiter und erklommen den steinigen Hang zu ihrer Linken. Oben angekommen legten sie sich im Schutz einiger Sträucher in Deckung. John holte das Fernglas aus der Tasche und hob es vor die Augen.

»Und?«, fragte Hobie leise.

»Also von der Abgrundseite abgesehen, ist das Haupthaus tatsächlich komplett von dieser Steinmauer umgeben«, bestätigte John, was sie bereits festgestellt hatten. »Ich schätze, sie ist vier Meter hoch. Nichts, was man einfach überklettert. Die Wachtürme scheinen allerdings unbesetzt zu sein. Immerhin etwas.« Er ließ seinen Blick über das Anwesen schweifen. »Es existieren zwei Eingänge hinein, ein Haupttor und ein Nebentor, das zu den Wirtschaftsgebäuden weiter draußen führt. Ich schätze, dass uns der Zugang übers Nebentor leichter fallen wird. Oder wir steigen über den Balkon im ersten Stock ein.«

»Balkon?«, echote Hobie.

»Ja, es verläuft ein Balkon am ersten Stock entlang. Ob er

ums ganze Haus herumführt, kann ich nicht mit Sicherheit sagen. Aber es sieht so aus, wenn ich mir die Hausecken anschaue. Im Westen schließt das Hauptgebäude direkt an die Mauer an. Mit etwas Glück ragt also der Balkon darüber hinaus. Mit einem Kabelwerfer sollte man dorthinaufkommen.«

Hobie schnaubte. »Für diese Art von Sport bin ich zu alt, John. Sich an einem Seil zu einem Balkon hochziehen überlasse ich Stanton und dir.«

»Nichts anderes wäre mein Plan gewesen. Dich habe ich lieber am Steuer unseres Fluchtfahrzeugs.«

»Wie viele Wachen siehst du?«, wollte Johns alter Freund wissen.

»Schwer zu sagen. Im Moment laufen eine ganze Menge Leute dort herum. Die meisten von ihnen tragen Waffen am Gürtel – und sie sehen nicht sehr freundlich aus.«

Genau genommen hatte John den Eindruck, auf ein Nest von Verbrechern zu schauen. Die Valquarez mochten mittlerweile angesehene Bürger der Gemeinschaft von Zaragoza sein, aber John war bereit, sein Schiff darauf zu verwetten, dass die Familie ursprünglich aus fragwürdigen Kreisen kam. Und dass Enrico Valquarez, wie der Pate des Clans hieß, sich auch heute nicht zu schade war, Gewalt anzuwenden, wenn es seinen Zielen nützte. *Ob diese Kerle Hadden-Patons Farm auf dem Gewissen haben?*

Er steckte das Fernglas wieder weg. »Weißt du was?«, wandte er sich an Hobie. »Wir schauen uns das Ganze mal aus der Nähe an.«

»Du machst Witze.« Die buschigen Augenbrauen des Mechanikers hoben sich. »Wie stellst du dir das vor? Denkst du, die geben Touristenführungen auf ihrem Anwesen?«

John grinste, als er auf die Beine kam, um den Rückweg zu

ihrem Schweber anzutreten. »Vertrau mir. Ich habe einen Plan.«

»Wer sind Sie, und was wollen Sie?« Der Wachmann, der mit einem brandneuen Massetreibergewehr in der Armbeuge über dem Haupteingang stand, begrüßte sie mit einem finsteren Blick. Er hatte ein braun gebranntes Gesicht, trug einen breitkrempigen Hut und wirkte alles in allem keinen Tick vertrauenswürdiger als die Schlägertruppe von Wilbur Stanton auf der Raumstation im Orbit.

John, der den Fargo vor dem offenen Tor zum Halten gebracht hatte, richtete sich halb im Sitz auf. »Mein Name ist Jones.« Es war nicht unbedingt nötig, dass hier jemand seine wahre Identität kannte. »Ich möchte mit Mister Valquarez sprechen. Ich habe ihm ein Angebot zu unterbreiten, das ihn sicher interessieren wird.«

»Was für ein Angebot?«

»Longhorn-Rinder von Purcell. Zweihundert Stück. Ich gebe sie zu einem guten Preis ab.« Er schenkte dem Mann ein gewinnendes Lächeln.

Der knurrte unwillig, drehte sich um und brüllte in den hinter ihm liegenden Hof: »Pasquale, hier stehen Geschäftspartner für den Padre. Bring sie ins Haupthaus.«

»Das ist dein Plan?«, raunte Hobie John zu, als dieser sich wieder hinters Steuer des Schwebers gleiten ließ. »Wir verkaufen Valquarez unsere Rinder?«

»Falsch«, verbesserte John ihn leise. »Wir tun so. Und nutzen das Verkaufsgespräch für ein wenig Sondierungsarbeit im Inneren.«

»Dann hoffe ich bloß, dass der *Padre* uns kein Angebot macht, dass wir nicht ablehnen können«, murmelte Hobie.

Ein drahtiger Bursche mit schwarzem Haar, das vor Pomade glänzte, kam herbeigeeilt. Er trug keine Schusswaffe, aber ein langes Messer steckte in einer ledernen Scheide an einem breiten Gürtel. Er bedachte sie mit einem schiefen Grinsen, das verfärbte Zähne entblößte, und winkte. »Parkt euren Schweber neben der Mauer und folgt mir.«

John stellte den Gleiter am Straßenrand vor dem Tor ab. Dann stiegen sie aus und überquerten hinter Pasquale den Innenhof. Dabei machte John eine erfreuliche und eine unerfreuliche Feststellung. Auf der Habenseite erwies sich das Anwesen der Valquarez' als angenehm verwinkelt. In schmalen Durchgängen zwischen den Gebäuden, unter überdachten Veranden und hinter Fahrzeugen, die weitgehend willkürlich an Hauswänden standen, gab es reichlich Verstecke, die es leicht machten, sich im Dunkeln ungesehen von einem Ort zum anderen zu bewegen. Zu Denken gab John dagegen die große Anzahl an bewaffneten Männern, die sich auf den Mauern und im Hof herumtrieben.

Und noch etwas fiel John auf, als sie Pasquale hinterherliefen. Offensichtlich stand ein Fest an. Überall im Hof wurden Girlanden und Lampions angebracht, und vor dem Haupthaus zog eine Gruppe Arbeiter gerade ein offenes Zelt hoch. Auf der Ladefläche eines Lastschwebers stapelten sich Tische und Stühle.

»Gibt es was zu feiern?«, fragte John ihren Führer.

»Si, Señor«, erwiderte der Mann. »Señorita Sophia feiert heute Abend ihren fünfundzwanzigsten Geburtstag. Es soll eine rauschende Fiesta werden.«

»Klingt nach Spaß.«

Pasquale grinste vielsagend. *»Si, Señor.* Das Bier wird in Strömen fließen. Padre Valquarez weiß, wie man seinen Gästen eine gute Zeit beschert.«

Eine Fiesta, auf der das Bier in Strömen fließt... Ein verwegener Plan begann in Johns Kopf zu reifen.

Der drahtige Mann führte sie um das Haupthaus herum. Schon von Ferne vernahm John das charakteristische Jaulen eines Massetreiber-Gewehrs. Irgendjemand vergnügte sich hier beim Schießen. Dieser Jemand entpuppte sich als stämmiger Mittfünfziger, der Stiefel, eine dunkle Hose und eine mitternachtsblaue Jacke mit goldenem Besatz trug. Ein weißes Halstuch hing ihm vor der Brust, und sein braun gebranntes Gesicht zierte ein dichter, dunkler Schnurrbart, in den sich, ebenso wie in sein Haupthaar, erste silberne Strähnen einschlichen.

In den Händen hielt er ein schlankes Gewehr, das John an die aktuelle Remington-Baureihe erinnerte, aber dem Anschein nach eine Sonderanfertigung war, da es einen Kolben aus Echtholz besaß und Silberleisten den Gewehrkörper zierten. Als sie eintrafen, zielte der Mann auf eine Reihe Holzscheiben, die auf Stangen angebracht im Boden steckten. Zwei Männer leisteten ihm Gesellschaft. Ein dritter stand außerhalb der Schusslinie auf Höhe der Zielscheiben, wahrscheinlich um sie auf Wunsch des Schützen umzustecken.

Mit dem charakteristisch heulenden Fauchen einer Massetreiber-Waffe verließen in rascher Folge drei Kugeln den Lauf. Jeweils den Bruchteil einer Sekunde später klappte eine der drei Scheiben klackend nach hinten. Zufrieden wandte sich der Mann von den Zielen ab und seinen Besuchern zu.

Er nahm das Gewehr in die linke Armbeuge und trat näher. »Wen haben wir denn da?«

»Geschäftspartner, Padre«, erwiderte Pasquale und bestätigte damit Johns Vermutung, Enrico Valquarez vor sich zu haben. »Sie wollen Ihnen Rinder verkaufen.«

»Rinder?« Valquarez lachte und entblößte dabei einen goldenen oberen Schneidezahn. »In dem Fall sind sie zum richtigen Mann gekommen.« Er wedelte mit der freien Hand. »Du kannst gehen, Pasquale. Ich kümmere mich um unsere Gäste.«

»Ist gut, Padre.«

Valquarez streckte John die Hand hin. »Willkommen auf meiner bescheidenen Hacienda. Mein Name ist Enrico Valquarez – und Rinder sind mein zweiter Vorname. Nein, eigentlich ist mein zweiter Vorname Fabio, aber wir wollen nicht über mich sprechen. Also, mit wem habe ich die Ehre, und was können Sie mir bieten außer einem festen Händedruck?«

Großartig, ging es John durch den Kopf, als er seinem Gegenüber die Hand gab. *Ein Verbrecher mit Humor.* »Der Name ist Jones. Ich bin freier Transportunternehmer, und wie es der Zufall will, befinden sich zweihundert Longhorns von Purcell in meinen Frachträumen, die einen neuen Besitzer suchen. Der letzte ist überraschend verstorben, wie ich feststellen musste, als wir auf Alvarado ankamen.«

»Ach, tatsächlich?« Valquarez kniff leicht die Augen zusammen. »Was wissen Sie darüber?«

John zuckte mit den Schultern. »Nichts. Nur dass er offenbar Streit mit einem Nachbarn hatte, der zu seinen Ungunsten ausfiel. Geht mich aber auch nichts an. Mich interessiert nur, wie ich die zweihundert Rinder diskret loswerde, bevor sie mir die Haare vom Kopf fressen.«

Valquarez schnalzte mit der Zunge und schüttelte den Kopf. »Ja, Alvarado ist eine raue Welt. Da kann man schon mal verfrüht von der Bühne abtreten. Daran ändert auch die Nähe zu den Kernwelten nichts oder dieser Steifarsch von einem Gouverneur in Zaragoza. Beckerman und seine Blauröcke vom Unionsmilitär sind sich ohnehin selbst die nächsten. Um unsere Sicherheit scheren die sich nicht. Was denken Sie, warum ich mich hier mit einer kleinen Privatarmee umgebe? Man kann einfach nicht vorsichtig genug sein.« Er deutete mit dem Daumen zu den zwei Burschen, die dezent im Hintergrund standen und John und Hobie misstrauisch im Auge behielten.

»Wem sagen Sie das?« John bedachte Valquarez mit einem schiefen Grinsen. »Einmal mit dem Falschen angelegt, und schon brennt die Hütte.« Er sah, wie es im Gesicht seines Gegenübers zuckte. »Bildlich gesprochen natürlich«, fügte er liebenswürdig hinzu.

Das Lachen des Rinderbarons klang etwas gekünstelt. »Sie sind mir ein Spaßvogel, Mister Jones. Sagen Sie, schießen Sie gerne?« Er hielt sein Gewehr hoch.

»Ich weiß eine gute Waffe zu schätzen, aber ich ziehe Revolver vor. Trägt sich leichter.« John klopfte auf den Santhe-CG an seiner Hüfte.

»Ah, ein alter Santhe.« Valquarez nickte anerkennend. »Eine unverwüstliche Waffe. Ich hatte selbst mal einen. Aber mit dem Alter lernt man die höhere Zielgenauigkeit von Gewehren zu schätzen.« Er strich mit der Hand über sein Gewehr. »Was halten Sie von einem kleinen Wettschießen? Mein Remington gegen ihren Santhe.«

»Ach, ich weiß nicht«, meinte John und kratzte sich scheinbar unsicher am Kopf. »So ein guter Schütze bin ich gar nicht.«

»Erzählen Sie mir nichts, Mister Jones! Ich kenne doch Ihresgleichen. Freischaffender Transportunternehmer, hm? Sie und Ihr schweigsamer Freund sind Frontiersmen, das sehe ich Ihnen an. Und die können doch schießen wie die Teufel, sagt man.«

»Sie überschätzen uns.«

»Unsinn. So ein kleiner Wettstreit regt den Appetit an. Und währenddessen verhandeln wir über Ihre Rinderherde.« Er hob die Stimme. »Carmine, steck die Zielscheiben im Abstand von zehn Schritten in den Boden.«

»Ja, Padre«, erwiderte der Mann auf der anderen Seite des Schießstandes und beeilte sich, der Aufforderung Folge zu leisten.

Valquarez entnahm das Magazin des Gewehrs und schnippte mit dem Finger. Einer seiner Lakaien reichte ihm eine Schachtel Patronen. Das Gewehr unter den Arm geklemmt, lud der Rinderbaron das Magazin. »Wissen Sie was?«, sagte er zu John. »Was halten Sie von einem kleinen Wetteinsatz? Keine Sorge, ich will nicht um die Rinder schießen. Geschäft und Vergnügen trenne ich strikt. Aber ihr Revolver gefällt mir wirklich gut. Da erwachen nostalgische Gefühle in mir. Was halten Sie davon: Der Gewinner bekommt die Waffe des Verlierers?«

John, der währenddessen seinen Santhe zog und die Trommel überprüfte, schüttelte den Kopf. »Ein Frontiersman trennt sich nie einfach so von seinem Raumschiff, und er trennt sich nie einfach so von seiner Waffe. Tut mir leid, Padre.«

»Dann ihr Mantel.« Der Rinderbaron deutete auf Johns grauen Staubmantel. »Ich denke, der würde mir auch ganz gut stehen, wenn ich hinaus zu meinen Herden fahre.« Er grinste.

Nach Johns Dafürhalten war der Mantel Valquarez mindestens zwei Nummern zu lang, aber das sagte er nicht laut. Stattdessen nickte er. »Na gut. Aber Ihr Gewehr brauche ich nicht.«

»Was möchten Sie dann?«

John neigte den Kopf in Richtung des Innenhofs, wo das

Zelt aufgebaut wurde. »Wissen Sie, meine Leute und ich sind neu auf Alvarado. Wir kennen hier niemanden und haben keine Ahnung, wo man sich am Abend gut vergnügen kann. Wenn ich gewinne, laden Sie uns zu dieser Party ein, die Sie geben.«

»Ihre ganze Mannschaft?« Valquarez hob die Augenbrauen. »Wie viele Leute haben Sie an Bord?«

»Fünf«, erwiderte John, wobei er Sekoya nicht mitzählte.

»Das erscheint mir recht viel im Tausch für einen Mantel.«

»Dann nur mich und eine Begleitung.«

»Ihn?« Der Rinderbaron deutete auf Hobie.

»Nein, die Ärztin unserer Schiffs«, versuchte John seinem Gegenüber den Handel schmackhaft zu machen. »Jung, blond, ungebunden. Sie wird Ihnen gefallen.«

Valquarez verfiel in herzhaftes Gelächter.

Hobie beugte sich vor und raunte: »Was machst du da, John?«

»Ich improvisiere«, gab John leise zurück. »Vertrau mir.«

»Ich sehe schon«, sagte Valquarez, »ich muss aufpassen. Sie wissen, wie Sie mich um den Finger wickeln.« Er warf seinem Lakaien die Patronenschachtel zu und rammte das Magazin ins Gewehr. »Ich bin einverstanden.«

»Darf ich da auch noch ein Wörtchen mitreden?«, drang eine Frauenstimme zu ihnen herunter. »Immerhin ist es mein Fest.«

Sie drehten sich um, und John erblickte eine junge Frau, die über ihnen an der Balkonbrüstung des Haupthauses lehnte. Ihr Teint war heller als der des Mannes zu ihren Füßen, doch ihre Züge und das ungebändigte schwarze Haar ließen die Verwandtschaft erahnen. Die Mundwinkel ihrer vollen Lippen waren missbilligend verzogen, und in ihren eisgrauen Augen lag ein Ausdruck von Strenge.

»Sophia, meine Tochter«, stellte Valquarez sie vor.

Hobie lupfte seine Mütze. »Guten Tag, Señorita. Oh, und, äh, alles Gute zu Ihrem Geburtstag.«

Two-Guns, ging es John unwillkürlich durch den Kopf. Sein Blick wanderte das raffiniert geschnittene Dekolleté ihres schwarzen Kleides hinunter zu dem Gürtel an ihrer Hüfte.

»Sie trägt tatsächlich zwei Revolver«, murmelte er, als er die beiden schrägen Holster erblickte, die dort hingen.

»Oh ja!« Der Rinderbaron grinste vielsagend. »Auf ein Schießduell mit ihr sollten Sie sich nicht einlassen, Mister Jones. Sie hat bislang noch jeden Mann in die Tasche gesteckt.« Der Stolz in seiner Stimme war unüberhörbar. Er wandte sich an die junge Frau. »Sophia, es kommen hundert Gäste zu dieser Fiesta. Spielen zwei mehr oder weniger wirklich eine Rolle?«

Sie legte die Unterarme auf das verzierte Metallgeländer und beugte sich ein wenig nach vorn. John musste sich zusammenreißen, um ihr nicht in den Ausschnitt zu starren. *Eine Frau wie sie muss gar nicht besonders schnell ziehen können*, ging es ihm durch den Kopf. *Die meisten ihrer Gegner dürften von ihrem Anblick so gebannt sein, dass sie tot sind, bevor ihnen einfällt, zur Waffe zu greifen.*

Ein schmales, wissendes Lächeln erschien auf Sophias Lippen und der Ausdruck auf ihren Zügen wurde ein wenig milder. »Vielleicht hast du recht, Papa. Ein Großteil dieser alten, faltigen Kerle, die du eingeladen hast, kommt zu deinem Vergnügen, nicht zu meinem. Vielleicht wäre es zur Abwechslung ganz nett, noch einen Mann begrüßen zu dürfen, der nicht völlig unansehnlich ist. Diese Ärztin« – sie richtete den

Blick auf John – »ist aber nicht zufällig Ihre Frau oder Geliebte?«

»Nicht die Spur«, erwiderte John im Brustton der Überzeugung. Kelly *war* weder seine Frau noch seine Geliebte. Ganz eindeutig konnte man ihre Beziehungslage allerdings auch nicht nennen.

»Dann zeigen Sie mal, ob Sie es verdienen, mein Gast zu sein«, sagte Sophia.

Valquarez hob sein Gewehr. »Bis der Erste danebenschießt«, legte er die Regeln fest. Dann feuerte er, zog den Lauf ein wenig zur Seite und schoss erneut. Die ersten beiden Zielscheiben klappten um. Für das dritte Ziel benötigte der Rinderbaron etwas länger, aber auch dieses traf er. Seine Lakaien gaben Laute der Anerkennung von sich. »Papa braucht einen neuen Mantel«, stellte er grinsend fest.

»Nicht schlecht«, gab John zu, als Carmine die Holzscheiben wieder aufrichtete.

»Übertreib's nicht«, warnte Hobie ihn leise, wie immer die treue Stimme des Gewissens.

»Lass mich nur machen.« John hob seinen Santhe, zielte und schoss. Kurz darauf lagen die drei Ziele wieder in der Waagerechten.

»Oho«, sagte Valquarez. »Wusste ich's doch, dass das hier ein Spaß wird. Carmine! Stell die Ziele zehn Meter weiter nach hinten.« Er wandte sich an John. »Also, kommen wir zum Geschäft. Ich nehme an, die Rinder sind gesund und gut genährt.«

»Wie frisch von einer Wiese auf Purcell getrieben«, antwortete John.

»Gut.« Valquarez hob das Gewehr, zielte und gab den ersten Schuss ab – ein Treffer. »Ich biete Ihnen 60 000.« Er zog den Lauf zur Seite.

»Ich will 200 000«, konterte John.

Der Rinderbaron zuckte zusammen und feuerte ins Leere. Entrüstet sah er John an. »Sind Sie irre, Mann?«

Um Verzeihung heischend breitete John die Arme aus. »Tut mir leid, mein Fehler. Sie dürfen noch mal schießen.«

»Das meine ich nicht, ich meine den Preis!«

»Wir hatten Auslagen und Ärger beim Transport. Und wir mussten sie in den letzten Tagen auf unsere Kosten durchfüttern.«

»Trotzdem …« Mürrisch richtete Valquarez seine Aufmerksamkeit wieder auf die Holzziele. Er schoss und traf auch die zweite Scheibe. »70 000. Das ist ein verdammt gutes Angebot. Niemand sonst auf Alvarado zahlt Ihnen diesen Preis.« Er legte erneut an, kniff die Augen zusammen und schoss.

»Drei Treffer!«, verkündete Carmine von vorn.

»Ich habe gehört, dass ein gewisser Wilbur Stanton ins Rindergeschäft einsteigen will«, erwiderte John arglos, als er seinen Revolver hob. »Vielleicht sollte ich ihn fragen.« Er zielte und schoss, wobei er sich Mühe gab, es beiläufig wirken zu lassen. Sein ursprünglicher Plan war gewesen, Valquarez nur knapp zu besiegen, es eher wie Glück als wie Können wirken zu lassen, um den Rinderbaron nicht zu erzürnen. Nun jedoch ging es darum, die Frau auf dem Balkon hinter ihnen zu beeindrucken. Auf die Gefühle ihres Vaters konnte er dabei keine Rücksicht nehmen.

»Stanton?« Valquarez' Miene verfinsterte sich. »Der Sohn einer billigen Peko-Hure soll mir nicht erzählen, er hätte ein Interesse an Rinderzucht. Carmine! Noch zehn Meter.«

»Machen Sie zwanzig draus!«, rief John. Er zwinkerte seinem Gegenüber zu. »Ich muss mich doch ins Zeug legen, um Ihre Tochter zu beeindrucken.«

»Glauben Sie mir«, sagte der Rinderbaron, »so leicht ist Sophia nicht zu haben.«

»Wir werden sehen.« John blickte zu der jungen Frau hinauf und schenkte ihr sein bestes Schurkenlächeln.

Sie richtete sich auf und eine linke Hand legte sich auf ihren Gürtel, unweit des Griffs ihres Revolvers.

Carmine hob einen Arm, als er die Ziele verschoben hatte, und rannte aus der Schusslinie. Mittlerweile war dieser Wettbewerb zu einer echten Herausforderung geworden. Die Zielscheiben waren nicht sehr groß und die Entfernung näherte sich der Grenze des Schussbereichs, innerhalb dessen John mit seinem Revolver zielgenau treffen konnte.

Valquarez legte erneut das Gewehr an. Schweißtropfen bildeten sich auf seiner Stirn. Der Rinderbaron mochte es auf die Sonne schieben oder auf seinen Ärger über den renitenten Geschäftspartner, aber John war sich sicher, dass auch ein Hauch von Nervosität dahintersteckte. Ihm schien aufzugehen, dass er sich von seinem Gegner hatte reinlegen lassen. Doch Valquarez war Manns genug, sich nicht zu beschweren.

Das Remington gab ein heulendes Krachen von sich – und die erste Zielscheibe fiel. Mit zufriedenem Grinsen sah Valquarez John an.

»Wenn der so weitermacht, bist du deinen Mantel los«, raunte Hobie John ins Ohr.

»Keine Sorge«, gab John zurück. »In dieser Runde wird er versagen.«

Aber auch der zweite Schuss saß, wenn auch nur knapp. Valquarez zückte ein Stofftaschentuch und wischte sich den Schweiß von der Stirn. »Verdammte Hitze«, brummte er, obwohl die Temperaturen ungeachtet der strahlenden Nachmittagssonne erträglich waren.

Blinzelnd zielte er erneut und schoss. Die Kugel jagte der Holzscheibe entgegen, aber nichts passierte. Der Rinderbaron hatte sein Ziel verfehlt. Seine beiden Lakaien machten ihrer Enttäuschung Luft.

»Ha, na ja, Pech gehabt«, sagte Valquarez mit leicht verkniffener Miene. »Mal sehen, wie Sie sich in dieser Runde schlagen.«

John wartete, bis Carmine die Ziele ein weiteres Mal aufgerichtet hatte. Dann hob er seinen Revolver und richtete sie auf die kleinen Holzscheiben.

»Wissen Sie was?«, sagte er. »Ich glaube, Sie hatten recht. Frontiersmen können doch ganz gut mit ihren Waffen umgehen.« Er zog den Abzug seines Revolvers durch, und dann gleich noch einmal. Bevor er ein drittes Mal schießen konnte, ertönt ein Knall hinter ihm und die dritte Zielscheibe kippte um.

Überrascht drehten sich alle um.

Auf dem Balkon stand Sophia, einen Revolver in der Linken und sah zu ihnen herab. Sie ließ die Waffe spielerisch um den Finger rollen und schob sie mit einer fließenden Bewegung zurück ins Holster. Ein dünnes Lächeln umspielte ihre Lippen. »Ich habe genug gesehen, Mister Jones. Es wäre mir eine Freude, Sie heute Abend als meinen Gast begrüßen zu dürfen.«

Einen Moment lang wusste John wirklich nicht, was er sagen sollte. Sophia hatte noch zehn Meter hinter ihnen gestanden, und er bezweifelte, dass sie sich viel Zeit zum Zielen gelassen hatte. Schließlich hatte sie nicht wissen können, ob er die ersten beiden Ziele treffen würde oder nicht.

Enrico Valquarez brach in schallendes Gelächter aus. »Das ist mein Mädchen, Captain. Vor der müssen Sie sich in Acht nehmen.«

John neigte respektvoll den Kopf. »Meinen Glückwunsch. Guter Schuss.«

Sophia hob das Kinn. »Wir sehen uns auf dem Fest, Captain.« Mit diesen Worten drehte sie sich um und verschwand im Haus.

»Na gut«, sagte der Rinderbaron wieder sichtlich besser gelaunt, nun, da die Familienehre gewahrt blieb. »Ich mache Ihnen ein letztes Angebot: 90 000 für Ihre Rinder. Ich zahle in bar, und Sie haben keinen Ärger mit den Behörden, das garantiere ich Ihnen.«

»Danke, Mister Valquarez«, sagte John. Er steckte seinen Revolver weg. »Ich denke über Ihr Angebot nach.«

»Machen Sie das, aber lassen Sie sich nicht zu viel Zeit. Wenn erst der Gouverneur dahinterkommt, dass Sie unter der Hand Importware verkaufen wollen, haben Sie schneller die Blauröcke auf dem Hals, als sie den Namen Ihres Schiffs buchstabieren können.«

»Ich weiß Ihre Warnung zu schätzen.« John nickte dem Rinderbaron zu. »Einen schönen Tag noch, Mister Valquarez. Wir finden selbst hinaus.«

Über den Innenhof schlenderten sie zurück zum Ausgang. John hoffte, auch auf die andere Valquarez-Tochter, Isabel, zu treffen, um ihr eine kurze Warnung zukommen zu lassen, dass sie sich für die anstehende Flucht bereithalten solle. Aber Edward Stantons große Liebe war nirgendwo zu sehen.

»Du hast wirklich Nerven, John«, murmelte Hobie, als sie das Anwesen verließen und in ihren Schweber stiegen. »Ausgerechnet auf der Geburtstagsfeier einer lokalen Revolverheldin deren Schwester zu entführen ...«

John zuckte mit den Schultern. »Was soll ich sagen, Hobie? Man muss die Feste feiern, wie sie fallen.« Er startete den Motor des Fargo. »Ruf Kelly an. Sie soll sich mit Stanton in

Verbindung setzen. Wir übernehmen den Job, aber er muss heute Abend schon über die Bühne gehen. Wenn er und Isabel nicht darauf vorbereitet sind, können wir ihnen nicht weiterhelfen.«

»Ich richte es aus«, sagte Hobie und zückte sein Komm-Gerät.

Johns Gedanken wanderten zurück zu Sophia und ihren verdammt schnellen zwei Kanonen. Er hoffte, dass er nicht gerade einen riesengroßen Fehler beging.

– 8 –

»Ich weiß, dass wir unsere Differenzen haben, John«, sagte Kelly an diesem Abend, »aber seit wann hasst du mich?« Mit einem etwas erzwungen wirkenden Lächeln hob sie ihr Glas und erwiderte den Gruß eines lächelnden grauhaarigen Mannes, dessen Gesicht zerfurcht war wie eine Canyonlandschaft.

»Ich heiße Jones«, rief John ihr leise in Erinnerung. »Quincy Jones. Und was redest du für einen Unsinn? Ich hasse dich nicht.« Er legte ihr einen Arm um ihre nackten Schultern und grinste sie verschmitzt an.

»Warum hast du mich dann in dieses furchtbare Ding gesteckt und hierher mitgenommen?« Seine blondhaarige Partnerin zupfte an dem bodenlangen, rotblauen Kleid, das ihr auf Alvarado die Blicke aller Männer sichern mochte, in den Augen einer Kernweltenbewohnerin aber zweifellos recht provinziell wirkte.

»Weil du die charmanteste Ablenkung darstellst, die sich ein Mann auf geheimer Mission wünschen kann. Und weil du viel leichter als ich mit Isabel Kontakt aufnehmen kannst. Ganz abgesehen davon hätte ich etwas mehr Dankbarkeit von dir erwartet, dass ich dir bei Ingbert von meinem sauer Ersparten dieses prächtige Kleid gekauft habe, um dich zu einer abendlichen Festivität auszuführen.«

»Ich bewege mich hier durch ein Minenfeld voller wohlmeinender faltiger Hände!«

»Beschwer dich nicht, Kelly. Mir geht es nicht besser. Ich

muss mich in die Nähe einer Frau wagen, die fast so schnell schießt wie ich.«

Kelly warf ihm einen ironischen Seitenblick zu. »*Fast* so schnell?«

John ließ sie wieder los und zuckte unbehaglich mit den Schultern. »Je nach Tagesform könnte sie auch schneller sein.«

Vor etwa zehn Minuten waren sie auf der Geburtstagsfeier von Sophia Valquarez eingetroffen. Das Fest war bereits in vollem Gange. Auf dem von bunten Lampionketten erhellten Innenhof tummelten sich zahlreiche Gäste. Im Schutz des am Nachmittag aufgestellten Zelts war ein Büfett aufgebaut, außerdem briet Fleisch auf einem großen Schwenkgrill unter freiem Himmel. Auf der Veranda des Haupthauses stand eine vierköpfige Musikgruppe und untermalte das Geschehen mit lebhaften Gitarrenklängen.

Die meisten der Gäste erweckten den Eindruck, ältere Verwandte oder Geschäftspartner von Enrico Valquarez zu sein. Junge Menschen in Sophias Alter sah John wenige. Sie schien nicht viele Freunde zu haben, was ihn kaum überraschte. Weder ihre hochmütige Art noch ihre Berufung als Revolverheldin waren dazu angetan, ihr zu großer Beliebtheit zu verhelfen.

Bevor John und Kelly sich von Hobie zu dem Anwesen hatten fahren lassen, hatten sie am späten Nachmittag noch den Handel mit Edward Stanton abgeschlossen. Die Rinder waren mittlerweile nur noch Dung auf den Metallböden der Frachträume der *Mary-Jane*. Und um diesen würden sich Aleandro, Piccoli und Sekoya kümmern. Eine Anzahlung des Geldes – 30 000 Union Dollar – befand sich bereits im Geheimversteck in Johns Kabine. Den Rest bekamen sie, sobald sie Isabel aus ihrem Elternhaus herausgeschmuggelt hatten.

Der Plan sah vor, abzuwarten, bis die Fiesta auf ihren feuchtfröhlichen Höhepunkt zustrebte und dann mit der jungen Frau, die Stanton zufolge über die anstehende Flucht unterrichtet war, das Weite zu suchen. Ihr Fluchtfahrzeug, ein rasanter Geländegleiter, der dem Stanton-Spross gehörte und von diesem pilotiert wurde, harrte bereits in den Hügeln jenseits des Anwesens seines Einsatzes. Im Optimalfall gelang es John, Kelly und Isabel, Edward heimlich am vereinbarten Treffpunkt aufzusuchen. Für den Notfall hatte John jedoch Edwards Nummer in seinem Kommunikator gespeichert und auf Schnellwahl gelegt. Er wollte gewappnet sein, falls ihr Abgang eher überstürzter Natur war.

Noch allerdings mussten sie sich gedulden. Bisher hatte der allgemeine Alkoholpegel der Gäste nicht das Niveau erreicht, das John für eine sichere Arbeitsumgebung erachtete. Sein Blick fiel auf Sophia, die soeben aus dem Haupthaus trat und sich dabei umsah, als betrete sie einen Saloon, in dem sie Ärger erwartete.

»Kelly, such nach Isabel«, raunte John seiner Begleiterin zu. »Ich lenke derweil die gefährlichste Person des Abends ab.«

Kelly folgte seinem Blick und gab einen anerkennenden Laut von sich. »Und zweifellos die hübscheste. Ich bedaure dich, John, pardon, *Quincy.*«

Gespielt verwirrt sah John sie an. »Ich bin nicht so gut in diesen Dingen: Erwartest du jetzt, dass ich dementiere und deinen eigenen Liebreiz hervorhebe?«

Sie schlug ihm mit der Faust gegen den Oberarm. »Dein Charme ist einfach unwiderstehlich.«

Er grinste. »Ich weiß.«

Sie trennten sich, und John schlenderte auf Enrico Valquarez' Älteste zu. Bevor er sie erreichte, erspähte jedoch der

Anführer der Musikgruppe sie und begann unverzüglich, ein Geburtstagsständchen zu spielen. Seine Kameraden fielen darin ein, und wenige Sekunden später sang der ganze Hof auf Spanisch zu ihren Ehren. John blieb stehen und wartete ab, als die peinlich Berührte zum Klang des sich anschließenden Applauses von ihrem Vater in die Arme geschlossen wurde. Einige Männer und Frauen, die wahrscheinlich zur Verwandtschaft gehörten, schlossen sich an.

Dann trat plötzlich eine jüngere Frau hinzu und umarmte Sophia herzlich. Sie sagte etwas zu ihr, das die Ältere mit einem schiefen Lächeln quittierte. Als sich die Gratulantin umdrehte, merkte John auf. Dieses bildhübsche Gesicht mit den dunklen Augen und dem strahlenden Lächeln kannte er von dem Foto, das Aleandro beschafft hatte. *Isabel Valquarez.* Sein Blick suchte Kellys und er deutete mit dem Kopf in Richtung der jungen Frau, die beschwingt auf das Essenszelt zuspazierte. Seine blonde Partnerin nickte kaum merklich und setzte sich in Bewegung.

John widmete sich derweil erneut Sophia. Sie befand sich gerade in Gesellschaft einer kleinen, rundlichen Frau, die gestenreich auf sie einredete. Als John sich von hinten zu ihnen gesellte, legte Sophia ihrer Gesprächspartnerin die Hand auf die Schulter. *»Discúlpeme, tía«*, sagte sie, und während die Frau sich mit einem Nicken und einem verstohlenen Seitenblick auf den Neuankömmling zurückzog, wandte Sophia sich John zu.

»So unbewaffnet in einem Gehege voller Raubtiere?« Mit vielsagendem Lächeln schaute John zu den alten Männern hinüber, die sich an einer langen Tafel sammelten und laut lachend Biergläser hoben.

»Mein Vater verbittet sich offen getragene Revolver auf einer Fiesta«, erwiderte sie und bestätigte damit Johns Vermutung, dessen Santhe verborgen unter der Jacke im hinteren Hosenbund steckte. »Doch wenn Sie glauben, ich wüsste mich nicht zu wehren, irren Sie sich, Mister Jones.«

Abwehrend hob John die Hände. »Keine Sorge, auf den Gedanken wäre ich niemals gekommen.« Er griff in seine Jackentasche – ausnahmsweise trug er mal nicht den knielangen grauen Mantel, sondern eine braune Jacke, die ihm zumindest den Anschein von Respektabilität verlieh – und zog einen kleinen Gegenstand hervor, der bläulich glänzte. »Ich habe übrigens etwas für Sie.« Er reichte Sophia das Kleinod.

»Was ist das?« Sie drehte die münzgroße, leicht gebogene Scheibe, die an einer Stelle eine nachträglich angebrachte Öse aufwies, durch die man eine Kette oder ein Lederband ziehen konnte. »Ein Anhänger?«

»Das ist ein Stück Außenhülle von einem Peko-Raptor, einer dieser kleinen Raumjäger der Grünhäute, Sie wissen schon.«

Sophia nickte leicht verwirrt.

»Vor ein paar Wochen haben meine Leute und ich einen Flug von Briscoll nach Heaven's Gate unternommen«, erklärte John. »Dabei sind wir mit einem Stamm Peko zusammengeraten, der auf dem Kriegspfad war. Über Johansson kam es im All zu einer Verfolgungsjagd. Diesen Burschen habe ich ohne elektronische Hilfsmittel mit einer McDerris-25-Millimeter-Schnellfeuerkanone auf zehn Kilometer Entfernung abgeschossen – oh, und ich stand in einem Raumanzug oben auf dem Frachtraum meines Schiffs. Die Trümmer haben uns eingeholt, als wir am Transitfeld abbremsen mussten. Ein paar davon steckten nachher in der Außenhülle.«

Die junge Frau hob eine fein geschwungene Augenbraue. »Zehn Kilometer sagen sie?«

John nickte.

»Ein blanker Glückstreffer.«

Er nickte erneut. »Absolut. Was dieses Stück zum perfekten Glücksbringer macht.«

»Der Peko-Pilot würde das anders sehen.«

»Deshalb schenke ich ihn auch keinem Peko, sondern Ihnen.« Die Geschichte stimmte weitgehend. Tatsächlich hatte John das Trümmerstück bei ihrer Landung auf Heaven's Gate unweit einer Schubdüse entdeckt. Von welchem der abgeschossenen Jäger es allerdings tatsächlich stammte, wusste er nicht. Doch das war ein unwichtiges Detail. Er hatte das Stück als Erinnerung aufgehoben und dann am heutigen Nachmittag wiedergefunden, als er sich an Bord der *Mary-Jane* auf die Suche nach einer Art Geburtstagsgeschenk für Sophia gemacht hatte. Hobie hatte für ihn die Ränder abgeschliffen, eine Öse drangeschweißt und es poliert, sodass das blaue Metallstück nun halbwegs ansehnlich war. Letzten Endes zählte ohnehin die Geste.

Die Sophia offenbar zu schätzen wusste. Ihre Lippen verzogen sich zu einem kleinen Lächeln. »Danke, Captain Jones. Ich vertraue zwar lieber auf meine Fähigkeiten, aber etwas Glück schadet nie.« Sie schob den Anhänger in eine verborgene Tasche ihres faltenreichen, schwarzroten Kleides. Dann blickte sie ihn fragend an. »Und? Verkaufen Sie meinem Vater die Rinder?«

»Ich denke noch darüber nach«, log John. »Aber ich schätze, schon.«

Einen kurzen Augenblick sah Sophie ihn schweigend an. »Sie sollten es tun«, sagte sie ruhig.

»Warum?«

»Weil mein Vater sehr unangenehm werden kann, wenn er seinen Willen nicht bekommt. Und ich glaube, dass er Ihre

Rinder haben will, nun, da Sie sie ihm angeboten haben. Zumindest wird er verhindern wollen, dass die Stantons sie bekommen.«

»Das klang bereits bei meinem Besuch heute Nachmittag so.« John gab sich arglos. »Was hat Ihr Vater gegen die Stantons?«

Sophias Gesicht verfinsterte sich. »Es handelt sich um eine Bande aus Dieben und Betrügern. Mit denen sollten sie sich nicht einlassen. Sie werden es bereuen, das verspreche ich Ihnen.«

»Ich werde es mir merken. Danke für die Warnung.«

Die junge Frau beugte sich vor und senkte die Stimme. »Ich habe noch eine Warnung für Sie, Captain. Sie mögen besser schießen, als sie behaupten, aber sie sind ein schlechterer Lügner, als sie glauben. Also, was immer sie vorhaben: Lassen Sie es sein. Ich mag nicht den Eindruck erwecken, ein Familienmensch zu sein, trotzdem reagiere ich auf Angriffe, die meine Familie betreffen, extrem ungehalten. Und Sie möchten mich nicht zur Feindin haben.«

Erstaunt sah John Sophia an. »Wie kommen Sie darauf, dass ich Ihrer Familie Schaden zufügen wollte?«

»Ganz einfach: Sie haben meinen Vater heute Nachmittag doch nicht besucht, um Rinder zu verkaufen. Der Preis, den Sie nannten, war absurd hoch, und große Verhandlungsbereitschaft zeigten Sie auch nicht. Meinem Vater mag so etwas nicht auffallen, wenn ihn das Fieber eines Wettstreits gepackt hat. Aber ich behalte immer den Überblick, auch für ihn.«

»Sie leiden unter Verfolgungswahn. Ich besitze die Rinder wirklich und ich will sie auch verkaufen. Aber ob ich sie für 90 000 Dollar abgeben will, darüber muss ich noch nachdenken. Was an meinem Verhalten ist so ungewöhnlich?«

Sophia schüttelte langsam den Kopf. »Sie mögen Ihre Lügen mit viel Wahrheit kaschieren, aber sie bleiben trotzdem Lügen.«

»Wenn Sie mich für einen so fragwürdigen Charakter halten, warum haben Sie mich zu Ihrer Geburtstagsfeier eingeladen?«, wollte John wissen.

Ein dünnes Lächeln umspielte Sophias Mundwinkel und in ihren Augen funkelte es vielsagend. »Ich bin ein neugieriger Mensch, Captain. Ich wollte Sie näher kennenlernen und herausfinden, ob Sie nur ein Gauner sind oder eine wirkliche Bedrohung darstellen.«

Unwillkürlich lief John ein Schauer über den Rücken. Diese Frau war weit gefährlicher, als man es angesichts ihrer jungen Jahre annehmen mochte – und das auch ohne Revolver. Er musste Aleandro noch einmal auf sie ansetzen. Wenn sie eine Schwachstelle hatte, war es besser, sie früher als später in Erfahrung zu bringen. Im Moment allerdings blieb ihm nichts, als gute Miene zum bösen Spiel zu machen.

»Und?«, fragte er leichthin. »Wie lautet Ihr Urteil nach unserem ersten längeren Gespräch?«

Sie musterte ihn von oben bis unten. »Ich bin mir noch nicht ganz sicher. Sie sind ein interessantes Rätsel. Am Ende, so nehme ich an, läuft es darauf hinaus, dass ich Sie entweder in einen Sarg oder mein Bett befördere.«

Reizende Aussichten, dachte John und meinte es zugleich sarkastisch und ernst. »Sie sind ziemlich selbstbewusst, hat Ihnen das mal jemand gesagt?«

»Ich bin mit vielen Männern um mich herum groß geworden. Und obwohl ich als Tochter des *Padre* natürlich privilegiert war, habe ich schnell für mich herausgefunden, dass ich Männer am besten auf zwei Weisen dazu bringe, das zu tun, was ich will: mit denen« – Sophia berührte ihr Dekolleté –

»oder mit denen.« Sie zog die Falten ihres Kleides links und rechts zur Seite. Durch Schlitze im Stoff wurden ihre zwei Revolver sichtbar, die in tief an den nackten Oberschenkeln festgebundenen Holstern steckten.

»Nicht unbedingt das Verhalten einer ehrbaren Tochter«, bemerkte John.

»Wenn Sie die ehrbare Tochter suchen, sollten Sie mit Isabel sprechen«, erwiderte Sophia, während sie den Stoff wieder vor die verborgenen Waffen gleiten ließ.

Two-Guns ... Aber immerhin wusste er jetzt, worauf er im späteren Verlauf des Abends achten musste. Er räusperte sich. »Also schön, dann wissen wir jetzt, woran wir sind. Hoffen wir, dass es nicht in einem Sarg endet – für keinen von uns.«

Sophia bedachte ihn mit einem weiteren, langen Blick. »Wir werden sehen.« Sie zauberte ein Lächeln auf ihre Züge und neigte grüßend den Kopf. »Wenn Sie mich jetzt entschuldigen würden. Einige der Geschäftsfreunde meines Vaters starren schon seit geraumer Zeit neidisch zu uns herüber. Ich werde mich wohl ein wenig unters Volk mischen müssen. Genießen Sie die Fiesta, Captain Jones. Und danke noch einmal für den ungewöhnlichen Glücksbringer.«

Sie wandte sich ab und spazierte über den Hof davon.

John sah sich um, konnte aber weder Kelly noch Isabel entdecken. Er begab sich zum Essenszelt und holte sich einen Teller des würzig riechenden Reisgerichts, das dort – unter anderem – in einer großen Pfanne gebraten wurde. An eine Säule der Veranda vor dem Haupthaus gelehnt, verzehrte er die Speise.

Aus dem Schatten tauchte Kelly neben ihm auf. Sie verschränkte die Arme vor der Brust und legte den Kopf schief, während sie über den Hof hinweg zu Sophia schaute. »Na, John, wie war deine Recherche?«

»Aufschlussreich«, erwiderte er mit halbvollem Mund.

»Das heißt?«

»Two-Guns ist bewaffnet und gefährlich – selbst auf ihrer eigenen Geburtstagsfeier. Außerdem traut sie uns nicht, also zumindest nicht so richtig.«

»Und trotzdem scheint es sie nicht zu stören, dass wir als Gäste hier sind.«

»Nein«, pflichtete John ihr bei. Den Teil mit dem Sarg und dem Bett erwähnte er nicht.

»Machen wir trotzdem weiter wie geplant?«

»Auf jeden Fall. Wir müssen nur sehr genau aufpassen, Sophia nicht über den Weg zu laufen, wenn wir mit ihrer Schwester unterm Arm vom Grundstück schleichen.« Er bedachte Kelly mit einem Seitenblick. »Wo wir gerade von ihr sprechen: Ist Isabel bereit?«

Seine blonde Partnerin nickte. »Ja. Wir hatten im Gästebad des Hauses ein wundervolles Gespräch unter Frauen. Eine Tasche mit Habseligkeiten ist in der Scheune unweit des Nebentors versteckt. Sie wartet auf unser Zeichen.«

»Gut«, sagte John. »Sehr gut.« Er schob sich einen Löffel voll Reispfanne in den Mund. In den nächsten Stunden blieb ihnen nichts weiter als Warten. Also konnten sie die Party auch noch ein wenig genießen. Wer wusste schon, wann sich die nächste Gelegenheit zum Feiern ergab.

– 9 –

Als der kehlige Gesang betrunkener Gäste lautstark über den Hof zu schallen begann, hielt John den richtigen Augenblick für gekommen. Er nahm Kelly beiseite.

»Geh zu Isabel und sag ihr, dass es losgeht«, befahl er ihr, wobei er ihrer jungen Zielperson einen verstohlenen Blick zuwarf.

Isabel saß neben der rundlichen Tante, die John bereits am frühen Abend kennengelernt hatte, und ließ irgendeine augenscheinlich mehr als einmal gehörte Familiengeschichte über sich ergehen. Die glühenden Wangen der älteren Frau zeugten davon, dass auch sie kräftig dem Alkohol zugesprochen hatte.

»Dann werde ich Isabel wohl ein weiteres Mal zu einem Besuch des Gästebads bitten«, erwiderte Kelly.

John nickte. »Tu das. Ich erwarte euch am Hinterausgang des Hauses.«

Sie trennten sich, und John überquerte den Hof. Im Vorbeigehen nahm er sich ein Glas Bier von einem Tablett, trank einen kräftigen Schluck und kippte sich den Rest unauffällig über die Jacke. Nun stank er, als hätte er unter dem Fass selbst gelegen, eine gute Tarnung, sollte ihn jemand dabei erwischen, wie er sich hinter dem Haupthaus oder am Nebentor herumtrieb. Er trat in den Schatten, zückte sein Komm-Gerät und rief Edward Stanton.

»Wie sieht es aus?«, drang die aufgeregte Stimme des jungen Mannes aus dem kleinen Apparat. Er klang, als säße er auf heißen Kohlen.

»Wir kommen jetzt raus. Halten Sie sich bereit.«

»Ich bin schon seit Stunden bereit«, ereiferte sich Stanton. »Warum dauert das so lange?«

»Werfen Sie nicht mir vor, dass der Valquarez-Clan so trinkfest ist.« Bevor sein Gegenüber etwas darauf antworten konnte, unterbrach John die Verbindung.

Die Musik und das Singen wurden leiser, als John um die Hausecke bog. Das leere Bierglas in der Linken schwenkend, schlenderte er mit leicht unsicherem Schritt an der Fassade entlang. Er hielt den Kopf gesenkt, doch immer wieder sah er sich verstohlen um. Rechts von ihm erstreckte sich der Schießstand, an dem er sich vor wenigen Stunden mit dem Hausherrn gemessen hatte. Seitlich davon erhob sich eine Scheune, die bis auf eine kleine Lampe am Tor im Dunkeln lag. Dahinter versperrte die übermannshohe Steinmauer die Sicht, die das Anwesen einfasste. Das Nebentor konnte John nicht sehen, aber er wusste, dass sich dieses irgendwo hinter der Scheune befand.

Der Hinterausgang des Hauses war eine stabile Metalltür, zwar freundlich grün gestrichen, aber das täuschte nicht darüber hinweg, dass sich jeder Einbrecher an ihr die Zähne ausbeißen würde. Er verharrte neben der Tür und lauschte. Noch war im Haus nichts zu hören. Dafür vernahm er Schritte, die sich von jenseits der Hausecke hinter ihm näherten.

Rasch sah John sich um. Es gab keine gute Deckung in Reichweite, zumal auch am Seitenausgang eine Lampe brannte, die unerfreulich viel Licht in die Schatten hinter dem Haus brachte. Also musste er in die Rolle schlüpfen, auf die er sich vorbereitet hatte.

John sackte an der Hauswand neben der Tür zusammen. Er hoffte, dass Kelly und Isabel nicht genau diesen Augenblick wählten, um herauszutreten. Andererseits war Isabel die Tochter des Hausherrn und durfte mit ihrer »Freundin« auf dem Anwesen herumschleichen, wie sie wollte.

»He!«, vernahm John die Stimme des Wachmanns, als dieser in Sicht kam. »Was machst du denn hier?«

John hob träge den Kopf und grinste sein Gegenüber schief an. »Ich halte Siesta, sieht man das nicht?«, erwiderte er mit schwerer Zunge.

Der Wachmann trug sein Massetreiber-Gewehr an einem Riemen quer vor dem ausladenden Bauch. Er wirkte auf John eher unwillig als alarmiert. Wahrscheinlich hatte er im Laufe des Abends schon den ein oder anderen Betrunkenen in einer dunklen Ecke des Anwesens aufgefunden.

»Los, hoch mit dir.« Er packte John am Ärmel und zerrte ihn auf die Beine. »Du kannst draußen vor dem Tor weiterschlafen.«

»He, nicht so grob«, beschwerte sich John und schwankte dabei hin und her. »Ist ja gut. Ich habe verstanden. Ich bin schon ...« Ohne Vorwarnung spannte er den Körper an und schlug mit der Faust zu. Mit einem leise klatschenden Geräusch traf sie auf die fleischige Kinnpartie seines Gegenübers, die Augen des Wachmanns wurden glasig, dann gab es ein leises Rascheln und Klappern, als er zusammenbrach.

Rasch entwaffnete John den Benommenen. Mit dem Kolben verpasste er seinem Gegner einen zweiten Hieb gegen den Kopf, woraufhin bei diesem vollständig die Lichter ausgingen. John versteckte das Gewehr hinter einem niedrigen Busch, den Mann drapierte er an der Hauswand sitzend, die Hände vor dem Bauch gefaltet. Der Wächter würde vermutlich nicht lange ohne Bewusstsein bleiben. Umso wichtiger war es, dass sie schleunigst von hier verschwanden.

Als wäre das ihr Stichwort gewesen, ging die Tür auf und

Kelly spähte ins Dunkel hinaus. Sie erblickte erst John, danach den am Boden ruhenden Wachmann. »Habe ich etwas verpasst?«

John schüttelte den Kopf. »Wir hatten nur ein kleines Gespräch unter Männern. Ist Isabel bei dir?«

Hinter Johns blonder Partnerin tauchte die jüngere der beiden Valquarez-Schwestern auf. Sie hatte noch immer ihr hübsches Festkleid an, was zweifellos unauffälliger war, solange sie sich auf dem Gelände des Anwesens bewegten, für eine schnelle Flucht aber eher ein Hindernis darstellte. Andererseits eignete sich auch Kellys Garderobe nicht gerade für eine wilde Verfolgungsjagd.

Isabel hatte die dunkelbraunen Augen weit aufgerissen und ihre Wangen wirkten im Schein der Außenlaterne gerötet. John konnte ihr nicht verdenken, dass sie aufgeregt war.

»Ich bin hier, Captain«, sagte sie leise.

»Sehr gut.« Sie wollte an ihm vorbeischlüpfen, aber er hielt sie auf. »Warten Sie«, sagte er mit ernster Miene. »Sind Sie wirklich sicher, dass Sie das tun wollen? Ihrer Familie den Rücken kehren und mit dem jungen Stanton durchbrennen?«

Isabel sah ihm in die Augen und nickte fest. »Ja. Ich liebe ihn, Mister Donovan. Und mein Vater will das nicht verstehen. *Unsere* Väter wollen das nicht verstehen. Es gibt für uns also keinen anderen Weg.«

Er ließ sie los. »In Ordnung. Ich wollte nur sichergehen. Dann ab. Verschwinden wir.«

Leise huschten sie los, vom Haupthaus fort und hinüber in den Schatten der Scheune. Das Lachen und Singen auf dem Innenhof folgte ihnen. Der große Mond Alvarados verbarg sich hinter den Wolken, sodass jenseits der von den Außenlampen erzeugten Lichtinseln tiefe Dunkelheit herrschte. Das war ein glücklicher Zufall, denn er erschwerte den Wachen auf den Türmen der Außenmauer, sie zu entdecken.

»Warten Sie kurz«, bat Isabel, als sie die Scheune erreichten. »Ich hole meine Tasche.«

»Gibt es einen zweiten Eingang?«, wollte John wissen. Er deutete auf das Licht über dem Scheunentor. »Wenn Sie dort hineingehen, sieht man Sie womöglich.«

»Es gibt eine Seitentür«, gab die junge Frau zurück. »Sie ist nachts verschlossen, aber ich weiß, wo der Schlüssel versteckt ist. Folgen Sie mir.«

Sie schlichen um die Scheune und erreichten eine gewöhnliche Holztür. Isabel bückte sich, drehte einen Stein um und hielt triumphierend einen kleinen, silbernen Schlüssel in die Höhe. »Sehen Sie?«

»Schon gut, beeilen Sie sich.« Unruhig sah John über die Schulter. Der Wachmann würde demnächst erwachen, und bis zu dem Zeitpunkt wollte John das Anwesen verlassen haben.

Leise schloss Isabel die Tür auf und verschwand im Inneren der Scheune. Keine Minute später gesellte sie sich wieder zu John und Kelly. Mit beiden Händen hielt sie eine blaue, prall gefüllte Reisetasche umklammert, deren Gurt um ihre Schulter geschlungen war.

Sie wollte gerade die Tür wieder abschließen, als auf der anderen Seite der Scheune, dort, wo sich das Haupthaus erhob, Stimmen laut wurden. Ein Mann rief etwas, ein anderer antwortete. John verstand kein Wort – aber das musste er auch nicht.

»Zeit zu gehen«, drängte er.

Sie umrundeten den Rest der Scheune und erreichten die Außenmauer. Überraschenderweise stand das Nebentor offen, allerdings lehnte ein mit einem Gewehr Bewaffneter daneben.

Noch während John darüber nachdachte, wie sie an diesem unbehelligt vorbeikamen, rannte ein weiterer von Valquarez' Revolvermännern – es handelte sich um Carmine, den Zieleaufrichter vom Nachmittag – herbei und redete gestenreich auf den Mann ein. Dessen Haltung straffte sich sogleich und er packte sein Gewehr fester. Er nickte Carmine entschlossen zu, der daraufhin wieder verschwand.

»Fantastisch«, brummte John. »Wie es aussieht, ist mein Freund am Hintereingang des Haupthauses aufgewacht. So viel zu unserem heimlichen Abgang.« Vermutlich wäre es sicherer gewesen, dem Mann die Kehle durchzuschneiden, statt ihn nur niederzuschlagen. Aber John vermied Tote, wenn es möglich war. Sobald es Tote gab, wurde aus jedem Spiel Ernst, denn dann war eine Grenze überschritten, über die man nicht mehr zurückkonnte.

»Wir brauchen eine Ablenkung.« Er sah sich um, und sein Blick fiel auf einen Faulgasturm im hinteren Bereich des Anwesens.

»Ist das nicht ein bisschen extrem?«, fragte Kelly, die seine Absicht zu erraten schien.

»Ich bin offen für bessere Vorschläge«, gab John zurück.

Isabel zog die Reisetasche von der Schulter und legte sie neben sich auf den Boden. Dann löste ihr Haar, das sie den Abend über in einer dekorativen Flechtfrisur getragen hatte.

»Lassen Sie mich das machen«, sagte sie. »Josue kennt mich. Er wird mir vertrauen, wenn ich zu ihm laufe und ihm erzähle, ein betrunkener Kerl hätte mich hinter der Scheune belästigt. Ich locke ihn hierher und Sie ...« – sie zögerte und ihr Blick huschte zu John geballten Fäusten – »Sie tun, was Sie eben tun müssen.«

»Einverstanden.« Er nickte.

»John, ist das nicht ein bisschen gefährlich?«, warf Kelly ein.

»Nein, sie hat schon recht. Auf die Tochter des Hauses wird der Bursche bestimmt nicht schießen.«

Isabel zerzauste ihr Haar ein wenig und zog sich die rechte Seite ihres Ausschnitts über die Schulter. »Wie sehe ich aus?«

»Geben Sie Josue keine Zeit, über Ihre Geschichte nachzudenken, und es wird klappen«, antwortete John.

»Ich hoffe es.« Sie atmete tief ein und aus. Dann hob sie den Kopf und rannte los.

»Josue!«, rief sie. *»Ayúdame!«*

Alarmiert blickte der Wachmann in ihre Richtung, doch bevor er irgendeine Frage stellen konnte, begann Isabel hektisch auf ihn einzureden. Dabei ergriff sie ihn am Arm und zog ihn mit sich auf John und Kelly zu, die hinter der Ecke warteten.

»Sie mag nicht so ein kaltblütiger Profi wie ihre Schwester sein«, sagte John leise zu seiner Begleiterin. »Aber eins muss man ihr lassen: Die panische Frau spielt sie perfekt.«

Überrumpelt ließ sich der Wachmann Josue von Isabel hinter die Scheune ziehen. Dort erwartete ihn bereits Johns Faust. Der Mann landete auf dem Boden, als wäre er gegen eine Wand gelaufen.

»Gut gemacht«, lobte John Isabel, während er mit schnellen Bewegungen das Gewehr des Bewusstlosen entlud und das Magazin hinter sich ins Dunkel warf. »Kommen Sie.« Er schnappte sich die Reisetasche und schlang sie über die Schulter. Anschließend ergriff er Isabels Hand und rannte mit ihr los. Kelly, die sich aus Josues Gürtel dessen Revolver entliehen hatte, folgte ihnen.

Sie liefen auf das nun unbewachte Nebentor zu. John hoffte, dass niemand ihr Verschwinden bemerken würde – doch sein Wunsch ging nicht in Erfüllung.

»Heda!«, rief sie eine Stimme vom nächsten Wachturm an. »*Alarma!* Sie entführen Isabel! *Alarma!*«

John fluchte. »Auch das noch.« Er riss das Komm-Gerät aus dem Gürtel und drückte die Schnellverbindung. »Stanton? Sind Sie da?«

»Ja, was gibt's?«, kam die Antwort wie aus der Pistole geschossen.

Auf der anderen Hofseite wurden die Alarmrufe aufgenommen und der Tumult nahm zu. »Wir stecken in Schwierigkeiten«, erklärte John, während sie einen Außenhof aus hart gepresster Erde überquerten und auf mehrere Stallungen zueilten, um dahinter in Deckung zu gehen, sollte irgendein Verrückter auf die Idee kommen, auf sie zu schießen. »Kommen Sie mit dem Schweber zu den Stallungen nördlich des Anwesens.«

»Ich bin in einer Minute da«, versprach Stanton.

Hinter ihnen knallte ein Gewehr. Isabel schrie erschrocken auf, und John zog den Kopf ein. *Vollidioten!*, fuhr es ihm durch den Sinn. *Sie feuern auf die Tochter des Padre.*

Auf der Mauer schien jemand seiner Meinung zu sein, denn ein Mann brüllte empört auf und beschimpfte den Schützen lautstark. Es erfolgte kein zweiter Schuss.

Sie erreichten die Stallungen und rannten an der Außenseite entlang. Ihr Ziel war der hölzerne Zaun, der das Anwesen eingrenzte. Dahinter erstreckte sich die hügelige, von niedrigem Buschwerk bewachsene Hochebene.

Rechts von ihnen wurde das Heulen eines Gleitermotors lauter. John drehte den Kopf und sah zwei Scheinwerfer rasch näherkommen. Er erkannte die Anordnung. Es war Stantons Fahrzeug.

Doch das Heulen blieb nicht das einzige Motorengeräusch. Plötzlich gesellte sich ein aggressives Surren dazu, das unangenehm nach aufgescheuchten Hornissen klang. Kelly warf einen Blick über die Schulter. »Hoover-Bikes!«

Nun riskierte auch John einen Blick nach hinten und fluchte gepresst. Valquarez' Leute hatten verdammt schnell geschaltet. Aber Aufgeben kam für ihn nicht infrage. »Weiter! Wir haben den Gleiter gleich erreicht.«

Vor dem Tor des Außengeländes legte Stanton eine spektakuläre Wende hin. Staub wirbelte auf, als er Gegenschub gab, am Steuer des Sportgleiters riss und das Heck um fast 270 Grad herumschleuderte. Dabei krachte es gegen das in der Nacht geschlossene Sperrgitter und sprengte das Schloss auf. Quietschend schwangen die beiden Torflügel auf und knallten gegen Pfosten, die dahinter am Rand der Zufahrt in den Boden gerammt worden waren.

»Hierher!«, rief Edward Stanton ihnen unnötigerweise zu.

In vollem Lauf stürmten sie zum Gleiter. John ließ sich von seinem Schwung tragen, als er über die Außenwand des offenen Fahrzeugs auf den Beifahrersitz flankte. Kelly und Isabel mussten abbremsen, denn ihre langen Kleider, die sie zum Rennen gerefft hatten, ließen solche sportlichen Einlagen nicht zu. Sekunden später hatten auch sie Platz auf der Rückbank gefunden.

»Isabel!«, Edward Stanton strahlte die junge Valquarez-Tochter an, als sehe er sie zum ersten Mal.

»Edward, mein Liebster.« Sie beugte sich rasch vor und gab dem Stanton-Spross einen flüchtigen Kuss auf die Wange.

John warf einen Blick zurück. Vier Scheinwerfer kamen in rasanter Geschwindigkeit näher.

»Das hier ist noch nicht vorbei«, warnte er, während er Isabels Tasche abstreifte und nach hinten warf, damit sie ihn nicht behinderte. »Abflug, Mister.«

»Festhalten!« Stanton gab Schub, und der Gleiter machte einen Satz nach vorn. Dann raste er los, hinaus in die Hochebene. Auf der kurvenreichen Hangstraße wären sie den leichten Hoover-Bikes niemals entkommen. In der Ebene jedoch konnten die zwei starken Turbinentriebwerke des Geländegleiters ihre Kraft voll zur Entfaltung bringen. In halsbrecherischer Geschwindigkeit raste das Fahrzeug in die Nacht hinaus.

Völlig flach war die Landschaft allerdings nicht. Der Gleiter bockte und bebte heftig, als er über niedrige Hindernisse und Bodensenken hinwegsetzte.

»He, Vorsicht!«, rief John. »Wollen Sie die Prallprojektoren schrotten? Schalten Sie die Fernstrahler an, sonst fliegen wir noch gegen einen Felsen.«

»Ja, vielleicht sollte ich das wirklich.« Stanton drückte einen Knopf und starke Lampen an der Front des Gleiters flammten auf. Ihr Lichtkegel reichte sicher eine halbe Meile weit – was bei ihrer gegenwärtigen Geschwindigkeit auch nötig war.

»Haben Sie Satellitennavigation in dem Ding?«, wollte John wissen.

»Ja, warum?«

John drückte auf einige Knöpfe in der Mitte des Armaturenbretts, die ihm vielversprechend aussahen. »Weil ich wissen will, wohin wir fahren.«

»Es ist der …«, begann Stanton.

»Hab ihn schon«, unterbrach John ihn, als im oberen Teil der Windschutzscheibe eine stilisierte Karte erschien. »Eine aktive Scheibe, sehr nett.«

Stanton bedachte ihn mit einem kurzen, etwas verbissen wirkenden Grinsen. »Der Wagen war auch nicht ganz billig.«

»Restlichtverstärker sind aber nicht zufällig in die Scheibe eingebaut?«

»Tut mir leid.« Sein Sitznachbar schüttelte den Kopf. »Das ist kein Scoutpanzer.«

»Ein Jammer.«

»John«, meldete sich Kelly von der Rückbank zu Wort, »die Kerle kommen näher.«

Er drehte sich halb im Sitz um. Tatsächlich schienen die vier einzelnen Scheinwerfer langsam größer zu werden. Ein leiser Fluch kam ihm über die Lippen. »Valquarez spart offenbar auch nicht an seinem Fuhrpark.«

Fieberhaft verkleinerte John die Navigationskarte, um mehr von ihrer Umgebung zu überblicken. Er deutete auf etwas, das wie ein Labyrinth aus Schlangenlinien aussah. »Das dort, das sieht gut aus. Fliegen Sie dorthin, Stanton.«

Stanton warf einen raschen Blick auf die Karte. »Sind Sie irre? Das sind die Thousand Canyons. In diesem Schluchtengewirr fahren wir in den Tod. Ich bin ein guter Fahrer, aber das ist mir zu riskant.«

»Darum übernehme ich das Steuer«, entgegnete John. »Also halten Sie drauf, und dann wechseln wir den Platz. Es ist unsere beste Chance, unseren Verfolgern zu entkommen.«

Stanton fluchte leise. »Wie Sie meinen.«

Er zog den Gleiter nach links. Das Gelände fiel leicht ab. In der Ferne ragte die dunkle Masse eines steil aufragenden Gebirgszugs in den etwas helleren Nachthimmel auf.

»Also gut«, sagte Stanton, »ich bin bereit.« Zur Vorsicht reduzierte er den Schub.

John zog seinen Revolver hinten aus dem Hosenbund und reichte ihn Kelly. »Hier, nimm du den mal.«

Dann legte er die Hände ans Lenkrad und erhob sich. Behände kletterte er nach links, während Stanton hinter ihm ächzend nach rechts auf den Beifahrersitz glitt. Der Gleiter bockte, als er über eine Bodenunebenheit hinwegsetzte. Isabel, die dem verrückten Manöver gebannt von der Rückbank aus zuschaute, stieß einen kurzen Schrei aus. Gleich darauf jedoch ließ John sich auf den Fahrersitz fallen und zog den Schubhebel wieder bis zum Anschlag durch. Die Turbinen heulten auf, und der Fahrtwind nahm zu.

»Geht doch«, stellte er fest.

Die Bergkette kam näher. Hinter ihnen summten die Motoren ihrer Verfolger, aber sie holten nur langsam auf. John war froh, dass Valquarez' Schläger nicht auf sie schießen würden, solange Isabel im Fond saß. Ansonsten wäre diese Jagd um einiges hässlicher geworden.

Er kniff die Augen zusammen und beugte sich ein wenig vor. Ab jetzt durfte er sich keinen Fehler erlauben. Vor ihnen klaffte eine Spalte zwischen den Bergen auf, ein schmaler Taleingang zwischen steil aufragenden Felswänden, den er auf der Landkarte erspäht hatte. »Ist die ganze Scheibe ein Display?«, fragte er Stanton gegen das Heulen der Triebwerke an.

»Ja«, erwiderte der.

»Dann schieben Sie mir die Navigationskarte ins obere Drittel der Fahrerseite. Schnell.«

»Sofort.«

Die Kartenansicht glitt in Johns Blickfeld, sodass er nun die Umgebung und ihre Route gleichzeitig im Auge behalten konnte. Eine Sekunde später schossen sie mit dem Gleiter in die Schlucht hinein.

Sofort wurde der Lärm um sie ohrenbetäubend. Das Geräusch der Triebwerke hallte von den hohen Wänden wider und wurde vielfach zurückgeworfen. Das aggressive Summen der nachfolgenden Hoover-Bikes verstärkte das Getöse.

John achtete kaum darauf. Sein Blick war starr nach vorn gerichtet, all seine Konzentration galt dem Weg, den sie entlangrasten. Links und rechts der Scheinwerferkegel verschwammen die Wände im Dunkel. Der Fahrtwind, obwohl durch die Windschutzscheibe abgelenkt, rauschte um sie herum und zerrte an seinen Haaren.

Der Geländegleiter setzte über eine Bodenwelle und machte einen weiten Sprung. Isabel stieß einen weiteren Schrei aus. Die Prallfeldprojektoren reagierten sofort und verstärkten die Abstoßung. Ein Stadtmodell hätte in dem Moment möglicherweise krachend und Funken sprühend auf den Boden aufgesetzt, aber Stanton war klug genug gewesen, mit einem robusteren Fahrzeug bereitzustehen.

Sie erreichten eine Gabelung, und John warf einen schnellen Blick auf die eingeblendete Umgebungskarte. Die linke Schlucht war etwas gerader und mündete in etwas, das ein ausgetrocknetes Flussbett sein mochte. Die rechte zog sich eng und gewunden tiefer in die Berge, wo mehrere Seitenarme von ihr abzweigten. Er riss das Lenkrad nach rechts herum.

»Bist du sicher, dass das klug war?«, schrie Kelly von hinten.

»Absolut«, gab John zurück. »Wir müssen die Kerle abschütteln. Je verschlungener die Wege, desto besser!« Er wich einem Vorsprung aus, dann einem zweiten. Dem dritten entkam er nicht ganz. Metall kreischte, als eines der Triebwerke den Fels berührte.

»Mein Gleiter!«, rief Stanton entsetzt.

»Das ist nur ein Lackschaden«, beruhigte John ihn.

Er riss den Geländegleiter in eine Kurve und nahm die nächste sich ihm bietende Abzweigung. Einen Moment lang wurde die Schlucht breiter, doch am anderen Ende des kleinen Talkessels befand sich ein Geröllfeld, das in einer Stufe im Fels endete. Erst dahinter setzte sich der Weg fort.

»Das wird knapp«, murmelte John zu sich selbst. Hektisch überprüfte er die Leistung der Prallfeldprojektoren. Ein paar Reserven hatten sie noch.

»Gut festhalten!«, rief er allen zu. »Das wird holpern.«

Ohne zu verlangsamen, jagte er auf das Geröllfeld zu. Ein rascher Blick über die Schulter zeigt ihm, dass auch ihre Verfolger unverändert an ihnen hingen, obwohl sie etwas zurückgefallen waren. Die Fahrer schienen nicht völlig lebensmüde zu sein. *Wenn sie klug sind, geben sie auf*, dachte John grimmig, als er die Hand auf die Prallfeldprojektorkontrolle neben dem Lenkrad legte.

Stanton neben ihm keuchte auf. »Das klappt nicht!«

»Das klappt«, knurrte John. Sie erreichten das untere Ende des Geröllfelds. »Es muss …« Er wartete auf genau den richtigen Moment, und als sie die Felsstufe beinahe erreicht hatten, gab er volle Kraft auf die Projektoren.

Der Gleiter wurde in einem kurzen Satz aufwärts katapultiert, nur um gleich darauf wieder nach unten zu fallen. Doch der Schub der Turbinen hatte ihn in der Zwischenzeit über die Felskante getragen. Der Höhenwechsel kam so abrupt, dass sie einen weiteren Satz machten und beinahe gegen die Felswand geflogen wären. Sofort regelte John das Prallfeld wieder zurück und jagte weiter.

Hinter ihnen vernahm er das Krachen von Metall auf Stein. Ein schriller Schrei hallte von den steilen Abhängen wider, gleich darauf gab es eine dumpfe Explosion. Flammenschein färbte die Schlucht einen Moment lang in kräftige Rottöne.

»Einer weniger«, stellte John fest.

Sie bogen um eine enge Kurve, und John zuckte zusammen, als Felsbrocken unmittelbar vor ihnen im Scheinwerferlicht sichtbar wurden. Er riss den Gleiter zur Seite. Erneut kreischte Metall und ihr Gefährt erbebte.

»John, das geht nicht lange gut«, warnte Kelly ihn vom Rücksitz. »Du bringst uns in diesem Labyrinth noch alle um.«

John umrundete eine Felsnase und schleuderte mit dem Gleiter in eine quer zu ihrem Weg verlaufende Schlucht. »Ja, vielleicht hast du recht.« Er warf einen Blick auf die Karte im oberen Drittel der Windschutzscheibe. »Stanton, verkleinern Sie den Bildausschnitt. Ich brauche Überblick.«

Hastig kam sein Beifahrer dem Befehl nach. Erneut sah John auf, um nach etwas ganz Bestimmtem zu suchen.

»Das sieht gut aus«, murmelte er, als er eine vielversprechende Stelle erspähte.

»Was sieht gut aus?«, wollte Stanton wissen.

»Warten Sie's ab. Wir werden unsere Verfolger austricksen.«

John lenkte den Geländegleiter um eine weitere Kurve, bog in eine Seitenschlucht ab und gab vollen Schub. In Schlangenlinien rasten sie zwischen den Felswänden dahin. Ihre Verfolger gerieten außer Sicht, aber der Klang ihrer Hoover-Bikes hallte durch den Canyon.

»Gleich da«, murmelte John. Er kniff die Augen zusammen, wappnete sich. »Haltet euch fest!«

Er kurvte um eine weitere Felsnase. In der nächsten Sekunde schaltete er die Triebwerke ab und riss das Steuer nach links. Das Heck des Gleiters brach aus und schleuderte um fast 180 Grad herum. Sofort gab John erneuten Schub auf die Düsen, und ihr Gefährt machte einen Satz nach vorn – in eine schmale Klamm hinein, die direkt hinter dem Vorsprung in spitzem Winkel vom Hauptweg abzweigte. John schaltete die Turbinen und alle Scheinwerfer aus.

»Still!«, befahl er in die plötzliche Finsternis hinein.

Keine zwei Sekunden später raste das erste Hoover-Bike an ihrem Versteck vorbei. Ein zweites folgte. Der dritte Mann schien zurückgeblieben zu sein, um den verunglückten Fahrer zu versorgen.

John zählte lautlos bis zehn, während das aggressive Summen der Bikes leiser wurde. Dann atmete er erleichtert aus. »Ich glaube, die sind wir los.«

Er widmete sich der Navigationskarte, suchte einen günstigen Weg aus dem Schluchtengewirr hinaus und zurück nach Zaragoza. Danach startete er die Turbinen wieder. Über die Schulter warf er Isabel einen aufmunternden Blick zu. »Nächster Halt: Freiheit.«

– 10 –

John stoppte den Geländegleiter auf dem Parkplatz einer aufgegebenen Treibstoffstation am Nordrand von Zaragoza. Hobie, mit dem sie diesen Treffpunkt per Funk vereinbart hatten, war noch nicht da, aber das beunruhigte John nicht. Der Mechaniker musste quer durch die Innenstadt, und auch wenn dort nach Mitternacht nicht mehr viel los sein sollte, dauerte die Fahrt ihre Zeit.

Während die Turbinen des Gleiters mit leiser werdendem Heulen erstarben, wandte John sich an Edward Stanton. »So, hier trennen sich wohl unsere Wege.«

»Ja.« Stanton nickte. »Haben Sie vielen Dank, Captain Donovan. Ohne Ihre Hilfe – und die Ihrer bezaubernden Partnerin – hätten wir es nicht geschafft.« Er bot John die Hand, und der ergriff sie.

»Eine Hand wäscht die andere, wie es so schön heißt. Sie haben mir diese Rinderplage abgenommen, ich Ihnen geholfen, Ihre Braut zu entführen. Damit sind wir wohl quitt, oder zumindest fast quitt. Sie schulden mir noch ein paar Dollar.«

»Richtig.« Stanton stieg aus dem Gleiter. »Kommen Sie. Ich habe Sie im Kofferraum.«

John kletterte ebenfalls ins Freie und bot Kelly die Hand, die mit ihrem Kleid etwas zu kämpfen hatte. Während Stanton das Fahrzeug umrundete, reichte Kelly John stumm den Santhe zurück, und er schob ihn vorn in den Gürtel. Die Hand ließ er wie zufällig in Griffnähe liegen. Er bezweifelte, dass Stanton sie zu hintergehen versuchte. Der junge Mann war nicht der Typ dafür. Aber John war in seiner Laufbahn mehr als einem Geschäftspartner begegnet, der kurz vor der Auszahlung die Modalitäten neu auszuhandeln versuchte, mitunter mit gezückter Waffe.

Stanton blieb kurz neben der rechten Turbine stehen und strich mit der Hand über das verbeulte Gehäuse.

»Das mit dem Blechschaden tut mir leid«, fühlte John sich verpflichtet anzumerken. »Es ging nicht anders.«

Sein Gegenüber zuckte mit den Schultern. »Es ist nur ein Gleiter – wenn auch kein ganz billiger.« Er bedachte John mit einem etwas kläglichen Grinsen. Dann öffnete Stanton den Verschlag im Heck des Gleiters und zog eine unauffällige blaue Sporttasche hervor. »Möchten Sie nachzählen?« Er hielt sie John hin.

»Kelly, wirf mal einen Blick hinein.«

Sie trat vor, nahm die Tasche entgegen und stellte sie auf die Karosserie. Im Schein der Hecklampen öffnete sie den Reisverschluss und schaute ins Innere.

»Eine Sporthose?«, fragte sie und zog das Kleidungsstück halb hervor.

»Das war nur als Tarnung gedacht«, beeilte sich Stanton zu sagen. »Ich trage normalerweise nicht so viel Bargeld mit mir herum. Das macht mich nervös.«

Kelly warf das Kleidungsstück auf die Rückbank, von der aus Isabel das Geschehen wortlos verfolgte. Es lag eine gewisse Verwirrung auf den Zügen der jungen Frau. Offenbar kam ihr erst jetzt in den Sinn, dass John und Kelly keine wirklichen Freunde von Edward waren, sondern angeheuerte Söldner.

Auf Kellys Gesicht breitete sich ein Lächeln aus. »Das dürfte dir gefallen, John.« Sie holte ein flaches Bündel Geldnoten aus der Tasche, nahm die Banderole ab und überprüfte die Scheine vor der Hecklampe. »Tja, ich bin keine Spezialistin, aber es sieht alles echt aus.«

»Natürlich ist das Geld echt.« Stanton machte ein empörtes Gesicht. »Denken Sie, ich würde Sie täuschen?«

»Nichts für Ungut, Mister Stanton, aber man kann nie vorsichtig genug sein«, entgegnete John, »vor allem, wenn man mit Industriellen und Geldadel zu tun hat. Mancher hängt so sehr an seinen Dollars, dass er dafür bereit ist, alle möglichen Dummheiten zu begehen. Beispielsweise die, uns aufs Kreuz zu legen.«

»Glauben Sie mir, Captain, mir ist nur eines im Leben wirklich wichtig – und das ist Isabel. Außerdem bin ich in all meinen Geschäften ehrlich.«

»Nun, es gibt Stimmen, die behaupten, die Stantons wären Diebe und Betrüger.«

Stanton und Isabel wechselten einen kurzen Blick. Die junge Frau seufzte. »Bitte, Captain, nehmen Sie nicht alles für bare Münze, was unsere Familien übereinander erzählen. Unsere Väter sind alte, sture Böcke, die sich nicht ausstehen können. Aber wir haben damit nichts zu tun.«

»Na schön.« John nickte Kelly zu, die daraufhin die Sporttasche wieder schloss.

»Was haben Sie jetzt vor?«, wollte sie wissen. »Die Farm Ihres Vaters, Isabel, und die Raumstation des Ihren, Edward, werden für Sie ab jetzt ja wohl tabu sein.«

»Wir haben ein Geheimversteck«, antwortete Stanton. »Ein Ort, der uns beiden viel bedeutet.« Er lächelte Isabel an. »Dort werden wir unterkommen, bis wir uns überlegt haben, wohin wir fliegen wollen. Wahrscheinlich werden wir Alvarado verlassen müssen. Aber wohin wir gemeinsam gehen, haben wir noch nicht entschieden. Sie kennen nicht zufällig einen hübschen, friedlichen Planeten, wo ein junges Paar, das zu ehrlicher Arbeit bereit ist, sein Glück machen könnte?«

»Purcell ist ganz hübsch«, meinte John, »wenn man im Rindergeschäft tätig sein möchte. Weite Weiden, mildes Klima. Es gibt hässlichere Planeten. Oder Sie fliegen nach Heaven's Gate – wenn sie ganz weit raus möchten. Sieht man von ein paar religiösen Spinnern ab, ist die Welt ganz angenehm.«

»Danke, Captain.« Stanton hielt John die Rechte zum Abschied hin. »Danke noch mal für alles.«

»Schon in Ordnung.« John ergriff sie. »Oh, und falls Sie sich für Heaven's Gate entscheiden, fliegen Sie nach Paradise Lakes und fragen Sie nach Frank Langdon. Ein alter Bekannter von uns, der dort seinen Lebensabend auf einer Farm verbringt. Grüßen Sie ihn von uns, dann wird er Ihnen bestimmt helfen, sich einzufinden.«

»Wir werden daran denken.« Stanton reichte auch Kelly die Hand.

Isabel stieg aus dem Gleiter und umarmte Johns blonde Begleiterin. »Wir kannten uns nur kurz, aber ich glaube, dass wir gute Freundinnen geworden wären«, sagte sie mit glänzenden Augen.

»Gewiss«, erwiderte Kelly lächelnd.

»Auf Wiedersehen, Captain«, verabschiedete sich Isabel auch von John. Danach stiegen die beiden jungen Leute wieder in den Wagen, Stanton startete die Turbinen, und sie verschwanden die Straße hinunter.

John ließ sich auf einer niedrigen Steinmauer nieder, die den Parkplatz begrenzte, und seufzte theatralisch. »Junge Liebe ...«

»Überkommt dich etwa die Wehmut?« Kelly setzte sich neben ihn. Als er ihr einen Seitenblick zuwarf, lächelte sie ihn schelmisch an.

»Keine Spur. Ich habe die Liebe meines Lebens gefunden, und sie heißt *Mary-Jane Wellington*. Frauen aus Fleisch und Blut bringen nur Probleme mit sich – vor allem wenn man sich fest an sie bindet.«

Kelly sah ihn aus großen Augen an. »Oh, John, du brichst mir das Herz. Ich dachte, wir zwei hätten uns gefunden.«

»Du bist eine Ausnahme. Zwischen uns sind keine Gefühle im Spiel, zumindest keine komplizierten. Wir sind ein gutes Team, aber wir erheben keinen Anspruch auf den anderen, wenn du verstehst, was ich meine.« John verzog das Gesicht, als ihn das an etwas erinnerte. »Anders als unsere feine Grünhaut, die sich so plötzlich in mein Leben gedrängt hat.«

»Du meinst Sekoya.«

»Genau.«

»Gib ihr eine Chance, John. Ich glaube, dass sie ganz nett ist.«

»Aleandro ist auch *ganz nett*. Trotzdem würde ich ihn nicht heiraten wollen.«

Kelly hob die Augenbrauen. »Habe ich etwas verpasst? Will sie einen Peko-Lebensbund mit dir eingehen?«

»Nein, das nicht. Aber sie hat doch geschworen, mir ständig hinterherzulaufen, bis diese Lebensschuld beglichen ist.«

»Siehst du sie hier irgendwo?« Kelly schloss mit einer Geste den leeren Parkplatz ein.

John hielt es nicht für nötig, zu antworten.

»Na also. Sekoya ist keine Fanatikerin. Sie ist dir nur dankbar, dass du ihr geholfen hast. Also entspann dich.«

»Ich versuch's ja.« Er musste Sekoya noch mitteilen, dass sie auf Probe bleiben durfte. Das hatte er im Trubel dieses Tages ganz vergessen.

Kelly seufzte. »Irgendwann kommst du nicht umhin, mir

zu erzählen, was für ein Problem du mit den Peko hast. Da steckt doch nicht nur der Zorn auf Geonoj dahinter.«

»Ja, irgendwann.«

Mit leisem Brummen näherte sich von der Stadt her ein Landgleiter. John erkannte das Gefährt schon an seinem Geräusch. Es war sein Zweisitzer mit Hobie am Steuer.

»He, ihr beiden nächtlichen Herumtreiber am Straßenrand: Braucht ihr eine Mitfahrgelegenheit?« Johns alter Freund zog an seiner Zigarre, nahm dann den Stumpen aus dem Mund, blies ihnen den Rauch entgegen und grinste sie vom Fahrersitz aus an.

»Wenn Sie uns so nett fragen ...« John war Kelly beim Einsteigen mit der Tasche behilflich, anschließend schwang er sich auf die Ladefläche zwischen den kegelförmigen Außentriebwerken. Er klopfte mit der flachen Hand auf die Verkleidung. »Zum Raumhafen, guter Mann. Wir sind hundemüde und freuen uns auf einen Schlummertrunk in vertrautem Kreise.«

»Aye, Captain.« Der Mechaniker klemmte sich die Zigarre wieder zwischen die Zähne und gab Schub.

»Wie ist der Job gelaufen?«, wollte Hobie während der Fahrt durch Zaragoza wissen.

»Es gab ein paar kleinere Probleme, aber nichts, was uns hätte aufhalten können«, antwortete John. »Das Wichtigste ist doch, dass Edward und Isabel jetzt gemeinsam ins Glück fliegen können und wir um 120 000 Union Dollar reicher sind. Kein schlechter Verdienst für einen Tag Arbeit, möchte man meinen.« Zufrieden streckte der die Beine auf der Ladefläche aus.

Hobie warf einen kurzen Blick über die Schulter. »Na, hoffentlich holt uns der Zorn der beiden Väter nicht noch ein.«

»So weit lassen wir es nicht kommen«, sagte John. »Sobald

morgen früh die Warenbörse aufmacht, kaufen wir uns bei Ingbert neue Fracht, und danach geht es ab zu den Randplaneten. Wir sind ohnehin schon viel zu lange auf Alvarado. Es wird Zeit, dass wir zurück ins All kommen.«

»Hm, also wenn du mich fragst, wird sich unser Abflug ins All noch etwas verzögern«, stellte Hobie in Unheil verheißendem Tonfall fest, als sie sich übers Flugfeld der *Mary-Jane Wellington* näherten. Im Schein der Lampen, die in regelmäßigem Abstand am Boden um die Landezonen angebracht waren, konnte man drei bullige Schweber sehen, um die ein knappes Dutzend mit Gewehren bewaffnete Männer verteilt stand. Die Männer, die alle in dunkle Jacken mit dem auffälligen Schriftzug *Sicherheit* auf dem Rücken gekleidet waren, hielten die Waffen locker in den Händen oder hatten sie über die Schulter gelegt. Dennoch wurde ziemlich deutlich, dass sie nicht für einen Höflichkeitsbesuch vorbeischauten.

Zwei Männer, von denen einer einen auffälligen Cowboyhut trug, standen vor der Rampe zum Backbordfrachtraum, die heruntergelassen worden war, allerdings von der hünenhaften Gestalt Harold Piccolis blockiert wurde. Der dunkelhäutige Riese hielt Hobies abgesägte Schrotflinte in den Pranken. Einige Schritte hinter ihm, am oberen Ende der Rampe, warteten Aleandro und Sekoya, ebenfalls beide bewaffnet. Allerdings wirkten sie eher nervös, als zu allem entschlossen.

»Wäre das nicht mein Schiff und wären das nicht unsere Leute, würde ich sagen, dass wir einfach an einem anderen Tag wiederkommen«, brummte John. »Aber so ... Fahr näher, Hobie. Wir wollen mal hören, was die Knaben auf dem Herzen haben.«

Als sie den Fargo langsam heransteuerten, drehten sich die Sicherheitsleute um. Der Mann mit dem Cowboyhut legte eine Hand auf den Revolvergriff an seiner Hüfte.

»Da kommt der Captain«, tönte Piccoli mit seiner kräftigen Bassstimme. »Reden Sie mit ihm.«

Hobie stellte den Motor in den Leerlauf, und während die Turbinen leiser wurden, sprang John von der Ladefläche. Er hakte die Daumen in den Gürtel und schlenderte gelassen näher heran. »Mein Herren, was verschafft mir die Ehre?«

»John Donovan?«, fragte der Hutträger.

»So nennt man mich bisweilen.«

»Mein Name ist Captain McKenna. Ich bin der Chef der Raumhafensicherheit.«

»Sehr erfreut«, sagte John.

»Wir werden sehen«, sagte McKenna.

John kniff die Augen zusammen. Der Bursche spielte sich als harter Hund auf, um bei seinen Leuten Eindruck zu schinden. Aber John bezweifelte, dass McKenna so kräftig biss, wie er bellte. Er kannte diese Sorte von Typen, die in der Gruppe stark waren, aber im Duell Mann gegen Mann die Hosen voll hatten.

»Wie Sie wollen«, erwiderte er. »Also? Was ist so dringend, dass Sie dafür meine Leute aus dem Schlaf reißen?«

McKenna trat ihm entgegen und reckte John den fleischigen Zeigefinger entgegen. »Tun Sie nicht so scheinheilig! Sie wissen genau, worum es geht.«

Einen unangenehmen Moment lang fragte John sich, ob Edward Stanton ihn wegen des illegalen Rinderhandels verpfiffen hatte. In dem Fall hätte er den jungen Mann gründlich falsch eingeschätzt. Er beschloss, weiter den Arglosen zu spielen. Im Zweifelsfall war das immer die richtige Vorgehensweise. »Keine Ahnung, ehrlich. Helfen Sie mir auf die Sprünge.«

»Heute Nacht wurde Isabel Valquarez aus dem Anwesen Ihres Vaters Enrico Valquarez entführt.«

John musste sich zusammenreißen, um nicht überrascht zu blinzeln. Es ging also um die Kleine? Er fragte sich, wie zum Teufel Valquarez so schnell herausgefunden hatte, wer John wirklich war. Immerhin hatte er sich unter falschem Namen vorgestellt. Hatte der Rinderbaron den Informationshändler Ingbert unter Druck gesetzt?

»Na?«, fuhr der Sicherheitschef fort. »Klingelt da was bei Ihnen?«

»Von Valquarez habe ich schon mal gehört. Wer hat das nicht auf Alvarado? Aber eine Isabel ist mir unbekannt. Wer ist das? Seine Frau?«

»Seine Tochter.«

»Ah. Nun, wie Sie sehen können, Sir, sind hier nur meine Mannschaft und ich. Wenn Sie möchten, durchsuchen Sie unser Schiff. Aber ich kann Ihnen versichern, dass wir dort keine Dame namens Isabel verstecken.«

»Oh, wir werden noch viel mehr tun, als nur Ihr Schiff zu durchsuchen, wenn Sie nicht kooperieren, mein Freund«, drohte McKenna. »Ich werde Ihren Arsch hier auf Alvarado festnageln, bis er Moos ansetzt und Ihr Schrotthaufen von einem Frachter durchgerostet ist.«

John trat noch einen Schritt auf sein Gegenüber zu. Die beiden waren sich nun so nah, dass er nur den Arm hätte strecken müssen, um McKenna einen Fausthieb zu verpassen.

»Sie werden nichts dergleichen tun, *Freund*«, entgegnete er gefährlich leise. »Und wissen Sie warum? Weil Sie nichts gegen uns in der Hand haben. Denn wenn Sie was hätten, würden Sie hier nicht große Töne schwingen, sondern harte Beweise auf den Tisch legen.«

McKenna starrte ihn einen Moment lang zornig an, dann

verzog sich seine Miene zu einem höhnischen Grinsen. »Ich brauche keine harten Beweise. Ich habe Augenzeugen.« Er blickte an John vorbei und nickte in die entsprechende Richtung. »Und da kommen sie schon.«

Mit einem Gefühl düsterer Vorahnung, das seinen Magen zu einem harten Knoten werden ließ, drehte John sich um. Hinter ihnen näherte sich ein Fluggefährt. Es entpuppte sich als privater Orbitaltransporter, und ein paar Sekunden lang fragte sich John irritiert, ob der alte Stanton bei dieser Geschichte seine Finger im Spiel hatte. Dann jedoch fiel ihm das schwarz-rote V-Emblem am Rumpf auf.

Er wechselte einen Blick mit Hobie und Kelly. Sein Mechaniker machte ein grimmiges Gesicht, Kelly wirkte beunruhigt, was möglicherweise daran lag, dass zwischen ihren Füßen die Sporttasche mit verräterischen 90 000 Union Dollar ruhte.

Mit fauchenden Triebwerken landete die Fähre – eine kastenförmiges Design mit gewölbter Cockpitscheibe und rudimentären, seitlichen Flügeln – an der Zufahrtstraße hinter dem Fargo. Die Seitenluke öffnete sich und zwei Männer stiegen aus, wie alle anderen Anwesenden mit Gewehren bewaffnet.

Langsam wird es voll hier draußen, dachte John. Unvermittelt verwandelten sich seine Eingeweide in Eis, als er die dritte Person erblickte, die das Fluggefährt verließ.

»Captain Jones«, begrüßte Sophia Valquarez ihn, als sie mit ihren zwei Lakaien im Schlepptau näherkam. »Oder sollte ich Captain John Donovan sagen?«

»Miss Valquarez. Was für eine unerwartete Freude.« Eine leise, aber hartnäckige Stimme in seinem Kopf wies John darauf hin, dass es eine ausnehmend dumme Idee war, eine berüchtigte Revolverheldin zu reizen, zumal sie vermutlich ohnehin wütend auf ihn war. Aber wenn er schon untergehen musste, dann wenigstens mit einem unerschütterlichen Grinsen auf den Lippen. »Ich hätte nicht erwartet, dass wir uns so schnell wiedersehen. Sagen Sie bloß, Sie haben mich auf Ihrer Party schon vermisst.«

»Das habe ich in der Tat.« Der Blick aus Sophias eisblauen Augen war so kalt, dass John jeden Moment erwartete, Raureif anzusetzen. »Außerdem habe ich meine Schwester vermisst. Und dann höre ich etwas von einer Entführung und einer wilden Verfolgungsjagd über die Hochebene. Aber darin können Sie und ihre hübsche, blonde Partnerin natürlich unmöglich verwickelt gewesen sein, denn Sie wären doch niemals so dumm, mich auf meiner eigenen Geburtstagsfeier zu hintergehen, oder?«

John wandte sich McKenna zu. »Hören Sie auf die Frau: Ich bin unschuldig.«

Der Captain der Sicherheit nahm den Hut ab. »Sie haben Geburtstag, Ma'am? Herzlichen Glückwunsch von mir und den Männern.«

»Halten Sie die Klappe, McKenna«, befahl Sophia ihm, ohne den Blick von John zu nehmen.

Auf einmal fiel es John wie Schuppen von den Augen. Ingbert hatte Hobie und ihm erzählt, dass die Stantons die Flugkontrolle des Raumhafens von Zaragoza beherrschten und die Valquarez die Sicherheit kontrollierten. *Sie mussten nichts weiter tun, als nach einem Frachterpiloten zu fragen, der vor ein paar Tagen mit einer Herde Rinder von Purcell eingetroffen ist.* Er schalt sich einen Narren, dass er das übersehen hatte.

»Also, Captain Donovan.« Sophias Hände legten sich in die Nähe ihrer Revolvergriffe. Mittlerweile trug sie die Waffen wieder offen. »Ich schlage vor, wir hören auf mit diesen

Spielchen. Geben Sie mir meine Schwester zurück, oder ich werde jeden einzelnen von Ihnen erschießen.«

Sie starrte ihn unverwandt an. Ihre Augen bewegten sich keinen Millimeter, kein Muskel in ihrem Gesicht regte sich. John kannte diesen Zustand von Männern wie Santander: einem der gefährlichsten Killer der Randplaneten, der in den Diensten des Unterweltbosses Darius Martell stand. Sophia wartete darauf, dass er nur die winzigste falsche Bewegung machte, dass er versuchte, nach dem Santhe zu greifen, der vorn in seinem Hosenbund steckte.

Langsam hob er die Hände. »Ganz ruhig. Wir wollen nichts überstürzen, in Ordnung?«

»Schön, dass Sie langsam Vernunft annehmen.« Sophia entspannte sich ein ganz klein wenig. »Wo ist meine Schwester?«

»Das weiß ich nicht, ganz ehrlich.«

»Lügen Sie nicht!«, fauchte sie ihn an.

»Warten Sie, lassen Sie mich ausreden«, versuchte John, sich zu verteidigen. »Das Ganze war ein Job, wissen Sie? Wir wurden angeheuert, um Ihre Schwester aus dem Anwesen zu holen. Aber es ging nicht um eine Entführung, sondern um eine Befreiung.«

Sophia runzelte die Stirn. »Befreiung? Was reden Sie für einen Unsinn? Meine Schwester war keine Gefangene.«

»Nun, unser Auftraggeber sah das anders. Und Isabel übrigens auch. Sie kam freiwillig mit uns, denn sie wollte fort.«

Verstehen dämmerte auf Sophias Zügen hinauf. »Lassen Sie mich raten: Edward Stanton hat Sie engagiert.«

John nickte. Es brachte nicht viel, diesen Umstand zu leugnen.

»Dieser kleine *hijo de puta*«, murmelte Sophia mehr zu sich selbst, als an John gerichtet. Dann blickte sie McKenna an.

»Captain, dieses Schiff hat ab sofort Startverbot. Bringen Sie eine Funkmarkierung an der Außenhülle an. Die Mannschaft hat Hausarrest. Zwei Ihrer Leute halten rund um die Uhr vor dem Schiff Wache.«

»He! Was soll das?«, ereiferte sich John. »Das können Sie nicht machen. Wir haben nichts Unrechtes getan.« Eine Funkmarkierung am Rumpf bedeutete, dass sie zwar starten konnten, damit aber einen Alarm auslösten, der ihnen das Unionsmilitär oder die Space Marshalls auf den Hals hetzte. Und die würden eine Menge unangenehmer Fragen stellen.

»Sie haben meine Schwester aus dem Anwesen meines Vaters geraubt. Ob mit oder ohne ihr Einverständnis, spielt keine Rolle.«

»Beschweren Sie sich bei Ihrer Schwester, nicht bei mir.«

»Sie wird ihre Standpauke erhalten, glauben Sie mir. Aber erst mal sind Sie dran, denn Isabel ist erst neunzehn, und indem Sie sie ohne Einwilligung unseres Vaters vom Anwesen entfernt haben, *sind* Sie straffällig geworden.«

»Aber …«

Sophia beugte sich vor. »Ich will nichts mehr hören, Captain Donovan. Wenn ich wollte, könnte ich Sie alle einfach dem Unionsmilitär übergeben. Dann würden Sie in den Knast wandern. Aber wir Valquarez pflegen unsere Probleme persönlich aus der Welt zu schaffen. Also werden Sie mich jetzt zu meinem Vater begleiten, und wir reden darüber, wie Sie den Schaden wiedergutmachen können, den Sie angerichtet haben.«

Das war wohl mehr, als John unter diesen Umständen hatte erwarten dürfen. Mürrisch nickte er. »Klar, warum nicht?«

»Na los, aussteigen«, befahl einer der Gewehrträger von der Raumhafensicherheit Kelly und Hobie, die nach wie vor im Fargo saßen.

»Darf ich nicht wenigstens den Gleiter in den Frachtraum fahren?«, fragte Hobie.

»Damit Sie damit später einen Ausbruchsversuch wagen? Kommt nicht infrage. Die Kiste bleibt schön vor der Tür.«

Ergeben kletterte Johns alter Freund aus dem Fargo. Kelly zögerte, dann zog sie die Sporttasche mit dem Geld aus dem Fußraum.

»Hobie, vergiss dein Werkzeug nicht«, sagte sie, »sonst wird es nachher noch gestohlen, wenn es so offen im Fargo herumliegt.«

»Ah, äh, ja, danke.« Hobie nahm die Tasche an sich.

»He, zeig mal her«, forderte der Bewaffnete ihn auf.

»Nein, ich ...«, setzte Hobie an, aber der Mann war schneller. Er nahm das Gewehr in eine Hand und entriss dem Mechaniker die Tasche. »Fühlt sich verdammt leicht an für Werkzeug, wie ich finde«, stellte er fest.

McKenna gesellte sich zu ihm, ergriff die Tasche und öffnete sie. »Wollen doch mal sehen.« Seine Augen weiteten sich und er stieß einen Pfiff aus.

»Ma'am«, wandte er sich an Sophia, »das dürfte Sie interessieren.« Er kam zu ihr und zeigte ihr den Inhalt der Sporttasche.

Mit süffisantem Lächeln klaubte Sophia ein Bündel Scheine hervor. »Alle Achtung. Stanton hat sich die Entführung seiner Angebeteten ja einiges kosten lassen. Ich nehme nicht an, dass Sie mir erzählen wollen, Sie hätten ständig eine Tasche voll kleiner Scheine in Ihrem Wagen bei sich.«

Johns Miene verfinsterte sich. »Das Geld hat nichts mit Ihrer Schwester zu tun. Ich habe die Rinder von Purcell veräußert.«

»An wen?«

»Das geht Sie nichts an.«

Sophia zuckte mit den Schultern. »Sie haben recht. Aber solange ich die Geschichte nicht nachgeprüft habe, muss ich davon ausgehen, dass Stanton Ihnen das Geld für die Entführung gegeben hat. Womit es ein Beweisstück ist. Wird konfisziert.« Sie warf die Tasche einem ihrer beiden Begleiter zu, der sie geschickt auffing.

»He, Sie …«, brauste John auf, nur um einen Lidschlag später in die Mündung eines Revolvers zu blicken. Two-Guns war wirklich schnell.

»Keine Angst, Captain Donovan. Ihr Geld ist bei mir in guten Händen. Es wird kein Dollar verloren gehen. Und wenn Sie tun, was wir von Ihnen verlangen, gebe ich es Ihnen möglicherweise sogar zurück. Irgendwelche Einwände?«

»Keine Einwände«, presste er zähneknirschend hervor.

»Sehr gut.« Sie schob den Revolver ins Holster zurück. »Dann können wir ja gehen.«

John wandte sich seinen Leuten zu, die nun alle auf der Frachtrampe versammelt standen. »Tja, das mit dem Schlummertrunk müssen wir wohl verschieben.«

»Wir warten auf dich«, versprach Hobie. Die Sorge in seiner Stimme war unüberhörbar.

Mit einem wortlosen Nicken nahm John die Worte zur Kenntnis. Anschließend drehte er sich um und begleitete Sophia Valquarez zu ihrer Fähre.

»Eins sage ich Ihnen«, raunte er ihr für ihre Begleiter unhörbar zu. »Das mit dem Bett können Sie vergessen.«

– 11 –

»Mister Donovan, ich bin … *enttäuscht* von Ihnen.«

Enrico Valquarez marschierte vor John auf und ab. Es war mittlerweile fast zwei Uhr in der Nacht, und der Padre des Valquarez-Clans stank nach Alkohol – nicht unbedingt die besten Umstände für dieses Gespräch. Die Gäste der unsanft beendeten Geburtstagsfeier waren mittlerweile verschwunden, trotzdem brannte überall Licht im Anwesen, und bei ihrer Ankunft hatte John so viele bewaffnete Wachleute auf der Mauer gesehen, als erwarte Valquarez einen Generalangriff der Stantons.

Nach der Landung der Fähre auf einem privaten Landefeld direkt außerhalb des Anwesens hatten Sophia und ihre zwei Begleiter John umgehend ins Haupthaus geführt. Johns Revolver steckte mittlerweile hinten in dem breiten Waffengürtel, den die junge Frau über einem schwarzen, faltenreichen Rock trug.

Valquarez hatte sie in seinem geräumigen Arbeitszimmer erwartet, ebenfalls flankiert von zwei Männern. Die Wände waren bis auf Brusthöhe holzgetäfelt, den Boden bedeckten Teppiche in gedeckten Farben, und alle Möbel erweckten den Eindruck, als stammten sie aus dem letzten Jahrhundert. Entweder liebte Valquarez Antiquitäten oder dieses Zimmer wurde inklusive der kompletten Einrichtung seit Generationen vom Vater an den Sohn weitervererbt.

Als John hereingekommen war, hatte sich die Miene des Padre verfinstert, der hinter einem eindrucksvollen Holzschreibtisch auf einem braunen Ledersessel saß. Schweigend hatte er Sophias Bericht angehört und sich die Sporttasche mit dem Geld vorlegen lassen. Dann war er aufgesprungen und hatte seine Tirade begonnen.

»Sie kommen in mein Haus – erst als Geschäftspartner, dann als Gast auf der Fiesta meiner Tochter –, und Sie bringen nichts als Lügen mit. Erst erzählen Sie mir, Sie wollen mir Rinder verkaufen. Aber dann tun Sie es nicht. Anschließend behaupten Sie, dass Sie nicht schießen können und führen mich vor meinen Männern vor. Das könnte ich Ihnen verzeihen. Geschäft ist Geschäft, und jeder haut mal einen anderen übers Ohr. Aber dass Sie meine Familie angegriffen haben …« Er blieb stehen und schüttelte fassungslos den Kopf. Seine Mundwinkel waren nach unten gezogen und in seinen Augen blitzte der Zorn. »Das geht einfach nicht. Die Familie ist heilig, Mister Donovan. Was würden Sie sagen, wenn ich käme und Ihre blonde Freundin oder Ihren grauhaarigen Begleiter verschleppen würde? Würden Sie es mit einem Schulterzucken abtun und zum Tagesgeschäft übergehen? Ich denke nicht! Sie würden kommen und Ihre Waffe ziehen und mir schwören, mich umzubringen, wenn Ihren Freunden etwas passiert. Und genau das mache ich auch!«

Bevor John sich versah, hatte Enrico Valquarez eine Waffe gezogen und auf Johns Brust gerichtet. Die Kondensatoren summten leise. Sein Abzugfinger krümmte sich leicht. »Wenn meiner kleinen Isabel auch nur ein Haar gekrümmt wird, binde ich Sie an einen Pfahl und werde Sie als Zielscheibe für meine Schießübungen verwenden. Sie werden leiden, Donovan, wie noch nie ein Mann gelitten hat.«

»Jetzt hören Sie aber auf.« John zog alle Register seiner Schauspielkunst, um Valquarez nicht merken zu lassen, wie unbehaglich er sich fühlte. Einem betrunkenen, in seinen

Gefühlen verletzten Mann mit einem Revolver in der Hand gegenüberzustehen, gefiel ihm überhaupt nicht. »Ist es verdammt noch mal meine Schuld, dass Isabel und Edward Stanton sich ineinander verliebt haben? Nein, dafür sind die zwei ganz allein verantwortlich. Und habe ich Ihnen diese Liebe verboten, sodass sie sich heimlich treffen mussten? Nein, das waren ja wohl der alte Stanton und Sie. Dass die beiden am Ende einen Söldner wie mich anheuern mussten, um ihr gemeinsames Glück zu finden, ist ein Problem zwischen Ihren beiden Familien. Ich bin nur ein Geschäftsmann, der sich ein paar Dollar verdient hat. Und es war nicht einmal ein schmutziger Handel. Ich habe niemanden umgebracht und niemanden bestohlen.«

»Sie haben Pablo *beinahe* umgebracht«, erwiderte Valquarez. »Er ist mit seinem Bike an einem Felsvorsprung hängen geblieben, als er Ihnen in die Thousand Canyons gefolgt ist.«

John erinnerte sich daran, dass eines der Hoover-Bikes hinter ihnen in Flammen aufgegangen war. »Dann hätte er das wohl besser nicht getan«, stellte er fest. »Ich habe ihn jedenfalls nicht gezwungen, uns nachzufliegen.«

»Abgesehen davon«, fuhr Valquarez fort, als habe John kein Wort gesagt, »haben Sie mir meine *Tochter* gestohlen! Sie hätten diesen Job niemals annehmen dürfen. Vor allem nicht von den Stantons. Haben Sie eine Ahnung, was das für Menschen sind?« Er senkte den Revolver wieder, offenbar wollte er John doch nicht direkt erschießen.

»Oh, ich habe schon zwei oder drei Dinge aufgeschnappt«, entgegnete John. »Sie sind Konkurrenten um die Kontrolle über den Raumhafen von Zaragoza – und irgendwie ist da etwas Persönliches draus geworden.«

»Pah, etwas Persönliches … Darauf können Sie Gift nehmen.« Valquarez trat an seine private Hausbar, ein offenes, schweres Möbelstück, in dem eine bemerkenswerte Sammlung an kostbaren Spirituosen zur Schau gestellt wurde. Er deaktivierte die Induktionsspulen des Revolvers und legte die Waffe auf die Ablage, danach wählte er eine Flasche mit goldbrauner Flüssigkeit aus, drehte den Verschluss auf und nahm kurzerhand einen kräftigen Schluck.

»Aber nur damit Sie es wissen.« Er schwenkte die Flasche in Johns Richtung und deutete mit dem Finger auf ihn. »Die Stantons haben damit angefangen. Sie haben versucht, unsere Arbeit am Raumhafen durch gemietete Banden zu untergraben und uns so bei diesem arroganten Scheißkerl von einem Unions-Gouverneur schlechtzumachen. Ich wollte mit Beckerman reden, ihm die Lage erklären, aber er interessiert sich einen Dreck für uns Randplanetenbewohner. Ihm geht es nur darum, dass der Raumhafen läuft wie ein geschmiertes Räderwerk. Ticktack. *Cabrón!*«

Valquarez nahm noch einen Schluck, obwohl er nach Johns Dafürhalten bereits genug Alkohol getrunken hatte, bevor sie überhaupt dieses Gespräch begonnen hatten. »Und noch eins sage ich Ihnen: Bald werden die neuen Konzessionen für den Raumhafen vom Gouverneur vergeben. Also wird das Spiel gerade mit harten Bandagen geführt. Glauben Sie ernsthaft, dass dieser Schönling Edward in meiner Isabel die Frau fürs Leben sieht? Verfluchter Unsinn! Er hat sie einfach nur verführt, hat ihr den Kopf verdreht, sodass sie am Ende sogar mitgegangen ist, als er Sie geschickt hat, um sie zu holen. In Wahrheit ist es nichts weiter als eine Entführung. Edward hat im Auftrag seines Vaters gehandelt – und jetzt hat Wilbur Stanton ein Druckmittel gegen mich in der Hand, der alte Schweinehund.«

John runzelte die Stirn. »Ich mag ja nicht der beste Menschenkenner der Galaxis sein, aber für mich sah das wirklich so aus, als liebten sich die zwei. Edward erzählte mir, er und Isabel hätten sich bereits vor fünf Jahren kennengelernt. Das wäre ein ziemlich komplizierter Plan für eine simple Entführung.« Er warf Sophia einen kurzen Seitenblick zu, in der Hoffnung, bei ihr einen Rest von Vernunft vorzufinden, die ihrem Vater dank der fortschreitenden Uhrzeit und dem zunehmenden Zustand der Trunkenheit immer mehr abhanden kam. Aber Sophia erwiderte seinen Blick kalt und ohne jede Regung.

»Sie haben völlig recht, Donovan«, knurrte Valquarez, »Sie *sind* alles andere als ein guter Menschenkenner. Sonst wären Sie nicht so unfassbar dumm gewesen, auf Stantons schöne Worte hereinzufallen.«

»Vater«, meldete sich Sophia unwillig zu Wort. »Wir drehen uns im Kreis. Du hast Donovan gesagt, was du ihm sagen wolltest. Jetzt stellt sich die Frage, was wir mit ihm machen. Soll ich ihn erschießen? Ein Wort von dir, und ich jage ihm einen Kugel in den Leib.«

»He!«, begehrte John auf. »Wer wird denn gleich so übereifrig sein? Ist es, weil ich die Sache mit dem Bett vorhin gesagt habe?«

»Halten Sie den Mund«, zischte Sophia und hob den Revolver ein wenig.

»Bett?«, fragte Valquarez.

»Vergiss es, *Papá*.«

»Wie auch immer.« Valquarez nahm einen letzten Schluck aus seiner Flasche, dann stellte er das merklich geleerte Behältnis zurück in die Bar. Mit der Hand wischte er sich den Mund ab und wandte sich dabei John zu. »Nein, Sophia. Wir werden ihn nicht erschießen. Er wird für uns arbeiten.«

John hob eine Augenbraue. »Werde ich?«

Valquarez nickte finster. »Oh ja, das werden Sie. Sie haben

meine Tochter den Stantons ausgeliefert, Sie bringen sie mir wieder zurück. Wenn Sie das tun, bin ich vielleicht bereit, Ihren Anteil an dieser unschönen Geschichte zu vergessen.«

»Und wenn ich es nicht tue?«

»In dem Fall nehme ich dieses Geld«, er deutete auf die Tasche auf seinem Schreibtisch, »und bezahle davon einen Kopfgeldjäger, der Isabel befreit. Außerdem werde ich dem Gouverneur stecken, dass Sie illegal Rinderhandel betreiben. Das dürfte eine hübsche Strafe nach sich ziehen. Vermutlich wird Beckerman auch Ihr Schiff mal genauer unter die Lupe nehmen. Diese *Cambria*-Klasse ist doch ziemlich alt. Ist die überhaupt noch raumtauglich? Ich bin mir gar nicht sicher. Könnte gut sein, dass man den Schrotthaufen aus dem Verkehr ziehen müsste. In Caramacho weiter im Süden gibt es eine hervorragende Verwertungsanlage für ausrangierte Schiffe. Mit einer riesigen Müllpresse.« Ein unheilvolles Lächeln teilte Valquarez' Lippen. Sein Goldzahn glänzte im gelben Schein der Deckenlampe.

John überkam das kaum zu unterdrückende Verlangen, seinem Gegenüber ins Gesicht zu schlagen. Mit Drohungen seiner Person gegenüber vermochte er umzugehen. Aber er konnte es überhaupt nicht ausstehen, wenn jemand die *Mary-Jane Wellington* zu Schaden bringen wollte. Seine Lippen wurden zu einem schmalen Strich, und seine Augen verengten sich. Er registrierte, wie Sophia sich in Erwartung einer spontanen Dummheit anspannte.

Aber John stieß nur langsam den angehaltenen Atem wieder aus. »Sie sind ein harter Verhandlungspartner.«

»Ich habe mich von Ihnen zweimal vorführen lassen«, gab Valquarez zurück. »Das passiert mir kein drittes Mal.«

»Also schön.« John nickte widerwillig. »Ich verspreche Ihnen, dass meine Leute und ich unser Bestes geben, Isabel und Edward ausfindig zu machen. Aber ich habe eine Bedingung.«

»Sie sind nicht in der Position, um …«, begann Sophia, aber ihr Vater gebot ihr mit einer knappen Geste, zu schweigen.

»Welche?«, wollte er wissen.

»Sophia hat mein Schiff für den Flugverkehr gesperrt. Ohne mein Schiff kann ich nicht nach Isabel suchen. Lassen Sie die Funkmarkierung entfernen, dann sind wir im Spiel.«

Valquarez gluckste. »Sie meinen wohl eher: Dann sind wir weg.«

»Sie haben nach wir vor mein Geld«, erinnerte John ihn. »Und das will ich wiederhaben. Das ist mir wichtiger als das Glück zweier bedauernswerter Kinder, die sich an einem Ort wie diesem ineinander verliebt haben.«

Sein Gegenüber musterte ihn prüfend. »Das glaube ich Ihnen sogar. Sie sind eine Söldnerseele. Warum sollten meine Tochter oder Edward Stanton Ihnen etwas bedeuten?«

»Genau das versuche ich Ihnen die ganze Zeit klarzumachen«, sagte John.

»Lass ihm sein Schiff«, mischte Sophia sich ein. »Ich werde persönlich dafür sorgen, dass er damit nicht verschwindet.«

John machte ein abweisendes Gesicht. »Ich arbeite allein.«

In einer fließenden Bewegung zog sie einen ihrer beiden Revolver. »Mit mir oder gar nicht.« Ihre Augen waren kalt wie die Gletscher auf Purgatory.

Er erwiderte ihren Blick. Einige Herzschläge war es totenstill im Raum. Man hätte eine Stecknadel fallen hören – selbst wenn sie auf einem der Teppiche gelandet wäre. »Na gut, Sie sind dabei.«

»Zwei meiner Leute werden Sophia begleiten«, sagte Valquarez. »Und keine faulen Tricks. Mein Arm reicht weit über die Grenzen von Alvarado hinaus. Wenn Sie nach Isabel auch noch Sophia etwas antun, vergesse ich jedes zivilisierte Geschäftsgebaren, darauf gebe ich Ihnen mein Wort. Dann lasse ich Ihre Leute und Sie wie Tiere hetzen und zur Strecke bringen.«

»Ich behalte es im Hinterkopf, Mister Valquarez.«

Sophia schob Ihren Revolver ins Gürtelholster zurück. »Wann legen wir los?«

»Kein Grund, etwas zu überstürzen«, gab John zurück. »Wo immer Isabel und Edward hinwollten, sie sind mittlerweile längst dort. Es hat also keinen Sinn, kopflos durch Zaragoza zu fahren und nach ihnen zu suchen. Außerdem bin ich hundemüde. Ich brauche ein paar Stunden Schlaf. Morgen früh ist rechtzeitig genug.«

»Ich lasse Sie keine Minute aus den Augen«, warnte Sophia ihn.

»Fein«, sagte John, »ich habe einen alten Schaukelstuhl und ein Bärenfell in meinem Quartier. Machen Sie es sich gemütlich. Aber hoffen Sie nicht darauf, dass ich Sie in meine Koje einlade.«

»Mister Donovan!« Unvermittelt trat Enrico Valquarez vor und packte John am Kragen seines Hemdes. Eine Wolke aus Alkoholdunst schlug John entgegen. »Muss ich Sie erst kastrieren lassen, bevor Sie aufhören, meiner Tochter schlüpfrige Angebote zu machen?«

Sophia legte ihrem Vater eine Hand auf die Schulter. »Keine Sorge, *Papá*.« Sie blickte John mit einem dünnen Lächeln an. »Ich bin nicht so ein Schäfchen wie Isabel. Ich weiß schon, wie ich diesen Mann zu nehmen habe.«

Valquarez sah seine Tochter an, dann wieder John. Mit einem mürrischen Brummen ließ er ihn los. »Schaff mir diesen Kerl aus den Augen, Sophia«, befahl er seiner Tochter. »Und bring mir meine Isabel zurück.«

»Das werde ich, Vater«, versprach sie. »Und wenn ich dafür über Leichen gehen muss.«

Sie kehrten zur *Mary-Jane Wellington* zurück. Im Schiff waren bereits alle Lichtquellen heruntergeregelt. Es herrschte Bordnacht.

»Mary-Jane, schlafen alle schon?«, fragte John, als er mit Sophia und ihren zwei Begleitern – einer davon Pasquale mit seinem langen Messer – über den Steuerbordfrachtraum das Schiff betraten.

»Negativ, John. Ich registriere erhöhte Energiewerte in der Messe. Wenn du möchtest, aktiviere ich das Bordsprechsystem, um nachzuprüfen, wer sich dort unterhält.«

»Schon in Ordnung; das werden Hobie und Kelly sein.«

»Was ist das?«, fragte Pasquale irritiert, als er die körperlose Frauenstimme vernahm.

»Das ist Mary-Jane, die Raumschiff-KI«, erwiderte John.

»Sie haben eine Künstliche Intelligenz auf dem Schiff?«, fragte Sophia erstaunt.

John zuckte mit den Schultern. »Nennen Sie mich altmodisch, aber es gefällt mir.«

Sie folgten dem Korridor bis zur Messe, wo sie tatsächlich von Hobie und Kelly erwartet wurden. Die beiden saßen an dem zentralen Tisch des Raums und hatten halb leere Tassen mit Kaffee und einen Teller voller Erdnussschalen vor sich stehen. Als John mit seinen drei Begleitern durch die Luke kam, sahen der Mechaniker und die blonde Frau überrascht auf.

»John?«

»Ich bin wieder da«, begrüßte John sie. »Und ich habe Gäste mitgebracht.«

»Was hat das zu bedeuten?« Hobie erhob sich und zupfte am Schirm seiner Mütze.

»Wo sind die anderen?«, antwortete John mit einer Gegenfrage. »Schlafen sie schon?«

Kelly nickte. »Aleandro meinte, wir sollten sie wecken, wenn du zurückkommst. Ich werde sie holen.«

»Nein, vergiss das, Kelly«, wehrte John ab. »Wir reden morgen früh ausführlich. Wichtig ist jetzt nur eins: Sophia Valquarez und diese beiden Brüder – Pasquale und ...« Er sah den anderen Mann, einen untersetzten Burschen mit schütterem Haar, fragend an.

»Emilio«, brummte dieser.

»... Emilio«, fuhr John fort, »werden eine Weile an Bord bleiben und uns dabei helfen, Isabel und Edward wieder aufzuspüren, denn wir haben uns nach intensiven Verhandlungen bereiterklärt, die zwei ausgeflogenen Turteltauben wieder einzufangen.«

»Das wird denen nicht gefallen«, meinte Kelly.

»Und mir gefällt nicht, dass mein Geld im Safe des *Padre* liegt und an der Außenhaut unseres Schiffs eine Funkmarkierung klebt. Letzten Endes ist mir das Glück meiner Leute wichtiger als das anderer.« Er warf Kelly einen vielsagenden Blick zu.

Sie nickte langsam. »Na schön.« Kelly nahm ihre Tasse und trug sie zur Küchenzeile auf der anderen Seite des Raums, wo sie den Rest der dunklen Brühe ins Spülbecken goss. »Dann gehe ich jetzt schlafen.«

»Tu das, Kelly«, sagte John. »Hobie, wir zwei und Piccoli leisten abwechselnd unseren Gästen in der Messe Gesellschaft. Ich kann sie nicht hinauskomplimentieren, aber ich lasse sie auch ganz bestimmt nicht alleine im Schiff herumlaufen.«

»Geht klar, John«, antwortete Hobie. »Ich kann die erste Schicht übernehmen, ich bin ohnehin noch nicht müde.« Er blickte Sophia, Pasquale und Emilio fragend an. »Wollt ihr einen Kaffee? Dann brühe ich frischen auf.«

»Ihr zwei haltet hier die Stellung«, befahl Sophia den Männern. »Ich bleibe bei Ihnen, Captain.« Ihr Blick richtete sich auf John.

»Ernsthaft? Das mit dem Schaukelstuhl und dem Bärenfell sollte eigentlich ein Witz sein.«

»Mir ist im Moment nicht nach scherzen. Sie sind einfach zu gefährlich. Ich lasse Sie nicht aus den Augen.«

Kelly gluckste. »Na, John, du hast dieser Tage wirklich Glück mit deinen Frauenbekanntschaften.« Im Vorbeigehen klopfte sie ihm auf den Oberarm. »Lass dich nicht umbringen. Das dürfte Sekoya sehr unglücklich machen.«

»Sekoya?«, hakte Sophia nach.

»Ihre direkte Konkurrentin um den Platz in meinem Herzen«, erwiderte John. »Wenn Sie mich nicht ins Grab bringen, gelingt es vermutlich ihr.« Er wandte sich an Kelly. »Wo ist unsere gute Grünhaut überhaupt? Ist sie noch an Bord?«

»Ja, sie schläft. Ich war so frei, ihr zu erlauben zu bleiben. Deswegen wirst du jetzt hoffentlich keinen Aufstand machen.«

»Nein, schon in Ordnung.« Ergeben nickte John. *Ein Problem nach dem anderen*, sagte er sich. Und Sekoya war auf der Liste seiner Schwierigkeiten merklich nach hinten gerutscht, seit er die Familie Valquarez kennengelernt hatte.

»Gute Nacht«, sagte Kelly.

»Gute Nacht«, antwortete John.

Sie verschwand nach draußen auf den Gang.

John sah Sophia an. »Versprechen Sie sich nicht zu viel von dieser Nacht, Süße. Ich werde mich jetzt in meine Koje verziehen und schlafen. Wenn es Sie glücklich macht, können Sie mir gerne dabei zusehen. Aber mehr wird nicht passieren. Schaukelstuhl, Bärenfell, klar?«

Hobie hob die buschigen Augenbrauen. Pasquale und Emilio wechselten einen Blick. Einen Moment lang blitzte es in Sophias dunklen Augen zornig auf, und John erwartete eine harsche Erwiderung. Stattdessen verzogen sich ihre Lippen zu einem schmalen Lächeln.

»Versuchen Sie nur, Ihr Unwohlsein durch Seitenhiebe zu verbergen. Aber Sie wissen genauso gut wie ich, dass Sie kein Auge zutun werden, solange ich bei Ihnen bin. Aus welchem Grund auch immer ...«

Zu seinem Ärger musste John sich eingestehen, dass sie damit vermutlich recht hatte. Diese Frau regte ihn unfassbar auf. Sie war arrogant, kaltherzig, manipulativ und gefährlich. Doch sie war auch auf eine Weise reizvoll, wie er es bislang nur bei sehr wenigen Frauen erlebt hatte. *Vermutlich ist sie die Strafe eines bösartigen Universums dafür, dass ich Sekoya so schlecht behandelt habe.*

»Gehen wir«, murmelte er. »Weck mich in zwei Stunden, Hobie. Piccoli übernimmt die dritte Wache.«

»Ist gut, John.« Hobie warf Sophia einen kurzen, misstrauischen Blick zu. »Gute Nacht, Miss Valquarez.«

John führte Sophia durch den Gang, der um die Messe herum verlief, zu seinem Quartier. Er überlegte kurz, ob er mit ihr ein Gästequartier aufsuchen sollte, um sie nicht in sein Heiligtum einladen zu müssen. Aber sein Stolz hinderte ihn daran. Er würde sich von dieser Frau nicht aus seinem eigenen Raum vertreiben lassen.

Ich könnte sie überwältigen, dachte er. *Die Chancen stün-*

den gut. Auf so engem Raum wie hier wird sie kaum Gelegenheit haben, ihre Waffe einzusetzen, egal wie schnell sie zieht. Aber dann musste er wieder an Enrico Valquarez denken, an die 90 000 Dollar, an diesen Unions-Gouverneur namens Beckerman und an die alte Frontiersmen-Weisheit, die besagte, dass man sich nicht mit einem Mann anlegte, der mehr Freunde hatte als man selbst, wenn es nicht unbedingt sein musste.

Er entriegelte die Luke zu seinem Quartier und trat ein. »Sie müssen über das Durcheinander hinwegsehen. Ich habe nicht mit Frauenbesuch gerechnet und …« Der Rest des Satzes blieb ihm im Hals stecken. Das lag zum Teil daran, dass das Captains-Quartier so sauber und aufgeräumt aussah wie seit dem Stapellauf der *Mary-Jane Wellington* nicht mehr, vor alles aber an der grünhäutigen Frau, die auf seinem Bett ruhte – barfuß und in einen Overall gekleidet, der verdächtig danach aussah, als stamme er aus Kellys Kleiderschrank.

Sekoya schien geschlafen zu haben, doch bei ihrem Eintreten schrak sie auf. Das lange, schwarze Haar zerzaust, starrte sie John an. Ihre dunklen Augen weiteten sich, als sie seine Begleitung im Türrahmen bemerkte.

Sophias Lippen verzogen sich zu einem spöttischen Lächeln. »Es geht doch nichts über eine Frau im Bett, wenn man nach Hause kommt. Lassen Sie mich raten, Captain: Das ist Sekoya.«

»Ich … äh …« Fassungslos sah er Sekoya an. »Was machen Sie in meinem Quartier? Nein, warten Sie. Antworten Sie nicht.«

Er drehte sich zu Sophia um. »Wären Sie so gütig, uns kurz allein zu lassen?«

»Um nichts in der Welt möchte ich dieses Gespräch verpassen«, erwiderte Sophia.

John sah sie finster an.

Die junge Frau zuckte mit den Schultern. »Na gut. Sie haben fünf Minuten. Aber kommen Sie auf keine seltsamen Gedanken. Ein Wort von mir genügt, und Ihr Freund Hobie ist nur der erste einer ganzen Reihe bedauerlicher Todesfälle auf diesem Schiff.«

»Ihre Paranoia übertrifft noch Ihre Schießkunst.«

»Deswegen bin ich nach wie vor am Leben.« Sie verließ die Kabine und schloss die Luke.

John wartete einen kurzen Augenblick, dann holte er tief Luft und wandte sich Sekoya zu, die vom Bett aufstand und sich etwas unbehaglich durch das lange Haar fuhr.

»Was machen Sie hier?«, fragte John sie leise. Er wollte nicht, dass Sophie den Wortwechsel vor der Tür mitbekam.

»Es tut mir leid«, sagte sie. »Ich wollte nicht auf Ihrem Bett einschlafen. Ich weiß, dass das Lager bei den Menschen ein Ort ist, an dem zwei Verbundene zusammenkommen. Es war nicht meine Absicht, den Eindruck zu erwecken, wir wären Verbundene.« Sie blickte kurz zu Boden, sah ihn dann aber gleich wieder an. »Das soll nicht heißen, dass ich nicht bereit wäre, mit Ihnen das Lager zu teilen, wenn Sie es möchten.«

»Wie bitte?« John sah sie entgeistert an. Bevor Sie etwas erwidern konnte, hob er die Hand. »Nein, wiederholen Sie es nicht. Ich habe es schon verstanden, auch wenn ich es kaum glauben kann. Sekoya, ich komme gerade von einem Mann, der jeden an Bord umbringen will, wenn ich ihm nicht seine Tochter zurückbringe, die ich erst vor ein paar Stunden selbst aus dem Haus genau dieses Mannes entführt habe.«

»Ich habe die Geschehnisse des früheren Abends miterlebt«, rief die junge Peko ihm in Erinnerung.

»Und was bringt Sie dann auf den Gedanken, dass ich Lust

hätte, mit Ihnen« – er gestikulierte vage in Richtung seiner Koje – »den *Verbundenen* zu spielen?«

»Darum ging es mir nicht, und dass ich den Eindruck erweckt habe, tut mir leid.«

Seufzend ließ John die Hand sinken. »Na schön, worum ging es dann?«

»Ich wollte mit Ihnen reden – allein. Eigentlich wollte ich damit warten, bis Sie bereit dafür sind. Doch als ich in dem Zimmer lag, das Kelly mir zugewiesen hatte, und in die Stille horchte, erkannte ich, dass dieser Tag vielleicht noch sehr lange hin sein könnte. Deshalb entschloss ich, mich zu Ihrem Quartier zu begeben und dort auf Sie zu warten. Dabei bin ich eingeschlafen. Ihr Zimmer hat eine gute Aura.«

»Das muss der Schaukelstuhl sein.« John deutete auf das alte Möbelstück in der Ecke. Dann schloss er mit einer Geste den ganzen Raum ein. »Und bevor Sie eingeschlafen sind, haben Sie noch ein wenig aufgeräumt, wie ich sehe.«

Sekoya nickte. »Ich dachte, Sie würden rasch zurückkehren, und wollte mich bis dahin ein wenig beschäftigen. Meine Hoffnung war, dass ich Ihnen damit eine Freude bereite.«

John konnte nicht leugnen, dass ihm die Ordnung in der Kabine gefiel. Doch er hatte nicht vor, das die übereifrige Peko wissen zu lassen. »Wenn Sie mir eine Freude bereiten wollen, halten Sie sich an drei einfache Regeln. Erstens: Lassen Sie meine Sachen in Ruhe. Zweitens: Schleichen Sie nicht ungebeten in meiner Kabine herum. Und drittens: …« Er stockte, als ihm keine dritte Handlungsanweisung in den Sinn kam. »Versuchen Sie einfach nicht, mir zu gefallen«, murmelte er schließlich.

Sekoya schlug die Augen nieder und nickte. »Dann gehe ich jetzt.«

»Ja, tun Sie das.«

Sie trat an ihm vorbei auf die Luke zu. Ihre Hand legte sich an den Öffnungshebel, dann hielt sie inne. »Darf ich Ihnen wenigstens eine Frage stellen, John?«

Ihm fiel auf, dass sie ihn beim Vornamen nannte. Für Peko war das normal, aber bislang hatte Sekoya ihn immer beim Nachnamen gerufen. Die unvermittelte Vertrautheit jagte ihm einen Schauer über den Rücken, dennoch wies er sie nicht zurecht. »Was wollen Sie wissen?«

Sie drehte sich wieder zum ihm um. Eine milchige Flüssigkeit sammelte sich in ihren Augenwinkeln. »Was hat mein Volk Ihnen angetan, dass Sie mich so verachten?«

Die Worte trafen ihn wie eine Schrotladung aus Hobies abgesägter Donnerbüchse. John blinzelte die junge Peko an. Und vielleicht zum ersten Mal, seit er sie vor den lüsternen Schlägern Wilbur Stantons gerettet hatte, sah er Sekoya als das, was sie war: eine junge Frau ohne Heimat, die in einem feindseligen Universum versuchte, gleichzeitig den Traditionen zu folgen, die man ihr beigebracht hatte, und sich an die Lebensart jener anzupassen, die ihren Leuten so gut wie alles genommen hatten. Vor allem aber sah John, dass sie Gefühle hatte, Gefühle, die er wieder und wieder verletzte, und der Grund dafür war ein verzweifelter Zorn, der so alt war und so tiefe Wurzeln in seinem Inneren geschlagen hatte, dass John nicht wusste, ob er ihn jemals würde überwinden können.

»Nicht heute«, sagte er rau. »Fragen Sie mich irgendwann noch einmal.« Er räusperte sich. »Es tut mir leid, dass ich Sie so schlecht behandelt habe. Es liegt nicht an Ihnen. Ich bin das Problem. Sie haben sich einfach den falschen Mann für Ihre Lebensschuld ausgesucht.«

Sie zwinkerte die Flüssigkeit weg, die John für Tränen hielt. Ein kleines Lächeln erschien auf ihren blauen Lippen. »Vielleicht, John. Vielleicht haben die Geister mich aber auch zu genau dem Mann geführt, der mich braucht.« Sie öffnete die Luke und schlüpfte nach draußen.

Durch die offene Tür wurde Sophia Valquarez sichtbar, die mit vor der Brust verschränkten Armen an der gegenüberliegenden Gangwand lehnte. Langsam stieß sie sich ab und trat über die Schwelle. »Sie haben wirklich ein seltenes Talent, mit Frauen umzugehen.«

»Ach, seien Sie bloß still.« John wandte sich ab, ging zu seiner Koje hinüber und ließ sich darauf fallen, ohne auch nur die Stiefel auszuziehen.

Kurze Zeit später war das Licht in der Kabine gedämpft, Sophia saß mit einer Wolldecke vor der Brust in dem Schaukelstuhl in der Ecke und John lag mit dem Gesicht zur Wand in seinem schmalen Bett. Tausend Gedanken wirbelten in seinem Kopf herum, uralte Erinnerungen und frische Sorgen. *Sophia hat recht*, dachte er bei sich. *Ich kriege heute Nacht kein Auge zu.* Doch die Anwesenheit der Killerin in seinem Quartier hatte damit rein gar nichts mehr zu tun.

– 12 –

Als John am Morgen nach seiner Wachschicht und einer zweiten Runde Schlaf aufwachte, war er allein in seiner Kabine. Einen flüchtigen Moment lang gab er sich der Hoffnung hin, dass seine Erinnerungen an den gestrigen Abend nur ein böser Traum gewesen sein könnten. Er hatte sich allerdings kaum an seinem Waschbecken ein wenig frisch gemacht und die Luke zum Gang geöffnet, als er auch schon von der Wirklichkeit eingeholt wurde.

Auf dem Gang saß Pasquale auf einem Stuhl aus der Messe und reinigte sich mit einem Taschenmesser die Fingernägel. Als er John sah, entblößte er seine verfärbten Zähne zu einem Grinsen. »*Buenos días*, Captain.«

John nickte ihm brummend zu.

»Señorita Sophia erwartet Sie im Aufenthaltsraum.« Er deutete mit dem Messer den Gang hinunter.

»Dann wollen wir sie nicht warten lassen, hm?«, erwiderte John, auch wenn es ihm absolut nichts ausgemacht hätte, wenn Sophia irgendwo versauerte.

Gefolgt von Pasquale umrundete er die Messe und trat durch die Backbordluke ein. Zu seiner Überraschung herrschte bereits reges Treiben. Hobie stand an der Küchenzeile und bereitete, dem Duft nach zu urteilen, Eier mit Speck zu. Emilio lümmelte auf der Sitzbank, die den Pokertisch in der Ecke einschloss, und spielte träge mit einem Deck Karten. Und um den Tisch saßen Piccoli, Kelly, Sekoya und Sophia verteilt, wobei sich Valquarez' Tochter provokant am Kopfende auf

Johns Platz niedergelassen hatte. Eine Hand lag um eine Tasse dampfenden Kaffees, die andere hatte sie unter dem Tisch verborgen.

»Guten Morgen, John«, begrüßte sie ihn, und in ihrem Tonfall lag ein Schnurren, das an eine zufriedene Katze erinnerte. »Hast du noch gut geschlafen?«

John ließ den Blick über die Anwesenden schweifen. Sekoyas Miene war steinern und nicht zu lesen, die anderen wirkten, als sei ihnen ein wenig unwohl zumute.

»Was immer sie euch erzählt haben sollte, es ist falsch«, stellte John direkt klar.

»Davon sind wir ausgegangen«, erwiderte Kelly diplomatisch.

Gespielt beleidigt verzog Sophia die vollen Lippen. »John, es gibt keinen Grund, unsere Gefühle füreinander vor deiner Mannschaft zu verbergen.« Sie nahm einen Schluck Kaffee.

»Fein. Dann will ich ganz offen sein: Runter von meinem Platz oder ich helfe mit meinem Revolver nach.«

Seufzend erhob Sophia sich und rückte einen Stuhl weiter. »Er hat so eine direkte Art, die gelegentlich ans Unhöfliche grenzt«, sagte sie zu ihren Tischnachbarn.

»Ja, John ruft gerne starke Gefühle hervor«, bestätigte Kelly. »Entweder man liebt oder man hasst ihn.«

John beschloss, das Geplänkel zwischen den beiden Frauen zu ignorieren. »Hast du auch einen für mich, Kumpel?«, wandte er sich an Hobie.

»Klar, John.« Sein alter Freund brachte auch ihm eine Tasse Kaffee. »Das Essen ist auch gleich fertig.«

Die Gangluke öffnete sich ein weiteres Mal, und die schlaksige Gestalt Aleandros schob sich in den Raum. »Guten Morgen«, wünschte er verschlafen. Er bemerkte Sophia und die beiden Männer am Pokertisch. »Oh, wir haben Besuch, wie ich sehe.«

»Mister Valquarez hat darauf bestanden«, gab John zurück.

»Ah, also arbeiten wir jetzt für ihn«, stellte Aleandro fest.

»Nur so lange wie unbedingt nötig.«

»Finden Sie einfach meine Schwester wieder, und wir ziehen unserer Wege«, bemerkte Sophia kühl.

»Und weil es sich mit vollem Magen leichter denkt, gibt es jetzt erst einmal Frühstück«, verkündete Hobie, der mit einer großen Pfanne in der Hand den Tresen umrundete, der die Küchenzeile vom Rest des Raums trennte.

Sie schoben einen neunten Stuhl an den großen Tisch in der Mitte der Messe, dann verteilte Hobie den Inhalt seiner Pfanne. Außerdem stellte er einen geschnittenen Laib Brot auf den Tisch und eine frische Kanne Kaffee. John wusste, dass er es viel zu selten laut sagte, aber ohne Hobies fürsorgliche Ader wäre ihr Leben an Bord der *Mary-Jane Wellington* sehr viel karger ausgefallen.

»Also«, begann John zwischen zwei Happen ihr Planungsgespräch, »wie finden wir Edward und Isabel?«

»Sollten wir nicht zuerst klären, ob sie Alvarado bereits verlassen haben?«, schlug Kelly vor.

»Das lässt sich schnell herausfinden.« Sophia zückte ihr Komm-Gerät und wählte eine Nummer. Dann führte sie ein kurzes Gespräch auf Spanisch. Wer immer am anderen Ende der Leitung war, musste auf der Lohnliste Ihres Vaters stehen, denn dem herrischen Tonfall nach zu urteilen, gab sie Befehle, statt sich mit freundlichen Bitten aufzuhalten.

Zwei Minuten später klappte sie das Gerät wieder zu. »Sie müssen sich noch irgendwo in der unmittelbaren Umgebung des Planeten befinden. Laut unserem Informanten in der

Flugkontrolle von Alvarado haben seit gestern Abend nur zwei Schiffe das Sensornetz in Richtung Transitpunkt passiert. Eines war ein Patrouillenboot der Union, das andere ein Handelsfrachter meines Vaters.«

»Könnte Isabel den Captain nicht bestochen haben?«, wollte Kelly wissen.

Sophia schüttelte den Kopf. »Der Frachter ist die *Diosa de la Luna* unter Captain Elisabeth Aniston. Die Frau ist absolut unbestechlich. Außerdem würde sie niemals einen Stanton an Bord lassen. Sie ist mit Wilbur Stanton in der Vergangenheit ein oder zwei Mal zusammengestoßen.«

»Gut, dann sind sie also noch hier«, sagte John. »Irgendwelche Ideen, wo sie sich versteckt haben könnten?«

»Hat Ihre Schwester eine Geldkarte von einer örtlichen Bank?«, wollte Aleandro wissen. »Wenn ja, könnte ich versuchen zu überprüfen, ob Zahlungen damit vorgenommen wurden.«

»So dumm werden die beiden nicht sein«, meinte John. »Zumindest Edward Stanton sollte wissen, dass sich bargeldlose Zahlungen von einem gewieften Datenschnüffler verfolgen lassen.«

»Alvarado ist groß«, warf Piccoli nachdenklich ein. »Schon Zaragoza ist groß. Sie könnten sich überall verbergen.«

»Eigentlich nicht«, widersprach Sophia. »Meine Familie ist bekannt in der Stadt. Die der Stantons ebenfalls. Wir sind lokale Berühmtheiten. Und der Arm meines Vaters reicht weit in Zaragoza. Ganz zu schweigen davon, dass er eine pralle Geldbörse hat. Ein Wort von ihm über eine Belohnung, und die halbe Stadt hält nach meiner Schwester und Edward Ausschau. Hier zu bleiben wäre verdammt riskant für sie.«

Gedankenverloren runzelte Kelly die Stirn. »Sag mal, John, erwähnte Edward nicht, dass sie fürs erste in einem Geheimversteck unterkommen wollten? Wenn ich mich nicht irre, sprach er von einem Ort, der ihnen beiden viel bedeutet.«

»Richtig.« John wandte sich Sophia zu. »Klingelt da irgendetwas bei Ihnen?«

Sie schien darüber nachzudenken und zuckte dann mit den Schultern. »Ich nehme an, dass Stanton und meine Schwester irgendwelche Liebesnester unterhalten haben. Aber Isabel war stets sehr vorsichtig, wenn sie sich mit dem Kerl traf. Tatsächlich haben wir erst vor Kurzem erfahren, dass die beiden sich überhaupt heimlich sehen. Mein Vater hat sie deswegen natürlich ins Gebet genommen, aber viel geplaudert hat sie nicht. Daher könnten diese Orte überall sein.«

»Augenblick mal.« John kam ein Gedanke, und er schnippte mit den Fingern. »Edward sprach bei unserer ersten Begegnung von einem Mondanwesen auf Hesparda, auf dem vor ein paar Jahren Bälle gegeben wurden. Auf einem dieser Bälle hat er Isabel damals kennengelernt. Sie scheinen dort ein paar schöne Tage verbracht zu haben.«

Kellys Miene hellte sich auf. »Stimmt. Und er sagte auch, das Mondanwesen stünde heute leer.«

John nickte. »Ich verwette meinen Hut, dass die beiden sich dort versteckt halten.«

»Sie tragen gar keinen Hut«, warf Sophia spöttisch ein.

»Aber es liegt einer in meiner Kabine«, schoss John zurück. »Habe ihn mal bei einem Kartenspiel gewonnen. Ein steifes, schwarzes Ding. Ich finde ihn furchtbar. Ihnen würde er stehen.«

»Wie liebenswürdig.«

John wandte sich wieder an die Runde. »Um zum Mond zu gelangen, könnten Edward und Isabel eine nicht transitfähige Transportfähre nehmen. Die werden von der Raumflugkontrolle kaum beachtet, weil sie innerhalb des Systems und damit ihres Einflussbereichs bleiben.«

»Außerdem schwirren so viele Passagier- und Frachtfähren durch den hohen Orbit, dass es ein Leichtes wäre, mit einer davon einen Abstecher zum nahen Mond zu unternehmen«, fügte Aleandro hinzu.

Ein wölfisches Lächeln breitete sich auf Sophia Valquarez' Zügen aus. »Klingt nach einem Ort, dem wir einen Besuch abstatten sollten.«

Hesparda war ein Himmelskörper der krassen Widersprüche. In Äquatornähe, wo sich eines der wenigen, größeren Gebirge erstreckte, war der von hellgrauem Staub bedeckte Felsmond über Quadratkilometer hinweg von den Spuren industrieller Ausbeutung geprägt. Automatische Fabriken fraßen sich mit gewaltigen Grabschaufeln in die Oberfläche und förderten Erze unterschiedlicher Art, um sie in ihrem stählernen Inneren gleich weiterzuverarbeiten. Mächtige Radtransporter brachten die Ausbeute anschließend zu bereitstehenden Frachträumern, die auf Permabeton-Landefeldern warteten. Neben dem Tagebau existierten auch mit Laserbohrern gedrillte Stollen unter der Oberfläche, wo seltenere Verbindungen abgebaut wurden. Ein weitläufiges Netzwerk aus Personalbaracken, Aufenthaltsbereichen, administrativen Gebäuden und vom Bergbau abhängigen, kleineren Betrieben bedeckte die hügelige Ebene südlich der Berge; der Staub und die Abgase, die in den Himmel geblasen wurden, genügten beinahe, um eine eigene giftige Atmosphäre zu bilden.

Dreihundert Kilometer weiter nördlich merkte man nichts mehr davon. Die Mondoberfläche lag so weiß, weit und unberührt da, als habe noch nie ein Mensch den Fuß auf sie gesetzt. An der Oberkante eines riesigen, uralten Einschlagkraters hatte jemand ein Haus errichtet, das halb in den Fels eingebettet war. Geschwungene silberne Dächer glänzten im Schein der Sonne, und große Fenster wiesen auf die bis zum Horizont reichende Einöde hinaus. Etwas abseits des großzügigen Gebäudes befand sich ein geräumiger Landebereich, auf dem Gäste mit ihren Privatjachten aufsetzen konnten. Ein flexibles Schleusensystem mit Schwenkarmen und Druckschläuchen sorgte dafür, dass der Besuch nicht erst umständlich in einen Raumanzug steigen musste, um zum Haus zu gelangen. Das Ganze sah aus, als hockte ein gewaltiger Krake in der Mitte einer kreisrunden Steinplatte.

»Die Sache hat einen Haken«, bemerkte Hobie vom Kopilotensitz aus, als sie sich mit der *Mary-Jane Wellington* dem Landefeld näherten. »Man braucht einen Operator, der das System bedient, um anzudocken. Und ich glaube nicht, dass hier oben jemand ist, der auf uns wartet.«

John, der im Pilotensessel saß, nahm noch etwas Schub weg, sodass der klobige Frachter nun fast bewegungslos zwei Dutzend Meter über dem Landebereich hing. »Ja, das Ganze sieht ziemlich ausgestorben aus. Ich frage mich, ob wir uns geirrt haben. Wenn Edward und Isabel hier sind, wo ist dann ihr Schiff?« Suchend blickte er durch die Cockpitscheibe.

»Es gibt einen kleineren, privaten Hangar im Berg unterhalb des Hauses«, wusste Sophia, die hinter den beiden Männern stand und ebenfalls nach draußen spähte. »Man erreicht ihn über die Innenseite des Kraters.«

John warf ihr einen kurzen Blick über die Schulter zu. »Sie kennen sich gut hier aus.«

»Ich war schon immer neugierig – und Tanzen gehörte nicht unbedingt zu meinen Lieblingsbeschäftigungen auf den

Bällen, die auf Hesparda für den Geldadel von Alvarado ausgerichtet wurden.«

»Und wie kommt man in diesen Hangar hinein?«

»Von außen nur per Fernsteuerung, soweit ich weiß. Außerdem ist der Hangar viel zu klein für einen Brocken der *Cambria*-Klasse. Wir werden also hier auf dem Landefeld aufsetzen und uns einen anderen Weg ins Innere suchen müssen.«

»Ein Mondspaziergang.« John grinste. »Das hatte ich schon lange nicht mehr.«

»Seltsam, dass das Anwesen völlig dunkel ist«, warf Hobie ein. »Man sollte denken, dass die beiden irgendwo Licht angemacht hätten, wenn sie hier sind.«

»Täuschen Sie sich nicht, Mister Hobel«, sagte Sophia. »Es gibt eine Menge Räume, die man von außen nicht sehen kann. Nur weil Edward und Isabel keine Festbeleuchtung im Panoramasaal angeschaltet haben, heißt das nicht, dass sie sich nicht in diesen Wänden verstecken.«

»Wir finden es heraus«, entschied John. »Das ist ohnehin unsere einzige gute Spur.«

Vorsichtig ließ er die *Mary-Jane* aufsetzen. Dann fuhr er den Antrieb herunter und stand auf. »Hobie, du bleibst mit Sekoya an Bord. Ich gehe mit Kelly, Aleandro und Piccoli rüber.«

Sein Freund machte ein skeptisches Gesicht. »Aleandro? Bist du sicher? Der Junge steckte noch nie in einem Raumanzug.«

»Dann wird es Zeit. Es kann sein, dass ich ihn brauche, um irgendwelche Codeschlösser zu überbrücken. Edward und Isabel werden kaum die Schleusen für uns öffnen.«

»Nicht anzunehmen.« Hobie kratzte sich am Kinn. »Was machen wir, wenn sie stattdessen die Flucht ergreifen? Unsere Ankunft dürfte ihnen nicht entgangen sein.«

»Das ist nicht gesagt. Die Landefeldsensoren sind offenbar außer Betrieb wie der Rest des Anwesens. Und den Anflug können sie im Vakuum nicht gehört haben.«

»Aber die Landung! Du vergisst die Schallübertragung durch den Fels.«

John musste zugeben, dass er daran nicht gedacht hatte. »Okay, dann machen wir Folgendes: Sobald wir die *Mary-Jane* verlassen haben, steigst du wieder auf und suchst den Privathangar. Blockier mit dem Schiff die Flugbahn. Sie werden keine Kollision mit einer *Cambria*-Klasse riskieren. Dafür ist unser Rumpf zu massiv.«

»Aye, John.«

John öffnete den Kanal der Bordsprechanlage. »Kelly, Aleandro, Piccoli – bewegt euren Hintern zur Steuerbordschleuse, um eure Raumanzüge anzulegen. Wir steigen aus.« Er stand auf und drängte sich an Sophia vorbei zur Cockpitluke. »Kommen Sie mit?«

»Darauf können Sie wetten«, erwiderte sie.

Eine Viertelstunde später stapften sie, gekleidet in die robusten Raumanzüge aus dem Arsenal der *Mary-Jane Wellington*, über den Permabeton des Landebereichs. Hinter ihnen stieg die *Mary-Jane* gemächlich wieder auf, um den Kraterrand zu überfliegen und vor dem erwähnten Privathangar in Position zu gehen.

Das Ziel von John und den anderen war der tonnenförmige Rumpf des Schleusenkraken. In dem metallischen Zentralzylinder befand sich eine Schleuse, die sie – wie Sophia behauptete – in einen Zugangskorridor entlassen würde. Von dort aus erreichte man unterirdisch das Mondanwesen der Stantons.

Sie waren zu fünft, neben John und seinen Leuten begleitete sie nur Sophia. Pasquale und Emilio waren auf der *Mary-Jane* zurückgeblieben. Ein kleiner Teil von John sah sich von dem Gedanken verführt, die Valquarez-Tochter drüben im Mondanwesen zu überwältigen und als Geisel zu nehmen, um ihre Flucht von Alvarado zu bewerkstelligen. Andererseits wusste er, dass sie eine Patt-Situation hatten. Hobie und Sekoya würden mit Valquarez' Schlägern vermutlich nicht alleine fertig werden. Und John vermochte nicht abzuschätzen, wie kaltblütig Sophia war, wenn es darum ging, ihr Leben gegen das von Johns altem Freund und der Peko-Frau in die Waagschale zu werfen.

Die Schleuse war verschlossen. Nichts anderes hatte John erwartet. Tatsächlich schien sie nicht einmal Energie zu haben. Das machte ihr Eindringen ein wenig kniffliger – aber keineswegs unmöglich. »Aleandro, kriegst du das auf?«

»Ist es auf Hesparda kalt?«, entgegnete der Computerspezialist über Helmfunk.

»Kommt auf die Tageszeit und den Breitengrad an«, bemerkte Sophia spöttisch.

»Das sollte Ja heißen«, fügte Aleandro hinzu. Unbeholfen kniete er sich neben der Schleuse auf den Boden und öffnete seine Elektroniktasche. Er schraubte eine Wartungsluke auf und verband einige Kabel mit einer tragbaren Batterie. Dann stöpselte er sein Padd mithilfe eines Adapters in eine Buchse für Diagnoseeinheiten. »Das haben wir gleich.«

Ein Lämpchen blinkte im Inneren der Wartungsluke. Gleich darauf erhellte sich die Schleuse, und eine Signallampe über dem Eingang flackerte orangefarben. »Das System wurde neu gestartet«, verkündete Aleandro, »allerdings arbeiten wir mit Batteriestrom. Wie es aussieht, wurden die Leitungen im Zugangstunnel abgeschaltet. Da komme ich von außen nicht dran. Das heißt, wir haben nur drei bis vier Durchgänge, bevor uns der Saft ausgeht.«

»Wir benötigen höchstens zwei«, erwiderte John.

Sie betraten die Schleuse und John aktivierte sie. Die Luke schloss sich, und zischend füllte sich der Raum mit Atmosphäre. Gleichzeitig spürten sie eine leichte Abwärtsbewegung, während ein Liftsystem die Schleusenkammer in den Fels sinken ließ. Als die Kontrolllampen auf Grün wechselten und die Innenluke zur Seite glitt, erstreckte sich vor ihnen ein langer, schnurgerader, fensterloser Korridor. Die Wände bestanden aus Stein und waren leicht gewölbt. Wie es aussah, hatte man den Gang mit einem Bergbaubohrer direkt aus dem Kraterfels geschnitten. Der Boden war mit weinroten Metallplatten ausgekleidet, an der Decke hingen mit Blattgold verzierte Leuchtpaneele. Stanton hatte sich wie auch auf seiner Raumstation Mühe gegeben, der zweckorientierten Bauweise ein wenig Flair zu verleihen.

Das Licht in dem Korridor war auf ein Minimum heruntergeregelt. John überprüfte die Anzeige auf dem Arm seines Raumanzugs. Die Werte sahen in Ordnung aus, also funktionierte immerhin die Luftumwälzung. Er klappte das Helmvisier hoch und nahm einen prüfenden Atemzug.

»Wir können die Raumanzüge ablegen.« Das kam ihm entgegen. Er wollte imstande sein, schnell zu reagieren, sollte es nötig werden. Das konnte er in dem Raumanzug vergessen, ungeachtet der geringeren Schwerkraft des Mondes.

Sie zogen die schweren Monturen aus und drapierten sie neben der Schleuse. John hob sein Komm-Gerät. »Hobie, wir sind drinnen. Tut sich was im Anwesen?«

»Negativ, John«, erwiderte sein Freund am Steuer der *Mary-Jane*. »Ich sehe kein Licht, und das Hangartor auf der anderen Kraterseite ist geschlossen.«

»Gut, dann scheinen sie unsere Ankunft noch nicht bemerkt zu haben.« *Oder es ist niemand zuhause*, fügte John in Gedanken hinzu.

Sie folgten dem Korridor bis zu einer weiteren Luke. Auch diese war verschlossen, aber an das Energienetz des Anwesens angeschlossen, sodass es Aleandro leichtfiel, sie zu überbrücken. Im Grunde hätte John das auch gekonnt, aber seine Methode beinhaltete normalerweise das Zerschneiden und Umsortieren von Drähten. Der junge Computerspezialist ging da subtiler vor.

An die Luke schloss sich eine im Halbdunkel liegende Eingangshalle an. Anders als auf der Raumstation der Stantons beherrschten auf dem Mondanwesen polierter Stein und glänzendes Metall die Inneneinrichtung. Elegante Säulen endeten in Rundbögen, die sich unter der Decke schwangen. Auf verchromten Tischchen standen Kristallskulpturen. Holografische Fotografien an den Wänden zeigten künstlerische Darstellungen des Tagebaus auf Hesparda. Zur Linken führten breite Stufen eine halbe Ebene höher, rechterhand waren Türen in die Wände eingelassen, die zu weiteren Räumen führten.

Aleandro stieß einen leisen Pfiff aus. »Dafür, dass er das Anwesen nicht mehr nutzt, hat Stanton hier noch eine Menge schicken Krempel herumstehen.«

Piccoli brummte abfällig. »Ich kenne solche Leute. Sie sind zu reich, um auch nur irgendetwas in ihrem Besitz wertzuschätzen.«

»Konzentriert euch, Leute«, mahnte John. »Staunen können wir später. Zuerst haben wir einen Job zu erledigen.« Es juckte ihn in den Fingern, seine Waffe zu ziehen, wie immer, wenn er durch feindliches Territorium schlich. Aber Edward und Isabel waren nicht ihre Gegner. Und ganz sicher wollte er nicht auf sie schießen.

»Teilen wir uns auf?«, fragte Aleandro.

»Nein«, erwiderte Sophia, als hätte ihr jemand das Kommando übertragen. »Wir bleiben zusammen. Ich will nicht, dass Sie in Verführung geraten, Stanton und meine Schwester zu warnen.«

John schnaubte. »Sie haben immer noch mein Schiff und mein Geld in Ihrer Gewalt. Wir werden unseren Teil der Abmachung einhalten, davon können Sie getrost ausgehen.«

»Ich bin lieber vorsichtig.«

»Dann bitte.« Er vollführte eine auffordernde Handbewegung. »Gehen Sie vor. Wir folgen.«

Mit ein paar schnellen Schritten bewegte sich Sophia die breite Treppe hinauf und spähte in den Raum dahinter. John ging ihr nach und sah, dass es sich um einen Festsaal von eindrucksvoller Größe handelte. Er war bis auf ein paar vereinzelte Stühle und Tische an den Wänden vollständig leer.

»Niemand hier.« Sophia machte auf dem Absatz kehrt und eilte in die andere Richtung.

Durch eine Tür erreichten sie einen langen Korridor, von dem weitere Türen abzweigten. Ohne viel Federlesen riss Sophia eine nach der anderen auf. Dahinter befanden sich Kammern, in denen vermutlich vor ein paar Jahren Bedienstete – oder Wachleute – geschlafen hatten. Auch sie waren lange verlassen.

Der Korridor machte einen Knick, und einige Meter weiter mündete er in einen weiteren offenen Bereich. Zwei Gänge führten tiefer in das weitläufige Anwesen hinein, und eine breite, steinerne Wendeltreppe schraubte sich mitten im Raum in die Höhe. Ein mächtiges Reliefbild, das in die rückwärtige Raumwand gehauen war, zeigte einen schroff aufragenden Berg mitten in der Mondeinsamkeit.

Auf einmal vernahmen sie von oben ein leises Geräusch.

Zunächst vermochte John es nicht recht einzuordnen. Dann plötzlich erkannte er, was er da hörte: das rhythmische Stöhnen einer Frau. John hob eine Augenbraue und wechselte einen Blick mit Kelly. Deren Mundwinkel zuckten.

»Oh, Mann.« Aleandro grinste von einem Ohr über andere. »Denkt ihr auch, dass die beiden gerade …«

»Dieser Hurensohn!«, entfuhr es Sophia. »Dort oben sind die Schlafzimmer.« Sie zog einen ihrer Revolver und stürzte los, auf die Treppe zu. »Ich bringe ihn um.«

Harold Piccoli, der ihr am nächsten stand, streckte den Arm aus und hielt sie fest. »Tun Sie das nicht«, beschwor er die jähzornige Frau. »Das macht alles nur noch schlimmer.«

»Lassen Sie mich los!«, fauchte Sophia. »Wenn dieser Stanton wirklich gerade im Obergeschoss meine Schwester entjungfert, ist er fällig. Davon werden Sie mich nicht abhalten.«

Der dunkelhäutige Hüne verstellte ihr den Weg. »Tut mir leid, das kann ich nicht zulassen.«

»Piccoli«, warnte John ihn. »Das ist nicht unser Kampf.« Seine Hand schwebte ihn Revolvernähe, aber er zog den Santhe nicht, um Sophia nicht weiter zu reizen.

»Captain, Sie wissen, dass ich kein Problem damit habe, einen Mann umzubringen, der mein Leben bedroht. Aber jemanden kaltblütig zu erschießen … Das ist Mord. Damit kann ich nicht leben.«

»Pech für Sie«, entgegnete Sophia.

Ohrenbetäubend laut knallte der Schuss, und er schien noch eine halbe Ewigkeit im hohen Treppenhaus nachzuhallen.

– 13 –

Sophia war verdammt schnell. Noch während Harold Piccoli mit erstauntem Gesichtsausdruck zu Boden sank, zog Two-Guns bereits ihren zweiten Revolver aus dem Gürtelholster, hob ihn und drehte sich zu John, den sie aus gutem Grund für den gefährlichsten Gegner ihrer kleinen Gruppe hielt.

Doch John reagierte seinerseits blitzschnell. Seine Rechte zuckte vor und traf die junge Frau am Kinn. Sophia wurde herumgerissen und stürzte gegen das Treppengeländer. Einer ihrer Revolver wurde ihr aus der Hand geschlagen. Bevor sie ihre Benommenheit abschütteln konnte, setzte John nach und schlug ihr die zweite Waffe aus der Hand. Dann fällte er seine Gegnerin mit einem gezielten Fausthieb. *Warum ist das nur in den letzten Tagen ständig nötig?*

Blinzelnd stand er über der bewusstlosen Frau. Sein Herzschlag raste und seine Fäuste schmerzten. Sophia bot ein paar robuste Wangenknochen auf. John blickte zu Piccoli hinüber. Der dunkelhäutige Hüne lag am Boden und hielt sich mit grimmigem Blick die Hüfte. Ein Blutfleck bildete sich an seinem Hosenbund. »Kelly?«

»Ich bin schon da, John.« Sie kniete sich neben Piccoli.

Aleandro starrte fassungslos auf Sophias kraftlose Gestalt. »Sie haben Two-Guns niedergeschlagen, Cap.«

John nickte grimmig. »Ich hätte sie auch nieder*schießen* können, aber wir wollen es nicht übertreiben.«

»Sie wird ziemlich wütend sein, wenn sie wieder zu sich kommt.«

»Ja, ich schätze, meine Menschenfreundlichkeit wird mir bis an mein Lebensende leidtun.« Zumal dieses Lebensende, so fürchtete er, gerade deutlich näher gerückt war.

Vom oberen Rand der Treppe erklang eine Männerstimme. »Wer schießt hier herum? Nennen Sie Ihren Namen, oder Sie fangen sich eine Kugel ein.«

John legte den Kopf in den Nacken. »Ganz ruhig, Kumpel. Hier ist John Donovan.«

Einen Moment herrschte überraschte Stille. »Donovan? Was machen Sie denn hier? Wie haben Sie uns gefunden?«

»Wir haben eins und eins zusammengezählt, Stanton. So großartig war Ihr Versteck nun auch nicht. Ich bin auf Geheiß des alten Valquarez hier.«

»Enrico Valquarez?«

»Ja. Einzelheiten kann ich Ihnen später erzählen. Wichtig ist im Augenblick nur das: Sophia ist bei mir. Sie will Isabel sprechen – also, sobald sie wieder bei sich ist. Also kommen Sie herunter, damit wir nicht noch mehr Scherereien kriegen als wir ohnehin schon haben.«

Er hörte eine geflüsterte Diskussion. John war sich nicht ganz sicher, aber es klang, als wolle Stanton das Weite suchen, während Isabel der Anwesenheit ihrer Schwester auf den Grund zu gehen gedachte. Natürlich setzte sich die Frau durch.

Zögernd kamen Edward und Isabel die Wendeltreppe hinunter. Beider Haare waren zerzaust, und ihre Kleidung war nur nachlässig zugeknöpft, was darauf schließen ließ, dass sie sich nach dem Schuss aus Sophias Revolver in aller Hast angezogen hatten. Stanton hielt seine Waffe gesenkt, aber er steckte sie nicht weg.

»Wenn Sie vorhaben, uns wieder zu trennen, können Sie das vergessen«, erklärte er mit fester Stimme. »Nur über meine Leiche.«

»Wir wollen mal nicht melodramatisch werden«, meinte John.

Isabel erfasste unterdessen die Lage, und ihre Augen weiteten sich, als sie ihre reglose Schwester und den verletzten Piccoli erblickte. »Was ist hier passiert? Meine Schwester ist doch nicht …«

John schüttelte den Kopf. »Nein, ich habe sie nur ins Reich der Träume geschickt, nachdem sie einen meiner Leute angeschossen hat.«

Erschüttert hob Isabel die Hand vor den Mund. »Das tut mir so leid, Captain. Meine Schwester ist seit jeher ziemlich jähzornig. Wird er es überstehen?«

»Kelly?« Fragend sah John seine Partnerin an.

Sie erwiderte den Blick ernst. »Wir müssen ihn in die Medo-Einheit der *Mary-Jane* bringen. Dort kann ich ihn stabilisieren. Danach sollten wir ihn aber schnellstmöglich in ein Krankenhaus fliegen, sonst kann ich für nichts garantieren.«

John wandte sich dem dunkelhäutigen Mann zu. »Sie halten durch, klar, Piccoli? Sie schulden mir noch 158 000 Dollar.«

Der verzog das Gesicht zu einer Grimasse, die ein schmerzverzerrtes Lächeln sein mochte. »Aye, Captain.«

»Okay, dann schlage ich vor, dass wir uns jetzt alle aufs Schiff zurückbegeben. Während Kelly Piccoli versorgt, reden wir.« Stanton machte Anstalten, zu protestieren, aber John hob warnend den linken Zeigefinger. »Das war keine Bitte, sondern ein Befehl.«

Neben ihnen regte sich Sophia wieder. John zog seinen Santhe. »Aleandro, schnapp dir ihre Waffen.«

Rasch nahm dieser die beiden am Boden liegenden Revolver an sich.

Stöhnend schlug Sophia die Augen auf und fasste sich an

den Kopf. Sie blinzelte und schaute dann zu John auf. Sofort verfinsterte sich ihre Miene.

»Das zahle ich Ihnen heim«, verkündete sie mit gefährlich leiser Stimme.

»Sie haben eine Waffe auf mich gerichtet«, knurrte John. »Seien Sie dankbar, dass Sie noch am Leben sind.« Er wedelte auffordernd mit dem Santhe. »Isabel, helfen Sie Ihrer Schwester auf. Stanton, gehen Sie Kelly und Aleandro mit Piccoli zur Hand.«

»Existiert eine medizinische Einheit in dem Anwesen?«, wollte Kelly wissen. »Harold braucht ein Schmerzmittel, sonst gelingt es uns nie, ihm den Raumanzug anzulegen und ihn bis zum Schiff zu bringen.«

»Nein«, erwiderte Edward, »aber es gibt ein Notfall-Set in der Nähe jeder Schleuse und in der Kammer des ehemaligen Hausverwalters.«

»Dann zurück zum Zugangstunnel«, befahl John.

Ächzend hievten Edward und Aleandro den schweren Piccoli in die Höhe, um ihn beim Laufen zu stütztten. Isabel wollte ihrer Schwester unter die Arme greifen, aber die schüttelte sie ab. Sophia zischte etwas auf Spanisch, woraufhin sich Isabels Miene verfinsterte.

»Wer von uns beiden ist eine Mörderin, die mit jedem Mann ins Bett steigt?«, entgegnete sie. »Erzähl mir nichts von Ehre. Ich habe mir nichts zuschulden kommen lassen, außer mit der Liebe meines Lebens einem Pfad zu folgen, den Papa und du mir verbietet.«

»Ich erzähle dir so lange etwas von Ehre, bis in deinen von Romantik vernebelten Geist endlich durchgedrungen ist, dass du dich einem Stanton hingegeben hast, dem Spross einer Familie, der jedes Mittel recht ist, um uns aus Zaragoza zu verjagen. Du liegst mit dem Feind im Bett, Schwester.«

»Das tue ich nicht.«

»Oh doch, das tust du.«

»Haltet die Klappe!«, ging John dazwischen. »Alle beide. Für solche Streitereien haben wir jetzt keine Zeit. Mir verblutet hier ein Mann. Also Bewegung, Sophia – mit oder ohne Hilfe.«

Die Revolverheldin stand auf und rieb sich die linke Gesichtshälfte, die von Johns Faust malträtiert worden war. Ein Bluterguss bildete sich auf der Wange und die Unterlippe war aufgeplatzt. Für eine Weile würde sie wohl keine Männer in ihr Bett locken.

So schnell, wie es ihnen mit dem Verletzen möglich war, begab sich ihre kleine Gruppe zurück in den Eingangsraum. Stanton und Aleandro ließen Piccoli auf die Stufen der breiten Treppe sinken, während Kelly zu dem Notfall-Set eilte, das hinter einer gekennzeichneten Klappe in der Wand verborgen war. John zückte sein Komm-Gerät und rief das Schiff – ohne dabei Sophia aus den Augen zu lassen.

»Hobie, wir haben Edward und Isabel gefunden. Flieg zurück zum Landebereich. Wir kommen wieder an Bord.«

»Verstanden, John. Sind auf dem Weg.«

»Wie machen sich unsere Gäste?«

»Sie sind ein wenig aufdringlich, aber ansonsten benehmen sie sich.«

»Aufdringlich?«

»Sie stehen auf der Treppe zum Cockpit und wollen unbedingt jeden Handgriff von mir erklärt bekommen. Man könnte den Eindruck gewinnen, dass sie uns nicht trauen.«

»Wie kommen die denn darauf?«

»Das wüsste ich auch gerne, John. Hobie: Ende.«

John schaltete das Komm-Gerät aus und warf Kelly einen kurzen Seitenblick zu. »Alles klar?«

Sie nickte und verstaute den Injektor wieder im Notfall-Set. »Jetzt oder nie. Das Schmerzmittel sollte in ein paar Sekunden seine Wirkung zeigen.«

»Piccoli?«

Der brummte schmerzerfüllt. »Wird schon gehen.« Der Blutfleck auf seinem Hemd hatte besorgniserregende Ausmaße angenommen.

John öffnete die Tür, und sie kehrten durch den Tunnel zu ihren abgelegten Raumanzügen zurück. Dort angekommen, kam ihm ein Gedanke, und er wandte sich an Edward. »Können Sie die Andockschläuche aktivieren? Das würde uns die Mühe der Raumanzüge ersparen.«

Der schüttelte den Kopf. »Tut mir leid. Das geht nur von der Zentrale drüben im Anwesen aus. Und die ist abgeschaltet. Das ganze Haus läuft, wie Sie gesehen haben, nur auf Notenergie, solange niemand darin weilt. Um das Energienetz hochzufahren und das Andocksystem zum Laufen zu bringen, benötigt man einen Sicherheitscode, den nur mein Vater kennt.«

Aleandro hüstelte. »Wenn ich mich mal daran versuchen soll, Cap?«

John schüttelte den Kopf. »Keine Zeit. Wir müssen Piccoli aufs Schiff bringen. Also los, dann auf die unbequeme Tour.« Er deutete auf die Raumanzüge.

Da ihnen zwei Anzüge fehlten, schickte John Kelly, Aleandro, Piccoli, Edward und Isabel vor. Er selbst blieb mit Sophia zurück.

Bevor die fünf loszogen, nahm er Aleandro beiseite. »Sag Hobie, dass wir Sophia überwältigt haben. Wenn er eine Chance sieht, solltet ihr auch Emilio und Pasquale entwaffnen. Nur zur Sicherheit. Ich will kein Blutbad auf der *Mary-Jane*.«

Mit unbehaglicher Miene sah der junge Computerspezialist zu der Valquarez-Tochter hinüber. »Verstanden, Cap.«

Wenige Minuten später kehrten Aleandro und Edward mit zwei weiteren Raumanzügen zurück. Sophia und John zogen sie an, und gemeinsam fuhren sie mit der Schleuse nach oben, um über den Landebereich zurück zu dem unweit aufgesetzten *Cambria*-Klasse-Frachter zu stapfen. In der Ferne am Horizont ging gerade Alvarado auf, eine riesengroße, grünbraune Kugel vor der Schwärze des Alls.

An Bord wurden sie von Hobie empfangen, der mit zufriedener Miene seine abgesägte Schrotflinte über die Schulter gelegt hatte. »Mission erledigt, John. Die beiden Brüder sitzen eingesperrt in einem unserer Gästequartiere.«

»Sehr gut.« John machte ein zufriedenes Gesicht.

»Was haben Sie vor, Donovan?«, verlangte Sophia zu wissen. »Wollen Sie sich wirklich mit meinem Vater anlegen? Das ist ein Brocken, an dem Sie ersticken werden.«

»Ich habe weder vor, Ihren Vater zu essen, noch ihn herauszufordern. Ich will die Lage nur auf zivilisierte Weise auflösen – und das heißt bei mir: ohne dass mir jemand eine Revolvermündung in den Nacken drückt. Also werden Sie sich jetzt zu ihren beiden Gefolgsleuten gesellen, und danach überrede ich Isabel, nach Hause zurückzukehren, damit ich mein Geld wiedersehe, das Sie mir gestohlen haben.«

»Das alles werde ich nicht vergessen«, prophezeite Sophia ihm düster.

»Damit kann ich leben. Ich habe schon bei mehr als einer Frau einen bleibenden Eindruck hinterlassen.« Im Moment gefiel es John außerordentlich, die Revolverheldin zu reizen.

Sophia zischte eine leise Verwünschung auf Spanisch.

»Wie immer Sie meinen«, erwiderte John. »Und jetzt Abmarsch.« Er bedeutete ihr mit einem Nicken, den Korridor hinunterzugehen.

Nachdem mit Sophia die größte Gefahr gebannt war, entledigte John sich seines Raumanzugs und begab sich in die Messe. Dort warteten bereits Aleandro, Sekoya, Edward und Isabel auf ihn.

»Ist Kelly mit Piccoli in der Medo-Einheit?«, wollte John von Hobie wissen, der hinter ihm in die Messe kam.

Dieser nickte. »Sie sagte, dass sie für ihn tun wird, was sie kann. Trotzdem sollten wir uns sofort nach Zaragoza aufmachen, um ihn dort in ein Krankenhaus zu schaffen.«

»Dann geh ins Cockpit, Hobie, und bring uns dorthin. Ich habe hier noch eine Sache mit unseren zwei Liebenden zu klären.«

Der Mechaniker tippte sich an die Schirmmütze. »Sind so gut wie unterwegs.« Er verschwand wieder im Korridor.

Edward Stanton, der hinter der am Tisch sitzenden Isabel stand, verschränkte die Arme vor der Brust. »Ich habe es Ihnen schon einmal gesagt, Captain: Wir gehen nicht zurück. Wir haben nicht die ganze Mühe dieser Flucht auf uns genommen, um gleich darauf wieder in den Schoß unserer verfeindeten Familien heimzukehren. Mal ganz abgesehen davon bin ich ziemlich enttäuscht von Ihnen. Ich dachte, wir hätten einen Handel geschlossen: Sie helfen mir, Isabel zu befreien, ich kaufe Ihre Rinder. Und nun verraten Sie uns auf einmal?«

»Nun mal halblang, Kumpel«, erwiderte John. »Ich habe meinen Teil der Vereinbarung durchaus eingehalten. Ich habe Ihnen geholfen, Isabel aus dem Anwesen ihres Vaters herauszubringen. Dass Sie so dumm waren, sich ein so leichtes Versteck zu suchen, ist wirklich nicht meine Schuld.«

Er spürte, wie das Vibrieren in den Bodenplatten leicht zunahm, als Hobie im Cockpit die Schubdüsen zündete, um abzuheben.

»Aber warum arbeiten Sie überhaupt für meinen Vater?«, fragte Isabel.

»Freiwillig geschah das nicht«, versicherte John ihr. »Er hat mich und meine Leute am Raumhafen geschnappt, bevor wir verschwinden konnten. Und er hatte ein paar ziemlich gute Argumente, um mich zur Kooperation zu bewegen. Drei davon hocken im Augenblick drüben im Gästequartier.« John setzte sich zu den beiden an den Tisch. »Hören Sie, das Ganze gefällt mir ebenso wenig wie Ihnen. Aber Ihr Vater hat mir und meinen Leuten gedroht, uns an den örtlichen Gouverneur ausliefern. Außerdem wollte er mein Schiff konfiszieren lassen, und er hat mir das Geld genommen, das ich von Ihnen bekommen habe, Stanton. Ich bin ein Freund der Armen und Unterdrückten, allerdings hat auch meine Leidensfähigkeit ihre Grenzen.« Er sah Isabel an. »Deshalb muss ich Sie zurück zu Ihrem Vater bringen. Zum Teufel, klären Sie Ihre Probleme mit ihm.«

»Das geht nicht. Man kann mit ihm nicht reden, nicht über die Stantons.«

Frustriert warf John die Hände in die Höhe. »Wissen Sie was? Ihre Familienfehde geht mir gehörig auf die Nerven. Wie soll da ein ehrlicher Mann seine Geschäfte machen?«

Mit einem Knacken meldete sich die Bordsprechanlage.

»John«, erklang Hobies Stimme. »Wir haben ein Problem. Ich brauche dich im Cockpit.«

»Entschuldigen Sie mich«, sagte John zu Edward und Isabel. Dann stand er auf und eilte aus der Messe.

Er rannte den Gang hinunter und erklomm die Stufen zum Cockpitbereich. »Was gibt es?«

»Wir haben Besuch.« Hobie deutete aus dem Cockpitfenster. Die *Mary-Jane Wellington* schwebte bereits einige Hundert Meter über der weißgrauen Mondoberfläche und vor ihr erstreckte sich die Leere des Alls. Im Augenblick war sie allerdings nicht ganz so leer, denn zwei Raumschiffe hingen keine hundert Meter vor der Cockpitscheibe im Raum. Eines der beiden hatte die schnittige Form eines Intersystemjägers, bei dem anderen handelte es sich um eine Privatjacht, die offensichtlich umgebaut worden war. Selbst auf die Entfernung fiel John die verstärkte Rumpfpanzerung am Bug auf. Verborgene Waffensysteme ließen sich nicht erkennen, aber er zweifelte nicht daran, dass sie existierten.

»Haben sich die Kerle gemeldet?«, wollte John wissen.

»Leider ja«, erwiderte Hobie. »Deshalb habe ich dich gerufen.«

Er legte einen Schalter an der Konsole vor ihm um. »Hier ist die *Mary-Jane Wellington*. Captain Donovan ist jetzt zu sprechen.«

»Captain«, erklang eine Stimme, die John sofort erkannte. »Wir wüssten es zu schätzen, wenn Sie den Antrieb Ihres Schiffs deaktivieren, damit wir an Bord kommen können.«

»Auch das noch«, murmelte John. Er hob die Stimme und beugte sich, auf die Rücklehne des Pilotensitzes gestützt, nach vorne. »Mister Valquarez. Was machen Sie denn hier? Konnten Sie es nicht abwarten, dass wir Ihnen Ihre Töchter wohlbehalten zurückbringen?«

»Genau davon, dass beide wohlbehalten sind, möchte ich mich gerne persönlich überzeugen. Ich habe einen gewissen Anruf von Sophia erwartet, der nicht eintraf. Es gibt doch keine Probleme?«

»Nein, absolut nicht. Alle sind hier an Bord und bester Dinge.«

»Das hört man gerne. Also gestatten Sie uns jetzt, anzudocken. Ansonsten müsste ich davon ausgehen, dass Sie mir nicht die ganze Wahrheit erzählen. Und in dem Fall wäre ich sehr ungehalten, wenn Sie verstehen.«

»Sie könnten kaum deutlicher werden«, gab John zurück. In Gedanken ging er seine Optionen durch. Er konnte versuchen, Sophia als Geisel zu präsentieren und für sich und seine Leute einen Freiflug aus dem System zu erpressen. Vermutlich kam er damit sogar durch, allerdings würden ihre Probleme exakt in dem Augenblick eskalieren, in dem Sophia die *Mary-Jane* verließ.

Er seufzte leise. »Wir schalten den Antrieb aus. Sie können an Steuerbord andocken.«

»An Steuerbord, verstanden. Wir sind gleich bei Ihnen.«

Mit einem Abschiedsbrummen kappte John die Verbindung. »Sieht so aus, als müsste ich Sophia und ihre Leute wieder freilassen. Habe ich schon mal erwähnt, dass ich gerne Waffen in die *Mary-Jane* einbauen würde? Dann könnte uns niemand mehr so leicht in die Mangel nehmen. Ich muss dringend mit Martell über diese Massetreiberkanone reden, die er uns besorgen wollte.«

Hobie zupfte an seiner Mütze. »Ach weißt du, John, ob das die Lösung wäre, wissen wir auch nicht. Gewalt erzeugt immer Gegengewalt. Das ist keine neue Erkenntnis. Mir persönlich ist es lieber, wenn wir ein Problem mit dem Kopf aus der Welt schaffen können statt mit einer Kanone.«

»Manchmal geht das eben nicht. Wir sind nun mal keine Politiker, sondern Frontiersmen.« John verließ das Cockpit und begab sich zur Messe.

»Ihr Vater ist eingetroffen«, verkündete er Isabel, während er die Waffen der drei Gefangenen vom Pokertisch nahm.

Edward schüttelte frustriert den Kopf. »Sie haben uns verkauft.«

»Ich bin genauso ein Opfer wie Sie«, entgegnete John grimmig.

Er entlud die Revolver, danach ging er zum Gästequartier hinüber und schloss die Tür auf. »Tja, wie es aussieht, hatten Sie noch ein Ass im Ärmel.« Er hielt der jungen Frau ihre Revolver hin.

Sophia überprüfte sie und schob sie in ihre Holster. Sie lächelte mit kühler Zufriedenheit. »Wir sind eine Familie, Captain. Und Familienmitglieder passen aufeinander auf.« Sie reichte Emilio und Pasquale ihre jeweiligen Tötungswerkzeuge weiter.

Mit einem metallischen Rumpeln dockte die gepanzerte Jacht von Enrico Valquarez an der *Mary-Jane Wellington* an.

John trat zurück in die Messe und an die Bordsprechanlage. »Alle herhören, Leute. Wir bekommen Besuch vom guten Señor Valquarez. Kelly, du bewachst mit Aleandro das Cockpit. Sperrt die Luke zu und macht sie nicht auf, es sei denn, ich sage es euch. Ich schicke Sekoya in die Medo-Einheit, um ein Auge auf Piccoli zu haben. Hobie, dich brauche ich an der Steuerbordschleuse. Bring deine Donnerbüchse mit.« Er ließ die Sprechtaste los und drehte sich zu Aleandro und Sekoya um. »Los, ihr beiden.«

»Man könnte meinen, Sie befürchten eine Auseinandersetzung«, warf Sophia spöttisch ein.

»Ich bin nur vorsichtig«, gab John mürrisch zurück.

Er sah Edward und Isabel an. »Sie beide bleiben hier.«

»Ihr auch«, befahl Sophia Emilio und Pasquale. »Und passt auf, dass Stanton meine Schwester nicht noch einmal anfasst.«

Sie verließen die Messe durch die Steuerbordluke und trafen auf Hobie, der bewaffnet den Gang herunterkam. Ein Signallicht an der Schleuse zeigte an, dass die Verbindung zwischen beiden Schiffen hergestellt war und jemand Einlass begehrte. John warf der lässig an der Wand lehnenden Sophia einen letzten Blick zu, dann aktivierte er die Schleusenprozedur. »Wir haben getan, was Sie wollten«, rief er der Revolverheldin in Erinnerung. »Sie haben Isabel wieder. Also machen Sie jetzt keine Dummheiten, klar? Wenn Sie oder Ihr Vater uns auszutricksen versuchen, sterben Sie als Erste.«

»Keine Angst, John. Meine Zeit wird schon kommen. Dafür brauche ich meinen Vater nicht. Aber Rache ist Rache und Geschäft ist Geschäft. Im Augenblick geht es ums Geschäft.«

»Schön zu hören.«

Die Schleusentür öffnete sich, und umringt von vier Bewaffneten stand Enrico Valquarez im Rahmen. Er trug eine blaugraue Kombination mit goldenen Knöpfen und einen breiten Gürtel, um den ein rotes Tuch geschlungen worden war.

Sein Goldzahn blitzte im Flackern der Signallampe, als er den Mund zu einem Grinsen verzog. »Captain Donovan, wie schön, Sie wiederzusehen.« Sein Grinsen verschwand, als er Sophias verkrustete Unterlippe und den blauen Fleck auf ihrer Wange sah.

Rasch trat er vor und berührte ihr Gesicht. »Was hat er dir angetan, Sophia?«

Sie zog die Wange weg. »Wir hatten eine kleine Meinungsverschiedenheit. Ich habe den Kürzeren gezogen. Aber vielleicht war das im Nachhinein ganz gut so, denn so habe ich ein Geschenk für dich, Papa.« Sie deutete mit dem Daumen über die Schulter auf die halb offen stehende Luke zur Messe.

Valquarez machte ein fragendes Gesicht. Er trat durch die Tür.

»Das gefällt mir nicht«, raunte Hobie, der neben John ausharrte und das Geschehen beobachtete.

»Mir auch nicht«, erwiderte John. »Aber im Moment müssen wir gute Miene zum bösen Spiel machen.«

Zwei der Bewaffneten drängten sich an ihnen vorbei. Die übrigen beiden blieben an der Schleuse stehen. Sophia trat auf den rechten zu und zog ihm einen Revolver aus dem Gürtel. Sie überprüfte die Ladung. Dann ersetzte sie mit einem vielsagenden Blick in Johns Richtung den leeren Revolver im rechten Holster mit der neuen Waffe, wobei sie ihr eigenes Schießeisen hinter ihrem Rücken in den Hosenbund steckte.

Aus der Messe drang ein lautes Lachen.

»Fantástico!«, war Valquarez zu vernehmen. »Das verleiht dem Geschehen eine ganz neue Wendung.«

»Verschwinden Sie!«, rief Edward Stanton. »Lassen Sie uns in Ruhe.«

»Ich glaube nicht, dass du in der Position bist, um Forderungen zu stellen«, gab Valquarez zurück.

John, Hobie und Sophia betraten ebenfalls die Messe. An der gegenüberliegenden Wand drängten sich Edward und Isabel aneinander. Der junge Stanton hatte seine Pistole gezogen und auf Valquarez gerichtet. Dessen Männer zielten unterdessen mit ihren kurzläufigen Gewehren auf ihn, auch Emilio und Pasquale, die neben dem Pokertisch standen, hielten ihre Waffen in den Händen. Wenn auch nur einer dieser nervösen Leute mit dem Finger zuckte, würde es in der Messe der *Mary-Jane Wellington* ein Gemetzel geben.

»Stanton«, mischte John sich ein, auch wenn ein kleiner Teil seines Bewusstseins ihn fragte, was ihn das alles überhaupt anging. »Lassen Sie das. Wollen Sie unbedingt sterben?«

»Vorher nehme ich diesen Mistkerl mit.«

»Vielleicht. Aber danach sind Sie tot. Damit ist Ihnen und Isabel jedenfalls nicht geholfen.«

»Ich lasse nicht zu, dass man uns auseinanderreißt.«

»Oh, aber du missverstehst«, warf Valquarez ein. »Niemand hat vor, euch auseinanderzureißen. Du wirst uns begleiten. Ich bin gespannt, was der alte Wilbur Stanton zu zahlen bereit ist, um seinen Erben zurückzubekommen.«

Überrascht blickte John den Rinderbaron an. »Das war nicht Teil des Handels.«

Der zuckte nur mit den Achseln. »Eine kleine Änderung unserer Abmachung. Seien Sie froh, dass Sie Ihr Geld, Ihr Schiff und Ihr Leben behalten dürfen.«

Johns Hand legte sich auf den Griff des Santhe. Etwas summte, und die kühle Mündung von Sophias Revolver legte sich an seinen Hals. Hobie richtete noch im Türrahmen stehend seine Donnerbüchse auf die Revolverheldin. Und aus den Augenwinkeln sah John, wie die beiden Wachen draußen auf dem Gang ihre Gewehre hoben, um auf den Mechaniker zu zielen.

Mit dem Blick eines Genießers nahm Valquarez die Situation in Augenschein. »Das nenne ich mal eine interessante Pattsituation.«

Das ist es nicht wert, ging es John einmal mehr durch den Kopf. Es gefiel ihm nicht, sich von Männern wie Valquarez herumkommandieren zu lassen. Aber es gefiel ihm noch weniger, sein Leben und das seiner Mannschaft für eine romantische Torheit aufs Spiel zu setzen. Langsam nahm er die Hand von der Waffe. »Hobie, lass die Büchse sinken. Wir sind raus aus diesem Spiel.«

»Sicher, John?«

»Ganz sicher.«

»Sehr vernünftig von Ihnen«, lobte Valquarez.

»Ich will mein Geld zurück«, knurrte John.

»Und Sie bekommen es.« Er hob die Stimme. *»Javier, trae el dinero.«*

»Si, Señor.« In einen der Wächter auf dem Gang kam Bewegung. Er verschwand in der Schleuse. Gleich darauf tauchte er wieder auf, die bekannte Sporttasche in der Hand.

»Hobie, überprüf den Inhalt.«

Der Mechaniker lehnte die abgesägte Schrotflinte an die Wand, nahm die Tasche entgegen, stellte sie auf den Küchentresen und öffnete den Reißverschluss. Er kippte die Geldbündel auf die Ablagefläche, hob eines hoch und blätterte es durch. »Sieht gut aus.«

John wechselte mit Valquarez einen Blick. »Wenigstens etwas.«

»Ich stehe zu meinem Wort, Captain«, erwiderte dieser. »Damit wäre der Handel so weit abgeschlossen. Verschwinden wir von hier.« Er wandte sich an seine ältere Tochter. »Sophia, hol Isabel.«

»Nein!«, rief Edward und richtete die Pistole auf Sophia.

Ein Schuss krachte direkt neben John. Edward schrie auf und ließ seine Waffe fallen. Keuchend zog er die blutende Hand an den Körper.

Sophia trat einen Schritt vor, den geliehenen Revolver noch gehoben. »Genug geredet.« Sie durchquerte die Messe und packte ihre Schwester grob am Arm. »Los.«

Isabel fing an, sich zu wehren und Sophia auf Spanisch zu beschimpfen. Diese verpasste ihr eine heftige Ohrfeige. Tränen des Zorns und der Verzweiflung traten der jungen Frau in die dunklen Augen.

»Emilio, Pasquale«, rief Sophia ihre Gefolgsleute zu sich. Die zwei Männer merkten auf. »Bringt meine Schwester auf die Jacht.«

Sie nickten und führten Isabel aus der Messe.

»Ihr verdammten Schweine!«, heulte Edward. »Das werdet ihr bereuen.«

»Hör auf zu jammern, Junge, und zeig ein bisschen Haltung«, wies Valquarez ihn zurecht. Er gab seinen Männern ein Zeichen. »Führt Stanton ab.«

Seine beiden Wachleute näherten sich Edward. Der blickte John an. »Helfen Sie mir, Captain. Wenn noch ein Rest von Anstand in Ihrem Leib steckt, richten Sie meinem Vater aus, was hier geschehen ist.«

Valquarez lachte. »Ja, erzählen Sie Wilbur Stanton, dass ich seinen Sohn habe. Er soll sich bei mir melden, wenn er bereit ist, zu verhandeln.«

»Ich bin nicht Ihr Laufbursche«, knurrte John.

Sein Gegenüber zuckte gleichgültig mit den Schultern. »Na gut, dann werde ich wohl stattdessen einen Finger mit der Post schicken. Damit Wilbur weiß, wie ernst ich es meine.«

»John.« Hobies Tonfall war mahnend.

Unwillig presste John die Lippen zusammen. »Na schön«, sagte er leise. »Ich tue es.«

meisten von ihnen blieben letzten Endes genau das: umgebaute, ehemalige Frachter, die im Laufe der Jahre eher hässlicher als schöner wurden und irgendwann – nur noch von einer unverwüstlichen Stammkundschaft besucht – ein trauriges Dasein fristeten. Es gab allerdings Ausnahmen, und eine von ihnen war die *Starship Cantina*.

»Der Laden existiert schon seit fast hundert Jahren«, sagte Hobie, als John und er den Fargo auf dem Parkplatz abstellten. »Vor zehn Jahren, als ich das letzte Mal hier war, gehörte er noch einem Kerl namens Judge Mergenthaler, einem ehemaligen Friedensrichter. Der hatte ihn von seinem Vater geerbt, und der hatte ihn zuvor in einem legendären Pokerspiel gewonnen – so erzählt man sich zumindest.«

John ließ seinen Blick über die Fassade schweifen. Die *Cantina* war ursprünglich ein Frachter einer Klasse gewesen, die er nicht kannte, klobig und weitgehend kastenförmig. Eine der seitlichen Frachtluken am Bug diente als Eingang, wobei ein rostiges, quer verbautes Wandstück den Blick ins Innere verwehrte. Über der Tür glühte der bekannte, waghalsig geschwungene Schriftzug, und aus dem Inneren drang lebhafte Musik. Irgendwann hatte John mal gehört, dass in der *Starship Cantina* immer live gespielt wurde, nichts aus der Konserve. Das war eines der Markenzeichen dieser Bar.

Er wandte sich an Hobie. »Na gut, gehen wir rein. Mal sehen, ob wir Stanton finden.«

Sie tauchten ins Halbdunkel des Eingangs ein und umrundeten das Wandstück. Durch einen Vorhang aus Holzperlenschnüren erreichten sie den Schankraum. Sofort wurde die Musik lauter, und in den Klang der Instrumente mischte sich das Geräusch zahlloser Stimmen.

Der Schankraum war im Hauptfrachtraum untergebracht worden, der sich zur Rechten von John und Hobie um die dreißig Meter in die Tiefe erstreckte. Rauch hing in der Luft und ein Geruchgemisch von Schweiß, Maschinenöl und flüchtigen Noten exotischer Duftwässerchen drang John in die Nase. Die *Starship Cantina* mochte angesagt sein, aber sie war alles andere als ein Nobelschuppen.

Im Zentrum befand sich ein ovaler Barbereich, eine Regalwand voller Flaschen mit umlaufendem Tresen, hinter dem gleich vier Barkeeper arbeiteten. In Barnähe standen Stehtische, entlang der Wände verliefen Nischen mit Sitzbänken. Der Frachtraum war mehr als zehn Meter hoch und auf halber Höhe hatte der Betreiber eine breite Galerie eingezogen, die sich einmal rund um den Raum zog und über mehrere Metalltreppen erreichbar war. Dort oben konnte man sowohl diskret Geschäfte machen als auch den unteren Teil des Raumes im Blick behalten. Kellner gab es keine. Wer auf der Galerie sitzen wollte, musste sich sein Bier selbst an den Tisch tragen.

Am fernen Ende des Raums befand sich eine kleine Bühne, ein halbhohes Podest, das von ein paar schummrigen Deckenscheinwerfern angestrahlt wurde und Platz für Bands bis zu einer Mannstärke von einem halben Dutzend bot. Im Augenblick spielten dort drei Kerle mit Latzhosen und absurden Rauschebärten auf ihren Gitarren und sangen dazu dreistimmig. Johns Musik war das nicht, aber der Mehrzahl der Gäste schien es zu gefallen, ansonsten wären mehr Bierflaschen in Richtung Bühne geflogen.

Trotz der frühen Uhrzeit herrschte reger Betrieb. Frachterpiloten, Schurken und Glücksritter – gelegentlich auch Männer und Frauen, auf die alles davon zutraf – lehnten an der Bar und saßen in den Nischen. John hatte mittlerweile begriffen, dass die elektronische Handels- und Auftragsbörse am Raumhafen von Zaragoza nur einen Teil der Geschäfte an diesem wichtigen Umschlagsplatz ausmachte. Wenn man heiklere Waren kaufen oder verkaufen wollte, wandte man sich beispielsweise an Ingbert. Suchte man dagegen Leute für einen nicht alltäglichen Job, musste man offenbar hierher kommen. Bereits auf den ersten Blick sah er zwei bekannte Gesichter, die unter Frontiersmen einen gewissen Namen hatten. »Derek de la Croix und Calamity Kate? Verdammt, Hobie, warum sind wir heute das erste Mal hier? Wir sollten hier viel häufiger Station machen.«

Der Mechaniker lachte. »Das ist die *Starship Cantina!* Wobei ich erstaunt bin, dass die Jahre diesem Schuppen praktisch nichts anhaben konnten. Es sieht noch genauso verrucht hier drinnen aus wie eh und je.«

»Ich wundere mich, dass das Unionsmilitär den Laden nicht längst dichtgemacht hat«, sagte John.

Hobie schob sich die Schirmmütze in den Nacken. »Oh, die Besitzer sind schon immer sehr darauf bedacht gewesen, dass sie mit keinerlei krummen Geschäften in Verbindung gebracht werden können. Hin und wieder soll es Razzien gegeben haben, aber abgesehen von der Verhaftung der üblichen Verdächtigen hat das keine Auswirkungen auf die Cantina gehabt.«

Ein schiefes Grinsen verzog Johns Mundwinkel. »So leicht sind Frontiersmen nicht zu fassen.« Er nickte in Richtung der Bar. »Holen wir uns etwas zu trinken. Bei den Barkeepern können wir fragen, ob sie Stanton gesehen haben.«

Sie bahnten sich ihren Weg zwischen den Tischen hindurch. Dabei fing John den Blick von Derek de la Croix auf. Der ehemalige Captain eines Unionsmilitärkreuzers, der seinem Dienstherrn vor Jahren enttäuscht den Rücken gekehrt hatte und seitdem als Freihändler die Sternrouten unsicher machte, nickte kurz stumm und hob sein Glas mit goldbrauner Flüssigkeit. John erwiderte den Gruß. Er hatte in den letzten Jahren kaum mehr als eine Hand voll Worte mit de la Croix gewechselt, aber man kannte sich irgendwie und respektierte einander.

Hobie klopfte auf den Tresen, um die Aufmerksamkeit eines Barkeepers zu wecken, der ihnen den Rücken zukehrte und Flaschen umsortierte. »He, Freund, hier sind zwei durstige Kehlen.«

Der dürre Mann drehte sich um und blickte sie fragend an. »Und was kann ich dagegen tun?«

»Wir nehmen zwei Bier, irgendetwas Lokales.«

»Kommt sofort.« Der Barkeeper wandte sich wieder seinem Arbeitsplatz zu und holte zwei Flaschen aus einer Kühleinheit. Er öffnete sie und stellte sie John und Hobie hin. »Sechs Dollar.«

John zog einen Zwanziger aus der Tasche und legte ihn auf den Tresen. »Stimmt so.«

Die Augen des Barkeepers kletterten in die Höhe. »Danke, Sir.« Er wollte sich wieder abwenden, doch John hielt ihn auf. »Warten Sie kurz.«

»Sir?«

»Mein Freund und ich suchen Mister Stanton, Wilbur Stanton. Sein Sekretär sagte uns, er wäre hier. Haben Sie ihn zufällig gesehen?«

Der Barkeeper deutete mit dem Kopf zu der Galerie hinter ihnen. »Der Boss sitzt da oben mit Geschäftspartnern. Er hat dort eine private Nische.«

»Der Boss?«, wiederholte Hobie. »Gehört Stanton jetzt die *Starship Cantina*?«

»Ja, seit zwei Jahren.«

»Ist der Judge tot?«

»Hat sich zur Ruhe gesetzt. Irgendwo im Norden des Kontinents. Genaues weiß ich auch nicht. Wenn Sie mich jetzt entschuldigen würden. Die Arbeit ruft.«

John hob sein Bier und prostete ihm zu. »Danke für die Information.« Er trank einen Schluck, dann wandte er sich seinem Mechaniker zu. »Komm, Hobie, schauen wir uns auf der Galerie mal um.«

Gemeinsam schlenderten sie durch den Schankraum. Klatschen und Johlen ertönte, als die drei Bartträger ihr Lied beendeten und eine kleine Pause in Aussicht stellten. Über eine der Metalltreppen wechselten John und Hobie ins obere Stockwerk. Hier war wenig los. Nur ein paar der kleinen, am brusthohen Metallgeländer stehenden Tische waren besetzt.

Langsam ließ John den Blick schweifen. Stanton und sein Gefolge waren nicht schwer zu erspähen. Der Bergbaumagnat saß in einem abgesperrten Bereich rechts oberhalb der Bühne. Hinter ihm stand der ganz in Schwarz gekleidete Glatzkopf mit der silberbeschlagenen Pistole, den sie schon auf Stanton Station kennengelernt hatten und den John für Stantons Leibwächter hielt. Der Besuch, der dem Bergbaumagnaten Gesellschaft leistete, schien gerade im Begriff zu sein, sich zu verabschieden. Jedenfalls erhoben sich Stanton und der beleibte, blau uniformierte Unionsmilitär, und sie schüttelten sich die Hand. Anschließend verließen der Offizier und ein Adjutant die Nische und kamen John und Hobie entgegen.

John wandte sich halb ab und gab vor, sich brennend für das Geschehen am Schankraumboden zu interessieren. Aus den Augenwinkeln beobachtete er, wie die Soldaten zur Treppe marschierten und nach unten verschwanden. Keiner der beiden würdigte sie auch nur eines Blickes.

Erneut richtete John seine Aufmerksamkeit auf Stantons

Nische. Gegenwärtig warteten keine weiteren Bittsteller oder Geschäftspartner auf eine Audienz.

»Jetzt oder nie, Hobie«, murmelte er, leerte seine Flasche Bier und stellte sie auf einen der unbesetzten Tische.

Anschließend stiefelte er schnurstracks auf Wilbur Stanton und seine Leute zu. Erwartungsgemäß verstellten ihm zwei Schläger den Weg. John hatte ihre Namen vergessen, aber es handelte sich um zwei der Burschen, mit denen er sich geprügelt hatte, um Sekoya beizustehen. Sie erinnerten sich offensichtlich auch lebhaft an ihn.

»Was wollen Sie?«, erkundigte sich der eine barsch.

John blickte an ihm vorbei. »Mister Stanton«, rief er mit erhobener Stimme. »Ich muss mit Ihnen sprechen. Ihr Sohn schickt mich.«

Der grauhaarige Mann mit dem wettergegerbten Gesicht und dem auffälligen Schnauzbart kam auf John zu, wobei er die Wachleute mit einer Geste beiseitescheuchte.

»Wir kennen uns doch«, sagte er stirnrunzelnd.

»John Donovan, ich wollte Ihnen meine Rinder verkaufen, aber Sie waren nicht interessiert.«

Stanton schnippte mit den Fingern. »Genau! Sie waren der Bursche, der von dem Riesenkerl und der hübschen jungen Dame begleitet wurde.«

»Sie erinnern sich richtig.«

»Und das ist ein weiteres Ihrer Mannschaftsmitglieder?« Stanton musterte Hobie prüfend.

»Ja. Mein Mechaniker Pat Hobel«, stellte John seinen Freund vor.

»Da sich Mister Donovan nur mit erstklassigen Leuten zu umgeben scheint, nehme ich an, dass Sie ein Zauberkünstler im Maschinenraum sind.«

»Er ist der Beste«, antwortete John an Hobies Stelle.

»Wollen Sie zufällig für mich statt für ihn arbeiten?«, fragte Stanton Hobie.

»Wie bitte?« Irritiert legte der Angesprochene die Stirn in Falten.

»Vergessen Sie's, Stanton«, sagte John.

Der Bergbaumagnat zuckte mit den Schultern. »Ich musste es versuchen. Also, wie war das? Mein Sohn schickt Sie?«

»So ist es.«

»Ich habe ihn seit zwei Tagen nicht mehr gesehen. Wo treibt er sich herum? Und was hat er mit Ihnen zu schaffen?«

»Das ist ein wenig kompliziert. Vielleicht sollten Sie sich setzen.«

»Also schön.« Stanton führte John und Hobie in die Nische, und sie ließen sich auf den gepolsterten Bänken nieder, die einen Tisch umringten. Der Bergbaumagnat legte die Unterarme auf die Tischplatte, faltete die Hände und beugte sich vor. »Nun?«

»Möchten Sie die Kurzversion oder die Langversion hören?«

»Wie lang ist die Langversion?«

»Nicht sehr lang.«

»Dann schießen Sie los.«

John räusperte sich. »Sie wissen, dass Ihr Sohn eine heimliche Liebe mit Isabel Valquarez pflegt?«

Stanton machte eine verdrossene Miene. »Ja, da gab es so eine Geschichte. Ich habe es vor ein paar Wochen erfahren. Sie müssen sich wohl kennengelernt haben, als unsere Familien noch einen zivilisierten Umgang miteinander pflegten. Natürlich habe ich ihm den Verkehr mit der jungen Dame umgehend verboten. Es kann ja nicht angehen, dass mein eigen Fleisch und Blut sich mit meinem ärgsten Rivalen verbrüdert. Aber wieso kommen Sie jetzt damit an? Die Sache ist aus und vorbei.«

»Sie irren sich, und zwar gewaltig. Die beiden haben ihren Kontakt nie abgebrochen. Tatsächlich geht ihre Liebe so weit, dass Edward mich anheuerte, Isabel aus dem Haus ihres Vaters zu entführen, damit die beiden von Alvarado fliehen und irgendwo fern ihrer streitenden Familien ein neues Leben anfangen könnten.«

»Was?«, fuhr Stanton auf. »Was für einen Unsinn erzählen Sie da?«

»Das ist kein Unsinn«, widersprach John grimmig. »Sie haben keine Ahnung, was Ihren Sohn antreibt. Nun, jedenfalls kamen uns die Valquarez auf die Schliche, und sie fanden auch Edward und Isabel, die sich ziemlich leichtsinnig in Ihrem Mondanwesen, Mister Stanton, versteckt hatten. Das Ende vom Lied: Enrico Valquarez hat seine Tochter zurückgeholt und Ihren Sohn in seine Gewalt gebracht. Ich soll Ihnen einen schönen Gruß ausrichten und die Botschaft, dass Sie sich bei ihm melden sollen, wenn Sie zu Verhandlungen bereit sind.«

Die Miene des alten Stanton verdunkelte sich wie der Himmel vor einem Unwetter. Seine Augen wurden zu schmalen Schlitzen. »Dieser verfluchte Hundesohn, dieser Tortillas fressende Mistkerl! Diesmal ist er zu weit gegangen. Wir haben uns in den letzten Monaten nichts geschenkt, das will ich zugeben. Aber die Familie war immer heilig. Na schön, damit wäre auch dieses Tabu gebrochen. Jetzt herrscht also offener Krieg. Wie er will. Wenn er Wind sät, wird er Sturm ernten.«

»Nicht, dass es mich etwas angeht, aber ist Alvarado wirklich nicht groß genug für beide Familien?«, warf Hobie ein. »Warum müssen Sie sich unbedingt bekämpfen? Wäre die Liebe Ihrer Kinder nicht ein erster Schritt zu einer Versöhnung?«

»Sagen Sie das Valquarez und nicht mir. Seit ich das *Starship Casino* erworben habe, dreht er völlig durch. Er hat einen Brandanschlag auf das Gebäude verübt. Außerdem hat er meinen ehemaligen Buchhalter auf dem Mond bestochen, Einträge zu fälschen, damit es bei der nächsten Prüfung durch die Leute des Gouverneurs so aussah, als würde ich Gelder an den Steuerbehörden vorbeischmuggeln. Und seine schießwütige Tochter hat einen meiner ältesten Freunde ermordet. Ich weiß ja nicht, wie oft Sie die andere Wange hinhalten, aber ich bin kein Heiliger, Mister Hobel. Mir reicht es.«

»Sie werden das schon hinbiegen, da bin ich überzeugt.« John erhob sich. »Wir haben unsere Schuldigkeit getan und verschwinden dann mal aus Zaragoza. Hier herrscht gegenwärtig einfach zu dicke Luft.«

»Warten Sie, Captain«, bat Stanton. »Wenn Sie Isabel aus dem Anwesen geholt haben, waren Sie ja gerade eben dort, richtig?«

»Richtig. Und?«

»Ich braue jemanden, der sich dort auskennt, um meinen Sohn zu retten. Ich habe keineswegs vor, mich dem dreisten Erpressungsversuch dieses stinkenden Kojoten zu ergeben. Oh, ich werde mich bei ihm melden – aber nur, um ihn hinzuhalten, bis Edward wieder frei ist. Also?« Er sah John fragend an.

John erwiderte den Blick irritiert. »Also was?«

»Kann ich auf Sie zählen?«

»Sie wollen, dass ich in das Valquarez-Anwesen einbreche und Ihren Sohn heraushole?«

Stanton nickte. »Genau das.«

»Vergessen Sie es. Ich hatte schon genug Ärger mit Ihren Familien.«

»Sie bekommen zehntausend Dollar von mir.«

»Ich will 20 000.«

»Abgemacht.«

»Verdammt.« John schnitt eine Grimasse.

Dann ließ er sich das Angebot durch den Kopf gehen. Vielleicht war das Geld leichter verdient als gedacht. Immerhin hatten sich Valquarez und er nicht gerade im Streit getrennt. Gut, der Rinderbaron war etwas wütend auf John gewesen, weil der Isabel zur Flucht verholfen hatte, aber die Scharte hatten sie eigentlich auf Hesparda wieder ausgewetzt. Womöglich konnte John sich Valquarez erneut andienen und dabei unauffällig herausfinden, wo Edward festgehalten wurde. Danach mussten sie ihn nur in einer schnellen Aktion rausholen und mit der unweit bereitstehenden *Mary-Jane Wellington* in den Orbit fliehen. Da oben würden Stantons Männer sie vor etwaigen Verfolgern schützen. Ein Mann, der in einer Raumstation lebte, Bergbau auf dem Mond betrieb und die Raumkontrolle von Alvarado führte, musste eine kleine Flotte an Schiffen sein Eigen nennen.

Ganz abgesehen davon gab ihm der Job die Gelegenheit, Valquarez eins auszuwischen. Er hatte John vorgeführt und ihm auf der *Mary-Jane* die Daumenschrauben angelegt. John war kein rachsüchtiger Mensch, aber manche Dinge konnte er überhaupt nicht leiden. Etwa, wenn er auf seinem eigenen Frachter, in seinen heimischen vier Wänden, bedroht wurde. *Und wenn ich Sophia mit der Befreiung Edwards dumm aussehen lassen kann, umso besser.*

»John, wollen wir uns wirklich erneut mit Valquarez anlegen? Das ging schon einmal schief«, gab Hobie zu bedenken.

»Da waren wir nicht richtig vorbereitet«, erwiderte John. »Wir haben unterschätzt, wie schnell er reagieren würde und wie weit sein Arm in Zaragoza reicht. Aber das wird uns diesmal nicht passieren. Diesmal werden wir diejenigen sein, die zuletzt lachen.« Er schenkte seinem alten Freund ein schiefes Grinsen. »Vertrau mir. Das wird schnell verdientes Geld sein.«

»Geld, das wir im Moment nicht nötig haben.«

»Man kann nie genug davon besitzen. Du weißt, wie unser Leben aussieht, Hobie. Es passieren immer wieder irgendwelche Dinge, die unsere Barschaft versickern lassen wie Wasser in der Wüste. Ein paar Dollar mehr auf der hohen Kante wären mal eine angenehme Abwechslung.«

In einer Geste der Resignation hob sein Freund die Hände. »Du bist der Boss, John.«

»Darum geht es gar nicht, Hobie. Es geht darum, etwas Richtiges zu tun und dabei auch noch ordentlich zu verdienen. Wir sind nicht ganz unschuldig daran, dass Edward jetzt in den Händen der Valquarez ist. Willst du ihn bei denen versauern lassen? Wer weiß, was Sophia ihm antut, wenn sie wieder einen ihrer Wutanfälle bekommt.«

Das gab Hobie sichtlich zu denken. »Vielleicht hast du recht.«

»Natürlich habe ich das.«

John wandte sich an Wilbur Stanton. »Ich will fünfzig Prozent im Voraus, also sofort. Der Rest wird fällig, wenn wir Ihren Sohn zu Ihnen auf die Station bringen.«

»Einverstanden. Ich kontaktiere Sie, sobald ich mit Valquarez gesprochen habe, damit Sie wissen, was wir vereinbart haben. Schlagen Sie nicht vorher los.«

»Gut. Wir halten uns bereit.« John hielt Stanton die Hand hin und grinste. »Nun kommen wir also doch ins Geschäft.« Dass Stanton sich viel Ärger hätte sparen können, wenn er Johns Rinder gleich gekauft hätte, sagte er lieber nicht.

– 15 –

»Du hättest uns vorher fragen sollen, bevor du zusagst.« Kelly, die auf der anderen Seite des Tisches saß, blickte John vorwurfsvoll an.

»Ach, komm schon, Kelly«, sagte John. »Ich habe nur den Moment genutzt. Stanton war in Geberlaune, und wenn einem schon mal 20 000 Dollar geboten werden, um einen Kerl von einer Farm zu entführen, sollte man nicht lange nachdenken, sondern zuschlagen. Hätte ich mir einen Tag Bedenkzeit erbeten, wäre ihm bis morgen vielleicht aufgegangen, dass er den Job auch seinem glatzköpfigen Leibwächter hätte übertragen können. Außerdem geht es doch um eine gute Sache. Seit wann seid ihr so zögerlich, wenn es um eine gute Sache geht?«

»Nun ja, je mehr ich von dieser Fehde zwischen den Stantons und den Valquarez mitbekomme, desto mehr frage ich mich, ob es überhaupt etwas Gutes in diesem Zusammenhang gibt. Beide Familien haben ganz schön Dreck am Stecken.« Kelly seufzte. »Aber wenn es tatsächlich Unschuldige gibt, dann sind es Edward und Isabel. Also ist es wohl wirklich eine gute Sache, Edward zu helfen.«

»Aber wie wollen wir das anstellen?«, fragte Aleandro. »Valquarez wird uns gewiss nicht noch einmal zu einer Geburtstagsfeier einladen.«

»Nein, vermutlich nicht«, pflichtete John ihm bei.

»Also machen wir es auf die altmodische Tour?«, mischte sich Hobie ein. »Wir klettern über die Mauer und suchen nach dem Entführten?«

John schüttelte den Kopf. »Viel zu gefährlich. Bei der Menge an Leuten dort würde man uns erwischen, lange bevor wir den jungen Stanton gefunden haben. Mit etwas mehr Bedacht sollten wir schon vorgehen.«

Sein alter Freund kaute auf dem kalten Zigarrenstumpen, den er im Mundwinkel hatte. »Na schön, was schwebt dir dann vor? Ich sehe es dir doch an, dass du einen Plan hast.« Er spießte John mit einem Zeigefinger auf.

Der grinste nur. »Den habe ich tatsächlich. Hört zu …«

»Wer sind Sie, und was wollen Sie?«, verlangte der Wachmann mit barscher Stimme zu wissen, als John an diesem Abend zum wiederholten Male am Haupttor des Valquarez-Anwesens vorstellig wurde. Er saß am Steuer des Fargo-Ti27 und befand sich in Begleitung eines sehr nervösen Aleandros.

»Mein Name ist Donovan, und ich muss mit Señor Valquarez sprechen«, stellte John sich vor.

»Señor Valquarez empfängt heute keine Besucher mehr«, erwiderte der Mann unfreundlich.

»Mich wird er empfangen. Da bin ich sicher. Und ich bin ebenso sicher, dass er äußerst ungehalten wäre, wenn er erfährt, dass ich hier war und Sie mich abgewiesen haben, mein Freund. Also schicken Sie schon jemanden los, um mich anzukündigen.«

Der Wachmann brummte etwas Unverständliches, bevor er erneut die Stimme erhob. »Warten Sie kurz.«

»Aber gerne«, gab John freundlich zurück.

Sein Gesprächspartner zückte ein Komm-Gerät und sprach leise hinein. Die Konversation dauerte nicht sehr lange. »Fahren Sie herein«, rief er und winkte dazu auffordernd. »Sie werden am Haupthaus empfangen.«

»Vielen Dank.« Langsam setzte John den Schweber in Bewegung.

»Ich habe kein gutes Gefühl bei der Sache«, bekannte Alejandro auf dem Beifahrersitz leise.

»Keine Sorge«, versuchte John den Jungen zu beruhigen. »Es wird glattgehen. Ich rede mit den Burschen, und du machst einfach deinen Job.«

Der Innenhof war dunkler als in der Nacht zuvor. Ungeachtet der hektischen Geschehnisse der letzten Stunden hatten es irgendwelche Bediensteten geschafft, die Spuren der gestrigen Geburtstagsfeier zu entfernen. Die Tische waren abgebaut, das Zeltgestänge und die große Plane stapelten sich noch auf der Ladefläche eines neben dem Haupthaus abgestellten Lastschwebers, die Lampions und Girlanden waren verschwunden. In diesem Zustand glich das Anwesen mit seinen Mauern und den Wachtürmen wieder der Privatfestung, die es in Wahrheit war. John versuchte sich davon nicht beunruhigen zu lassen.

Sie parkten den Schweber neben dem Eingang des Haupthauses. Im erleuchteten Türrahmen erwartete sie eine schlanke Frauengestalt. Sophia Valquarez trug einmal mehr ein schwarzes Kleid, das oben ausgesprochen figurbetont geschnitten war, während es mit seinem faltenreichen Wurf unten viel Beinfreiheit ließ. In den Gürtelholstern steckten die zwei Revolver und um den Hals hing eine dünne Silberkette, an deren Ende zu Johns Überraschung das Metallstück aus dem Rumpf des Peko-Raptoren baumelte, das er ihr geschenkt hatte. Er fragte sich, wie er diese zweifellos nicht zufällige Geste deuten sollte.

»Sie schon wieder«, begrüßte sie John. »Ich dachte, Sie wären bereits auf dem Weg zum nächsten Transitfeld.«

»Tut mir leid, Sie enttäuschen zu müssen«, gab dieser

zurück. »Aber ich bin hier auf Alvarado noch nicht fertig.«

»Und was führt Sie zu meinem Vater?«

»Das würde ich gerne mit ihm persönlich besprechen. Es geht um meinen Besuch bei den Stantons.«

Sie musterte ihn kurz. »Na gut, kommen Sie herein.«

Sie zog sich in die Diele zurück und ließ John und Aleandro eintreten. Statt ihre Besucher jedoch nach oben ins Arbeitszimmer zu bringen, führte Sophia sie über eine breite Treppe hinunter in den Keller des Hauses. Am Ende der Treppe fing ein Gang an, der sich im Dunkeln verlor. Direkt gegenüber der letzten Treppenstufe war eine Tür in die weiß getünchte Wand eingelassen, die halb offen stand. Männergelächter drang daraus hervor.

Sophia stieß die Tür auf und ging in den Raum dahinter. »*Papá*, John Donovan ist wieder da.«

Ohne auf eine Erwiderung zu warten, trat John ein. Mit einem Blick erfasste er die Lage. Bei dem Raum schien es sich um Valquarez' private Cantina zu handeln. Ein braun gefliester Boden, weiße Rauputzwände, eine von Rundbögen getragene Decke und Holzmobiliar sorgten für eine gemütliche Atmosphäre, die durch indirekte gelbe Beleuchtung noch verstärkt wurde. In der einen Raumhälfte standen mehrere Tische und an der Rückwand erstreckte sich eine Bar, auf deren Tresen jemand Bierflaschen und Schalen mit Nüssen gestellt hatte. Die andere beherrschte ein mächtiger Billardtisch, um den im Augenblick vier Männer standen. Einer von ihnen war Valquarez selbst, ein zweiter der hagere Messermann Pasquale. Die anderen erkannte John nicht.

»Donovan, ich dachte, Sie wären schon auf dem Weg zurück zu den Randplaneten?« Valquarez legte den Billardstock zur Seite und rieb sich die Hände.

»Eine ähnliche Hoffnung hegte Ihre Tochter auch«, gab John zurück. »Aber bevor wir verschwinden, dachte ich, verdiene ich mir noch ein paar Dollar.«

»Sie erwarten hoffentlich nicht, dass diese Dollar aus meiner Tasche kommen.«

»Doch, genau das erwarte ich.«

»Was haben Sie denn zu verkaufen, Captain? Und jetzt kommen Sie mir nicht noch einmal mit zweihundert Rindern von Purcell.«

»Fiele mir nicht ein. Vom Verbleib der Rinder habe ich keine Ahnung.«

»Was haben Sie dann zu bieten?«, wollte Sophia wissen.

John Blick wanderte zwischen ihr und ihrem Vater hin und zurück. »Informationen.«

»Was für Informationen?«

»Es geht um Wilbur Stanton. Ich komme gerade von ihm – und habe dort etwas erfahren, das Sie interessieren dürfte.«

Nachdenklich hob Valquarez die Hand und strich sich über den Bart. »Was verlangen Sie?«

»Ich will fünfhundert Dollar.« Die Zahl war aus dem Bauch heraus gewählt. Sie klang hoch, aber John argwöhnte, dass in den Kreisen, in denen Valquarez sich bewegte, noch weitaus höhere Summen für Gefälligkeiten und Wissen den Besitzer wechselten.

»Reden Sie, dann sehen wir weiter.«

»Ich will hundert im Voraus. Den Rest danach.«

Valquarez blickte seine Leute an und schnippte mit dem Finger. »Ernesto, hol mal die Portokasse.«

»Si, Señor.« Der Angesprochene eilte aus dem Raum.

John lehnte sich an den Billardtisch und verschränkte die Arme. »Sagen Sie, hat Stanton sich schon bei Ihnen gemeldet?«

Sein Gegenüber nickte. »Er rief vor einer halben Stunde an.«

»Darf ich fragen, was Sie von ihm verlangt haben für das Leben seines Sohnes?«

»Ich will, dass er mir die *Starship Cantina* überschreibt. Seit er sie von Judge Mergenthaler gekauft hat, konkurrieren wir sozusagen Wand an Wand. Das ist nicht gesund, für keinen von uns.«

»Ihnen gehört der *Rocket-Girl-Club?*«

»Es bot sich eine gute Gelegenheit vor vier Jahren. Ich musste einfach zugreifen. Und was für eine Goldgrube war der Laden, nachdem ich ihn in Schuss gebracht hatte. Dagegen konnte Mergenthaler mit seiner Cantina einpacken. Doch dann kam Stanton …« Valquarez' Miene wurde düster. »Seitdem hätte ich den Laden zweimal beinahe schließen müssen. Können Sie sich vorstellen, dass er mir Unionsprüfer auf den Hals gehetzt hat, nachdem seine Leute zwei meiner Mädchen krank gemacht haben? Was für ein Mensch infiziert absichtlich Frauen mit einer womöglich tödlichen Krankheit?«

Das fragte John sich auch. Es klang nicht nach dem Mann, den Ingbert ihnen beschrieben hatte. *Vorsicht*, ermahnte er sich. *Du weißt nicht, ob Valquarez dir die Wahrheit sagt. Geschäftspartner zu belügen, gehört zu seinem Alltag.* Nicht, dass es in Johns Fall anders gewesen wäre.

Laut sagte er: »Sie müssen mir nicht erzählen, dass Stanton ein falscher Hund ist. Das habe ich auch schon festgestellt. Nicht zuletzt deshalb bin ich hier. Aber um auf Ihr Gespräch mit ihm zurückzukommen: Er hat Ihnen nicht zufällig irgendeine Geschichte erzählt, um Zeit zu gewinnen?«

»Er sagte tatsächlich, dass er erst mit irgendwelchen Geschäftspartnern reden muss, bevor er auf meine Forderung eingehen kann. Ich habe ihm einen Tag Frist gewährt. Danach fange ich an, ihm seinen Sohn in Einzelteilen zurückzusenden.« Valquarez kniff die Augen zusammen. »Aber woher wussten Sie das?«

John schenkte ihm ein vielsagendes Grinsen. »Hundert Dollar.«

»Sie kriegen Ihr Geld schon«, sagte Valquarez ungehalten. »Elende Söldnerseele.«

John ließ den Vorwurf an sich abprallen. Er wartete, bis einen Moment später Ernesto zurückkehrte. In den Händen hielt er eine kleine Holzkiste, die er Valquarez entgegenstreckte. Der klappte den Deckel auf und nahm ein Bündel Dollarnoten daraus hervor. Er blätterte es durch und zog einen Hundert-Dollar-Schein hervor.

»Aleandro«, sagte John nur.

Der junge Computerspezialist trat schnell hervor und nahm den Schein in Empfang. Er gab ihn John, der ihn einsteckte.

»Bevor ich weiterspreche, sollten Sie Ihre Leute rausschicken, zumindest alle bis auf Sophia.«

»Pasquale, Ernesto und Cavill sind meine vertrauenswürdigsten Männer«, gab Valquarez zurück. »Sie können hören, was Sie zu sagen haben.«

»Vertrauenswürdig, hm?« John bedachte die Gefolgsleute mit einem zweifelnden Blick. »Glauben Sie mir, Mister Valquarez, wenn Sie erst einmal wissen, was ich weiß, denken Sie anders darüber.«

Die Augen seines Gegenübers verengten sich leicht. »Was wollen Sie damit andeuten?«

»Dass es besser wäre, wenn wir dieses Gespräch im kleinen Kreis fortsetzen würden.«

Mit einem Hauch von Unsicherheit blickte Valquarez seine

Männer an. Dann breitete sich ein Grinsen auf seinen Zügen aus und er wedelte mit einem Zeigefinger in der Luft umher. »Netter Versuch, Captain Donovan. Aber wenn Sie glauben, Zwietracht zwischen mir und meinen Männern säen zu können, sind Sie schief gewickelt. Wir sind Familie, und Familie vertraut einander.«

John seufzte und schüttelte den Kopf. »Wie Sie wollen. Ich habe Sie gewarnt.« Er stieß sich vom Billardtisch ab und schlenderte durch den Raum zum Tresen, wo er sich ungefragt eine verschlossene Flasche Bier nahm und diese öffnete. »Ich habe Stanton Ihre Nachricht überbracht, wie Sie es gewünscht haben. Er befand sich zu dem Zeitpunkt übrigens in der *Starship Cantina*. Hübscher Laden, das muss ich zugeben. Ich verstehe, dass Sie ihn gerne haben möchten. Nun, jedenfalls war Stanton stinksauer über die Neuigkeit, dass Sie seinen Sohn festhalten. Offenbar reagiert er auf Angriffe auf seine Familie genauso empfindlich wie Sie. Prost.« John hob die Flasche und trank einen Schluck.

»Kommen Sie zum Punkt, Mister Donovan«, verlangte Valquarez. »Noch haben Sie mir nichts Neues erzählt.«

»Keine Bange, es ist gleich soweit. Er war also unglaublich wütend. Als Nächstes wollte er mich anheuern, in Ihr Anwesen einzubrechen, um Edward zu retten. Er bot mir eine Menge Geld dafür, und ich gestehe, dass ich verführt war, zuzuschlagen.« Er blickte zu Sophia hinüber. »Aber dann dachte ich mir, dass das Geld den Ärger nicht wert ist, zumal ich ja noch ein wenig Barschaft von dem Rinderverkauf auf der hohen Kante habe. Deshalb sagte ich Stanton, ich sei raus aus der Geschichte. Daraufhin wurde er ziemlich unflätig und stieß ähnliche Drohungen aus wie Sie gestern Abend. Schließlich erklärte ich mich scheinbar bereit, die Lage auszukundschaften und ihm danach Bericht zu erstatten. Er wollte Sie derweil anrufen und Zeit schinden. Denn sein eigentlicher Plan lautet, in den frühen Morgenstunden Ihr Anwesen anzugreifen.«

Aus der Ecke, in der Sophia stand, drang ein belustigtes Schnauben. »Sehr schöne Geschichte, Captain. Aber glauben Sie ernsthaft, dass wir Sie Ihnen abnehmen?«

John begegnete ihrem Blick mit seinem besten Pokerface. »Sie täten gut daran. Es sei denn, Sie wollen im Schlaf von Stantons Leuten überrascht werden.«

»Ein Frontalangriff auf mein Anwesen?« Valquarez schüttelte den Kopf. »Das würde Stanton nicht wagen. Dazu hat er nicht den Mut.«

»Er sagte wörtlich: Wer Wind sät, wird Sturm ernten«, widersprach John. »Und dass jetzt Krieg herrschen würde. Ich an Ihrer Stelle würde nicht mein Leben darauf verwetten, dass er den Schwanz einzieht.«

»Sein Sohn ist mein Gefangener! Was glaubt Stanton, was ich mit Edward mache, wenn er uns angreift?«

»Ich schätze, er baut darauf, so schnell vorzustoßen, dass Sie keine Gelegenheit mehr haben, zu reagieren.«

»Sie haben mein Anwesen gesehen. Die Mauern, die Türme … Außerdem beobachten wir den Luftraum in der Gegend. Stanton kann uns gar nicht überraschen. Wenn er mit Gleitern angreift, bleibt er an den Toren hängen. Kommt er aber aus der Luft, wird er verdammt schnell das Unionsmilitär im Nacken haben.«

»Meinen Sie? Wenn ich mich recht entsinne, sitzen Stantons Leute in der Flugkontrolle des Raumhafens. Und glauben Sie wirklich, dass sich der Gouverneur um seinen ruhigen Nachtschlaf bringen lässt, nur weil ein paar schnelle und durchaus registrierte Personentransporter zu ihnen hinausfliegen? Ich denke nicht. Bis das Unionsmilitär auf das große Schießen reagiert – wenn es überhaupt reagiert –, ist es viel zu spät. Aber Stanton muss ohnehin keinen Frontalangriff wagen. Mir kam es so vor, als plane er eine heimliche Infiltration.«

Valquarez lachte leise. »Das kann er lange planen. Die Tore haben keine elektronischen Schlösser, die man knacken kann. Sie sind ganz altmodisch von innen verriegelt. Da kommt man von außen nur mit Sprengstoff durch.«

»Oder indem einem jemand von innen das Tor öffnet.«

Der Rinderbaron machte ein zweifelndes Gesicht. »Wollen Sie damit sagen, es gäbe einen Verräter in meinen Reihen?«

Bestätigend neigte John den Kopf. »Ich weiß nicht, wer es ist, aber ich weiß, dass Stanton ein Gespräch mit jemandem in Ihrem Anwesen geführt hat, *einem besonderen Freund*, wie er sagte. Er hat Spanisch mit dieser Person gesprochen, ich habe also keine Ahnung, worum es ging. Aber ich bin auch nicht blöd. Stanton wird nicht nach dem Rezept für Quesadilla mit Hühnchen und Ziegenkäse gefragt haben.« Das Gericht hatten John und Aleandro auf ihrer Fahrt hierher bei einem Straßenhändler gegessen. John hatte nicht vor, bei diesem Mann erneut zu speisen.

Langsam trat Valquarez auf ihn zu und versuchte, an seinem Gesicht abzulesen, ob John die Wahrheit sagte oder nicht. »Es fällt mir schwer, Ihnen zu glauben«, gestand er. »Stanton, der zum Angriff bläst, ein Verräter in meinen eigenen Reihen: Das will mir nicht in den Kopf.«

»Da kann man nichts machen«, antwortete John. »Bekomme ich trotzdem meine vierhundert Dollar?«

»Nein.«

John verzog das Gesicht.

»Warten Sie, ich bin noch nicht fertig«, fuhr der Rinderbaron fort. »Es will mir zwar nicht in den Kopf, andererseits haben Sie nichts davon, mir eine Lüge aufzutischen. Sie haben gerade 90 000 Dollar zurückbekommen. Warum sollten Sie für fünfhundert erneut meinen Zorn riskieren, indem Sie mir Unsinn erzählen?«

»Meine verdammte Rede die ganze Zeit.«

»Zumal eine Lüge bloß bedeuten würde, dass Stanton und seine Leute heute Nacht *nicht* kommen. Das wäre mir genauso recht. Und tatsächlich hat der gute Wilbur am Komm auf Zeit gespielt. Irgendetwas heckt er also aus.«

»Wie ich schon sagte.« John war neugierig, worauf der Rinderbaron hinauswollte.

Die Antwort auf diese Frage bekam er, als Valquarez weiter sprach. »Also werde ich Folgendes tun: Ich gebe Ihnen *tausend* Dollar, wenn Sie zu Stanton zurückfahren und ihm berichten, dass alles in bester Ordnung sei, dass Edward auf dem Anwesen festgehalten wird und ich keinerlei Verdacht schöpfe. Verstanden?«

Ein Lächeln umspielte Johns Mundwinkel. »Absolut.« Er deutete mit dem Kopf in Richtung Kellergang. »Wird Edward denn auf dem Anwesen festgehalten?«

»Das geht Sie nichts an.«

»Auch wieder wahr.« John nahm einen Schluck Bier und tat, als müsse er über das Angebot nachdenken.

»1500«, sagte er dann.

»1200«, bot Valquarez.

»Einverstanden.«

»Ernesto, la caja, por favor«, befahl der Rinderbaron und streckte dabei auffordernd die Hand aus. Sein Gefolgsmann reichte ihm pflichtschuldig das Kästchen.

Aleandro, der neben Sophia am Billardtisch stand, gluckste. »Ich würde zu gerne das Gesicht von diesem *cabrón* sehen, wenn er merkt, dass wir ihn reingelegt haben.« Kumpelhaft legte er der jungen Frau die Hand auf die Schulter.

Die stieß ihn von sich. »Fass mich nicht an, Kleiner. Das mag ich überhaupt nicht.«

Mit erschrocken geweiteten Augen sah Aleandro sie an. »Tut ... tut mir leid«, stammelte er und hob abwehrend die Hände. »Das war nicht böse gemeint oder so. Ich ... äh ... ich gönne es diesem Stanton nur, wenn er in die Pfanne gehauen wird, und wünschte mir, ich könnte sehen, wie er sich ...« Er brach ab, als er merkte, dass er sich mit jedem Wort nur noch tiefer reinritt.

»Ich schicke dir ein Foto von seinem Gesicht«, fauchte Sophia.

»Wir können dir auch sein Gesicht schicken.« Pasquale grinste bösartig und strich demonstrativ über das lange Messer, das in seiner Scheide am Gürtel steckte.

Aleandro sah aus, als müsse er sich allein bei dem Gedanken übergeben.

»Genug gequatscht«, sagte John, als er sein Geld entgegennahm, zählte und in die Brusttasche seines Mantels steckte. »Verbindlichsten Dank, Señor Valquarez. Schön zu sehen, dass Sie wegen der kleinen Geschichte mit Ihrer Tochter nicht nachtragend sind.«

Der Rinderbaron zuckte mit den Achseln. »Sie sind nur ein Werkzeug, Donovan. Warum sollte ich auf ein Werkzeug wütend sein? Ich nutze es lieber – wenn es ein gutes Werkzeug ist.«

»Wenn die Bezahlung stimmt, bin ich das beste.« John leerte sein Bier und stellte die Flasche zurück auf den Tresen. »Komm, Aleandro, verschwinden wir.«

»Pasquale, bring unsere Gäste zur Tür«, befahl Valquarez. »Ernesto, Cavill, ihr könnt gehen. Sophia, du bleibst hier. Ich muss noch etwas mit dir besprechen.«

John sah zu der Revolverheldin hinüber und tippte sich mit zwei Fingern an die Schläfe. »Man sieht sich, *Señorita*.«

»Wünschen Sie es sich nicht zu sehr«, gab sie kühl zurück.

Fünf Minuten später steuerte John den Fargo durch das Tor des Anwesens und den Zufahrtsweg hinunter in Richtung Überlandstraße.

»Hat alles geklappt?«, fragte er Aleandro mit einem Seitenblick.

Der junge Computerspezialist grinste breit und reckte einen Daumen in die Höhe. »Fast wie in alten Tagen, als ich noch als Taschendieb auf Loredo unterwegs war.«

John zückte sein Komm-Gerät und rief die *Mary-Jane Wellington*.

»Sophia ist verdrahtet«, berichtete er Hobie, kaum dass sein Freund sich gemeldet hatte. »Mein Ablenkungsmanöver hat wie geplant funktioniert. Und ich glaube, ich habe Valquarez genug zu denken gegeben, dass er gar nicht auf die Idee kommt, worum es bei dem Besuch wirklich gegangen ist.«

»Es sieht wirklich so aus, John«, bestätigte Hobie. »Wir sitzen hier schon am Funkempfänger und lauschen einem wunderschönen Planungsgespräch zwischen Vater und Tochter. Offenbar traut Valquarez seinen Leuten doch weniger, als er behauptet hat.«

»Ihr habt alles mitbekommen, was gesprochen wurde?«

»Laut und deutlich, John. Diese Unionstechnik, die Emil uns verkauft hat, ist fantastisch.«

»Sie war auch teuer genug.« John hoffte, dass sich die Investition lohnen würde und sie, indem sie Sophia belauschten, herausfanden, wo genau Edward festgehalten wurde. Die Hoffnung war nicht allzu abwegig. Er an Valquarez' Stelle hätte seine wertvolle Geisel jedenfalls niemand anderem als Sophia anvertraut.

»Volltreffer!«, rief Hobie über Funk. »Wir haben eine Bestätigung. Sie verstecken Edward im Keller des Anwesens. Valquarez hat Sophia eben befohlen, den Jungen heimlich hoch in ihr Zimmer zu bringen, nur falls sie doch einen Verräter in ihren Reihen haben sollten.«

»Sophias Zimmer, im ersten Stock, alles klar.« *Damit lässt sich doch arbeiten.*

»Und wie geht es jetzt weiter?«, wollte Aleandro wissen.

»Jetzt« – John grinste zufrieden – »mieten wir uns eine weitere Ablenkung.«

– 16 –

Das große Schießen begann ohne jede Vorwarnung. John hob sein Fernglas. Er hatte kein wirklich schlechtes Gewissen, dass er diese Männer in die von den Valquarez vorbereitete Falle geschickt hatte. Zum einen gehörte die Bande um einen schmierigen Kerl namens Dinter zu der Sorte von Menschen, die Kindern ihre Ballons wegnahmen und glücklose Peko-Tagelöhner aus Vergnügen am nächsten Baum aufknüpften. Zum anderen hatte John die sieben Männer gewarnt, dass sie erwartet wurden. Sie tappten also nicht blindlings hinein. Und schließlich hatte er ihnen eine gute Summe Geld versprochen, wenn sie Valquarez' Leute eine Weile beschäftigt hielten, indem sie viel Lärm machten.

Darum, tatsächlich einen der Verteidiger auszuschalten, ging es gar nicht. Aber John nahm an, dass Dinter und seine Spießgesellen darauf keine Rücksicht nahmen. Er war nicht unbedingt begeistert darüber, dass seinetwegen Leute starben, doch es traf nun wirklich keine Unschuldslämmer. Vermutlich war Alvarado mit jedem Toten, den dieser Schusswechsel forderte, ein klein wenig besser dran.

Wie erhofft richteten die Wachen auf den Türmen, die sich an den vier Ecken des Anwesens erhoben, ihre Aufmerksamkeit auf den Schusswechsel am Nebentor. Dank der laserunterstützten Restlichtoptik seines Fernglases, die selbst die dunklen Stunden weit nach Mitternacht erhellte, beobachtete John, wie zwei aufgeregte Männer vom Südwestturm die Mauer entlang zum Nordwestturm rannten, um ihren Kameraden zu Hilfe zu eilen, die einen Großangriff der Stantons befürchteten. Lediglich ein Wachposten blieb im Südwesten zurück.

Er zog sein Komm-Gerät hervor. »Kelly, da ist jetzt nur noch ein Mann.«

»Ich sehe ihn, John«, drang die leise Stimme aus dem Gerät.

»Schalt ihn aus. Wir dürfen nichts riskieren.«

Sie zögerte gerade lange genug, um ihn wissen zu lassen, dass sie keine Freude daran hatte, kaltblütig Menschen umzubringen. John selbst ging es nicht anders, aber manchmal hatte man keine Wahl. So wie jetzt.

»Verstanden«, bestätigte Kelly.

John hörte nicht, wie sie schoss. Die junge Frau lag mit dem Scharfschützengewehr zweihundert Meter hinter ihnen auf einer Hügelkuppe zwischen Buschwerk. Er sah nur, dass der Wachmann auf einmal zusammenzuckte und hinter der Brüstung des Wachturms verschwand. Viel sauberer konnte man kaum töten.

»Auf geht's«, raunte er Aleandro zu, der aufgeregt neben ihm hockte.

Geduckt verließ John ihr Versteck zwischen ein paar Felsbrocken und hastete los, über die dunkle Ebene zur Westseite des Anwesens. Aleandro folgte ihm, seine Umhängetasche mit dem Padd an die Brust gedrückt.

Ungesehen erreichten sie die Mauer. Etwa zwei Meter über ihren Köpfen befand sich der Wehrgang, einen guten Meter höher verlief der Balkon, der John schon bei ihrem ersten Besuch aufgefallen war und der einmal komplett um das Haupthaus herumführte.

John hob den Blick. An der Nordwestecke des Hauses brannte trotz der späten Stunde Licht in einem Zimmer. Dessen Schein beleuchtete die metallene Brüstung des Balkons. Zufrieden nickend zog John den Rucksack, den er bei sich trug, vom Rücken und holte den Kabelwerfer hervor. Er hatte den Werfer vor drei Jahren erworben, um Bergungsoperationen in treibenden Raumschiffwracks draußen im All zu erleichtern. Aber sie hatten ihn auch im Frachtraum der *Mary-Jane Wellington* unter Normalschwerkraft getestet. Er würde seinen Zweck erfüllen.

John zielte und feuerte auf die Brüstung. Der Haftring traf das obere Geländer und blieb daran hängen. Mit einem Fingerschnippen aktivierte John den Molekularmagnet, der in den Haftring eingelassen war und durch das Kabel mit Energie aus dem Werfer gespeist wurde. Mit leisem Summen verschmolz die Magnetfläche mit dem Metall. Jetzt brauchte man mindestens einen Lastschweber, um das Kabel von dem Geländer zu lösen, wenn nicht vorher die Brüstung selbst aus ihrer Verankerung brach.

»Ich gehe zuerst«, sagte John leise.

Aleandro nickte stumm.

John klinkte den Werfer mit einem Sicherungshaken in seinen Gürtel ein, dann drückte er auf den Knopf, der das Einziehen des Kabels aktivierte. Mühelos zog ihn der starke Motor des Apparats in die Höhe.

Kurz unterhalb der Mauerkante stoppte John das Gerät. Vorsichtig spähte er darüber hinweg. Nach wie vor richtete sich die Aufmerksamkeit der Wachen auf die Schießerei, die Dinters Leute bei den Stallungen angefangen hatten. In Johns Richtung blickte niemand. Rasch ließ er sich weiter nach oben ziehen, bis zum Balkon. Dort angekommen, schwang er sich behände über die Brüstung. Dann klinkte er den Werfer aus, zog das eingerollte Kabel mit der Hand wieder heraus und ließ den Apparat daran zu Aleandro runter. Kurz darauf kauerte sich auch der junge Computerspezialist oben bei ihm auf dem Balkon.

»Wie finden wir jetzt Edward?«, flüsterte Aleandro.

»Überprüf mal den Sender, den wir Sophia verpasst haben«, gab John zurück, während er den Molekularmagnet abschaltete und das Kabel sowohl vom Magnetkopf löste als auch aus dem Werfer ausklinkte. »Falls er sich auf diesem Stockwerk befindet, dürfen wir wohl davon ausgehen, dass entweder sie oder ihr Kleid sich in ihrem Zimmer befinden – und damit bei Edward.«

»Geht klar.« Aleandro zog sein Padd aus der Umhängetasche und machte sich daran zu schaffen.

John verstaute unterdessen Magnetkopf und Werfer wieder in seinem Rucksack. Dann knotete er das eine Ende des Kabels ganz klassisch an der Balkonbrüstung fest. Das Kabel selbst legte er zusammengerollt auf den Boden. Wenn sie rasch flüchten mussten, konnten sie sich daran per Hand abseilen. Auch wenn ein Ersatzkabel nicht ganz billig war, würde John es zur Not zurücklassen. Diese Option war ihm lieber, als den Werfer unbewacht hier liegen zu lassen, denn der war noch deutlich teurer.

»Treffer«, sagte Aleandro leise. »Das Signal kommt aus der Südostecke des Stockwerks, etwa zwanzig Meter entfernt.«

»Also dann, schauen wir uns mal um.«

Sie schlichen den Balkon hinunter nach Süden. Hier draußen in der Dunkelheit liefen sie weniger Gefahr, entdeckt zu werden, als wenn sie versucht hätten, sich quer durch das Gebäude zu stehlen.

John spähte um die Hausecke. Auch auf der Südseite hielt sich niemand auf. Das Haus stand nah am Klippenrand, und unten in der Ebene konnte man das Lichtermeer von Zaragoza sehen, das sich weit in die Ferne erstreckte. Südlich der

Stadt ritt gerade ein im Dunkeln nur schemenhaft erkennbares Raumschiff auf einem feurigen Antriebsschweif den Sternen entgegen. Einen Augenblick lang wünschte John sich, es wäre die *Mary-Jane Wellington*.

Sie schlichen weiter. Ein Seitenblick zeigte John, dass die Entfernungsanzeige auf Aleandros Padd kleiner wurde. Sie näherten sich dem winzigen Hightech-Sender, der von Aleandro an Sophias Kleid geheftet worden war, als er sich am Nachmittag ihr gegenüber scheinbar so unbeholfen kumpelhaft gegeben hatte.

Schließlich erreichten sie ein Fenster, zu dem auch eine Balkontür gehörte. Es gab keine Rollläden, aber von innen waren Vorhänge vorgezogen. Der gelbliche Schein einer schwachen Lampe drang durch den dichten Stoff.

»Und jetzt?«, erkundigte sich Aleandro.

»Jetzt brechen wir ins Nachbarzimmer ein«, erklärte John leise.

Er schlich zwei Meter zurück und wandte sich dem nächsten dunklen Fenster zu. Natürlich war es verschlossen, aber eine kurze Überprüfung ergab, dass es an kein Alarmsystem angeschlossen war und dass der hölzerne Fensterrahmen bereits Spuren von Verfall zeigte.

»Das haben wir gleich«, murmelte John, als er einen stabilen Schraubendreher aus dem Rucksack zog, den er genau zu diesem Zweck mitgebracht hatte. Er setzte ihn an der unteren, äußeren Ecke als Hebel an und zog kräftig. Es dauerte nur wenige Sekunden, und der Rahmen rund um die Verriegelung brach. John setzte auch an den zwei anderen Verriegelungspunkten an, und gleich darauf schwang das Fenster leise quietschend auf.

Lautlos glitt John über das Fenstersims ins Innere. Bei dem Zimmer handelte es sich um einen Schlafraum, in dem offenbar normalerweise zwei Männer nächtigten, der Einrichtung zufolge Wachleute. Im Augenblick war er leer. John huschte zur Tür, die hinaus auf den Korridor führte. Er zog seinen Revolver. Behutsam öffnete er die Tür einen Spaltbreit und lauschte. Helles Licht aus dem Gang fiel in den Raum, aber zu hören war keine Menschenseele. Nach wie vor waren alle verfügbaren Männer damit beschäftigt, die angeblichen Stantons zurückzuschlagen.

»Hör zu«, sagte John zu Aleandro. »Du schleichst wieder zum Fenster von Sophias Zimmer zurück. Dann wartest du, bis ich mit dem Komm-Gerät zwei Knackgeräusche sende. In dem Moment schlägst du mit dem Knauf deiner Pistole die Scheibe ein. Oder schlag zumindest dagegen. Letzten Endes ist es egal, ob die Scheibe zu Bruch geht. Du musst nur kurz für Ablenkung sorgen, während ich zur Tür reinkomme. Klar?«

Aleandro hob einen Daumen. »Kein Problem, Cap.«

»Danach gehst du sofort wieder in Deckung. Ich will keinen Schuss von dir hören. Sonst werden die Wachen auf uns aufmerksam.«

Erneut hob Aleandro den Daumen, diesmal stumm.

»Sehr gut.«

John wartete, bis der junge Mann wieder auf den Balkon geklettert war, dann schob er sich durch den Türspalt auf den Gang hinaus. Wie erwartet war dieser leer. John schob sich bis zur nächsten Tür vor. Ähnlich wie das Fenster sah sie nicht sehr massiv aus. Das kam ihm entgegen. Er hob den Santhe-CG, zückte sein Komm-Gerät und drückte zweimal auf die Ruf-Taste. Zwei Sekunden später vernahm er einen heftigen Schlag und das Splittern von Glas.

John riss den Fuß hoch und trat gegen die Zimmertür. Sie flog nach innen auf, und er sprang über die Schwelle, den Revolver im Anschlag.

Der Raum war größer als das Zimmer, aus dem er gekommen war. Rechterhand erhob sich ein mächtiger Kleiderschrank, ihm gegenüber stand ein breites Bett, das die linke Hälfte des Raums ausfüllte. Links neben der Tür befand sich ein Schminktisch, an den sich ein kleiner Schreibtisch anschloss, die Außenwand war von rotbraunen Vorhängen verdeckt.

Auf einem Stuhl vor dem Bett lag zusammengeknüllt ein Haufen schwarzer Stoff – Sophias Kleid. Auf dem Bett selbst lag Edward Stanton, bis auf die Unterwäsche entblößt, die rechte Hand bandagiert und mit Armen und Beinen an die Bettpfosten gefesselt. Direkt vor sich, auf halbem Weg zur verhängten Balkontür, erblickte John eine Gestalt. Aber es war nicht Sophia, sondern ein Mann, der eine Pistole abwehrbereit erhoben hatte. Als dieser herumfuhr, erkannte John Emilio, einen von Sophias Vertrauten.

Der untersetzte Ganove mit dem schütteren Haar hob die Pistole, aber John war schneller. Der Santhe fauchte jaulend, und Emilio zuckte zusammen. Sein Blick senkte sich, und er starrte fassungslos einen Herzschlag lang auf das Loch in seiner Brust. Der Revolver entfiel seiner kraftlosen Hand, dann sank Emilio erst auf die Knie und schlug danach der Länge nach auf den Fußboden. Eine Blutlache breitete sich unter ihm aus.

»Donovan!«, rief Edward auf dem Bett erleichtert. »Sie schickt der Himmel.«

»Eigentlich schickt mich Ihr Vater.« John trat zum Vorhang und schob ihn leicht zur Seite. »Alles klar, Aleandro. Du kannst reinkommen.«

Der junge Computerspezialist löste sich von der Hauswand und kletterte vorsichtig durch das eingeschlagene Fenster.

John begab sich unterdessen zum Bett und löste Edwards Fesseln. »Wo sind ihre Kleider?«

»Drüben im Schrank«, erwiderte der junge Mann mit einem Nicken. »Sophia hatte wohl Sorge, ich könnte ein Messer oder einen Ladycolt im Ärmel versteckt haben.«

»Oder sie wollte sehen, ob es sich lohnt, sie zu verführen. Sie hat eine etwas eigentümliche Einstellung Männern gegenüber.« John grinste schief, während er an die Zukunftsperspektiven dachte, die sie ihm in Aussicht gestellt hatte. Sarg oder Bett.

Edward machte ein empörtes Gesicht. »Ich würde Isabel nie betrügen.«

»Verlangt auch keiner von ihnen. Und jetzt ziehen Sie sich was an. Wir müssen hier weg.«

Edward lief zum Schrank hinüber. John stellte sich derweil neben die Tür und spähte hinaus auf den Gang. Er wollte sichergehen, dass niemand ihr Eindringen bemerkt hatte.

Seine Hoffnung wurde enttäuscht. Es dauerte keine halbe Minute, bis das Gepolter von Stiefeln auf Treppenstufen am fernen Ende des Gangs laut wurde.

John drehte sich um. »Stanton, beeilen Sie ...«

Edward Stanton, leidlich mit einer Hose und halbhohen Lederschuhen bekleidet, drängte sich an ihm vorbei. Er hielt Emilios Pistole in der Linken und wirkte zu allem entschlossen.

»He, wo wollen Sie hin?«, rief John ihm nach.

»Ich muss Isabel holen«, antwortete Stanton, der nach rechts den Korridor hinunter verschwand. »Ich gehe nicht ohne sie.«

»Sie sind wohl irre!« John folgte ihm. »Dafür haben wir keine Zeit.« Er gab zwei Schüsse in Richtung Treppe ab, um die Männer zumindest ein wenig auszubremsen, die aus dem Erdgeschoss heraufstürmten.

Doch Stanton hörte nicht auf ihn. Er bog um die nächste Ecke, fing an zu brüllen und feuerte wild aus der Pistole.

»Aleandro, bleib in meiner Nähe«, befahl John und rannte hinter seinem Schützling her.

Als John um die Ecke bog, sah er einen Wachmann, der hinter einer Flurkommode gegenüber einer Tür in Deckung gegangen war. Edward presste sich in einen Türrahmen. Beide lieferten sich einen lautstarken, aber wenig effektiven Schusswechsel, wobei John den Eindruck gewann, dass Stanton gar nicht treffen wollte. Er schien eher die Absicht zu haben, seinen Gegner zu verjagen, der jedoch zu dumm war, das zu erkennen, und daher gar nicht daran dachte, aus seinem Versteck zu kommen.

Doch John lief die Zeit davon. Man hatte sie bemerkt, und es würde nicht mehr lange dauern, bis auch Sophia hier auftauchte. Bevor das passierte, wollte er weg sein, denn er war sich keineswegs sicher, wie ein Duell zwischen ihnen beiden enden würde.

Der Mann schoss erneut. Putz platzte von der Wand vor John ab.

»Letzte Chance, um …«, setzte John an. Am Gangende hinter ihm tauchten zwei Gegner am oberen Treppenaufsatz auf. »Sorry, doch nicht.« Er feuerte den Santhe ab, und der Kopf des Mannes hinter der Kommode wurde zurückgerissen. Leblos fiel er zur Seite.

»Sie haben ihn umgebracht!«, entfuhr es Stanton.

»Tut mir leid, das hier ist kein Kinderspiel.« John ging hinter der Ecke in Deckung und richtete die Waffe den Gang hinab. »Jetzt holen Sie schon Isabel, wenn es denn unbedingt sein muss.«

Stanton hämmerte mit der Faust gegen die Tür, deren Wachmann John gefällt hatte. »Isabel, Liebste, ich bin's, Edward. Komm heraus. Wir müssen fliehen. Sofort.«

Aus dem Inneren war eine Stimme zu vernehmen. »Edward? Bist du es wirklich?«

»Ja.« Er drückte die Klinke hinunter, aber die Tür erwies sich als verschlossen. »Mach auf.«

»Ich kann nicht. Mein Vater hat mich eingesperrt, damit ich dich nicht zu befreien versuche. Wie bist du entkommen?«

»Captain Donovan hat mich gerettet.«

»Mister Donovan ist hier?«

»Nicht mehr lange, wenn es nach mir geht«, knurrte John, während er drei Schüsse abgab, um seine Gegner in Deckung zu zwingen. Der Gang bot erfreulich wenig Deckung, sodass sie in Treppennähe blieben, wo er sie nicht so leicht erwischte. »Stanton, Aleandro, haltet mir die Bande vom Leib. Ich breche die Tür auf.«

Er wechselte mit den beiden den Platz, Aleandro kniete sich hin, Edward Stanton presste sich an die Wand. Blind fingen sie an, um die Ecke zu feuern. Valquarez' Leute erwiderten das Feuer. Der Lärm im Korridor war infernalisch.

John wandte sich der Tür zu. »Zur Seite, Miss Valquarez!« Dann hob er den Santhe und gab zwei Schüsse auf das Schloss ab. Holz splitterte, und mit einem kräftigen Tritt gab John der Tür den Rest. Er trat über die Schwelle und streckte Isabel, die mit großen Augen hinter einem Sessel in Deckung gegangen war, die Linke hin. »Kommen Sie, wir müssen hier verschwinden.«

Sie ergriff seine Hand, und John zog sie auf die Beine. Draußen schrie jemand auf.

»Aleandro!« John stürzte auf den Gang.

Der junge Computerspezialist hielt sich die blutende Wange. »Nur ein Steinsplitter. Alles okay.«

John gesellte sich an seine Seite. Stanton schloss hinter ihm Isabel in die Arme. Mit einem raschen Blick verschaffte John sich ein Bild der Lage. Mittlerweile hatten sich drei Mann an der Treppe versammelt, die ein Sperrfeuer den Gang hinunter legten, wann immer sich auch nur eine Nasenspitze an der Ecke zeigte. Um sie in Schach zu halten, schoss John zwei Mal zurück, dann ging er wieder in Deckung. Die Warnleuchte im Griff blinkte gelb auf. Er hatte nur noch eine Kugel im Magazin. »Der Weg ist versperrt. Wir müssen durch ein anderes Zimmer hinaus auf den Balkon.«

»Den Balkon?«, fragte Isabel.

John gab den letzten Schuss ab und warf dann die leere Trommel aus. »Dort hängt das Seil, mit dem wir uns an der Außenmauer abseilen, um zu verschwinden.« Rasch griff er in seine Jackentasche und zog eine Ersatztrommel hervor. Er schob sie in den Revolverrahmen, bis sie einrastete, und ließ sie prüfend um die eigene Achse rotieren, um sich davon zu überzeugen, dass sie korrekt eingesetzt war.

»John, es gibt ein Problem«, meldete sich Kelly aus dem Komm-Gerät, dessen Verbindung sie die ganze Zeit offen gehalten hatten.

John nahm das Gerät vom Gürtel. »Was ist los?«

»Unsere Ablenkung funktioniert nicht mehr. Valquarez' Leute haben die Schüsse im Haus bemerkt. Ich sehe, dass Wachen von der Nordmauer abgezogen werden. Vermutlich kommen sie zu euch.«

Ein leiser Fluch kam über seine Lippen. »Siehst du Sophia irgendwo?«

»Negativ, John. Auf dem Teil der Nordmauer, den ich einsehen kann, befindet sie sich nicht.«

»Verstanden. Halt dich bereit, Kelly. Wir verschwinden von hier.«

»Geht klar. Ich packe ein.«

»Hobie, bist du da?«

»Auf Posten, John«, meldete sich sein alter Freund, der am Steuer der *Mary-Jane Wellington* saß und in einigen Kilometern Entfernung dem Geschehen lauschte.

»Die Lage wird etwas brenzlig hier. Wäre gut, wenn du uns abholen könntest.«

»Bin in einer Minute da. Ich lande die *Mary-Jane* auf der Westseite des Anwesens.«

»Verstanden.« Er klinkte das Komm-Gerät wieder an den Gürtel.

»Hat Ihr Zimmer eine Balkontür?«, wandte er sich an Isabel.

Die junge Frau nickte.

»Dann los.« Er rannte voraus, zurück in das Zimmer. Tatsächlich gab es eine Holztür mit Glaseinsatz, genau wie in Sophias Raum. Auch mit dieser Tür machte er kurzen Prozess, indem er das Schloss kurzerhand aufschoss, ohne auch nur zu prüfen, ob es versperrt oder offen war, und sich dann dagegenwarf.

Er brach mit der Tür hinaus auf den Balkon – um dort festzustellen, dass er eine Kleinigkeit vergessen hatte. Isabels Zimmer war nach Osten ausgerichtet, hin zum Innenhof. »Verdammt.« John zuckte zurück und ging in Deckung. Rasch ließ er den Blick schweifen. Wie es aussah, hatte er Glück. Niemand achtete im Augenblick auf den Balkon.

Mehrere Männer rannten über den Hof in Richtung Nebentor. Schreie und Schüsse waren dort zu hören. Jenseits der Mauer war der Widerschein von Feuer zu sehen. Offenbar hatte Dinters Bande im Eifer des Gefechts irgendetwas in Brand gesteckt. John hoffte, dass sie es nicht zu wild trieben.

Denn sollte auch nur einer von ihnen gefangen genommen werden, würde Valquarez höchstwahrscheinlich aus ihm herausfoltern, wer die Gruppe angeheuert hatte. Und der Grad des angerichteten Schadens mochte durchaus darüber entscheiden, wie viel Geld der Rinderbaron in seine Rache investierte.

»Kommt mir vorsichtig nach«, befahl John leise. »Aber haltet euch an der Wand und den Kopf unten.« Geduckt huschte er los. Aleandro, Isabel und Edward folgten ihm.

Das Glück blieb ihnen exakt bis zur Hausecke hold. Als John um selbige bog, kam gerade eine dreiköpfige Gruppe Wachleute um die gegenüberliegende Ecke. Offensichtlich hatten sie vorgehabt, Johns Verteidigungsstellung im Korridor außerhalb des Hauses zu umgehen.

John erholte sich den Bruchteil einer Sekunde schneller von der Überraschung. Fast instinktiv schoss er. Einer der Männer schrie auf, als er an der Brust getroffen wurde. Er taumelte zurück und behinderte damit seine Gefährten. Diese suchten hinter der Ecke Schutz.

»Verdammt, dort geht es nicht weiter«, stellte John fest.

Hinter ihm schrie Stanton überrascht auf. »Sie kommen uns durch Isabels Zimmer nach.« Er hob seine Pistole und schoss – womit er die Aufmerksamkeit aller im Hof auf sie richtete. Ohne darauf zu achten, dass mit Isabel die Tochter des Hausherrn unter ihnen weilte, hoben die Wachleute ihre Gewehre und schossen in Richtung des Balkons.

Fluchend presste sich John an die Hauswand. Gehetzt sah er sich um.

»Was machen wir jetzt?«, rief Aleandro panisch.

»Haltet mir die Typen nur einen Moment vom Leib«, gab John zurück. »Ich muss nachdenken.« Sein Blick fiel auf den Faulgasturm, der ihm schon bei der ersten Entführung Isabels aufgefallen war. *Besser eine kleine Ablenkung als keine Ablenkung*. Dann kam ihm ein weiterer Gedanke, er ließ sich auf den Bauch fallen und robbte zur Kante des Balkons.

»Vorsicht!«, kreischte Isabel.

Blitzschnell rollte John herum. Er sah noch, wie der Mann aus der aufgeschossenen Balkontür trat und ein kurzläufiges Gewehr hob. Ohne zu zielen feuerte John aus der Hüfte. Sein Gegner zuckte zurück und verschwand wieder in Isabels Zimmer. John zog sich zur Wand zurück. Der kurze Blick über den Rand hatte genügt. Ein wahnwitziger Plan formte sich in seinem Kopf.

»Meine Munition ist alle«, meldete Stanton und warf Emilios Revolver weg.

John zog den vierschüssigen Colt Minimum hervor, der hinten in seinem Gürtel steckte und nur für Notfälle gedacht war. Er warf ihn Stanton zu. »Nur auf kurze Reichweite einsetzen, sonst nützt er nichts.« Anschließend zückte er das Komm-Gerät. »Hobie!«

»Ja, John.«

»Wo bist du?«

»Im Begriff, Kelly abzuholen.«

»Planänderung. Komm erst zu uns. Wir stecken hier schwer in der Patsche. Jede Sekunde zählt.«

»Verstanden, John.«

»Ich bin auch leer«, rief Aleandro.

John reichte ihm den Santhe-CG. »Noch neun.«

Der Junge sah ihn erstaunt an. Einen größeren Vertrauensbeweis hätte John ihm nicht aussprechen können. Seine Miene nahm einen entschlossenen Ausdruck an. Dann drehte er sich wieder der Ecke zu.

Hinter dem Haus vernahm Hobie das lauter werdende Dröhnen eines Raumschifftriebwerks. »Hobie!«, rief er ins

Komm-Gerät. »Lande nicht auf der Westseite des Anwesens. Komm auf die Südseite.«

»Die Südseite, John? Aber da ist nichts zum Landen. Nur ein enger Hof und ein Klippenrand, hinter dem ein Abgrund liegt.«

»Ich weiß. Wir machen das wie damals auf Durango.«

Hobie zögerte kurz. »Durango?«

»Ja.«

Er murmelte einen Fluch, der nicht für John bestimmt war. »Verstanden.«

»Was war auf Durango?«, wollte Isabel wissen.

»Werden Sie gleich sehen.« John klatschte in die Hände. »Alle zuhören. Auf mein Kommando geht es los. Wir springen über die Brüstung.«

»Da brechen wir uns die Beine«, entfuhr es Stanton.

»Tun wir nicht. Unter dem Balkon steht ein Lastschweber mit Zeltplane. Darauf landen wir. Dann rennt ihr mir einfach nach.« Eine Kugel schlug knapp oberhalb von Johns Kopf in die Wand ein und er zuckte zusammen, als Steinsplitter ihn trafen. »Alles klar?«

Seine drei Begleiter nickten.

»Aleandro? Mein Revolver.«

Der Computerspezialist reichte John die Waffe.

»Und los.« John sprang auf, gab einen Schuss nach links ab und dann einen besser gezielten auf den Faulgasturm jenseits der Scheune im nordöstlichen Teil des Anwesens.

Mit einem gewaltigen Donnerschlag explodierte der Turm. Ein Flammenball stieg in den Himmel auf, und eine Druckwelle heißer Luft fauchte über das ganze Anwesen. Teile des Scheunendachs flogen in den Hof und entlockten den Männern dort Schreckensschreie.

»Dios mío!«, rief Isabel.

»Nicht staunen, springen!« John schwang die Beine über die Balkonbrüstung und ließ sich fallen. Ächzend landete er auf der zusammengefalteten Zeltplane, rollte sich von der Ladefläche und sprang auf den gestampften Erdboden des Innenhofs.

Aleandro folgte ihm nach.

Jenseits des Anwesens rauschte mit dröhnenden Triebwerken die gewaltige Masse der *Mary-Jane Wellington* vorbei. Ihre Antriebe erzeugten einen Sturmwind, der eine mächtige Staubwolke aufwirbelte und dadurch das Chaos noch vergrößerte.

John sah, dass auch Edward und Isabel den Sprung gewagt hatten. Ohne ein weiteres Wort rannte er los, direkt auf den Abgrund zu. Dort schleuderte der *Cambria*-Klasse-Frachter soeben mit fauchenden Manövrierdüsen in eine enge Kurve. Die breite Antriebssektion wurde herumgerissen und die beiden klobigen Frachträume, zwischen denen das Cockpit lag, richteten sich auf den zum Abgrund hin offenen Hof. Die *Mary-Jane* schlingerte, als Hobie sie möglichst nah an den Fels heranbrachte, ohne dabei die Schiffsnase einzudrücken. Dann senkte sich die Luke zum Backbordfrachtraum herab.

Hinter ihnen setzte Gewehrfeuer ein. Valquarez' Leute hatten sich von ihrem Schreck erholt und gaben nun alles, um die Flüchtenden aufzuhalten, wobei ihnen nach wie vor nicht klar zu sein schien, dass sie auch auf Isabel Valquarez schossen.

»Rennt!«, schrie John und beschleunigte seine Schritte. Er warf einen raschen Blick über die Schulter, um sich zu vergewissern, dass die anderen ihm folgten. Sie taten es.

Mit einem leichten Schubstoß drückte Hobie die *Mary-Jane* nach vorne. Die Frachtrampe schabte geräuschvoll über die Felskante. John stieß sich ab und sprang hinauf. Dann wirbelte er herum und ging in die Knie, um Aleandro, Isabel und Edward Feuerschutz zu geben. Er schoss über ihre Köpfe hinweg auf die schemenhaften Gestalten im Hof.

Aleandro erreichte ihn und fiel bäuchlings auf die Rampe. Hustend rappelte er sich auf und krabbelte weiter aufwärts. In der Frachtraumöffnung tauchte Sekoya auf. Sie eilte ihm entgegen, um ihm zu helfen. Isabel erreichte die Rampe als nächste. Sie sprang just in dem Augenblick, als die *Mary-Jane* einen Meter nach hinten driftete. Mit überraschtem Aufschrei traten ihre Füße ins Leere und sie warf die Arme vor, um sich festzuhalten.

Blitzschnell packte John mit der freien Hand zu. »Ich habe Sie.« Er rammte den Revolver ins Holster und ergriff Isabels Arme auch mit der zweiten Hand. Dann warf er sich nach hinten und zog sie auf die Rampe. Neben ihnen setzte Stanton mit einem kräftigen Sprung über. Gleich darauf keuchte er auf, und seine Linke fuhr zum rechten Oberarm.

»Hoch«, drängte John die beiden, »ins Schiff.«

Sie hasteten die Rampe nach oben und in Deckung. John hieb auf den Sendeknopf an dem kleinen Kasten der Bordsprechanlage direkt neben der Frachtluke. »Hobie! Wir sind drin. Holen wir Kelly.«

»Verstanden, John«, erwiderte sein Freund.

Unter ihnen zog der Boden weg, als die *Mary-Jane Wellington* steil nach oben aufstieg und sich dabei neu ausrichtete. Die Triebwerke fauchten kurz, und das Schiff glitt über das Anwesen hinweg und auf den Hügel zu, auf dem Kelly sich versteckte.

»Sekoya, bring unsere Gäste in die Messe«, bat John die Peko-Frau, »vielleicht kannst du dir Stanton mal ansehen. Er wurde verletzt.«

»Nur ein Streifschuss«, sagte dieser. »Ist nicht so ...« Er bewegte den Arm und sog schmerzerfüllt die Luft ein.

»Ich bin im Cockpit«, verkündete Aleandro.

John nickte. »In Ordnung. Ich komme nach, sobald Kelly an Bord ist.« Die vier verließen den Frachtraum. John hob das Komm-Gerät. Durch die offene Luke sah er den Hügelkamm mit dem Strauchwerk, wo sie die blonde Frau mit dem Scharfschützengewehr zurückgelassen hatten. »Kelly, bist du bereit? Wir sind gleich da.«

Rauschen antwortete ihm aus dem Apparat.

»Kelly? Hörst du mich?« Er überprüfte das Komm-Gerät, ob es bei ihrer hektischen Flucht Schaden genommen hatte. Es sah nicht so aus. Er aktivierte erneut die Bordsprechanlage. »Hobie, kannst du mal Kelly rufen? Ich erreiche sie nicht.«

»Geht klar, John.« Ein Moment des Schweigens folgte. »Das ist seltsam«, meldete sich Hobie wieder. »Ich erreiche sie auch nicht.«

Eine eiskalte Hand krallte sich in Johns Eingeweide und drückte zu. Erneut hob er das Komm-Gerät. »Kelly? Komm schon, Kelly, melde dich.« Er lief die heruntergelassene Frachtrampe hinunter und spähte auf die Erde. »Hobie, schalt mal die Landescheinwerfer an«, befahl er seinem Mechaniker über Funk.

Starke Lampen im Rumpf der *Mary-Jane Wellington* flammten auf und badeten die Umgebung in helles Licht. Struppige Büsche, Felsbrocken und von niedrigem Gras bewachsene Erde wurde aus der Dunkelheit der Nacht gerissen. Ein kleines Pelztier floh hektisch in die Schatten. Als die *Mary-Jane* etwas tiefer ging, wurde Staub aufgewirbelt, doch John sah deutlich die Stelle, an der die blonde Frau gelegen hatte. Er spürte, wie sich seine Kehle zuschnürte. Kelly war verschwunden.

– 17 –

Fassungslos starrte John auf den Hügelkamm zu seinen Füßen. Doch er konnte noch so angestrengt in die Tiefe blicken, er sah weder Kelly noch das Scharfschützengewehr oder sonst irgendeine Spur von ihr.

»John, wir müssen hier weg«, meldete sich Hobie über Bordsprechanlage zu Wort. »Mary-Jane weist darauf hin, dass auf dem Landefeld im Nordosten die Privatjacht von Valquarez startklar gemacht wird. Wir sollten uns ins All absetzen, bevor sie Gelegenheit haben, uns mit ihren Waffensystemen vom Himmel zu holen.«

John schluckte. Er wollte Hobie befehlen, das Schiff zu landen, um den ganzen Hügelkamm abzusuchen. Vielleicht lag Kelly doch nur unter einem Busch, womöglich war sie verletzt und ohne Bewusstsein. Es war auch denkbar, dass sie vor einem Gegner hatte fliehen müssen und dabei ihr Komm-Gerät verloren hatte. Irrte sie in der Dunkelheit über die Hochebene, verzweifelt nach Hilfe suchend?

Hör auf!, schalt John sich. *Das ist Schwachsinn. Kelly weiß sich zu behaupten. Wäre sie hier draußen, würde sie irgendwie auf sich aufmerksam machen. Die* Mary-Jane *ist schließlich kaum zu übersehen. Jemand muss sie erwischt haben.* John befürchtete, dass es sich bei diesem Jemand um Leute von Enrico Valquarez handelte, die Kelly in ihrem Versteck auf dem Hügelkamm ausfindig gemacht hatten.

Schweren Herzens trat er an das Sprechgerät im Frachtraum. »Ich habe verstanden, Hobie. Verschwinden wir von hier.« John drückte auf den Knopf, der die Frachtrampe hochfuhr. Gleichzeitig spürte er ein schwaches Ziehen, als sein Mechaniker im Cockpit den Frachter in eine Kurve zog und dann die Triebwerke aufbrüllen ließ, um durch die Atmosphäre ins All aufzusteigen.

Mit grimmiger Miene begab John sich ins Cockpit. Hobie wechselte in den Kopilotensitz und übergab John das Steuer. Auf seinen faltigen Zügen stand Kummer.

»Wir finden sie wieder, John«, sagte er leise. »Und wer immer sie hat, er wird es bereuen, sollte er ihr auch nur ein Haar krümmen.«

John nickte stumm. Er blickte auf seine Instrumente. »Wie sieht es mit unseren Verfolgern aus?«

»Ich habe die Jacht markiert.« Hobie tippte auf die Sensoranzeige. »Sie ist gestartet.« Ein Warnsignal ertönte. »Oh, und vom Raumhafen von Zaragoza steigt dieser Intersystemjäger auf, der zu Valquarez' Leuten gehört. Ich war so frei, ihn von Mary-Jane speichern zu lassen, nur für den Fall, dass wir ihm in Zukunft noch einmal begegnen.«

»Na wundervoll. Also haben wir jetzt zwei Gegner im Nacken, die beide stärker bewaffnet sind als wir und vermutlich auch höhere Beschleunigungswerte haben.« John verzog das Gesicht. »Zum Glück müssen wir es nur bis nach Stanton Station schaffen, dann übernimmt Stantons Raumabwehr unsere Freunde hier. Mary-Jane?«

»Ja, John«, meldete sich die Schiffs-KI.

»Gib Alarm, sobald der Feind uns in Schussreichweite hat.«

»Verstanden, John. Ich überprüfe mögliche Waffenkonfigurationen.«

Hinter ihnen bewegte sich etwas, und als John einen raschen Blick über die Schulter warf, sah er, wie Aleandro,

Edward Stanton und Isabel zur Tür hereinkamen. Im Hintergrund auf dem Gang war auch Sekoya zu sehen.

»Sie ließen sich nicht abhalten«, sagte Aleandro entschuldigend.

»Wir möchten wissen, wie unsere Lage ist«, erklärte Edward, der mit der Linken seinen verletzten Arm hielt. Sekoya hatte einen sauberen Verband um seine Wunde gelegt.

»Nicht perfekt, aber auch nicht katastrophal«, erwiderte John. »Zwei Schiffe verfolgen uns, aber wir nähern uns mit Höchstgeschwindigkeit Stanton Station. Dorthin werden sie uns bestimmt nicht nachkommen.«

Edwards Augen weiteten sich. »Stanton Station? Wir können dort nicht hinfliegen.«

»Natürlich können wir«, sagte John. »Ihr Vater hat mich bezahlt, Sie nach Hause zu bringen, und da er mir die zweite Rate des Geldes noch schuldet, werde ich genau das tun.«

»Die Jacht ist jetzt in Schussreichweite«, verkündete Mary-Jane.

Auf der Konsole vor John und Hobie blinkte ein Lämpchen auf. Sie wurden angefunkt. »Halt sie hin, Hobie«, befahl John.

Der Angesprochene legte einen Schalter um und öffnete den Kanal. »Hier ist die *Mary-Jane Wellington*, Pat Hobel am Apparat. Was kann ich für Sie tun?«

»Wir dürfen nicht nach Stanton Station fliegen«, zischte Edward leise. »Verstehen Sie doch: Mein Vater wird Isabel als Geisel nehmen, so wie Valquarez mich als Geisel nahm. Das kann und werde ich nicht zulassen.«

»Mary-Jane Wellington« hier ist die *Fastuosa.*« Die Stimme des Mannes war John unbekannt. Es handelte sich weder um Enrico Valquarez noch um Sophia. »Stoppen Sie Ihre Maschinen und ergeben Sie sich, sonst werden Sie vernichtet.«

»Und wie wollen Sie mich aufhalten?«, fragte John Edward gereizt.

Der zog den Colt Minimum aus der Hosentasche, den John ihm selbst in die Hand gedrückt hatte.

»Das ist nicht Ihr Ernst, oder?«

»Verzeihung, könnten Sie das wiederholen«, sagte Hobie. »Sie wollen uns wirklich abschießen?«

»Wenn Sie uns zwingen, werden wir es tun«, erwiderte der Mann.

»Ich bin zu allem bereit, um Isabel davor zu bewahren, meinem Vater in die Hände zu fallen«, erwiderte Edward.

»Wenn Sie mich erschießen, erwischen die uns«, sagte John.

»Ihnen ist schon klar, dass Isabel bei uns an Bord ist, oder?«, gab Hobie zurück. »Zerstören Sie die *Mary-Jane* und Sie töten die Tochter Ihres Bosses.«

Edward fluchte leise. »Hören Sie, was immer mein Vater Ihnen zahlt, ich verdopple den Preis.«

John hob eine Augenbraue. »Haben Sie überhaupt noch Zugriff auf Ihre Konten?«

»Ich habe etwas beiseite gelegt.«

»*Noch* etwas?«

Der junge Stanton grinste schief. »Ich bin ein vorsichtiger Mensch.«

»Das Risiko ist der Boss bereit, einzugehen«, verkündete ihr Verfolger über Funk. »Er wird nicht zulassen, dass seine Tochter in die Hände der Stantons fällt. Oder dass sie die Ehre der Familie beschmutzt, indem sie mit einem Stanton durchbrennt. Eher soll sie sterben.«

»Was?«, entfuhr es Isabel erschrocken.

»Ich habe Valquarez in der Leitung«, sagte der Mann von der *Fastuosa*. »Er will mit Isabel sprechen.«

Hobie sah John fragend an. Der blickte seinerseits zu Isabel. Die schüttelte vehement den Kopf. »Ich habe meinem Vater nichts mehr zu sagen.«

»Tut uns leid, sie ist gerade verhindert«, gab Hobie zurück.

»Verhindert?« Das nun war Valquarez. »Sie wollen mich wohl auf den Arm nehmen? Geben Sie mir sofort meine Tochter! Oder ich lasse Sie aus dem All blasen.«

»John, ich registriere den Start von drei Schiffen von Stanton Station«, meldete sich die körperlose Stimme von Mary-Jane zu Wort. »Ein umgebautes Systempatrouillenschiff und zwei Jagdmaschinen.«

»Auch das noch.« John stöhnte gereizt. Jetzt mussten sie sich mit zwei zornigen Vätern herumschlagen. Das wurde langsam sehr anstrengend. Er blickte Edward an: »Und was sollen wir Ihrem Vater erzählen, wenn er fragt, wie der Job gelaufen ist?«

»Sagen Sie ihm, wir sind Ihnen in dem Chaos entwischt«, antwortete Edward.

»Hobie hat Valquarez gerade verraten, dass Sie beide an Bord sind.«

»Glauben Sie ernsthaft, mein Vater und Mister Valquarez würden miteinander reden – außer um sich Beleidigungen an den Kopf zu werfen?«

»Donovan!«, brüllte Valquarez über Funk. »Haben Sie mich gehört?«

»Nun gehen Sie schon ran«, sagte Hobie zu Isabel. »Sagen Sie ihm, was Sie ihm schon immer sagen wollten. Viel schlimmer können Sie es nun auch nicht mehr machen.«

Zögernd beugte Isabel sich vor.

Ein weiteres Hinweislämpchen blinkte.

»Das wäre dann wohl Stanton«, meinte Aleandro von hinten.

»Den übernimmst du«, sagte John. »Ich schalte ihn dir auf die hintere Konsole.«

»Was, ich? Was soll ich ihm denn sagen?«

John sah Edward an. »Ich kann weder Valquarez' Jacht noch dem umgebauten Patrouillenschiff entkommen. Wenn die nicht anfangen, sich gegenseitig zu beschießen, werden sie früher oder später uns beschießen. Und ich brauche hier Hilfe, damit wir das überleben. Also entweder ergeben wir uns Valquarez – was nicht mein bevorzugte Wahl wäre, angesichts der Tatsache, dass ich sein halbes Anwesen in die Luft gejagt habe – oder wir suchen Schutz bei den Schiffen Ihres Vaters.«

»Oder wir fliegen zum zweiten Mond«, sagte der junge Stanton.

»Zu Terrón? Warum?«

Edward holte tief Luft. »Weil wir dort Hilfe bekommen, auch wenn es mich sicher was kosten wird.«

»Gegen Ihre beiden Familien?«

Johns Gegenüber nickte.

»Wer zum Teufel sitzt da oben? Gott?«

»Vertrauen Sie mir bitte, Captain.« Er drehte den Colt Minimum und hielt ihn John als Friedensangebot mit dem Griff hin.

Brummend schnappte Donovan sich die Waffe und wandte sich ab. Gleich darauf drehte er sich Edward wieder zu und hob vielsagend den Zeigefinger. »Ich will zwanzigtausend, wenn wir hier lebend rauskommen. Verstanden? Ich lasse mir hier einiges an Geld von Ihrem Vater durch die Lappen gehen, indem ich Sie nicht abliefere. Ganz zu schweigen davon, dass ich mir seinen Unmut einhandle.«

»Die kriegen Sie! Versprochen.«

»Also schön. Aleandro, sag Stanton, wir haben seinen Sohn

verloren. Nimm das Headset, er soll nicht mitbekommen, was hier sonst noch gesprochen wird.«

»Aye, Cap.« Der junge Computerspezialist setzte sich an die Konsole neben der Cockpitluke.

»Mary-Jane, programmier uns einen Kurs nach Terrón. Maximale Beschleunigung.«

»Gerne, John.« Die Sterne vor der Cockpitscheibe wirbelten, als der Frachter von seinem bisherigen Ziel Stanton Station abdrehte und Kurs auf den kleinen, an eine verschrumpelte Kartoffel erinnernden Trabanten nahm, der Alvarado in etwa 400 000 Kilometern Entfernung umkreiste. Durch die Hülle war das Aufbrüllen der Triebwerke zu hören, als die Schiffs-KI auf volle Beschleunigung ging. »Ankunftszeit in zwanzig Minuten.«

»Papá?«, meldete Isabel sich bei ihrem Vater.

»Isabel! Geht es dir gut?«

»Ja, *Papá*. Ich wurde nicht entführt, falls du das denkst.«

»Hier ist die *Mary-Jane Wellington*, was, äh, können wir für Sie tun?«, eröffnete Aleandro im hinteren Teil des Cockpits sein Gespräch.

»Schön, schön«, sagte Valquarez. »Und jetzt hör mir zu, Isabel. Ich will, dass du auf der Stelle dieses Schiff stoppst und an Bord der *Fastuosa* gehst. Captain Rydell hat den Befehl, dich nach Hause zu bringen, so oder so. Also sei vernünftig und gib diese närrische Romanze mit dem Stanton-Spross endlich auf. Du bist doch nur ein Spielball für die Stantons, begreifst du das nicht?«

»Das ist nicht wahr!«, begehrte Edward auf, der sich damit ungefragt in das Gespräch einmischte. »Ich liebe Ihre Tochter.«

»Stanton, sind Sie das?«

»Ja.«

Sofort wurde Valquarez lauter. »Lassen Sie gefälligst Ihre dreckigen Pfoten von meiner *Princesa*. Sie ist zu gut für Sie und Ihresgleichen!«

»Sprich nicht so über Edward«, rief Isabel. »Er ist der Mann, mit dem ich mein Leben verbringen möchte, ganz gleich, ob dir das gefällt oder nicht.«

»Wenn das so weitergeht, wird dieses Leben verdammt kurz sein«, brummte John, an niemand Bestimmtes gewandt.

»Ja, Mister Stanton, wir konnten Ihren Sohn befreien«, sagte Aleandro. »Allerdings gab es danach ein Problem ...«

»Du wirst mir gehorchen, junge Dame«, wetterte Valquarez, »oder du musst die Konsequenzen tragen. Wenn du nicht für mich bist, bist du gegen mich. Und in diesem Fall habe ich keine Tochter mehr, und nichts wird mich davon abhalten, mich an denen zu rächen, die mein Anwesen angegriffen haben.«

John sah, wie der jungen Frau Tränen der Wut in die Augen traten. »Du bist ein Monster!«, schrie Isabel ihren Vater über Funk an. Sie griff an Hobie vorbei zur Funkstation und beendete die Verbindung.

»Damit wären die Linien zwischen Valquarez und uns klar gezogen«, warf John ein.

»Die *Fastuosa* und ihr Begleitschiff nehmen die Verfolgung auf«, meldete Hobie.

»Wissen Sie, wir hatten Edward bereits bei uns«, sprach Aleandro derweil weiter, »aber dann ... nun ja ... in dem Chaos der Flucht vom Anwesen der Valquarez ist er uns abhandengekommen.«

Mit einem Fingerschnippen erweckte John Aleandros Aufmerksamkeit. »Schalt ihn laut, jetzt können wir reden.« Er sah Edward und Isabel an. »Sie beide halten aber bitte den Mund.«

Es knisterte kurz, dann drang die erboste Stimme von Wilbur Stanton aus dem Deckenlautsprecher. »... das heißen, er ist Ihnen abhanden gekommen? Wo ist Captain Donovan, ich will sofort mit ihm sprechen!«

»Ich bin hier, Mister Stanton«, mischte John sich in das Gespräch ein.

»Dann erklären Sie mir mal, was hier vorgeht. Ihr Crewman behauptet, Sie hätten Edward gerettet, aber dann doch nicht?«

»Das ist leider richtig so. Edward wollte das Anwesen nicht ohne Isabel verlassen. Also hat er sie gesucht und in der Zwischenzeit hat sich unsere Ablenkung leider verabschiedet, sodass wir ins Kreuzfeuer der Wachleute geraten sind. Dabei wurden wir getrennt. Ich weiß nicht, ob Ihr Sohn und Isabel Valquarez einfach den Kopf verloren oder sich absichtlich abgesetzt haben. Das letzte Mal, als ich sie sah, rannten sie auf einen geparkten Gleiter zu, stiegen ein und flohen mit heulenden Triebwerken aus dem Anwesen. Seitdem habe ich nichts von ihnen gesehen und gehört.«

»Das finde ich sehr unbefriedigend, Donovan«, ließ Stanton ihn wissen.

»Geht mir ganz genauso«, knurrte John. »Glauben Sie etwa, ich habe mein Leben und das meiner Leute gern für nichts riskiert?«

»Ich will mein Geld zurück.«

»Die Valquarez feuern zwei Raketen ab!«, rief Hobie.

»Tut mir leid, Stanton. War nett mit Ihnen zu plaudern, aber jetzt muss ich mich erst einmal um mein Überleben kümmern. Wir hören voneinander.«

»Worauf Sie sich ...« John schnitt ihm das Wort ab, indem er auch diesen Funkkanal schloss. »War ohnehin ein unsinniges Gespräch. Hobie, geh nach hinten und mach die Täuschkörper und Splitterbomben bereit. Aleandro, hilf ihm. Stanton.«

Während Johns alter Freund und der junge Computerspezialist eilig das Cockpit verließen, drängte Edward sich nach vorne. »Ja, Captain?«

»Können Sie eine Sensoranzeige lesen?«

»Ich bin auf einer Raumstation groß geworden. Ich kann sogar ein Raumschiff fliegen.«

»Dann setzen Sie sich hin und sagen Sie mir, wenn die Raketen bis auf zehn Kilometer heran sind.«

»Ja, sofort.« Hastig ließ Edward sich auf dem Kopilotensitz nieder. »Im Moment sind es vierzig Kilometer. Sie nähern sich mit relativ 250 Metern pro Sekunde.«

»Ich möchte auch helfen«, meldete sich Sekoya zu Wort.

»Sie?« John sah die Peko zweifelnd an. »Saßen Sie schon einmal im Cockpit eines Raumschiffs?«

»Captain, es mag zunehmend in Vergessenheit geraten, aber wir Peko haben die Technologie entwickelt, mit der Sie fliegen.«

»Das ist keine Antwort.«

»Ich habe zwei Jahre an Bord eines Mutterschiffs gedient.«

»Na gut, setzen Sie sich an die Technikkontrolle.« Er deutete mit dem Daumen auf den Platz im hinteren Teil des Cockpits. »Wenn irgendein System ausfällt, von dem unser Leben abhängt, lassen Sie es mich wissen.«

»Das werde ich.«

»Mary-Jane, geschätzte Zeit bis zur Ankunft?«

»Elf Minuten, sechzehn Sekunden, John. In drei Minuten musst du die Schubumkehr einleiten, sonst werden wir nicht in den Orbit um den Mond eintreten können.«

John fluchte unterdrückt. Es war jedes Mal das Gleiche.

Die Verfolger saßen Ihnen im Nacken und sie mussten abbremsen. *Wir brauchen wirklich Verteidigungswaffen*, ging es ihm zum wiederholten Mal durch den Sinn.

»Raketen auf zwölf Kilometer«, sagte Edward.

John schaltete die Bordsprechanlage ein. »Hobie, wirf den Täuschkörper raus.«

»Aye, John.«

John vernahm ein leises Rumpeln im Heck, als die mit harten Dollar bezahlte, militärische Hardware aus einer als Müllschacht getarnten Klappe ins All ausgestoßen wurde. Gleich darauf schaltete er den Heckantrieb aus und zog das Schiff mit den Manöverdüsen hoch, um Abstand zwischen sich und den Täuschkörper zu bringen. »Mary-Jane, Heckkamera auf meinen Monitor.«

Ein kleines Bild des schwarzen Alls hinter ihnen tauchte auf. Im Zentrum ruhte die grünbraune Kugel namens Alvarado, etwa so groß wie ein Jackenknopf und halb verdeckt vom deutlich näheren Mond Hesparda. Sehr klein waren die hellen Antriebe ihrer Verfolger auszumachen, die noch etwa vierzig Kilometer hinter ihnen waren. Die Raketen sah John nicht. Dafür aber das Glitzern und Flirren der Unmenge an kleinen Störelementen, die der Täuschkörper ausgestoßen hatte, um die Raketensensoren zu verwirren. Gleich darauf gleißte eine lautlose Doppelexplosion auf, als die Projektile harmlos in der Leere vergingen.

Edward Stanton stieß einen Begeisterungsschrei aus. Auch John ballte die Faust und schlug zufrieden auf seine Armlehne. Das waren gut angelegte Dollar gewesen.

»Leite Gegenschub der Fronttriebwerke ein für Abbremsmanöver«, verkündete er.

»Valquarez' Schiffe feuern!«, rief Stanton.

John sah es selbst in der Heckansicht. Auf einmal stachen

stakkatoartig zuckende, grünliche Finger durch die Finsternis und tasteten nach der *Mary-Jane Wellington*. Der Intersystemjäger beschoss sie mit seinen in den Stummelflügeln untergebrachten Massetreiberkanonen.

Knallen und Krachen hallten durch den Rumpf des Frachters, als die ersten Geschosse sie trafen. Mit einem Fluch auf den Lippen ließ John die *Mary-Jane* um die eigene Achse rollen, um ein schweres Ziel abzugeben. »Das geht nicht lange gut. Wäre schön, wenn Ihr Vater eingreifen würde. Leider weiß er ja nicht, dass sein Sohn an Bord ist.« John warf Edward einen vielsagenden Seitenblick zu.

»Wir brauchen ihn nicht. Senden Sie einen gerichteten Notruf zum Mond hinüber.« Der junge Mann deutete mit einem Nicken zur Cockpitscheibe hinaus, wo in der Ferne der unförmige zweite Mond Alvarados langsam größer wurde.

»Sie meinen, damit Ihre ominösen Freunde uns zu Hilfe eilen?«

Stanton grinste. »Ganz genau.«

Es krachte erneut im Heck, und eine rote Warnlampe auf seiner Konsole informierte John, dass eines der vier Triebwerke beschädigt worden war.

»Na schön.« John öffnete eine Verbindung und schaltete auf Richtfunk. »Mayday, Mayday. Hier spricht der *Cambria*-Klasse-Frachter *Mary-Jane* …« Etwas krachte im Heck, und einen Moment lang flackerte die Beleuchtung im Cockpit. »Die zerlegen noch mein Schiff, wenn das so weitergeht.« Er drückte die Nase des Frachters nach unten und wechselte auf Bordsprechfunk. »Hobie! Wirf eine Splitterbombe raus. Vielleicht beschäftigt sie das ein wenig.«

»Alles klar, John.«

Die Splitterbomben waren Provisorien, eine Mischung aus Metallschrott, einem winzigen Schubsprengsatz und einem deutlich stärkeren Bombensprengsatz in einer alten Treibstofftonne, die Hobie regelmäßig selbst baute. Sie waren ein krudes Verteidigungswerkzeug, aber billig und besser als nichts. Wenn ein Verfolger zu nah an ihrem Heck klebte, mochte ihn die sich plötzlich in seiner Flugbahn ausbreitende Wolke aus Nietenbolzen, alten Rohrstücken und zersägten Überresten ausgewechselter Rumpfplatten überraschen. Einem Schiff mit einigermaßen stabiler Rumpfpanzerung machte das wenig aus. Für eine Jagdmaschine endete diese Überraschung mitunter tödlich, wie John mehrfach selbst erlebt hatte. So oder so wurde der Pilot, der hinter ihnen her war, einen Moment abgelenkt – und hier draußen war jede Sekunde, in der man nicht beschossen wurde, ein Gewinn.

John wechselte zurück auf die Frequenz, die auf den Mond gerichtet war. »Ich wiederhole: Mayday, Mayday. Hier spricht der *Cambria*-Klasse-Frachter *Mary-Jane Wellington.* Wir werden von Verrückten verfolgt, die auf uns schießen. Wäre nett, wenn uns jemand zu Hilfe eilt.«

Aus dem Äther antwortete ihm nur Rauschen.

»Mary-Jane, wiederhol den Funkspruch bitte für mich.«

»Gerne, John.«

»Geschätzte Zeit bis zur Ankunft über Terrón?«

»Fünf Minuten, siebzehn Sekunden.«

Er schnitt eine Grimasse. Die Verfolger konnten sie kaum aufhalten, das Bremsmanöver verlief über die Schubdüsen unter dem Bug. Aber sie konnten die *Mary-Jane* bis zum Eintreffen im Mondorbit in ein Wrack verwandeln.

Auf den Sensoren machte sich ein weiterer Punkt bemerkbar, der aus dem Schatten des Mondes auftauchte. Gleich darauf knackte es im Funkempfänger. »Hier spricht die Unionsfregatte *Caledonia.* Wir rufen den *Cambria*-Klasse-Frachter *Mary-Jane Wellington* und die Verfolgerschiffe.«

John riss die Augen auf. »Mary-Jane, Frontkameras. Vergrößere den Zielausschnitt.« Die Schiffs-KI gehorchte, und der schnittige graue Leib eines Kriegsschiffs wurde vor ihnen sichtbar. »Das Unionsmilitär? Ernsthaft?« Fassungslos sah John Edward Stanton an. »Die sollen uns helfen?«

»Ganz richtig.« Stanton nickte zufrieden.

»Sie fliegen in militärisches Sperrgebiet ein«, fuhr die Stimme des Funkers an Bord der *Caledonia* ungerührt fort. »Drehen Sie unverzüglich ab – oder Sie werden zerstört.«

– 18 –

»Ich wiederhole«, sagte der Funker der Unionsfregatte. »Sie fliegen in militärisches Sperrgebiet ein. Drehen Sie ab, oder Sie werden zerstört.«

»Gehörte das auch zu Ihrem Plan?«, fragte John seinen Kopiloten zynisch.

»Warten Sie, ich regle das«, sagte Edward Stanton.

John warf einen Blick auf die Sensoranzeige. Sie mochten vom Regen in die Traufe geraten sein, aber wenigstens hatte das Prasseln von Hochgeschwindigkeitsprojektilen auf den Rumpf der *Mary-Jane Wellington* aufgehört. Die *Fastuosa* und ihr Jägerbegleiter drehten ab, die drei Schiffe der Stantons, die sich ohnehin im Hintergrund gehalten hatten, zogen sich ebenfalls zurück. Keiner schien sich Johns wegen mit dem Unionsmilitärschiff anlegen zu wollen.

»*Caledonia*, hier ist die *Mary-Jane Wellington*«, meldete sich Edward bei dem Wachschiff. »Bitte geben Sie mir Commander Powell. Sagen Sie ihm, Edward Stanton möchte ihn sprechen.«

Der Name Stanton schien selbst dem Funker ein Begriff zu sein, denn er ließ die dreiste Anfrage tatsächlich durchgehen. »Verstanden, *Mary-Jane Wellington*. Warten Sie.«

»Sie kennen den Kerl?«, wollte John wissen.

Stanton grinste. »Ich erzählte Ihnen doch bei unserer ersten Begegnung, dass in meiner Lounge auf Stanton Station bereits einige Sofabezüge verschlissen wurden. Aiken Powell war daran nicht unbeteiligt.«

»Hm«, murrte John. »Vermutlich sollte es mich nicht wundern, dass Geldadel wie Sie und das Unionsmilitär sich gut verstehen.«

»Mir ist bekannt, dass Frontiersmen nicht sehr gut auf die Kernweltengesellschaft zu sprechen sind, aber urteilen Sie nicht vorschnell. Aiken ist alles andere als der steifarschige Durchschnittsoffizier im blauen Rock. Glauben Sie mir, der wird sogar Ihnen gefallen.«

»Was macht das Militär eigentlich hier draußen? Ich wusste gar nichts von deren Präsenz im Sinaloa-System.«

»Ich glaube, es handelt sich um ein Ausbildungslager für Operationen in geringer Schwerkraft. Aber ich war selbst nie auf Terrón. Solche Dinge interessieren mich nicht.«

»Edward Stanton«, dröhnte eine Stimme aus dem Komm-System. »Was verschlägt dich denn in diesen abgelegenen Teil der Galaxis?« Der Mann am anderen Ende der Verbindung lachte.

»Das ist eine etwas delikate Angelegenheit«, erwiderte Johns Kopilot. »Wäre es möglich, das persönlich zu besprechen?«

»In Ordnung. Wir übermitteln euch einen Anflugvektor für Terrón. Bremst auf achttausend Meter pro Sekunde ab. Dann leiten wir ein Rendezvous im hohen Mondorbit ein. Sag dem Captain des Schiffs, dass er sich unbedingt an die Vorgaben halten muss. Auch ich habe meine Befehle – und die lauten, keine Schiffe in die Nähe des Mondes zu lassen. Jede Ausnahme hat genau nach Vorschrift zu erfolgen.«

»Keine Sorge, Aiken, wir machen euch keine Schwierigkeiten.«

»Sehr gut, dann bis in ein paar Minuten.«

Als die *Mary-Jane Wellington* wenig später in den Orbit des hässlichen Felsbrockens namens Terrón einschwenkte, wurde sie von der grauen Unionsfregatte begleitet. Das andere Schiff mochte schlanker sein als der Frachter, war aber insgesamt größer und stark genug bewaffnet, um Unbehagen bei John zu erwecken, wenn er aus dem Cockpitfenster blickte. Es gefiel ihm nicht, Unionsmilitärs an Bord zu lassen, aber wenn er sich geweigert hätte, Commander Powell zu empfangen, hätte er damit Argwohn erweckt. Daher hatte er Hobie und Aleandro aufgetragen, in aller Eile alles außer Sicht verschwinden zu lassen, was an fragwürdigen Ausrüstungsgegenständen im Schiff herumlag. Außerdem ließ er Kaffee aufsetzen, um die Besucher möglichst rasch in die Messe zu locken.

Der Mann, der zur Luftschleuse hereinkam, entsprach kaum der Vorstellung, die John von einem Unionsmilitär hatte. Aiken Powell war ein Bär von einem Mann. Der Stoff seiner Uniform spannte sich über seiner tonnenförmigen Brust, und er hatte nicht nur dichtes, blondes Haar, sondern trug auch einen gepflegten Vollbart zur Schau. Weiße Zähne blitzten auf, und rund um seine blauen Augen vertieften sich die Lachfältchen, als er mit jovialem Grinsen über die Schwelle trat. Das Grinsen galt Edward Stanton, der neben Hobie und John den Gast empfing.

»Edward, dieses Treffen kommt unerwartet, aber es freut mich deswegen kein bisschen weniger.« Powell schüttelte dem jungen Stanton die Hand und schlug ihm dabei kräftig auf die Schulter. Dann wandte er sich John zu. »Und Sie sind?«

»Nur der Pilot«, sagte John, der nicht unbedingt scharf darauf war, dass sich ein Unionsoffizier seinen Namen merkte.

»Das ist Captain Donovan«, machte Edward diesen Plan arglos zunichte. »Er ist in diesen schweren Tagen mein Kampfgefährte.«

»Ah.« Powell warf John einen vielsagenden Blick zu. »In manchen schweren Tagen dieses Herrn war ich sein Kampfgefährte. Vor allem, wenn es galt, Fässer voll guten Biers niederzuringen.« Er lachte.

Wie erwartet kam Powell nicht alleine, sondern in Begleitung von zwei Soldaten. Er befahl ihnen, an der Schleuse Position zu beziehen. »Wir sind hier unter Freunden. Ich brauche Sie nicht.«

Das ist das erste Mal seit langer Zeit, dass dich ein Unionsmilitär als Freund bezeichnet, dachte John. Sie begaben sich in die Messe, wo Hobie ihnen Kaffee ausschenkte. Dann setzten John, Edward und Powell sich an den großen Tisch.

»Ein schönes altes Schiff haben Sie, Captain«, lobte der Unionsmilitär, als er sich umsah. »Ein richtiges Zuhause. Gefällt mir. Sie sollten mal bei uns vorbeischauen. Überall steril saubere Räume, glänzendes Metall und weiße Lichtpaneele.«

»Sie haben dieses Leben gewählt«, gab John zurück. »Niemand hält sie auf, freier Frachterpilot zu werden, oder?«

»Da haben Sie recht. Allerdings bin ich besser darin, Menschen zu beschützen, als sie bei fragwürdigen Geschäften übers Ohr zu hauen, nichts für Ungut, Captain.« Im Grunde sprach er damit eine Beleidigung aus, aber sein nachfolgendes Lachen nahm der Anschuldigung die Schärfe.

»Wir sind nicht alle Schurken«, sagte John, wohlweißlich offen lassend, ob er sich zu dieser kleinen Gruppe von Ausnahmen zählte oder nicht.

»Und wir sind nicht alle Unterdrücker«, konterte Powell, dem die Vorurteile vieler Randweltenbewohner gegenüber dem Unionsmilitär wohl bekannt zu sein schienen. Er wischte das Thema mit einer Geste beiseite, bevor sich aus dem Wortwechsel ein Streit entwickeln konnte. »Aber sprechen wir nicht über uns. Der gute Edward hat hier die Probleme. Zumindest behauptet er das. Also, was kann ich für dich tun, mein Freund?« Der Commander blickte Stanton über den Rand seiner Kaffeetasse an.

Statt eine Antwort zu geben, hob Edward die Stimme. »Du kannst jetzt reinkommen.«

Durch die Steuerbordluke auf der anderen Seite des Raums betrat Isabel den Raum. Schüchtern lächelte sie Powell an. »Hallo, Aiken.«

Dessen Augenbrauen kletterten in die Höhe. »Da soll mich doch ...« Er blickte von Isabel zu Edward und wieder zurück. »Du hast es wirklich getan, Stanton? Du hast die Frau deiner Träume entführt?«

Der nickte. »Wir sind gemeinsam von Alvarado geflohen. Isabel und ich möchten irgendwo fern unserer Familien ein neues Leben beginnen. Natürlich sind unsere Väter nicht davon begeistert.«

»Nun, das erklärt jedenfalls, warum ihr von so vielen Schiffen verfolgt wurdet.«

»Mein Vater war sehr wütend«, sagte Isabel. »Sein Hass auf die Stantons reicht so tief, dass er mich lieber tot als an Edwards Seite sieht.«

»Nun, Unschuldige davor zu bewahren, dass sie von Verrückten zu Schaden gebracht werden, gehört zu meiner Jobbeschreibung.« Der Commander schmunzelte. »Wie kann ich euch helfen?«

»Eigentlich hast du uns schon geholfen, indem du uns davor bewahrt hast, in Stücke geschossen zu werden«, bekannte Edward.

»Dein Vater hat auf euch gefeuert?« Powells Miene wurde

ernster, er sah Isabel an. »Ich hätte nicht gedacht, dass du den Teil mit dem ›lieber tot sehen‹ wörtlich meinst.«

»Oh, Sie können sich die Löcher im Rumpf der *Mary-Jane* gerne anschauen«, warf John ein.

»Das kommt davon, wenn Zivilisten in ihre Schiffe Waffen einbauen dürfen«, meinte der Commander. »Das Gesetz sollte in solchen Fällen viel härter durchgreifen.«

»Das Gesetz wird auf Alvarado nicht unerheblich von den Familien Stanton und Valquarez beeinflusst«, mutmaßte John.

»Ja, das mag sein. Auch das sollte der Gouverneur unterbinden. Aber entweder er kann es nicht, oder er will es nicht.« Powell seufzte und trank einen Schluck Kaffee.

»Um noch einmal auf dein Hilfsangebot zurückzukommen«, nahm Edward den eigentlichen Gesprächsfaden wieder auf. »Wir wären sehr dankbar, wenn wir noch etwas bei dir Unterschlupf finden würden, bis wir eine Passage aus dem System gebucht haben.«

»Was ist mit diesem Schiff hier?«

»Ich habe noch eine persönliche Angelegenheit zu regeln, bevor ich Alvarado verlassen kann«, erwiderte John. »Wir vermissen ein Mannschaftsmitglied, eine junge Frau. Wenn ich raten müsste, würde ich sie in der Gewalt der Valquarez vermuten. Sie können sich vorstellen, dass wir uns dort keine Freunde gemacht haben, als wir Edward geholfen haben, Isabel zu entführen.« Ihm kam ein Gedanke, und zu seiner Verwunderung sprach er ihn sogar aus. »Sie können nicht zufällig ein paar Soldaten vorbeischicken, um Kelly dort rauszuholen? Gegen die Union wird Valquarez sicher nicht aufbegehren.«

Powell schüttelte den Kopf. »Tut mir leid. Alle Belange, die den Planeten direkt betreffen, liegen in der Hand des Gouverneurs. Meine Befehlsgewalt endet jenseits der Rumpfplatten meines Schiffs. Selbst auf dem Mond bin ich Colonel Grimberger weisungspflichtig. So gerne ich für diese holde Maid der strahlende Ritter wäre, mir sind die Hände gebunden.«

»Ich habe so etwas befürchtet.«

»Aber ich schätze, dass ich euch beiden für ein paar Tage Schutz bieten kann«, wandte der Commander sich erneut an Edward und Isabel. »Die Einrichtung auf dem Mond ist für Zivilisten zwar gesperrt, doch an Bord der *Caledonia* werde ich euch eine Weile unterbringen können.«

»Wir wären dir verdammt dankbar, Aiken«, sagte Edward.

»Vergessen Sie nicht, dass Sie mir noch Geld schulden«, erinnerte John den jungen Mann. »Das hätte ich gerne, bevor sie aus dem System verschwinden. Immerhin ist Ihretwegen eines der Triebwerke der *Mary-Jane* hinüber. Und außerdem werde ich eine ganze Reihe Massetreibergeschosse aus ihrem Hintern ziehen müssen.«

»Sie bekommen Ihr Geld, Captain«, versicherte sein Gegenüber. »Sobald mir der Commander Zugriff auf das planetare Netz ermöglicht, sorge ich für eine Überweisung auf ein Konto, dass Sie mir nennen.«

Brummend nickte John. Er hatte temporäre Bankverbindungen für solche Zwecke. »Dann trennen sich hier unsere Wege wohl erneut.«

»Und diesmal hoffentlich für länger«, erwiderte Stanton. »Also zumindest so lange, bis Sie uns irgendwann mal auf einen Kaffee auf der kleinen Farm besuchen, die Isabel und ich auf Heaven's Gate mit meinen zweihundert Longhorn-Rindern errichten werden.«

John grinste. Sie standen auf und verabschiedeten sich.

»Vielen Dank noch einmal, Captain«, sagte Isabel, als sie John die Hand drückte. »Sie hatten viel Ärger mit unseren Familien, weil Sie uns geholfen haben. Das tut mir leid. Ich hoffe, dass Sie Ihre Gefährtin wohlbehalten zurückbekommen.«

»Das hoffen wir alle«, gab John mit einem kurzen Blick zu dem schweigsam hinterm Küchentresen stehenden Hobie zurück. »Viel Glück Ihnen beiden. Auf den Kaffee kommen wir ganz sicher irgendwann zurück. Und, oh, was immer auch für Nachrichten Sie aus dem Sinaloa-System erreichen mögen, bitte glauben Sie mir, dass wir nur tun, was wir tun müssen, um zu überleben. Ich will keinen Streit mit Ihren Familien – aber Ihre Väter machen es mir nicht leicht.«

»Das wissen wir«, sagte Edward. »Und wir werden es im Kopf behalten.«

»Ein Problem weniger«, meinte John zu Hobie, als sie zusahen, wie sich die Schleusentür hinter Commander Powell, Edward Stanton und Isabel Valquarez schloss. »Hoffentlich finden die beiden endlich ihr Glück. Ist schwer genug in dieser Galaxis.«

»Ich wünsche es ihnen.« Hobie nahm seine Mütze ab und strich sich über das struppige graue Haar. »Sag mal, John, diese Sache, die du eben in der Messe gesagt hast, darüber, dass wir nur tun, was wir tun müssen ... Das klang sehr danach, als würdest du neuen Ärger suchen.«

»Ich suche ihn nicht«, gab John zurück. »Aber ich schätze, wir werden ihn trotzdem finden.« Er wandte sich von der Schleuse ab. »Ich überwache das Abdockmanöver vom Cockpit aus. Am besten machst du dich mit Aleandro daran, die ersten Schäden zu beheben.«

»Für das Triebwerk müssen wir landen.«

»Das ist mir auch klar. Ich suche uns einen kleinen Raumhafen fern von Zaragoza. Das gibt uns Zeit, unsere Wunden zu lecken, bevor wir uns wieder mit den großen Tieren anlegen. Aber vorher fliegen wir noch in die Hauptstadt und holen Piccoli aus dem Krankenhaus ab. Wir sollten ihn da nicht alleine herumliegen lassen. Es genügt, wenn Kelly verschwunden ist.« Seine Miene verdüsterte sich. Er hatte mehr Angst um sie, als er zuzugeben bereit gewesen wäre. Die Vorstellung, dass ihr jemand etwas angetan haben könnte, dass sie vielleicht tot war, sorgte dafür, dass sich seine Brust wie in einem Schraubstock anfühlte.

Hobie legte ihm die Hand auf die Schulter. »Wir finden Sie wieder. Ganz sicher.«

»Ganz sicher«, pflichtete John ihm bei und zwang sich zu einem Lächeln, um wenigstens den Anschein von Optimismus zu verbreiten, auch wenn er ahnte, dass Hobie ihn genauso wenig verspürte wie er selbst.

Sie trennten sich, und John begab sich ins Cockpit. Er ließ sich auf dem Pilotensitz nieder und schaltete durch die Systeme, um zu schauen, wie viel Schaden sie genommen hatten, während er auf die Abdockanfrage der *Caledonia* wartete. Wie es schien, waren sie diesmal glimpflich davongekommen. Im Vergleich zu manch anderem Schiff mochte die *Cambria*-Klasse schwerfällig und wenig attraktiv wirken, aber sie hatte Nehmerqualitäten. Gewöhnliche Projektile aus Massetreibern im Jägermaßstab steckte ihre dicke Hülle ganz gut weg – sofern keine wichtigen Aufbauten getroffen wurden.

Das Komm-Gerät piepte, und John öffnete den Kanal. *»Mary-Jane Wellington*, hier ist die *Caledonia«*, vernahm er die Stimme des Funkers. »Bereit zum Abdocken. Halteklammern gelöst.«

»Hier ist die *Mary-Jane*. Ich löse unsere Verbindung.« John legte einen Schalter über seinem Kopf um. »Halteklammern gelöst. Bis dann, *Caledonia*.«

»Guten Flug, Captain«, meldete sich Commander Powell aufgeräumt. »Und bleiben Sie während des weiteren Aufenthalts im System sauber. Ich würde Sie nur ungern verhaften müssen.«

»Und ich würde Sie nur ungern vor Ihren Männern bloßstellen, indem ich Ihnen entwische.« Johns Mundwinkel verzogen sich zu einem schwachen Grinsen. Powell war ein seltenes Exemplar unter Unionsmilitärs. Stanton hatte recht gehabt, beinahe konnte John ihn leiden.

Durch die Cockpitscheibe sah John zu, wie sich die Fregatte am Bug der *Mary-Jane* vorbeischob und dann in einen tieferen Orbit um Terrón wechselte. Bald geriet das Unionsschiff außer Sicht.

John rief die Navigationskonsole auf, um den Kurs für ihren Rückflug einzugeben. Im Grunde hätte er auch Mary-Jane bitten können, die Route zurück nach Alvarado zu programmieren, aber er wollte versuchen, das Netzwerk an Ortungssonden der Raumkontrolle so weit wie möglich zu umgehen, damit Wilbur Stanton ihnen nicht gleich wieder im Nacken hing, wenn sie sich dem Planeten näherten.

Obendrein war die Arbeit in der Stille des Cockpits etwas, worauf er sich konzentrieren konnte, um nach der Hektik der Nacht zur Ruhe zu kommen. Die Berechnungen lenkten ihn von seiner Sorge um Kelly ab – zumindest ein wenig.

»John«, meldete sich die Stimme von Mary-Jane aus dem Deckenlautsprecher.

Er hob den Blick. »Ja?«

»Wenn du reden möchtest ... Du weißt, dass ich immer für dich da bin.«

Einen Moment lang schwieg John. Für die meisten Menschen war Mary-Jane nur ein Stück Programmierung, eine Ansammlung aus Nullen und Einsen. Doch die Bord-KI besaß eine Intuition, die sich mit keiner Wissenschaft erklären ließ. Sie war eine gute Freundin, eine, die immer da war, wenn John in dunklen Nachtstunden wach lag. »Ja, ich weiß. Danke, Mary-Jane. Aber im Augenblick bin ich nicht in der Stimmung.«

»Ich verstehe. Ich registriere, dass du den Kurs manuell programmierst. Darf ich den Grund dafür erfahren?«

»Meine Hoffnung ist, dass wir Alvarado erreichen, ohne von der Raumflugkontrolle registriert zu werden.«

»In dem Fall möchte ich dir empfehlen, einen Kurs anzulegen, der mindestens eine Million Kilometer oberhalb der Ekliptik verläuft. Alle verzeichneten Sonden liegen auf der direkten Systemebene. Das erspart dir die Mühe eines komplexen Schleichweges. Bei einem steilen Anflugvektor oberhalb des Nord- oder Südpols können wir außerdem die Eigenheiten des planetaren Magnetfelds nutzen, um ungeortet zur Planetenoberfläche vorzudringen.«

John vergrößerte die Karte des Sinaloa-Systems und überprüfte Mary-Janes Angaben. Sie stimmten. »Du hast das vorbereitet, oder?«

»Ich kenne dich mittlerweile zehn Jahre, John, und ich glaube zu wissen, wann du an den Punkt gelangst, an dem du dich nicht länger herumschubsen lässt.«

Bevor John antworten konnte, meldete sich erneut das Komm-System. Es handelte sich um einen Funkspruch, der offensichtlich von Alvarado stammte.

Stirnrunzelnd öffnete John den Kanal. »Ja?«

»Captain Donovan?«, drang eine barsche Männerstimme aus dem Lautsprecher.

»Am Apparat.«

»Hier ist noch einmal Stanton.«

John lehnte sich auf dem Pilotensitz zurück und fuhr sich

mit der Hand übers Gesicht. »Was kann ich für Sie tun, Mister Stanton?«

»Ich wollte noch einmal mit Ihnen über die fehlgeschlagene Rettung meines Sohns sprechen.«

»Was möchten Sie hören? Ich habe es Ihnen doch alles schon erklärt. Ihr Idiot von einem Sohn hat sich abgesetzt, kaum dass wir ihn befreit hatten. Er ist mit dem Valquarez-Mädchen durchgebrannt.«

»Stimmt, das sagten Sie schon. Aber wissen Sie was? Ich glaube Ihnen nicht.«

»Da kann man nichts machen.«

»Ich glaube vielmehr«, fuhr Stanton fort, als habe John gar nichts gesagt, »dass mein Sohn Sie bestochen hat, damit Sie ihn fliehen lassen. Er hat Sie schon einmal bezahlt, warum sollte er es nicht wieder tun?«

»Vielleicht, weil Sie so schlau waren und seine Konten gesperrt haben?«

»Edward ist clever. Er hat im Laufe der Jahre einiges an Geld beiseitegeschafft, da bin ich sicher.«

»Wie Sie meinen. Trotzdem ist Ihr Sohn einfach abgehauen.«

»Dann setzen Sie sich erneut auf seine Fährte. Ich habe Ihnen zehntausend Dollar dafür bezahlt, ihn zu mir zurückzubringen. Die sind nicht verdient, bevor Edward nicht wieder auf Stanton Station weilt.«

»Sie haben mir zehntausend Dollar bezahlt, um Ihren Sohn aus den Händen der Valquarez zu befreien – und das habe ich getan. Fragen Sie Ihren Widersacher. Er wird sich noch lange an diese Nacht erinnern. Und überhaupt haben Sie mir eigentlich 20 000 versprochen. Sie schulden mir noch Geld. Bevor ich das nicht gesehen habe, mache ich keinen Finger krumm, damit das klar ist.«

Stanton lachte freudlos am anderen Ende der Leitung. »Ich ahnte, dass Sie so etwas sagen würden. Deshalb war ich so frei, meine Verhandlungsposition ein wenig zu verbessern.« Seine Stimme wurde etwas leiser, als er sich von der Aufnahmeeinheit abwandte. »Los, reden Sie mit Ihrem Boss.«

»Captain«, meldete sich eine sonore, aber müde klingende Stimme. »Es tut mir leid.«

Elektrisiert richtete John sich auf. »Piccoli?«

»Sie haben mich betäubt und entführt. Ich konnte nichts tun.«

»Ist alles in Ordnung mit Ihnen?«

»Ja, so weit geht es mir gut. Danke der Nachfrage.«

»Das genügt.« Stanton drängte sich wieder in den Vordergrund. »Also, so sieht es aus: Um der Gesundheit Ihres Mannes Willen sollten Sie Ihren Hintern hochkriegen. Sie haben zwei Tage, also fünfzig Stunden Zeit, um meinen Sohn und dieses Weib wiederzufinden. Schaffen Sie sie nach Stanton-Station und Sie bekommen Ihren Mann und Ihren Lohn. Aber falls ich nichts von Ihnen höre ...« Er ließ die Worte in der Luft hängen.

John spürte, wie eine enorme Wut langsam in ihm aufstieg, Lava in einem Vulkanschlot gleich, der kurz vor dem Ausbruch stand.

»Sie sind ein Scheißkerl«, zischte John leise.

»Ich bin Geschäftsmann«, erwiderte Stanton. »Fünfzig Stunden.«

»Wir werden sehen.« Wütend beendete John die Verbindung. »Langsam habe ich wirklich genug«, knurrte er in der Leere des Cockpits. Natürlich hätte er das aktuelle Versteck von Edward und Isabel an Stanton verraten können, aber mittlerweile nahm er die Angelegenheit persönlich. Er hob den Kopf. »Mary-Jane?«

»Ja, John.«

»Programmier deinen Schleichkurs nach Alvarado. Du hast recht: Ich habe den Punkt erreicht, an dem ich mich nicht länger herumschubsen lasse.«

– 19 –

Sie folgten dem Kurs, den Mary-Jane berechnet hatte, zurück nach Alvarado. Die Route war, obwohl unkonventionell, so perfekt, dass John sie nicht hätte besser berechnen können. Manchmal fragte er sich, ob die Schiffs-KI eigentlich menschliche Besatzungsmitglieder an Bord brauchte.

Als sie sich Alvarado näherten, klinkte Aleandro sich ins planetare Netz ein und suchte einen kleinen Raumhafen auf der anderen Seite der Welt, weit genug von Zaragoza, Stanton Station und der Haupteinflugschneise für Raumschiffe entfernt, um ihnen eine halbwegs unbemerkte Landung zu ermöglichen.

Die Kleinstadt, die zu dem Hafen gehörte, hieß Dutchman's Harbor und lag an der Küste eines blaugrün schimmernden Meeres. Den Informationen zufolge, die Aleandro auf die Schnelle ausgraben konnte, handelte es sich um eine kleine Kolonie von Aussteigern, denen das Leben in Zaragoza und den benachbarten Städten zu laut und hektisch geworden war. Tatsächlich standen die Häuser von Dutchman's Harbor weit an der Küstenlinie verstreut, wie John sah, als sie zur lokalen Mittagszeit vom Meer kommend zum Landeanflug ansetzten.

»Vielleicht hätten wir Gastgeschenke mitbringen sollen«, murmelte er halb zu sich selbst, halb an Hobie gewandt, als sie auf dem einfachen, offenen Landefeld aus Permabeton aufsetzten, an dessen Rand ein kleines Raumhafengebäude errichtet worden war. »Man fühlt sich ein wenig wie ein Forschungsreisender, der einen unbekannten Stamm Eingeborene im Urwald entdeckt hat.«

»Du übertreibst.« Hobie ließ seinen Blick über die sonnenbeschienene Landschaft schweifen. Palmen wuchsen zwischen den Häusern. »Na gut, irgendwie hast du recht.«

Aleandro und Sekoya kamen ins Cockpit.

»Oh, können wir hier Urlaub machen, wenn alles vorbei ist?«, fragte der junge Computerspezialist, als er durch die Scheibe blickte.

»Wenn das alles vorbei ist, werden wir vermutlich auf Alvarado nicht mehr sehr beliebt sein.« John stand vom Pilotensitz auf. »Also los, wir sind nicht hergekommen, um Sonne und Meer zu genießen. Wir müssen die *Mary-Jane* wieder auf Vordermann bringen. Und wir brauchen einen Plan, wie wir Kelly wiederfinden und Piccoli aus Stantons Händen befreien.«

Sie verteilten sich. Während Hobie mit Sekoya und Aleandro anfing, die Außenhülle des Frachters auf Schäden zu überprüfen, ging John zum Raumhafengebäude hinüber, um sich dort anzumelden. Außer ihnen befanden sich genau zwei Schiffe auf dem Landefeld, ein Frachtklipper der *Space-Hauler*-Klasse, der noch heruntergekommener wirkte als die *Mary-Jane Wellington,* und eine kleine Privatjacht, die möglicherweise einem weltenreisenden Touristen gehörte.

Das Innere des Gebäudes entsprach in allen Belangen dem äußeren Eindruck. Offene Fenster ließen die Sonne und den salzigen Seewind herein, in den Ecken standen Farngewächse in Steinguttöpfen, und die Einrichtung wirkte robust und ein wenig heruntergekommen. Drei Männer hielten sich in dem großen Eingangsraum auf, zwei Techniker in olivfarbenen Overalls, die Karten spielten, sowie ein blonder, braun gebrannter Bursche, der den Eindruck machte, ein paar Farnwedel zu viel geraucht zu haben.

»Ich möchte mein Schiff anmelden«, sagte John.

»Ist gut«, antwortete der Mann, ohne sich zu rühren.

Fragend sah John ihn an. »Muss ich nicht irgendwelche Formulare unterzeichnen?«

»Klar, warum nicht?« Der Bursche sah sich hinter seinem Tresen um und reichte John dann ein Klemmbrett mit einer Tabelle, auf der bereits ein paar Einträge gemacht worden waren. »Datum, Schiffsname und Unterschrift. Das reicht.« Er tippte auf die entsprechenden Felder.

»Wenn Sie meinen.« Während er eine Zeile der Tabelle ausfüllte, erwog John, zukünftig besser hier als in Zaragoza seine Geschäfte zu tätigen. So entspannt wie hier waren die Raumhafenbehörden selbst auf vielen Randplaneten nicht.

»Braucht ihr was?«, erkundigte sich der Mann hinterm Tresen.

»Wie bitte?« Unwillkürlich dachte John, dass der andere ihm Drogen verkaufen wollte.

»Treibstoff, Lebensmittel, Frischwasser – solche Sachen eben.«

»Ach so, nein, im Augenblick sind wir versorgt. Möglicherweise benötigen wir später technische Ersatzteile. Unser Antrieb wurde beschädigt.«

»Kein Problem. Meldet euch einfach bei Boon.« Er deutete in Richtung der Techniker, und der ältere der beiden hob eine Hand, ohne dabei den Blick von seinem Kartenblatt zu nehmen.

»Danke. Sagen Sie, wo bekommt man hier am besten einen kühlen Drink und eine warme Mahlzeit?«

»Bei Johanna, im *Flying Dutchman*, einfach zweihundert Meter links die Uferstraße hinunter.«

Grüßend tippte John sich zum Abschied mit zwei Fingern an die Schläfe. »Verbindlichsten Dank.«

Er kehrte zum Schiff zurück, wo ihn ein grimmig dreinblickender Hobie erwartete. »Wir haben eben eine Nachricht erhalten«, eröffnete er John. »Nun wissen wir wenigstens, wo Kelly sich aufhält.«

»Deinem Blick entnehme ich, dass sie nicht auf einer spontanen Kreuzfahrt durch die Kernwelten unterwegs ist«, erwiderte John.

Hobie schüttelte den Kopf. »Die Valquarez haben sie.«

Ein leiser Fluch kam über Johns Lippen. »Im Grunde habe ich das ja befürchtet. Die Bestätigung ist trotzdem ausgesprochen unerfreulich. Lass mich raten: Enrico will sie gegen Isabel eintauschen.«

»Ich bin mir nicht ganz sicher, ob wirklich der alte Valquarez dahintersteckt. Die Nachricht war kurz und kam nur als Text an. Der Wortlaut war in etwa: *Ich habe Ihre Frau, Captain. Wenn Sie nicht wollen, dass sie stirbt, treffen Sie mich übermorgen um zwölf Uhr mittags in der Bridens Gulch.*«

»Sophia«, erkannte John.

Hobie nickte. »Darauf tippe ich auch.«

»Nie von irgendeiner Bridens Gulch gehört.«

»Das ist eine der Schluchten in den Thousand Canyons unweit des Valquarez-Anwesens.« Der Mechaniker gestikulierte vage in Richtung Schiff. »Ich habe es Aleandro nachsehen lassen.«

Ein unwilliges Brummen drang aus Johns Kehle. »Wenn sie glaubt, dass ich mich nur zu ihrem Vergnügen auf ein Duell einlasse, hat sie sich geschnitten. Wir haben lange genug nach den Spielregeln anderer Leute gespielt. Nun sind wir dran.« Er marschierte um das Schiff herum zum Heck. »Wie sieht die Lage an dieser Front aus?«

»Aleandro und Sekoya sind noch dabei, den Rumpf abzusuchen. Ich schätze, dass wir den Rest des Nachmittags brauchen, um die beschädigten Rumpfplatten zu flicken. Für den Antrieb benötige ich wahrscheinlich Ersatzteile, die ich nur bei Ingbert in Zaragoza bekomme.«

»Das trifft sich gut, zu dem wollte ich ohnehin.«

»Warum das?«

John blieb stehen und stemmte die Hände in die Hüften. »Wir brauchen stärkere Waffen.«

»Du willst dich wirklich mit beiden Sippen anlegen?«

»Wenn es nötig ist, um Kelly und Piccoli zu retten, ja.«

»Und wie überleben wir das?«

»Darüber muss ich noch nachdenken. Flicken wir erst mal den Rumpf. Und danach gehen wir im *Flying Dutchman* etwas essen.«

»Wohin?«

»In einen Laden, der mir drüben im Raumhafengebäude empfohlen wurde. Wobei ich hoffe, dass der Bursche wusste, wovon er sprach. So ganz schien er nicht alle Nietenbolzen im Rumpf zu haben.«

Die verbleibenden Stunden bis zur Dämmerung verbrachten sie mit Reparaturen am Rumpf der *Mary-Jane Wellington*. Als der Tag zur Neige ging, war Hobie sich ziemlich sicher, dass sie alle strukturellen Schäden behoben hatten. Der Frachter wurde durch solche provisorischen Reparaturen, die im Wesentlichen darin bestanden, Einschusslöcher mit schnell härtendem Panzerplast auszuschäumen und Ersatzplatten auf größere Risse zu schweißen, nicht schöner. Aber es funktionierte.

Mit anbrechender Dunkelheit legten sie ihr Werkzeug beiseite, um den *Flying Dutchman* aufzusuchen. Bevor sie loszogen, schickte John vom Cockpit aus eine Nachricht zurück an den anonymen Absender der unerfreulichen Zeilen vom Mittag.

Ich werde da sein, schrieb er. *Und wenn Sie Kelly bis dahin auch nur ein Haar gekrümmt haben, bringe ich Sie um.* Er nahm an, dass Sophia nichts anderes hören wollte – und solange sie zufrieden war und Ruhe gab, konnten sie sich ihren eigenen Plänen widmen.

Im Schein gelber Straßenlaternen schlenderten John, Hobie, Aleandro und Sekoya die Uferstraße von Dutchman's Harbor entlang. Sie waren nicht die einzigen. Zahlreiche Bewohner der Kleinstadt hatten den Weg aus ihren verstreuten Heimen hierher gefunden. Doch die Stimmung war eine gänzlich andere, als John sie abends in Zaragoza erlebt hatte. Hier wie dort wurde gelacht, und Musik drang aus Bars. Wo in Zaragoza bei all dem aber stets ein aggressiver Unterton mitschwang, herrschte hier entspannte Heiterkeit vor. Bei den Bars handelte es sich nicht um verrauchte Cantinas, sondern um Tavernen mit offenen Fronten, deren Gäste gleichermaßen im Inneren wie auf den Gehwegen saßen. Wie so häufig auf den Planeten außerhalb der Kernwelten waren auch diese Gebäude nicht Stein auf Stein gemauert, sondern ein Sammelsurium aus Holzhäusern, Fertigstrukturen, ehemaligen Frachtcontainern und ausrangierten Raumschiffhüllen. Dennoch wirkte die Gegend nicht heruntergekommen, denn die Gebäude waren mit viel Liebe und Fantasie hergerichtet worden.

»Jetzt weiß ich wieder, warum ich kleinere Siedlungen den Großstädten vorziehe«, sagte Hobie, den ähnliche Gedanken wie John beschäftigt haben mussten.

»Ja, fühlt sich fast wie im Urlaub an«, pflichtete Aleandro ihm bei. »Wenn Kelly und Harold jetzt bei uns wären, würde ich den Abend perfekt nennen.«

»Bald, mein Junge«, versprach John. »Dafür sorgen wir.«

Sie erreichten eine Taverne, die ein handbemaltes Schild als *Flying Dutchman* auswies. Johns kundiges Auge erkannte in der Form des Gebäudes die Überreste eines Personentransporters wieder. Die Besitzerin hatte die gesamte Straßenfront herausgeschnitten und durch große, offene Fenster ersetzt, die durch faltbare Holzlamellen verschlossen werden konnten. Auf einem mit Kies bedeckten Außenbereich standen Tische, Stühle und breite Bastsonnenschirme, die im Augenblick geschlossen waren, da von der Sonne nichts mehr zu sehen war. Nur ein letzter Streifen Helligkeit am westlichen Himmel zeugte vom vergangenen Tag.

Sie hatten Glück und bekamen, obwohl der *Dutchman* gut besucht war, einen freien Tisch am Rand des Außenbereichs, an dem sie halbwegs ungestört waren. Eine dunkelhäutige Bedienung mit lockigem schwarzen Haar und gewinnendem Lächeln nahm ihre Bestellung auf. Als sie ihre Getränke in den Händen hielten, hob John sein Glas. »Auf die Ruhe vor dem Sturm, der morgen losbrechen wird. Genießt diesen Abend. Wenn mein Plan nicht funktioniert, könnte es unser letzter sein.«

»Was für eine hoffnungsfrohe Einleitung«, sagte Hobie.

»Lassen Sie mich mal, Cap.« Aleandro nahm ebenfalls sein Glas hoch. »Auf Kelly und Harold. Haltet durch. Wenn wir das nächste Mal zusammensitzen, seid ihr wieder bei uns.«

»*Das* ist die richtige Einstellung.« Klingend schlug Hobie sein Glas gegen Aleandros. Sekoya tat es ihm gleich. Erwartungsvoll richteten sich die Blicke der drei auf John.

John sah seine Mannschaft einen Moment lang versonnen an: den grauhaarigen Mechaniker, der die treue Seele des Schiffs war, den Jungspund, der die Galaxis mit großen Augen und der Begeisterung der Jugend entdeckte, und die grünhäutige Frau, die so unerwartet vor wenigen Tagen in ihrem Leben aufgetaucht war und doch in diesem Augenblick wirkte, als gehöre sie schon immer dazu. Frontiersmen hatten selten das, was man normalerweise als Familie bezeichnete – doch diese drei kamen, genau wie Kelly und Piccoli, Johns Vorstellung davon verdammt nahe.

Wie hatte Enrico Valquarez es ausgedrückt? *Die Familie ist heilig, Mister Donovan. Was würden Sie sagen, wenn ich käme und Ihre blonde Freundin oder Ihren grauhaarigen Begleiter verschleppen würde? Würden Sie es mit einem Schulterzucken abtun und zum Tagesgeschäft übergehen? Ich denke nicht! Sie würden kommen und Ihre Waffe ziehen und mir schwören, mich umzubringen, wenn Ihren Freunden etwas passiert.* Ein grimmiges Lächeln breitete sich auf Johns Zügen aus. *Oh, wie verdammt recht Sie hatten, Valquarez.*

»Auf Kelly und Harold«, sagte er und schlug sein Glas gegen die der anderen. »Auf die Familie.«

»Also, John, wie gehen wir vor?«, fragte Hobie, nachdem die Bedienung ihr Essen gebracht hatte.

»Ganz fertig ist mein Plan noch nicht«, antwortete John. »Aber so viel ist klar: Wir können uns nicht gleichzeitig mit den Stantons und den Valquarez anlegen, zumindest nicht in einem offenen Kampf. Dafür sind wir nicht stark genug.«

»Heißt das, Sie wollen erneut Söldner wie Dinters Bande anheuern?«, fragte Aleandro.

»Nein«, antwortete John kopfschüttelnd. »Das ist zu teuer. Außerdem dürfte dieser Krieg dann auf eine Weise außer Kontrolle geraten, die mit Sicherheit das Unionsmilitär aufmerken lässt. Und ich kann darauf verzichten, dass die sich auch noch einmischen. Die Warnung von Captain Powell diesbezüglich war deutlich genug.«

»Wenn es einem an Stärke fehlt, muss man listig vorgehen«, bemerkte Sekoya.

»Genau mein Gedanke. Die beiden Sippen hassen sich seit Jahren. Wir müssen irgendwie ihren Zorn aufeinander ausnutzen. Sobald sie gegeneinander kämpfen, sollten wir eine günstige Gelegenheit finden, Kelly und Piccoli zu befreien.«

»Wie immer wir vorgehen, wir sollten erst Kelly und dann Harold retten«, sagte Aleandro.

Hobie grinste. »Ganz der Gentleman.«

»Darum geht es gar nicht«, wehrte der junge Computerspezialist ab und wurde dabei ein wenig rot. »Aber da Harold von den Stantons festgehalten wird, befindet er sich bestimmt auf deren Raumstation. Und wenn wir schon mal im All sind, können wir von dort gleich die Flucht Richtung Transitfeld antreten. Ansonsten müssten wir noch einmal zur Planetenoberfläche zurück, um Kelly zu holen. Das wäre doch ziemlich riskant.«

»Das sehe ich auch so«, pflichtete John ihm bei. »Das bedeutet, wir müssen die Valquarez zunächst einmal von ihrem Anwesen fortlocken.«

»Können wir denn sicher sein, dass Kelly dort ist?«, warf Hobie ein. »Enrico Valquarez ist doch nicht dumm. Der hat miterlebt, wie wir einmal einen Gefangenen aus seinem Anwesen befreit haben – wobei du ganz nebenbei ganz schöne Schäden angerichtet hast. Wenn ich er wäre, würde ich beim nächsten Mal meine Gefangene woanders verstecken.«

»Würde es um Enrico gehen, hättest du wahrscheinlich recht, Hobie. Aber vergiss nicht, dass Sophia Kelly hat. Und Sophia will Kelly gar nicht verstecken. Sie nutzt sie als Köder, denn sie sucht die Konfrontation mit mir. Also wird sie es uns leichtmachen, Kelly zu finden. Der schwierige Teil dürfte der sein, Sophia ihre Gefangene abzunehmen.«

»Dich auf das Duell einzulassen, rate ich dir jedenfalls

nicht«, sagte Hobie. »Ich habe gesehen, wie schnell Two-Guns schießt.«

»Nein, ich möchte auch lieber vermeiden, es mit ihr auszuschießen«, gab John zu. »Ich denke zwar, dass ich schneller als sie bin – aber ein Restrisiko bleibt in ihrem Fall, kein Zweifel.«

»Und welche Alternative haben wir?«

»Wie ich schon sagte: Wir müssen die Stantons und die Valquarez aufeinanderhetzen, oder vielmehr die Valquarez auf die Stantons. Dann wird Sophia zu sehr mit Familienangelegenheiten beschäftigt sein, um sich um Kelly zu kümmern.«

»Und wie bringen wir die Valquarez so richtig auf die Palme?« Aleandro strich sich gedankenverloren über den spärlichen jugendlichen Bart.

Mit der Gabel spießte John ein Stück seines perfekt gegrillten Steaks auf, schob es sich in den Mund und kaute nachdenklich darauf herum. »Wäre ich ein Mann ohne Skrupel, würde ich vorschlagen, dass wir die Rinderherden der Sippe angreifen. Nichts macht einen Mann wütender als ein paar hundert tote Rinder.«

»Zum Glück *sind* wir Männer mit Skrupel«, sagte Hobie mit einem Nachdruck in der Stimme, der John deutlich machte, dass sie diesen Gedankengang gar nicht weiterzuverfolgen brauchten.

»Meistens ja, was unser Leben nicht gerade einfacher macht.« John spülte das Fleisch mit einem Schluck Bier nach. »Wenn ich so darüber nachdenke, bleiben dann zwei Dinge, an denen, soweit ich weiß, Valquarez' Herz hängt. Zum einen wäre da Isabel und zum anderen der *Rocket-Girl-Club*, und bei Isabel bin ich mir nach den neusten Entwicklungen nicht mehr so sicher.«

Aleandros Miene hellte sich auf. »Sie meinen also, wir sollten uns den Club vornehmen, Cap?«

»So, wie ich das im Laufe mehrerer Gespräche verstanden habe, wurde ihre Rivalität zur Feindschaft, als Enrico und Wilbur den *Rocket-Girl-Club* und die *Starship Cantina* am Raumhafen erworben haben. Seitdem haben die beiden immer wieder Anschläge auf das Etablissement des anderen verübt. Wenn wir also wollen, dass es zwischen den beiden Familien zum großen Finale kommt, könnte der Club genau der richtige Zündstoff sein, um die Lage explodieren zu lassen.«

»Ich bin für zu jeder Form der Recherche bereit!«, erklärte Aleandro.

»In deinen kühnen Träumen, mein Junge.« John sah zu Hobie hinüber. »Das wäre wohl eher ein Job für uns beide.«

Der alte Mechaniker verzog das Gesicht. »Nichts für Ungut, John, aber ich fühle mich in solchen Läden nicht wohl. Und außerdem repariert sich der Antrieb der *Mary-Jane* nicht von alleine. Sofern du nach getaner Arbeit eine wilde Flucht zum Transitpunkt planst, sollten alle vier Triebwerke in Topzustand sein.«

»Nehmen Sie mich mit, John«, schlug Sekoya vor.

John hob die Augenbrauen. »Sie?«

»Schauen Sie mich nicht so entsetzt an.« Die junge Peko-Frau lächelte. »Ich weiß, was in solchen Clubs geschieht, vielleicht besser, als Sie denken.«

»Wollen Sie damit etwa sagen, dass Sie …?« John ließ den Rest des Satzes in der Luft hängen. Er wusste, dass Peko-Frauen in Vergnügungsbars und Bordellen durchaus gefragt waren. Ihr exotischer Reiz übte große Faszination auf viele Männer aus. Doch Sekoya hatte er bislang für die Unschuld in Person gehalten. Andererseits wusste er praktisch nichts über sie – und sie *hatte* sich ihm bereits angeboten.

»Nein, so verzweifelt, dass ich mein Glück als Tänzerin versucht hätte, war ich bislang nicht. Aber ich kenne Angehörige meines Volkes, die es in den Club verschlagen hat.«

»Ich dachte, Peko würden in Zaragoza gejagt«, warf Hobie ein.

»Ungebundene Peko leben gefährlich, das ist richtig. Aber als Sklaven sind wir gern gesehen.« Sie schenkte ihm ein trauriges Lächeln.

»Sagten Sie nicht bei unserer ersten Begegnung, dass Sie allein auf Alvarado seien, weil Ihre Gefährten schon vor Monaten getötet worden wären?«, merkte John an.

»Kann man als Mensch nicht allein sein, auch wenn man unter Menschen ist?«, entgegnete sie.

Mit einem leisen Brummen musste er ihr recht geben. Es war ein weit verbreitetes Missverständnis, dass alle Peko irgendwie einem Stamm angehörten und jeder zu jedem ein verwandtschaftliches Verhältnis hatte.

»Meine Gefährten sind wirklich tot«, fuhr Sekoya fort. »Aber natürlich gibt es andere Peko auf Alvarado, auch in Zaragoza. Einige von ihnen arbeiten im *Rocket-Girl-Club*. Und zwei von ihnen kenne ich zumindest flüchtig. Ich weiß, dass sie nicht glücklich über ihr Schicksal sind. Also wenn Sie Ihnen etwas bieten würden, John, dann könnte ich mir vorstellen, dass sie uns helfen, Valquarez zu bekämpfen.«

Vor Johns innerem Auge stieg das Bild einer *Mary-Jane Wellington* auf, deren Mannschaft aus Dutzenden von Peko bestand. Er konnte den Grünhäuten nicht verzeihen, was sie getan hatten, er *wollte* es nicht. Andererseits war sein Zorn auf die Valquarez-Sippe und den Stanton-Clan im Augenblick deutlich größer als der den Peko gegenüber. *Der Feind meines Feindes ist mein Freund*. Und um Kelly zu retten, war er zu mehr bereit, als sich in die Schuld einiger Peko zu begeben.

»Einverstanden.« Er blickte Sekoya ernst an. »Stellen Sie mich Ihren Leuten vor.«

– 20 –

Da ihre inneren Uhren noch nach Zaragoza-Zeit tickten und es dort erst Mittag war, machten sie sich nach der Rückkehr zur *Mary-Jane* gleich an die Arbeit, ihren Plan in die Tat umzusetzen. John schickte Hobie zum Raumhafengebäude hinüber, um zu fragen, ob man den heruntergekommenen *Space Hauler* für einen Tag mieten könne, um Antriebsersatzteile aus Zaragoza zu transportieren. In Wahrheit ging es ihm darum, mit einem unauffälligen Raumschiff in die planetare Hauptstadt zu fliegen. Je länger Stanton und Valquarez nicht wussten, wo sich John und seine Leute herumtrieben, desto besser.

Während Hobie unterwegs war, setzte John Aleandro auf den *Rocket-Girl-Club* an. »Finde alles über den Club heraus, was möglich ist. Besitzverhältnisse, Programm, Baupläne. Wer weiß, was uns davon nützlich sein kann.«

»Ich werde Ihnen die Körbchengröße jeder einzelnen Tänzerin beschaffen«, gab der junge Computerspezialist breit grinsend zurück.

»Konzentrier dich bitte auf das Wesentliche«, ermahnte John ihn mit mildem Schmunzeln.

Er selbst begab sich ins Cockpit, um eine Nachricht an Darius Martell zu schicken und diesen zu fragen, wie schnell er die Massetreiberkanone nach Alvarado schmuggeln konnte. Es war unmöglich, mit dem Paten von Constitution in Echtzeit zu sprechen. Kommunikation, die über mehrere Systeme oder gar Sektoren hinweg geführt wurde, musste stets in Transitbojen gespeichert und von ihnen weitergetragen werden. Je nach Anzahl der Transits, die vom Ausgangspunkt bis zum Ziel nötig waren, dauerte eine Funkübertragung eine halbe Stunde bis zu einem Tag. Männer wie Martell allerdings, die über mehrere Sektoren weit ihre Geschäfte tätigten, besaßen meist mehrere Empfangsstellen, die sie regelmäßig abriefen. So waren sie vergleichsweise schnell zu erreichen.

Die Antwort traf erfreulicherweise bereits nach einer Stunde ein. Leider bestätigte Martell, was John insgeheim befürchtet hatte: Die Kanone würde mindestens zwei Tage bis ins Sinaloa-System brauchen – zu spät, um John im Kampf gegen Stanton und Valquarez noch von Nutzen zu sein.

»Hoffen wir, dass Ingbert ein wenig Feuerkraft im Angebot hat«, meinte John zu Hobie. Sein alter Freund war wenige Minuten zuvor mit der guten Nachricht zur *Mary-Jane* zurückgekehrt, dass er den *Hauler* von dem Techniker namens Boon einen Tag lang gemietet hatte.

»Irgendetwas wird sich gewiss in seinen Lagern finden«, erwiderte Hobie. »Noch hat Emil mich nie enttäuscht.«

Eine halbe Stunde später hob der *Space Hauler*, der den vielsagenden Namen *Junkyard Queen* trug, von dem kleinen Raumhafen von Dutchman's Harbor ab. An Bord waren John, Hobie, Aleandro und Sekoya. Boon hatte nicht darauf bestanden mitzufliegen. Ihm genügten eine großzügige Mietzahlung von tausend Dollar und eine zusätzliche Kaution von 10 000 Dollar – mehr war der ganze Klipper nicht wert, wie John argwöhnte.

Die *Mary-Jane* ließen sie unter der Obhut ihrer Bord-KI zurück. John glaubte nicht, dass an einem Ort wie Dutchman's Harbor jemand versuchen würde, sich an seinem Schiff zu schaffen zu machen. Und selbst wenn ein Einbrecher die Abwesenheit der menschlichen Besatzung zu nutzen gedachte, würde er überrascht feststellen, dass Mary-Jane eine außerordentlich effiziente Wächterin ihrer metallenen Hülle war.

Sie stießen hoch in die Stratosphäre vor und umrundeten Alvarado. Eine halbe Stunde später gingen sie über dem nachmittäglichen Zaragoza in den Sinkflug über. Hier war der Himmel bewölkt, und das Landefeld glänzte feucht, als habe es vor Kurzem geregnet.

»Wir teilen uns auf«, sagte John, nachdem sie sich bei der Raumhafenbehörde unter falschem Namen angemeldet und ihre Liegegebühr entrichtet hatten. »Hobie und Aleandro, ihr sucht Ingbert auf und fragt ihn nach schwerem Geschütz. Wir nehmen alles, was wir zum Preis von 50 000 Dollar kriegen können und sich kurzfristig in die *Mary-Jane* einbauen lässt. Bevorzugt werden natürlich versenkbare Waffensysteme.«

Aleandro riss die Augen auf. »50 000?«

»Willst du wirklich so viel Geld in unregistrierte Waffen investieren, die wir dann unser Leben lang vor Unionspatrouillen verstecken müssen?«, fragte Hobie.

John nickte. »Ich bin es leid, ständig herumgeschubst zu werden, sei es von Peko oder von lokalen Schurken wie Valquarez und Stanton. Im Augenblick können wir uns die Ausgabe leisten. Und um die Registrierung kümmern wir uns, wenn wir wieder draußen am Rand unterwegs sind. Vielleicht kann Martell etwas für uns drehen. Aber eins nach dem anderen.«

Ergeben zuckte der Mechaniker mit den Schultern. »Alles klar. Einmal schweres Geschütz zum Mitnehmen, bitte.«

»Und wir begeben uns zum *Rocket-Girl-Club*«, wandte sich John an Sekoya.

Die junge Peko, die für den Besuch in der Stadt einmal mehr ihre Handschuhe und das Kopftuch übergezogen hatte, nickte. »Ich könnte mir schönere Orte vorstellen, die ich aufsuchen möchte, aber solange es dem Zweck dient, stehe ich an Ihrer Seite.«

»He, es war Ihr Vorschlag, mich zu begleiten.«

»Ich weiß.«

Zu viert begaben sie sich an den Rand des Raumhafens. Während Hobie und Aleandro ihre Schritte in Richtung *Ingberts Warenbörse* lenkten, gingen John und Sekoya auf den Club mit der auffälligen Fassade zu. Die auf ihrer Rakete reitende, äußerst leicht bekleidete Leuchtstoffröhren-Schönheit winkte ihnen einladend zu, und in nischenartigen Schaufenstern räkelten sich durchscheinende Hologramme.

An der Tür, die glänzendes Chrom mit roten Leuchtpaneelen verband, erwartete sie ein kompakter Kerl mit einem Brustkorb, der aussah, als könne er damit erfolgreich Massetreiberprojektile eines Großkampfschiffs abfangen. Er sah John und Sekoya mit professionellem Misstrauen an, und als er erkannte, dass Johns Begleiterin eine Peko war, wurde seine Miene abweisend.

»Kein Zutritt für Peko«, sagte er, nur um gleich darauf grinsend hinzuzufügen: »außer über den Angestellteneingang.«

John zückte ein vorbereitetes Bündel Hundertdollarscheine, blätterte zwei davon hinunter und steckte sie dem Mann in die Brusttasche seines Jacketts. »Hören Sie, Freund, ich hatte eine berufliche Glückssträhne und würde gerne mit meiner Gefährtin dieses gemeinsame Glück feiern. Ich denke, dass sich dieser Tag für uns alle lohnen könnte.«

»Spendable Gäste sind dem Haus immer willkommen«, erwiderte der Mann und trat beiseite.

»Sehr zuvorkommend.« John schenkte ihm ein zufriedenes Lächeln, das sofort verschwand, als sie in den Club traten und der Türsteher sie nicht mehr sehen konnte.

Das Innere des *Rocket-Girl-Clubs* präsentierte sich ihnen als unübersichtliche Ansammlung aus Tischen, erhöhten Tanzflächen, abgetrennten Separees und Zierskulpturen. Das vorherrschende Thema war, wie der Name bereits verhieß, die Kombination aus leichten Damen und schimmernden Raketen. John wusste, dass die Menschheit in der Zeit vor der Ankunft der Peko mit solchen und ähnlichen kruden Fluggeräten zu den Sternen gereist war – oder vielmehr zu den nahen Planeten ihres Heimatsystems. Heutzutage kannte man solche schlanken, spitz zulaufenden Geschosse nur noch als Munition in den Werfern großer Unionsschlachtschiffe.

Es herrschte eine Atmosphäre überzeichneter Nostalgie nach den frühen Tagen der Raumfahrt vor. Die dicken roten Lederpolster der Sitzgelegenheiten, die chromverzierten Geländer und Stangen auf den Tanzflächen und die Mischung aus blauen Lichtleisten und roten Scheinwerfern ließen daran ebenso wenig Zweifel wie die leidlich künstlerischen Interpretationen von erotischen Erstkontakten, die in Form großformatiger Gemälde an den Wänden hingen. Der dunkle Boden des Etablissements glitzerte wie ein Nachthimmel voller Sterne, und das Phänomen wurde durch glitzernde Bälle verstärkt, die von der Decke hingen. Es war ein Spektakel, das die Sinne überreizte, untermalt durch dumpfe, treibende Musik, die aus unsichtbaren Lautsprechern drang.

»Ich hasse den Laden jetzt schon«, brummte John, als er den Blick schweifen ließ.

Trotz seiner Abneigung konnte er verstehen, warum Valquarez den Club liebte. Obwohl draußen vor der Tür heller Tag war, herrschte hier drinnen im ewigen Dämmerlicht der roten Lampen reger Betrieb. Vor allem Raumreisende schienen versammelt zu sein, deren Uhren ohnehin im Rhythmus der Bordzeit ihrer jeweiligen Schiffe tickten. Die Gäste schienen überwiegend männlich zu sein, was die große Anzahl attraktiver und spärlich bekleideter Tänzerinnen erklärte, aber John erspähte auch einige Frauen, die vor allem um Tanzflächen herumsaßen, auf denen der geschäftstüchtige Valquarez gut gebaute Stripper auftreten ließ.

»Na schön, machen wir uns an die Arbeit«, sagte John, nachdem sie ein wenig durch den Club geschlendert waren. »Wo sind Ihre Bekannten?«

Sekoya schürzte die blauen Lippen und sah sich suchend in dem lebhaften Durcheinander um. »Ich sehe sie nicht.«

»Dann fragen wir nach.« John schob sich an einer Gruppe johlender Frachtflieger vorbei, die einer sich lasziv windenden Rothaarigen Dollarscheine in die Reizwäsche zu stecken versuchten, und steuerte eine Bar an, hinter der in körperbetonte, fantasievolle Raumfahrerkostüme gekleidete Damen und Herren Alkoholisches ausschenkten.

»Wie heißen die zwei, die wir suchen?«, fragte er Sekoya.

»Leotie und Awan«, sagte sie.

John setzte sein schmierigstes Lächeln auf. »Guter Mann, meine Gefährtin und ich nehmen eine feine Flasche Schaumwein«, wandte er sich an einen der Tresenbediensteten. Er griff sich eine der gefalteten Getränkekarten, und beinahe wäre ihm sein Lächeln verrutscht, als er die Preise sah. Der Club musste sich für Valquarez außerordentlich lohnen. John kategorisierte die Getränke spontan in *Teuer*, *Ziemlich teuer* und *Unverschämt teuer* und wählte dann willkürlich eine Marke aus der mittleren Rubrik. »Der dort von Harrington klingt gut.«

»Sehr gerne, mein Herr«, antwortete der Barmann dienstbeflissen lächelnd. Seine Zähne glänzten im indirekten, blauen Licht des Tresenbereichs so weiß, als wären sie künstlich. »An welchem Tisch sitzen Sie?«

John drehte sich um und suchte nach einer freien Nische. Er fand eine unweit einer Treppe, die ein Stockwerk höher führte. »Dort drüben.«

»Sehr gut. Wir bringen Ihnen Ihre Getränke an den Tisch.«

»Großartig. Ach, und auf etwas Unterhaltung wären wir auch aus. Das volle Programm, wenn Sie verstehen, was ich meine.« Er zwinkerte dem Barmann verschwörerisch zu.

»Am Tisch gibt es ein Buchungssystem. Dort können Sie diskret aus allen verfügbaren Damen und Herren auswählen und, je nach Bedarf, eine private Tanzfläche oder ein Zimmer dazumieten. Wir schicken Ihre Wahl dann zu Ihnen oder geben Ihnen Bescheid, wenn Ihr Raum frei ist. Bezahlt wird alles beim Hinausgehen.«

»Phänomenaler Service hier«, tönte John. »Dann gehe ich mal zur Fleischbeschau über. Komm, Süße.« Er legte Sekoya den Arm um die schmalen Schultern und zog sie mit sich. Die junge Peko spannte sich sofort an. Die plötzliche, plumpe Vertrautheit schien sie zu irritieren.

»Übertreiben Sie nicht etwas?«, fragte sie leise.

»Einfach in der Rolle bleiben, solange Mister Kunstgebiss uns im Blick hat«, raunte John.

Sie begaben sich an den Tisch und ließen sich dort nieder. John aktivierte das in der Tischplatte versenkte Terminal und stellte fest, dass er sich einem ganzen Warenhauskatalog an Schlüpfrigkeiten gegenüber sah. Er rückte zur Seite und ließ Sekoya an das berührungsempfindliche Display. »Suchen Sie Ihre Bekannten heraus. Und dann buchen wir uns am besten ein Zimmer. Dort können wir ungestörter reden.«

»Ist gut«, sagte Sekoya.

Eine knapp geschürzte Bedienung mit wallenden blonden Haaren, auf denen ein schmales Schiffchen saß, brachte ihren Schaumwein in einem Kühler und dazu zwei gläserne Trinkschalen. »Vielen Dank, meine Hübsche.« John zückte einen Zehn-Dollar-Schein und steckte ihn ihr zu. Er blickte ihr einen angemessenen Moment nach, während sie davonstöckelte, dann wandte er sich wieder Sekoya zu.

»Hier, ich habe sie«, verkündete diese und deutete auf zwei Peko, deren Bilder sie vergrößert hatte. Leotie war eine Frau etwa in Sekoyas Alter mit üppigen Rundungen, vollen Lippen und dichtem, schwarzem Haar. Awan war zu Johns Überraschung ein Mann, der kaum älter als Aleandro sein konnte und einen schlanken, athletischen Körperbau hatte. Beide trugen ausgesprochen freizügige Kostüme und ließen sich auf dem Display von allen Seiten begutachten. Eine Preisliste informierte über Leistungen und die jeweiligen Kosten.

»Man fühlt sich wie auf dem Sklavenmarkt«, murmelte John. »Piccoli würde in die Luft gehen.« Er nickte seiner Begleiterin zu. »Buchen Sie die beiden und ein Zimmer. Ein Glas Schaumwein?« Er hob die Flasche aus dem Kühler.

»Ich trinke nicht«, erwiderte Sekoya.

»Ich auch nicht – zumindest keinen Schaumwein. Grauenvolles Prickelwasser. Aber fürs Team müssen wir jetzt einen heben, sonst wirken wir unglaubwürdig.« Er öffnete die Flasche und schenkte ihnen ein. »Darauf, dass wir auch diesen Tag überleben.«

»Das hoffe ich ebenso.«

Sie stießen an, und John nippte an dem Schaumwein. Über den Rand seines Glases nahm er erneut den Innenraum in Augenschein. Nun, da sich seine Sinne etwas an den Lärm, die Beleuchtung und die Masse aus nacktem Fleisch gewöhnt hatten, fiel es ihm leichter, den Blick auf Einzelheiten zu richten, die für ihren Plan wichtig sein mochten.

Es schien keine Kameras oder sonstige Überwachungsgeräte zu geben, zumindest keine, die halbwegs offensichtlich waren. Zweifellos schätzten die Gäste des *Rocket-Girl-Clubs* ihre Privatsphäre, und für Valquarez schien der gute Ruf des Etablissements wichtiger zu sein als kompromittierende Aufnahmen, mit denen er jemanden erpressen könnte. *Vielleicht gibt es überwachte Zimmer*, dachte John. *Das Geschehen hier im Hauptraum ist ja noch harmlos.*

Ihm fielen allerdings gut ein Dutzend Wachmänner auf, die den Club im Auge behielten. Die breitschultrigen Kerle mit den weiten Jacken, unter denen sie mit Sicherheit Waffen verbargen, hielten sich dezent im Hintergrund, wirkten aber wach genug, um jederzeit schnell einzugreifen.

Es gab sechs Ausgänge, so weit John das von seiner Position aus beurteilen konnte. Den Haupteingang, eine Tür zur Küche im Barbereich, eine Treppe, die in den Keller führte, zwei hinauf in den ersten Stock des Gebäudes und eine Metalltür an der hinteren Wand, an der ein Schild klebte, das nur dem Personal des Clubs das Betreten gestattete. Neben dieser Tür stand einer der Wachleute. *Dort dürfte es zum Hintereingang gehen*. John zweifelte nicht daran, dass es einen Hintereingang gab. Personal, die Putzkolonne und verstohlene Geschäftspartner mussten schließlich irgendwie ungesehen in das Gebäude gelangen und wieder herauskommen.

Die blonde Frau, die ihnen den Schaumwein gebracht hatte, trat erneut an ihren Tisch. »Leotie und Awan erwarten sie jetzt in Zimmer dreizehn, die Treppe hinauf und dann links. Hier ist ihre Chipkarte für die Tür.« Sie reichte John eine Plastikscheibe.

»Vielen Dank, Schwester.« John grinste sie breit an. Mit einem Zug leerte er seine Schale und griff nach der halb vollen Schaumweinflasche. »Komm, mein Kleeblatt, jetzt wird gefeiert.« Er stand auf und marschierte in Richtung Treppe.

»Ihre Ausdrucksweise verwirrt mich, John«, gestand Sekoya, als sie ihm nach oben folgte, wo es deutlich ruhiger war als im Hauptraum. Teppich bedeckte den Fußboden des gebogenen Korridors, und in die rot tapezierten Wände waren goldene Leuchtpaneele eingelassen, die gedämpftes Licht spendeten. »Kleeblatt? Ist das ein menschliches Kosewort?«

»Nein, das war eine spontane Erfindung von mir. Sind Sie nicht grün und bringen mir Glück?«

Sekoya blinzelte, und John hatte das Gefühl, dass sie auf einmal sehr verlegen war.

Er beugte sich näher zu ihr. »He, ganz ruhig. Ich mache doch nur Show.«

»Sie sind ein sehr guter Schauspieler«, sagte sie leise.

»Da ich weder reich noch mächtig bin und auch nicht ständig herumballern kann, um meine Ziele zu erreichen, ist Schauspielerei ein sehr nützliches Talent.« Aufmunternd nickte er in Richtung einer Tür, auf der in goldenen Ziffern die Zahl 13 stand. »Los, gehen wir hinein.«

John schob die Chipkarte in die Tür und öffnete sie. Bei dem Raum dahinter handelte es sich um ein typisches Zimmer in einem Stundenhotel. Neben dem Eingang gab es eine kleine Nasszelle, dahinter lag ein Raum, vor dessen Fenstern blickdichte Vorhänge hingen und der von einem großen, kreisrunden Bett beherrscht wurde. An der Decke befand sich ein ebenfalls runder Spiegel, der von einem Kranz schwach glimmender, roter Lämpchen umgeben war. Im Dämmerschein dieser Lampen räkelten sich zwei grüne Körper auf den Laken, ein Mann und eine Frau.

Erneut ließ John den Blick schweifen. Natürlich sah man keine Überwachungsgeräte. Aber der Spiegel gefiel ihm nicht. Er war so groß, dass man dahinter leicht eine ganze Batterie Aufzeichnungsapparate verbergen konnte.

John breitete die Arme aus und strahlte die beiden Peko an. »Hallo, meine edlen Wilden«, rief er in scheinbar trunkenem Überschwang. »Seid ihr bereit, ein Bleichgesicht in die exotische Liebeskunst der Peko einzuweihen?«

Die Frau, bei der es sich tatsächlich um Leotie handelte, erhob sich in einer fließenden Bewegung vom Bett und kam auf ihn zu. Wenn sie diesen Laden und ihre Arbeit tatsächlich verabscheute, verbarg sie das genauso gut wie John. »Na, Weltraumjockey? Von welchem Stern kommst du denn angeritten?« Sie legte ihm die Arme um den Hals und sah ihn mit funkelnden Augen an.

»Das will ich dir sagen«, erwiderte John breit grinsend. Er schlang seinerseits einen Arm um ihre Hüften und zog sie an sich. Sofort wurden sein Gesicht und sein Tonfall ernst. »Gibt es Überwachungsgeräte in diesem Raum?«, fragte er kaum hörbar.

Leotie zog den Kopf ein wenig zurück und sah ihn überrascht an. »Hast du Angst, dass du gefilmt wirst?

»Das auch.« John ließ sie los und nickte Sekoya zu, die ihr Tuch zurückschob und dadurch ihr Gesicht enthüllte.

Die Augen der Peko-Frau weiteten sich. »Wir kennen …«

John legte warnend den Zeigefinder seiner freien Hand auf die Lippen. Dann deutete er auf seine Augen und Ohren.

Die junge Frau schüttelte den Kopf. »Nein, es gibt keine Geräte in diesen Räumen. Nur in den Suiten für die wohlhabenden Gäste.«

»Gut«, sagte John. »Dann können wir offen reden.« Er stellte die Schaumweinflasche ab.

Der Peko-Mann erhob sich vom Bett. »Was hat das zu bedeuten? Wer sind Sie? Und bist du nicht Sekoya, vom Stamm der Tonomai-Suha?«

Johns Begleiterin nickte. »Ich bin Sekoya, die Tochter von Geonoj Watanao vom Stamm der Tonomai-Suha. Und das ist Captain John Donovan vom Raumschiff *Mary-Jane Wellington*. Wir sind gekommen, weil wir euch befreien und diesen Ort der Schande für unser Volk für immer schließen wollen.«

– 21 –

John nahm an, dass die beiden Peko und er in diesem Augenblick gleich dumme Gesichter machten – wenn auch aus vollkommen unterschiedlichen Gründen.

»Uns befreien?«, fragte Leotie.

»Die Tochter eines Geonoj?«, fragte John.

»Ja«, sagte Sekoya, womit sie anscheinend beide Fragen beantwortete.

»Sie wollen sagen, Sie sind so eine Art Prinzessin?«, hakte John nach.

»Es heißt bei uns anders und hat mit Sicherheit eine andere Bedeutung in unserer Kultur als in der Ihren, aber falls Sie einen Peko-Geonoj als König betrachten, dann, ja, bin ich wohl eine Prinzessin, wenn auch eine ohne Volk und Heimat.« Sekoya hob abwehrend die Hände. »Doch vielleicht sollten wir nicht jetzt darüber sprechen.«

John blinzelte ziemlich perplex. »Ja, ich schätze, Sie haben recht. Wir sind hier, weil wir einen Job haben.«

Er wandte sich an Leotie und Awan. »Sekoya erzählte mir, dass Sie sich zumindest vom Sehen kennen.« Die beiden Peko nickten. Es war deutlich, dass sie nicht wussten, was sie von dieser Wendung der Ereignisse halten sollten. »Und dass Sie mit Ihrem Schicksal alles andere als zufrieden sind.«

»Kein Peko würde freiwillig in einem Bordell den Menschen dienen.« Leotie verschränkte die Arme vor der Brust und wirkte deutlich unterkühlter und unnahbarer als noch wenige Minuten zuvor. »Wir werden dazu gezwungen.«

»Wie?«, wollte John wissen. »Was haben diese Leute gegen Sie in der Hand?«

»Ich wurde von einer Bande auf der Straße aufgegriffen, vor einem halben Jahr. Es handelte sich um Sklavenhändler, wie sich später herausstellte, die Angehörige meines Volkes jagen und später an skrupellose Geschäftsleute auf der Suche nach billigen Arbeitskräften verkaufen. Ich wurde an den Besitzer des Clubs verkauft, einen Mann namens Valquarez. Er brachte mich hierher. Ich hatte nur die Wahl, mich zu fügen oder zu sterben – und ich entschied mich für das Leben, um mich irgendwann rächen zu können.«

»Bei mir war es ähnlich«, fügte Awan mit leiser Stimme hinzu. »Ich wollte auf Alvarado mein Glück machen und ließ mich mit den falschen Leuten ein. Plötzlich schuldete ich ihnen viel Geld und mir blieb nur die Wahl, meinen Körper zur Schau zu stellen oder in eine Mine auf dem Mond geschickt zu werden, wo ich elendig zugrunde gegangen wäre.«

»Stanton und Valquarez haben das Leid dieser Welt unter sich aufgeteilt«, murmelte Sekoya.

John fand diese Einschätzung recht treffend.

»Gut«, sagte er an Leotie und Awan gerichtet. »Meine Leute und ich haben ebenfalls Ärger mit Valquarez. Daher wollen wir ihm eine Lektion erteilen. Dieser Laden hier soll bis auf die Grundmauern zerstört werden.« Das war eine grobe Vereinfachung ihres Plans, aber John wollte es für die beiden nicht komplizierter als nötig machen. »Ihr habt nun zwei Möglichkeiten: Entweder tut ihr nichts, dann werden wir vermutlich scheitern und euer Leben wird so mies weitergehen wie bisher. Oder ihr helft uns, wir jagen diesen Schuppen gemeinsam in die Luft, und danach könnt ihr von Alvarado fliehen, um auf einer anderen Welt ein besseres Leben anzufangen.«

»Sie stellen sich das so einfach vor, Captain.« Leotie sah ihn missmutig an. »Wir werden von den Schlägern unseres Unterdrückers bewacht, leben in einem Haus, das einem Gefängnis gleicht, wenn wir nicht im Club unserer Arbeit nachgehen. Wie genau soll sich unser Leben ändern, wenn Sie den Club zerstören? Herr Valquarez wird seinen Zorn zum Himmel schreien, und danach wird er das Haus wieder aufbauen. Käme in der Zwischenzeit ans Licht, dass wir Ihnen geholfen haben, wäre unser Leben verwirkt.«

John dachte darüber nach. Natürlich würde Valquarez nicht einfach alle Mitarbeiter nach Hause schicken oder in die Freiheit entlassen, nur weil sein lukratives Etablissement ein paar Monate lang geschlossen war. *Noch mehr Komplikationen ... Verdammt, Kelly und Piccoli, warum musstet ihr euch von den bösen Jungs entführen lassen?* John seufzte. »Na schön, wo ist dieses Haus, in dem ihr lebt?«

»Es steht direkt an der Gasse hinter dem Club. Herr Valquarez bevorzugt kurze Wege, sollte es im Club einmal so voll werden, dass zusätzliche Bedienstete gebraucht werden.«

»Gut. Dann schwöre ich Ihnen hiermit: Wenn Sie uns dabei helfen, dass in diesem Laden heute zum letzten Mal das Licht ausgeht, dann holen wir Sie auf dem Rückweg aus Ihrem Gefängnis und ...« Er zögerte, musste wieder an eine *Mary-Jane Wellington* voller Peko denken. Es kostete ihn einige Überwindung, fortzufahren, aber er tat es – für Kelly. »... wir bringen Sie von Alvarado weg. Wir haben ein schnelles Schiff, das kurzzeitig auch Platz für ein paar Leute mehr hat. Wir würden sie im benachbarten Gettysburg-System absetzen, auf Chamberlain oder Buford. Was sagen Sie dazu?«

Leotie und Awan wechselten einen langen Blick. »Ich würde alles dafür tun, um dieses Leben hinter mir zu lassen«, sagte Awan. Seine Stimme mochte sanft sein, aber sein Tonfall klang entschlossen.

Leotie nickte langsam. »Vielleicht kommen wir von diesen Planeten aus dann endlich wieder nach Hause.« Sie setzte sich auf die Bettkante und schaute John erwartungsvoll an. »Wie können wir Ihnen helfen, Captain?«

Auch die übrigen suchten sich Sitzplätze, wobei John mit Bedacht einen der zwei Stühle wählte, die im Raum standen. »Wir haben noch keinen genauen Plan. Wir wissen nur dies: Wir wollen den *Rocket-Girl-Club* zerstören. Ihn in die Luft zu jagen, würde vermutlich gut zum Konzept passen, aber ich weiß nicht, ob wir an die nötige Menge Sprengstoff herankommen. Außerdem sollten möglichst keine Unschuldigen dabei ums Leben kommen, und der Raumhafen direkt vor dem Club ist sehr belebt. Vermutlich werden wir ihn also einfach niederbrennen. Hochprozentigen Alkohol als Brandbeschleuniger dürfte es reichlich in den Vorratslagern des Clubs geben. Heizt der Club mit Öl oder ist er ans lokale Energienetz angeschlossen?«

Leotie zuckte mit den Schultern. »Keine Ahnung. Die Technikräume befinden sich in einem abgesperrten Teil im Keller. Dort haben wir keinen Zutritt.«

»Mir ist vor zwei Monaten ein Tankfahrzeug aufgefallen«, bemerkte Awan. »Es stand in der Gasse hinter dem Haus, und ein Schlauch verlief durch eine Klappe in den Keller des Clubs.«

»Also Öl. Gut. Damit lässt sich arbeiten.« John nickte zufrieden. »Kommen wir zu den nächsten Fragen: Wie gelangen wir unbemerkt in den Club, und wie sorgen wir dafür, dass möglichst wenig Leute zu Schaden kommen? Der Club ist rund um die Uhr geöffnet, richtig?«

»Nicht ganz«, erwiderte Leotie. »Wir arbeiten in drei

Schichten, wobei der Wechsel schleichend vonstatten geht, damit es keine Störungen im Ablauf gibt. Um acht Uhr morgens schließt das Haus allerdings für zwei Stunden. In diesen zwei Stunden kommt die Putzkolonne, eine bezahlte Reinigungsfirma, die den Hauptraum, die Separees und alle Zimmer säubert. Wenn Sie also in dieser Zeit zuschlagen, finden Sie nur die Reinigungskräfte vor und vielleicht drei oder vier Wachleute, die sie im Blick behalten.«

»Wie heißt diese Firma?«

Leotie machte ein nachdenkliches Gesicht. Erneut war es Awan, dessen aufmerksamer Geist die Antwort parat hatte. *»Cavallo's Cleaners.«*

Nachdenklich tippte John sich mit dem Zeigefinger an die Unterlippe. »Ich glaube, so langsam nimmt der Plan Gestalt an …«

Wenig später kehrten John und Sekoya zur *Junkyard Queen* zurück. Im Frachtraum erwarteten sie Hobie, Aleandro und ein halbes Dutzend große Holzkisten.

»Wie ich sehe, habt ihr kräftig eingekauft«, begrüßte John die beiden.

»Na, irgendwer von uns musste ja arbeiten, während ihr euch vergnügt.« Der Mechaniker schob schmunzelnd den kalten Zigarrenstumpen von einem Mundwinkel in den anderen.

»Was habt ihr bekommen?« Neugierig näherte John sich den Kisten.

»In dreien dieser Dinger sind Ersatzteile für den Antrieb«, erklärte Hobie. »Aber das hier dürfte dir gefallen.«

Er trat an das größte der sechs Behältnisse und wandte sich an Aleandro: »Hilf mir mal, Junge.«

Gemeinsam wuchteten sie den schweren Deckel von der Kiste. Im Inneren befand sich eine Menge Dämmfasern und ein Metallcontainer. John las die Aufschrift und klappte den Container auf. Er spürte, wie sich ein Lächeln auf seinem Gesicht ausbreitete.

»Wie geht es jetzt weiter?«, wollte Hobie wissen, als sie den Frachtraum verließen und in Richtung Cockpit marschierten.

»Aleandro und du, ihr fliegt nach Dutchman's Harbor zurück. Baut den ganzen Krempel in die *Mary-Jane* ein. Schafft ihr das bis morgen früh um sechs Uhr Zaragoza-Zeit?«

Hobie schnaufte und fuhr sich mit der Hand unter die rote Kappe. »John, ich bin keine zwanzig mehr.«

»Ich weiß, aber uns läuft die Zeit davon. Unsere einzige Chance, den Club anzugreifen, ist zwischen acht und zehn Uhr morgen früh. Wenn der Club erst brennt, müssen wir noch ein paar gefangene Peko befreien und anschließend die Valquarez-Familie auf die Stantons hetzen, um Kelly und Piccoli holen zu können. Das alles sollte so schnell gehen, dass weder Enrico noch Wilbur groß Gelegenheit haben, über ihr Handeln nachzudenken. Sobald der Spaß also richtig losgeht, brauche ich die *Mary-Jane* in Abrufbereitschaft. Wir können nicht zwischendurch um die halbe Welt und zurück fliegen.«

»Ich tue, was ich kann. Aber mach mir keine Vorwürfe, wenn bei unserer Flucht Triebwerk zwei wieder ausfällt, weil ich mich bei den Reparaturen zu sehr beeilt habe.«

»Mit dem Problem beschäftigen wir uns, sobald es auftritt.« John blieb vor der Cockpittür stehen, ohne einzutreten. Direkt daneben führte eine kurze Treppe hinunter zur

Bugschleuse und Ausstiegsrampe des *Space Haulers.* »Nachdem ihr die *Mary-Jane* repariert habt, ladet ihr eine unserer Wegwerf-Identitäten in den Transponder. Ich will nicht riskieren, dass jemand zu früh auf das Schiff aufmerksam wird. Dann soll Mary-Jane selbst übernehmen und den Frachter in der Wildnis bei den Thousand Canyons parken. Ihr kommt mit der *Junkyard Queen* bis sieben Uhr Ortszeit wieder her. Ich brauche euch beide in Zaragoza. Sagt Boon, er bekommt nochmal tausend Dollar, wenn er euch fliegt. Die übrigen neuntausend sammelt ihr wieder von ihm ein.«

»Verstanden, John.« Hobie nickte. »Und was macht ihr beide währenddessen?«

»Sekoya und ich schauen uns eine gewisse Reinigungsfirma mal genauer an.«

»Hände hoch! Keine Bewegung!«, rief Aleandro und reckte den Revolver den sechs Personen entgegen, die gerade in den kleinen Transportschweber steigen wollten.

»Dir ist schon klar, dass nur eines von beidem möglich ist, nicht wahr?«, bemerkte John an seiner Seite.

»Äh, stimmt. Egal. Das wollte ich schon immer mal sagen.«

Die zwei Männer und vier Frauen, drei von ihnen dunkelhäutig, die übrigen mit olivfarbener Haut, erstarrten. Eine der Frauen schlug die Hände vor den Mund, um einen Schrei zu unterdrücken. Alle trugen einheitliche blaue Overalls mit dem Logo von *Cavallo's Cleaners* und dazu einfache Arbeitsschuhe. Zwei der Frauen hatten Kopftücher auf, um ihre Haarpracht zu bändigen. Niemand von ihnen wirkte, als wäre er heldenhaft oder dumm genug, sich vier Angreifern zu widersetzen, von denen drei bewaffnet waren.

Der Hinterhof, in dem John, Hobie, Aleandro und Sekoya

den Mitarbeitern der Putzkolonne des *Rocket-Girl-Clubs* aufgelauert hatten, war von hohen Mauern umgeben, von denen zwei zu fensterlosen Lagerhallen gehörten. Es war der perfekte Ort für einen Hinterhalt, nachdem Aleandro das nur schlecht gesicherte, elektronische Schloss des Metalltors geknackt hatte, das den Hof versperrte.

»Was … was wollen Sie von uns?«, fragte ein untersetzter Mann mittleren Alters, dessen Haupthaar sich merklich lichtete und der eine elektronische Kladde unter den Arm geklemmt hatte. Er schien der Vorarbeiter der Reinigungstruppe zu sein.

»Eigentlich nicht viel«, erklärte John freundlich. »Zunächst einmal hätte ich gerne all ihre persönlichen Komm-Geräte. Nicht dass jemand auf die Idee kommt, Hilfe zu rufen.«

Zögernd kamen die Angesprochenen der Aufforderung nach. Aleandro sammelte die Geräte auf Johns Geheiß ein und warf sie in die Mülltonne, die neben der Hintertür von *Cavallo's Cleaners* stand. »Da sind sie für eine Weile gut aufgehoben«, verkündete er.

»Und nun«, fuhr John an den Mann gewandt fort, »möchten wir gerne mit Ihnen zum Club fahren.« Er deutete auf den geschlossenen Transporter, der in der Mitte des Hofs parkte. Das Fahrzeug mochte ehemals weiß gewesen sein, mittlerweile allerdings überzog eine Patina aus Schmutz die Karosserie. Außerdem waren mehrere der Buchstaben des blauen Schriftzugs beschädigt. Für eine Reinigungsfirma war das Gefährt nicht das beste Aushängeschild. Entweder verband den Besitzer und Valquarez verwandtschaftliche Nähe, oder der Rinderbaron sparte an Personalkosten, wo es ging.

»Warum wollen Sie mit uns zum Club?«, erkundigte sich Johns Gegenüber irritiert.

»Das geht Sie nichts an.« John wedelte mit dem Santhe. »Also los. Alle einsteigen. Es sei denn, es wäre Ihnen lieber, wenn wir Ihnen eine Kugel verpassen, Ihre Overalls anziehen und selbst mit dem Schweber hinüberfahren.«

»Nein, bitte, wir möchten keinen Ärger.«

»Sehr gut. Wenn alle kooperativ sind, wird niemand zu Schaden kommen.«

Sie stiegen in den Transporter. Hobie, Aleandro und Sekoya setzten sich zu den vier Frauen in den kastenförmigen Fond, John ließ sich hinter den beiden Männern in der offenen Fahrerkabine nieder.

»Sind Sie Mister Cavallo?«, fragte er den Untersetzten.

Der nickte scheu.

»Versuchen Sie keine dummen Tricks, verstanden?«, ermahnte John ihn. »Und auch keine, die sie für gute Tricks halten. Darauf würde ich äußerst ungehalten reagieren. Wir brauchen höchstens zwei oder drei von ihnen, um in den Club zu gelangen. Der Rest ist Verhandlungsmasse, und wenn Sie mich dazu zwingen, werde ich mich von ihr trennen. Wir verstehen uns, oder?«

Schweißtropfen bildeten sich auf Cavallos Stirn. »Ja, natürlich. Wir machen, was Sie verlangen. Aber tun Sie bitte mir und meinen Leuten nichts.«

»Fahren Sie einfach«, befahl John.

Cavallo gab Gas und steuerte das Fahrzeug aus der Hofeinfahrt.

Über Zaragoza brach der nächste Morgen an. Eine Uhr an der Hausfassade auf der anderen Straßenseite zeigte an, dass es kurz vor acht war. Auf der Straße des Industriebezirks, in dem das Reinigungsunternehmen lag, fuhr ein schwerer Lastschweber vorbei. Sonst war nicht viel los.

Die Fahrt durch die Stadt dauerte etwa zehn Minuten.

Währenddessen ging John ein letztes Mal ihren Plan durch. Im Grunde war er einfach: Sie würden Cavallo zwingen, ihnen Zugang zum Club zu verschaffen, und dann mehrere Feuer legen. Einige Flaschen mit Brandbeschleuniger hatte Hobie in einer Umhängetasche dabei. Danach würden sie das aufkommende Chaos nutzen, um die Peko aus ihrer Zwangslage zu befreien. John und Sekoya hatten das Personalgebäude bereits in der Nacht nach ihrem ersten unauffälligen Besuch bei *Cavallo's Cleaners* ausspioniert. Valquarez vertraute eher auf Wachmänner als auf massive Sicherheitstechnik. Das würde die Befreiungsaktion erleichtern, denn wenn nebenan der Club brannte, waren die Muskelmänner in ihren dunklen Jacketts ohne Zweifel abgelenkt.

Mit einem gemieteten Transporter, der bereits in einer Seitengasse parkte, würden sie zum Raumhafen hinüberfahren, wo Boon, der wortkarge Techniker aus Dutchman's Harbor, mit der *Junkyard Queen* wartete. Er würde sie zu den Thousand Canyons und damit zur *Mary-Jane* bringen. Und danach hieß es: Improvisieren für Teil zwei ihres Vorhabens – die Rettung von Kelly und Piccoli.

Obwohl John den Plan für halbwegs gut durchdacht hielt, blieb er auf der Hut. Die Erfahrung lehrte ihn, dass immer Überraschungen auf einen warteten. Er hoffte, dass ihnen wenigstens eine erspart blieb: das Eingreifen des Unionsmilitärs. Bislang schien sich der Gouverneur in den Kleinkrieg der Stantons und der Valquarez nicht merklich einzumischen. Das mochte sich ändern, wenn die Familien die großen Kaliber auspackten.

Cavallo lenkte den Transporter in die Seitenstraße hinter dem *Rocket-Girl-Club* und stellte ihn auf einem der Parkplätze hinter dem Gebäude ab. Auch dieser Hof war durch eine Mauer eingefasst. Valquarez wollte offensichtlich nicht, dass irgendwelche neugierigen Nachbarn mitbekamen, wer hier ein und aus ging. Das kam ihnen jetzt entgegen. Die einzigen zwei kritischen Elemente waren eine Kamera, die den Hintertürbereich im Fokus hatte, und die vergitterten Fenster des ersten Stockwerks der Personalunterkunft auf der anderen Straßenseite, durch die man im Prinzip auf den Parkplatz hinunterschauen konnte. Doch Leotie hatte ihnen versichert, dass dort oben nur Tänzerinnen und Tänzer schliefen, die ganz sicher keinen Alarm schlagen würden, wenn etwas am Hintereingang des Clubs nicht ganz mit rechten Dingen zuging. Hinter den meisten Fenstern waren ohnehin Vorhänge zugezogen. Wie in so vielen fragwürdigen Vierteln auf unzähligen Planeten galt auch hier die Devise, dass man am besten nicht nach links und rechts schaute, wenn man keinen Ärger haben wollte.

»Sie«, wandte sich John an den Beifahrer Cavallos, einen schlanken, hochgewachsenen Mann mit Dreitagebart. »Kommen Sie nach hinten in den Wagen und ziehen Sie Ihren Overall aus.«

Der Mann kam dem Befehl nach, und John streifte sich das Kleidungsstück statt seines Mantels über. »Aleandro, du bewachst ihn und hältst uns den Rücken frei.«

»Geht klar, Cap.« Der junge Computerspezialist richtete seinen Revolver auf den Mann.

»Ihr zwei macht euch bereit«, sagte John zu Hobie und Sekoya. »Schaltet eure Komm-Geräte auf Dauer-Konferenz. Und die Putzmannschaft kommt mit mir. Aber schön ruhig. Falls jemand einen Fluchtversuch wagt: Ich treffe euch auch noch auf hundert Meter in den Rücken.«

Angstvoll nickten die Frauen. Sie öffneten die Tür und kletterten aus dem Wagen. »Nehmt euer Putzzeug mit«, befahl John ihnen. »Es soll alles wie immer wirken.«

Sie begaben sich hinüber zur Hintertür.

»Gibt es einen Code oder so?«, fragte John, bevor sie in den Aufnahmebereich der Kamera traten.

»Nein, kein Code.« Cavallo schüttelte den Kopf. »Die Wachleute kennen uns.«

»Na gut, dann machen Sie noch diese eine Sache richtig, und Sie sind raus aus der Geschichte.«

»Sie lassen uns wirklich gehen?«

»Warum nicht? Sie sind nicht Teil unseres Jobs. Es geht nur um den Club. Ich würde Ihnen dennoch raten, die Klappe zu halten. Wenn Sie uns an die Obrigkeiten verpfeifen, wird das unseren Brötchengeber sehr wütend machen. Ich nehme an, Sie haben von ihm gehört. Sein Name ist Stanton.«

John erwähnte die Feinde der Valquarez mit aller Absicht. Sollte Mister Cavallo zu seinem Boss rennen, sobald er wieder seines Leben sicher war, schadete es nicht, Enrico samt seines Zornes gleich in die richtigen Bahnen zu lenken.

»Ich verstehe«, sagte der Reinigungsunternehmer. »Was sollen wir tun?«

»Geben Sie sich ganz unauffällig und sorgen Sie dafür, dass der Wachmann die Tür öffnet.«

»Ja, ganz unauffällig.« Er schluckte und wischte sich den Schweiß von der Stirn. »Ich bin kein guter Schauspieler, das wollte ich Ihnen nur gesagt haben.«

John klopfte ihm kameradschaftlich auf die Schulter. »Sagen Sie einfach ihr übliches Sprüchlein auf. Es wird schon gut gehen.« Er stellte sich in den toten Winkel direkt an der Mauer und wartete, dass Cavallo klingelte. Die vier Frauen standen etwas verloren hinter ihrem Arbeitgeber.

Eigentlich hatte John erwartet, dass es irgendeinen Wortwechsel an der Tür geben würde. So war er überrascht, als mit einem Summen der Eingang einfach geöffnet wurde.

Noch überraschter allerdings war der Wachmann, als John sich seitlich in sein Blickfeld drehte und ihm die Waffe ins Gesicht hielt. »Hände hoch und keinen Mucks.«

Rasch griff er zu und zog die Pistole seines Gegenübers aus dem Achselholster unter dessen Jackett. Dann sah er sich um. Sie befanden sich in einem Korridor, in dem sich außer ihnen niemand aufhielt. John zückte das Komm-Gerät. »Hobie, Sekoya, kommt ins Haus.«

Neben dem Ausgang befand sich ein kleiner Raum, eine Art Teeküche, in der die Kaffeemaschine lief und eine elektronische Illustrierte auf dem Tisch lag. »Hier rein«, befahl John dem Wachmann und wandte sich an die Putzkolonne. »Ihr auch.«

Der Wächter machte eine rasche Bewegung, versuchte, John den Revolver zu entreißen. Dessen Reflexe waren schneller als sein Verstand. John riss die Waffe zurück und drückte ab. Mit einem trocken fauchenden Knall entlud sich der Santhe, Johns Gegner wurde aus nächster Nähe in die Brust getroffen. Er zuckte zusammen und taumelte zurück. Sein Mund öffnete sich zum Schrei. John schoss ein zweites Mal, und der Wachmann fiel zu Boden.

»Verdammter Mist«, murmelte John. »Das fängt ja prächtig an.« Er drehte sich um und blickte zum Parkplatz hinaus, über den Hobie und Sekoya angelaufen kamen.

»Beeilt euch!«, rief er. »Hier geht's gleich rund!«

– 22 –

Während Sekoya die verängstigte Putzkolonne in der Teeküche bewachte, drangen John und Hobie mit gezogenen Waffen in den Club ein. Leotie zufolge gab es nur drei oder vier Wachleute. John hoffte, dass sie die Männer fanden und ausschalten konnten, bevor einer von ihnen um Hilfe rief.

Sie hatten das Glück, dass die Wächter glaubten, die Lage selbst in den Griff zu bekommen. Zwei von ihnen kamen ihnen, angelockt vom Waffenfeuer, entgegengerannt. Einem der beiden gelang es noch, einen Schuss abzufeuern, der allerdings fehlging und einen Wandspiegel zerschlug. Dann donnerte Hobies abgesägte Schrotflinte und hüllte den Gang in eine Wolke aus Blei. Einer der Männer bekam die volle Breitseite in die Brust, der andere wurde nur leicht getroffen. Mit einem Aufschrei fasste er sich an den linken Arm. Johns Kugel erledigte auch ihn.

»Schnell«, sagte John, als sie über die beiden Toten stiegen. »Falls es vier sind, müssen wir den letzten finden.« Sie betraten den Hauptraum und wurden von Pistolenfeuer empfangen. Hastig duckten sie sich hinter eine Sitzecke, während dort, wo sie eben noch gestanden hatten, eine Raketenskulptur von ihrem Ständer geschossen wurde.

John gab drei schnelle Schüsse ab, bevor er einen Blick über die Kante der Bank wagte und den Raum absuchte. Die unübersichtliche Architektur und das gedämpfte, farbige Licht machten die Orientierung schwer. Doch ihr Gegner machte den Fehler, den Kampf zu suchen, statt heimlich zu verschwinden. Es knallte, und Mündungsfeuer blitzte in Barnähe, als der vierte Wachmann erneut zum Angriff überging.

»Das klingt wie eine String&Blackmeyr, Kaliber zweiunddreißig«, meinte Hobie, hinter der Bank kauernd.

»Na und?«, fragte John, als er einen gezielten Schuss in Richtung seines Gegners abgab.

»Wenn ich mich nicht verzählt habe, hat er noch drei Schuss im Magazin.«

John warf seinem Freund einen ungläubigen Seitenblick zu. »Du hast die Schüsse gezählt?«

Hobie zuckte mit den Achseln. »Alte Angewohnheit.«

»Okay, dann sollten wir den Moment nutzen, in dem er nachladen muss. Er sitzt drüben hinter dem Tresen. Gib mir Feuerschutz, dann versuche ich, auf die andere Raumseite zu gelangen. Vielleicht können wir ihn in die Zange nehmen.«

»Geht klar, John.« Hobie schob den Lauf seiner abgesägten Schrotflinte über die Kante und richtete sie auf die Bar. Mit einem Schlag zerfetzte er die Einrichtung unmittelbar vor ihm. Auch wenn die Flinte auf Entfernung keine effektive Waffe war, machte sie ordentlich Lärm und sorgte dafür, dass ihr Gegner den Kopf einzog.

John sprang auf und rannte geduckt los. Das Knallen der String&Blackmeyr folgte ihm, aber der Wachmann feuerte offensichtlich blind, denn seine Kugeln kamen nicht einmal in Johns Nähe.

Er warf sich hinter einer mächtigen Rakete, die von einer lasziven Kunststoffschönheit geherzt wurde, in Deckung, rollte herum und kam wieder hoch. Jetzt befand er sich seitlich von ihrem Gegner. Durch die einzelnen Teile der Bar sah er eine Gestalt, die gerade geduckt ihre Position wechselte.

John drehte einen seitlich an der Waffe angebrachten Regler auf Anschlag, den der Santhe-CG von Werk her nicht besaß. Hobie hatte diese Verbesserung an dem Revolver vorgenommen, wodurch sich die Leistung der Induktionsspulen über das von Werk empfohlene Maß hinaus steigern ließ. Das belastete zwar den Energiespeicher, und man riskierte, sich die Spulen zu ruinieren, allerdings war die Durchschlagswirkung solcher Schüsse ziemlich eindrucksvoll.

Er zielte und wartete fünf endlose Sekunden, bis ein Statusanzeiger angab, dass der Energiespeicher die zusätzliche Ladung in die Kondensatoren gepresst hatte. Dann gab John seinen Schuss ab.

Der Santhe jaulte protestierend, und das Projektil jagte aus dem überhitzten Lauf. Es durchschlug die Ecke eines Tresens und traf den Wachmann in die Seite. Der keuchte auf und fiel schwer gegen die Verkleidung. Er fluchte etwas in einer Sprache, die John nicht verstand. Dann wuchtete er seinen schweren Körper in die Höhe und richtete seinen Revolver, tatsächlich ein String&Blackmeyr, auf John. Es schien, als wolle er seinen Mörder unbedingt mit ins Grab nehmen.

Doch es blieb bei dem Wunsch. Die Kugel aus dem Lauf seines Revolvers brachte den Kopf der lasziven Kunststoffschönheit zum Platzen. Dann bellte seitlich Hobies Schrotflinte und erledigte Valquarez' Aufseher.

»Danke, Kumpel«, sagte John.

»Stets zu Diensten«, erwiderte der Mechaniker und rückte seine Kappe zurecht.

»Das dürften alle gewesen sein, aber wir sollten trotzdem vorsichtig bleiben.«

»Bin ich immer.« Hobie senkte seine Donnerbüchse und kam näher. »Ich gehe mal in den Keller und schaue mich um, was man dort in Brand stecken kann.«

»In Ordnung, ich übernehme den Hauptraum.«

»Hier hast du ein wenig Zündstoff.« Der Mechaniker griff mit der freien Hand in seine Umhängetasche und stellte zwei Flaschen Brandbeschleuniger auf den Tisch neben sich. »Wir sehen uns gleich.«

»Beeil dich. Die Wände des Clubs sind gut schallisoliert, aber es könnte trotzdem jemand auf den Schusswechsel aufmerksam geworden sein.«

»Mache ich«, sagte Hobie, bevor er die Kellertreppe hinunter verschwand.

Kaum fünf Minuten später eilten John und Hobie bereits wieder dem Ausgang entgegen. Hinter ihnen schlugen Flammen an den Vorhängen und Polstermöbeln des Clubs empor. Auch in den Zimmern des ersten Stocks hatte John mehrere Feuer gelegt. Hobie hatte unterdessen im Keller den Öltank geöffnet und die Schutzautomatiken des Brenners abgeschaltet. Wenn sich erst die Öldämpfe entzündeten, würde der *Rocket-Girl-Club* in einer wundervollen Flammenwolke vergehen.

»Wir verschwinden«, verkündete John, als sie an der Teeküche vorbeikamen. »Alle in den Transporter.«

Sie rannten ins Freie und stiegen in Cavallos Fahrzeug. Diesmal übernahm John das Steuer. Er fuhr zwei Straßen weiter bis zu dem kastenförmigen Mietschweber, den sie dort geparkt hatten. John entledigte sich des geliehenen Overalls. »Aleandro und Sekoya, ihr bringt unsere sechs Freunde mit ihrem Fahrzeug vor die Stadt. Setzt sie etwa eine Marschstunde entfernt in der Wildnis aus und kehrt dann zu Boon zurück. Wir treffen uns dort, sobald Hobie und ich die Rettungsaktion hinter uns gebracht haben.«

»Ist gut«, sagte Aleandro. Er wandte sich an Sekoya. »Können Sie schießen?«

Die Peko-Frau nickte. »Aber ich mag Waffen ni...«

»Prima«, unterbrach er sie. »Dann fahre ich und Sie bewachen die Gefangenen.« Er drückte ihr seinen Revolver in die Hand und kletterte in die Fahrerkabine.

»Was ist mit meinem Transporter?«, wagte Cavallo aufzubegehren.

»Aleandro stellt ihn hier in der Gegend ab. Sie werden ihn schon wiederfinden«, gab John zurück. Er griff nach seinem Mantel und zog die Seitentür auf. »Nichts für Ungut. Wir tun das alles für eine gute Sache. Glauben Sie mir.«

Cavallo sah ihm verwirrt nach, als Hobie und John ausstiegen. Mit leisem Aufheulen des Motors setzte sich der Transporter der Reinigungsfirma in Bewegung. Gleich darauf war er um die nächste Hausecke verschwunden.

John schob eine neue Trommel in den Santhe und steckte ihn ins Holster. Anschließend zog er den Mantel darüber. Hobie versteckte seine abgesägte Schrotflinte unter seiner taschenreichen Werkzeugweste.

»Dann wollen wir mal sehen, wie sich unser Brand entwickelt«, brummte John.

Sie stiegen in den Mietschweber und fuhren einmal um den Block, um sich von der anderen Richtung dem Schauplatz des Geschehens zu nähern. Noch war von dem Feuer auf der Rückseite des Clubs nichts zu sehen. Kein Widerschein von Flammen war zu erkennen, kein schwarzer Rauch stieg in den bewölkten Himmel auf. John stellte ihr Transportmittel auf den Parkplatz eines Schnellimbisses, der ein paar Häuser weiter die Straße hinauf lag. Zu Fuß näherten sie sich ihrem zweiten Ziel, der Unterkunft des Clubpersonals.

Sie hatten Valquarez ' fragwürdiges Etablissement beinahe

erreicht, als es plötzlich einen heftigen Schlag gab. Fensterscheiben klirrten und gingen zu Bruch, und von einer Sekunde zur nächsten schlugen Flammenzungen aus dem Obergeschoss des Clubgebäudes. Mit einem überraschten Ausruf, der nur halb gespielt war, gingen John und Hobie hinter einem geparkten Fahrzeug in Deckung.

»Das dürfte die Aufmerksamkeit der Leute auf sich ziehen«, meinte John.

»Sehe ich auch so«, pflichtete Hobie ihm bei.

Es dauerte tatsächlich keine halbe Minute, bis sich die an der Parkplatzseite gelegene Seitentür des Personalhauses öffnete und drei Wachleute ins Freie stürmten. Einer von ihnen zog ein Komm-Gerät hervor und begann hektisch, damit herumzufuhrwerken. John nahm an, dass er versuchte, seinen Boss zu erreichen.

An den Fenstern der Nachbarhäuser tauchten Gesichter auf, und Passanten, die mit ihren Schwebern vorbeifuhren, hielten neugierig an. Die Menge der Schaulustigen wurde rasch größer, wobei mehrere ebenfalls ihre Komm-Geräte zückten, entweder um die Feuerbrigade zu rufen oder um Bilder zu machen. Der *Rocket-Girl-Club* war eine Institution in Zaragoza. Ihn brennen zu sehen, erlebte man nicht alle Tage.

»Ich glaube, das genügt«, sagte John leise.

In der Ferne wurde erstes Sirenengeheul laut. Bald würde es hier vor Brandbekämpfern und Polizisten nur so wimmeln. Das mochte zwar das Durcheinander vergrößern, barg aber die Gefahr, dass ein herumstehender Ordnungshüter ihre kleine Rettungsaktion mitbekam, auch wenn John die Hoffnung hegte, dass sich die Obrigkeit auf die zum Raumhafen weisende Front des Clubs konzentrierten würde, weil es dort mehr Platz für Löschfahrzeuge gab.

Während sich die Aufmerksamkeit der Hausbewohner auf den stärker werdenden Brand richtete, spazierten John und Hobie möglichst unauffällig zum Haupteingang an der Personalunterkunft an der Straßenseite. Der Eingang befand sich unter einem Vordach, was gut für sie war, weil es die Sicht von Passanten darauf verschlechterte.

»Willst du oder soll ich?«, fragte Hobie und nickte in Richtung Tür.

»Oh, bitte, mach du es ruhig. Ich knacke ständig irgendwelche Schlösser.«

Der Mechaniker zog eine Plastikkarte aus der Brusttasche.

Johns Augenbrauen kletterten in die Höhe. »Ein Bibliotheksausweis aus Williamsport?«

»Wir sind in letzter Zeit irgendwie häufiger auf Briscoll. Ich dachte, ich tue etwas für meine Weiterbildung.«

Mit gespieltem Misstrauen blickte John seinen alten Freund an. »Du bist hinter der Bibliothekarin her, gib es zu.«

Hobies Ohren wurden rot und er grinste schief. »Miss Baker ist es schon wert, dass man ein oder zwei Bücher für sie liest.«

Er schob die Karte in den Schlitz zwischen Tür und Rahmen und bewegte sie vorsichtig hin und her. Es klickte, und die Tür öffnete sich.

»Ich hätte nicht gedacht, dass das so einfach ist«, bemerkte Hobie erfreut. Er schob die zerknickte Karte zurück in die Tasche und holte seine Donnerbüchse hervor.

John zog den Santhe. »Los geht's.«

Letzten Endes war es fast zu leicht. Die Wachleute des Hauses hielten sich praktisch alle draußen auf dem Parkplatz auf, wo sie entsetzt zusahen, wie der *Rocket-Girl-Club* in Flammen aufging. John und Hobie blieb nichts weiter zu tun, als sich schnell und leise die Treppe hinauf in den zweiten Stock zu stehlen, wo Leotie und Awan zusammen mit jeweils drei anderen in den Zimmern ausharrten, die sie bewohnten. Das Haus schien einst ein kleines, etwas schäbiges Hotel gewesen zu sein, entsprechend übersichtlich und gleichförmig waren die einzelnen Stockwerke mit ihren langen Korridoren, von denen zahlreiche Zimmer abzweigten.

Die Wachleute hatten, wie John schnell feststellte, zur Sicherheit alle Zimmer versperrt. Keiner der zum Dienst im Club Gezwungenen sollte auf dumme Gedanken kommen, während sie draußen beschäftigt waren. Doch Johns Revolver machte selbst heruntergeregelt mit den Türschlössern kurzen Prozess.

Leotie und Awan standen bereit, ihre wenigen Habseligkeiten hatten sie in Laken gepackt. »Wir müssen noch die anderen Angehörigen unseres Volkes retten«, sagte die junge Frau. »Es sind nur vier Frauen, die in zwei Zimmern am Ende des Korridors sitzen.«

Widerstrebend kam John dem Wunsch nach. Um für zusätzliche Ablenkung zu sorgen, öffnete er auch acht weitere Türen auf gewaltsame Art. »Wenn ihr frei sein wollte, wäre jetzt eure Gelegenheit dazu«, teilte er den verdutzten Bewohnern mit.

Über dem Haus war das Rauschen eines Raumfährentriebwerks zu vernehmen. John eilte zum nächsten Zimmerfenster und spähte zwischen den Vorhängen hindurch nach draußen. Das kastenförmige Design mit den rudimentären, seitlichen Flügeln kam ihm bekannt vor, und als sich die Fähre drehte, um jenseits des brennenden Clubs am Raumhafen niederzugehen, erkannte John auch das schwarz-rote V-Emblem am Rumpf. »Hobie, wir sollten uns auf den Weg machen. Eben ist Valquarez am Schauplatz eingetroffen.«

Mit sechs Peko und einer Hand voll verunsicherter Mitläufer im Schlepptau, hasteten John und Hobie zurück zur Treppe. Im ersten Stock stießen sie mit einem bulligen Mann zusammen, der gerade von der Flurtoilette kam. Seinem höchst überraschten Gesichtsausdruck und dem offenen Reißverschluss seiner Hose nach zu urteilen, hatte er von der Befreiungsaktion im Stockwerk über ihm nichts mitbekommen. Statt einer Waffe hielt er eine Illustrierte in der Hand, von der eine unbekleidete Frau den Betrachter anstrahlte.

»Du hast zwei Möglichkeiten«, sagte John, als er den Santhe auf das Gesicht des Wachmanns richtete. »Entweder du gehst dorthin zurück, wo du gerade hergekommen bist, und blätterst noch ein wenig in deinem Magazin. Oder du stirbst hier und jetzt mit offen stehendem Hosenstall auf einem schäbigen Hausflur.«

Der Bullige wurde kreidebleich und verschwand langsam wieder in der Toilette. Da sie davon ausgehen mussten, dass der Kerl zum Komm-Gerät griff, kaum dass er seinen Schreck überwunden hatte, beeilten sie sich, hinunter ins Erdgeschoss zu gelangen. Zu ihrer Erleichterung war es nach wie vor leer.

John öffnete die Haustür und spähte ins Freie. Eine Menge Menschen hatte sich mittlerweile versammelt, die neugierig, aber nicht sehr hilfreich das Brandspektakel beobachtete. Er drehte sich zu den anderen um. »Die Peko kommen mit uns. Hobie, du führst. Ich gebe Rückendeckung. Dem Rest: Viel Glück!«

»Können Sie uns nicht auch mitnehmen?«, fragte eine junge Rothaarige. »Warum retten Sie nur diese Peko?«

»Weil ich einen Handel mit ihnen abgeschlossen habe«, erwiderte John unwillig.

»Aber hier in Zaragoza können wir doch kein neues Leben anfangen«, fügte eine zierliche Schwarzhaarige hinzu, »mit Valquarez' Männern an jeder Ecke und nichts als diesem Fummel am Leib.« Sie deutete auf den Minirock und den Flitter-BH, den sie anhatte.

»Das ist ganz ehrlich nicht mein Problem«, gab John zurück. »Ich bin nicht hier, um …« Fast zwei Dutzend Augenpaare sahen ihn flehentlich an. »Oh, Mann. Ich fasse es nicht. Also gut, kommen Sie. Aber das wird verdammt eng in unserem Transporter.«

Sie stahlen sich ins Freie und hasteten los. Ein paar Passanten nahmen Notiz von der Gruppe exotisch gekleideter Gestalten, aber sie griffen nicht ein. Vermutlich gingen sie davon aus, dass das Nachbarhaus des brennenden Clubs evakuiert wurde, was im Grunde recht nahe lag.

Ein paar der Männer und Frauen, die John befreit hatte, tauchten hastig in der Gruppe der Schaulustigen unter. John, Hobie, die sechs Peko und ein Großteil der übrigen Geretteten rannten unterdessen zu dem Mietschweber. Sie mussten sich tatsächlich sehr zusammenquetschen, um alle in den kleinen Laderaum zu passen. Glücklicherweise war der Weg, der vor ihnen lag, nicht weit. Eine Minute später waren sie unterwegs zum Raumhafen. Am Steuer atmete John auf. Diesen Teil ihres Plans hatten sie auch geschafft.

Boon erwartete sie rauchend an eine der Landestützen der *Junkyard Queen* gelehnt. Als er sah, wie John an die zwanzig überwiegend leicht bekleidete Frauen und sechs Peko aus seinem Fahrzeug auslud, fiel ihm die Zigarette aus dem Mund.

»Heiliger Strohsack«, murmelte er.

»Wir haben ein wenig Gesellschaft mitgebracht«, erklärte John lakonisch. »Ich hoffe, das stört sie nicht.«

Der sonst eher phlegmatische Techniker schüttelte hastig den Kopf. »Immer herein in die gute Stube. Hätte ich gewusst, dass Sie vorhaben, eine Party zu feiern, hätte ich die *Queen* vorher mal durchgewischt.«

»Die Damen haben Schlimmeres gesehen als einen unaufgeräumten Frachtraum«, versicherte John ihm.

»Damit fliegen Sie ins All?«, wollte die Rothaarige wissen, die ihn schon zuvor angesprochen hatte. Sie schenkte ihm einen staunenden Blick. »Sie sind entweder sehr mutig oder sehr verzweifelt.«

»Im Augenblick bin ich sehr in Eile«, versetzte John. »Also wenn Sie bitte einsteigen würden!«

Er warf einen Blick über die Schulter. Ein Lichtermeer aus flackernden Signallampen war dort zu erkennen. Am Rand des Landefeldes hatte sich ein halbes Dutzend signalrote Fahrzeuge der Feuerbrigade eingefunden, außerdem der Transportschweber eines Rettungsdienstes und zwei Polizeigleiter.

Im Hintergrund brannte der *Rocket-Girl-Club* lichterloh. Die Kunststoffröhrenschönheit, die auf der Rakete ritt, wurde von Flammen umleckt, und schwarzer Qualm quoll aus allen Fenstern. Seitlich neben dem Durcheinander stand die Privatfähre von Enrico Valquarez. Ihn selbst vermochte John auf die Entfernung nicht auszumachen, aber er bezweifelte nicht, dass der Rinderbaron vor Ort war, um mit eigenen Augen zu sehen, wie sein Lieblingsprojekt in Rauch aufging. *Wenn er je herausfindet, dass wir das waren, habe ich einen Feind mehr, der meinen Tod will.*

Er drehte sich um und eilte die Rampe empor ins Innere der *Junkyard Queen.* Am oberen Ende erwarteten ihn Aleandro und Sekoya.

»Nehmen wir die alle mit?«, fragte der junge Computerspezialist mit einer Mischung aus Entsetzen und Begeisterung.

»Nein, eigentlich wollte ich sie Boon mitgeben.« John wandte sich an den Techniker, der mit einem Knopfdruck die Rampe einfuhr und verriegelte. »Die jungen Damen sind sozusagen heimatlos. Wir haben sie aus einem unerfreulichen Arbeitsverhältnis befreit, und jetzt suchen sie eine Möglichkeit, neu anzufangen. Meinen Sie, Dutchman's Harbor könnte ein paar neue Einwohner gebrauchen?«

Boons Grinsen reichte von einem Ohr zum anderen. »Die kriegen wir schon unter, keine Sorge, Captain. Und wenn sie hier bei mir in der *Queen* bleiben.« Er verschwand im Cockpit, um den Start einzuleiten.

»Dutchman's Harbor?«, fragte eine der Frauen, die etwas verloren im Gang des Frachters herumstanden.

»Eine kleine Stadt auf der anderen Seite des Planeten«, erklärte John. »Direkt am Meer, immer gutes Wetter, sehr entspannte Bewohner – es wird Ihnen dort gefallen.«

»Kommen Sie, meine Damen«, sagte Hobie und winkte. »Gehen wir in den Frachtraum. Da ist mehr Platz, und niemand steht im Weg.«

Während die Gruppe sich in Bewegung setzte, gesellte Sekoya sich an Johns Seite. »Ich danke Ihnen, John, dass Sie Leotie, Awan und die anderen befreit haben, obwohl Sie Vorbehalte gegen uns Peko haben. Sie sind ein guter Mann, und wenn ich nicht bereits eine Lebensschuld bei Ihnen hätte, würde ich jetzt in Ihrer Schuld stehen.«

Leicht verlegen zuckte John mit den Schultern. »Wir hatten einen Handel – und ich gehöre zu den Menschen, die Ihre Schulden bezahlen … wenn sie es können.«

»Trotzdem danke.«

»Schon in Ordnung.«

Grollend erwachten die Triebwerke der *Junkyard Queen* zum Leben. Der Boden unter seinen Füßen erbebte und schwankte leicht, als sie abhoben. Damit waren sie raus aus Zaragoza, und wenn es nach John ging, würden sie eine ganze Weile nicht mehr dorthin zurückkehren.

Er holte tief Luft. »Also gut, widmen wir uns dem kniffligeren Teil dieses Tages. Bis jetzt war ja alles nur Vorspiel. Von nun an wird richtig scharf geschossen.«

– 23 –

»Wer ist dort?« Die Stimme von Enrico Valquarez klang gereizt und irritiert. Er schien es nicht gewohnt zu sein, dass ihn jemand auf seinem persönlichen Komm-Gerät kontaktierte, der seine Identität elektronisch verschleierte. Normalerweise funktionierte so etwas auch nicht ohne Weiteres. Es hatte Aleandro einige Arbeit an ruhigen Abenden gekostet, das Komm-System der *Mary-Jane Wellington* so umzuprogrammieren, dass es vollständig anonymisiert senden konnte. Die Suche nach Valquarez' persönlichem Komm war dagegen geradezu schnell gegangen.

»Hier ist ein Freund«, antwortete John, der im Pilotensitz des Frachters saß. Er wusste, dass seine Stimme verzerrt wurde, und er gab sich Mühe, in der Rolle des geheimnisvollen Informanten aufzugehen.

»Ein Freund?«, fragte Valquarez. »Für so einen Mist habe ich keine Zeit. Sagen Sie mir, wer Sie sind, oder ich lege auf.«

»Ich weiß, wer den *Rocket-Girl-Club* in Brand gesteckt, Ihre Männer getötet und Ihre Huren freigelassen hat«, entgegnete John schlicht.

»Was reden Sie da?«

»Wissen Sie es noch nicht? Bei dem Brand handelte es sich nicht um einen Unfall. Das war ein Angriff, bei dem Ihre Wachmannschaft starb. Und danach sind die Angreifer in das Haus fürs Personal eingedrungen und haben Ihren *Mitarbeitern* zur Flucht verholfen.«

Einen Moment lang herrschte Schweigen am anderen Ende der Verbindung. Es schien, als müsse Valquarez diese Nachricht erst mal verdauen. Dann wurde leise Spanisch gesprochen, dann lauter. Schließlich brüllte Valquarez irgendjemanden an.

All dem entnahm John, dass bislang weder Cavallo noch der Wachmann auf der Toilette ihrem Brötchengeber Meldung gemacht hatten. Cavallo wanderte höchstwahrscheinlich noch immer mit seiner Putztruppe durch die Wildnis zurück nach Zaragoza. Der Wachmann dagegen schien sein Versagen lieber totzuschweigen, als zuzugeben, dass er praktisch mit heruntergelassenen Hosen erwischt worden war.

»Okay, lassen Sie mich raten«, meldete sich Valquarez zurück. »Es war Wilbur Stanton, richtig? Wenn es einen Mann auf Alvarado gibt, der dreist genug wäre, mich so direkt anzugreifen, dann er.«

»Sehr gut, Mister Valquarez«, sagte John. »Aber wissen Sie auch, dass das nur der Anfang ist?«

»Wie meinen Sie das?«

»Mister Stanton will Rache dafür, dass Sie seinen Sohn umgebracht haben.«

»Ich habe Edward Stanton nicht umgebracht.«

»Sind Sie sicher? Sie haben auf das Schiff geschossen, mit dem er von Alvarado geflohen ist.«

»Aber wir wurden vom Unionsmilitär zum Abdrehen gezwungen.«

»Ich weiß nur, was ich gehört habe. Die Stanton-Familie rüstet sich zum Krieg. Sie will Ihre Sippe auslöschen. Der *Rocket-Girl-Club* war nur ein Vorgeschmack. Ihre Rinderherden sind das nächste Ziel. Sie sollten zuschlagen, bevor er es tut.«

»Dieser elende Bastard. Woher wissen Sie das alles?«

»Ich gehörte einst zu Stantons Vertrauten.«

»Zu Stantons Vertrauten? Wer zum Teufel sind Sie?«

»Ein Mann, der Rache will. Genau wie Sie.«

John kappte die Verbindung. Mehr konnte er nicht tun. Entweder sprang Valquarez auf den Köder an und holte zum Gegenschlag aus, oder sie mussten sich etwas Neues einfallen lassen. Kelly konnte er freipressen, so oder so. Das Anwesen der Valquarez war gegen die aufgerüstete *Mary-Jane Wellington* nicht geschützt. Aber ohne die Hilfe eines zornigen Rinderbarons würde es ihnen schwerfallen, gegen Stanton Station vorzugehen, um Piccoli zu retten. Im All war Stanton eindeutig der stärkere Spieler.

»Erhöhen wir den Einsatz«, murmelte John und wählte eine neue Nummer.

»Stanton Station, Hickman, was kann ich für Sie tun?« John glaubte, die Stimme von Stantons Sekretär wiederzuerkennen.

»Geben Sie mir Mister Stanton«, sagte er.

»Tut mir leid, er ist derzeit nicht abkömmlich. Kann ich Ihnen helfen?«

»Sagen Sie ihm, es geht um Leben und Tod. Ich muss ihn sprechen, und zwar sofort.«

»Wer ist denn da überhaupt?«

»Ich kontaktiere Sie aus dem Anwesen von Mister Valquarez. Er wird Stanton Station angreifen. Geben Sie mir Mister Stanton – sofort! Ich habe nicht viel Zeit.«

»Äh ... also ... einen Moment, bitte.«

Hobie, der an Johns Seite im Kopilotensitz saß, warf ihm einen verschmitzten Seitenblick zu. »Das gefällt dir, oder?«

John antwortete mit einem Grinsen. »Ich liebe es. Ich hoffe bloß, dass es funktioniert.«

Die *Mary-Jane Wellington* stand in einem einsamen Tal inmitten der Thousand Canyons. Boon hatte John und die anderen hier abgesetzt und war anschließend zurück nach Dutchman's Harbor geflogen, im Frachtraum der *Junkyard Queen* etwa zwanzig junge Frauen, die nach Johns Dafürhalten eine Menge Männer in der Aussteigerkolonie am Meer ausgesprochen glücklich machen würden.

Leotie, Awan und die vier Peko-Frauen waren bei der Crew der *Mary-Jane* geblieben. John hatte versprochen, sie nach Chamberlain oder Buford zu bringen, und dieses Versprechen gedachte er zu halten. Im Augenblick saßen ihre Gäste mit Sekoya in der Messe. Ein spürbar aufgeregter Alejandro achtete darauf, dass sie nichts anfassten, wovon sie die Finger lassen sollten.

»Hier spricht Stanton«, meldete sich die barsche Stimme des Bergbaumagnaten im Komm-System. »Wer sind Sie, und was erzählen Sie da für einen Mist, dass die Valquarez uns angreifen?«

»Haben Sie mitbekommen, dass im Raumhafen der *Rocket-Girl-Club* brennt?«, begegnete John den Fragen mit einer Gegenfrage.

»Natürlich. Es geht gerade durch die Netznachrichten von Zaragoza.«

»Valquarez macht Sie dafür verantwortlich. Er will Rache und gleichzeitig ein für alle Mal klären, wer von Ihnen beiden den Raumhafen von Zaragoza beherrscht. In diesem Moment machen sich seine Leute bereit, Ihre Station zu stürmen. Diesmal wird es keine Verhandlungen geben und keine Gnade. Ich rate Ihnen, sich bereit zu machen.«

Stanton sagte einen Moment lang nichts. Er schien verunsichert zu sein. »Pasquale, sind Sie das?«

»Ich muss Schluss machen. Es kommt jemand. Machen Sie

sich kampfbereit, Mister Stanton. Sonst werden Sie vernichtet.« John schloss den Kanal.

»Sieh mal einer an«, sagte Hobie. »Es gibt also wirklich einen Informanten. Wer hätte gedacht, dass dieser Pasquale so ein falscher Hund ist?«

»Schade, dass wir erst jetzt von ihm erfahren«, meinte John. »Wir hätten ihn für unsere Zwecke nutzen können. Aber nun muss es eben so klappen.«

»Glaubst du, dass Stanton und Valquarez anbeißen?«

»Wir werden es bald merken.« John hob den Kopf ein wenig. »Mary-Jane, überwache den Luftraum und melde, wenn sich uns bekannte Schiffe in Bewegung setzen.«

»Dazu müssten wir dieses Tal verlassen, John«, erwiderte die Schiffs-KI. »Ich habe hier zwischen den Bergen nur ein sehr eingeschränktes Ortungsfeld.«

»Das riskieren wir.« John legte eine Reihe Schalter um, aktivierte die Prallfeldprojektoren des Frachters und hob das Schiff langsam in die Höhe. Er gab Schub auf die Manövertriebwerke. Grollend stieg der Frachter aus dem Talkessel auf.

Hinter ihnen erschien Aleandro in der Cockpittür. »Geht es los?«

»Wir ändern nur unsere Beobachtungsposition«, gab John zurück.

»Ich registriere das Aufsteigen des Intersystemjägers und der Valquarez-Privatjacht oberhalb von Zaragoza«, meldete Mary-Jane. »Außerdem steigen ein Expresstransporter der *Messenger*-Klasse und ein Frachtraumschiff der *Asinus*-Klasse vom Raumhafen auf. Sie schließen sich den anderen beiden Raumfahrzeugen an.«

»Verdammt, unser guter Rinderbaron ist schnell«, stellte John staunend fest. »Der muss wirklich wütend sein wegen seinem Club.« Er ließ die *Mary-Jane* in der Luft hängen. Landen mussten sie nun nicht mehr. »Hobie, überprüf mal, ob bei Stanton Station etwas passiert.«

»Schon dabei, John«, sagte sein Freund und richtete die starke Sensorphalanx an der Oberseite des Frachters gen Himmel. »Oh, das sieht gut aus – also für uns zumindest. Stantons alter Patrouillenkreuzer hat eben abgelegt. Außerdem orte ich zwei weitere Schiffe, die sich dort oben in unmittelbarer Umgebung der Station bewegen. Ich glaube, das sind Stantons Jagdmaschinen. Mir scheint, als ob es dort gleich rundgehen wird.«

»Dann verlieren wir besser keine Zeit.« John zog das Steuer herum. »Wer weiß, wie lange es dauert, bis die Union eingreift und dem Scharmützel ein Ende setzt.« Er gab Schub auf die Heckdüsen, und die *Mary-Jane* beschleunigte. »Hobie, überlass Aleandro die Sensoren. Ich brauche dich an der Steuerbordrampe. Vielleicht benötigt Kelly Feuerschutz.«

»Wenn Sie uns Waffen geben, helfen wir Ihnen, Captain«, meldete sich eine Stimme hinter ihm. Als John sich umdrehte, sah er, dass Leotie und die anderen Peko unten an der kurzen Treppe zum Cockpit im Gang standen. »Geonoji Sekoya hat uns erzählt, dass Sie Ihre Gefährtin von Valquarez' Anwesen retten wollen. Wir mögen Ihnen nichts schuldig sein, aber wir ehren Ihr Anliegen.«

John warf Sekoya einen kurzen, fragenden Blick zu.

»Wenn Sie mir vertrauen, können Sie Ihnen vertrauen«, antwortete die junge Peko auf seine unausgesprochene Frage.

Ihm fehlte die Zeit, um sich darüber Gedanken zu machen, ob er Sekoya eigentlich vertraute – und wenn ja, wann er damit angefangen hatte. »Hobie, gib den Damen und Awan Schießeisen. Jedes Überraschungsmoment, das wir kriegen können, sollten wir nutzen.«

»Ist gut, John.« Sein Mechaniker stand auf und verschwand durch die Luke. Aleandro ließ sich auf seinem Platz nieder.

Vor ihnen kam das Anwesen der Valquarez in Sicht. John sah winzige Gestalten auf der weißen Mauer, die hektisch losrannten, als der Frachter mit tosendem Antrieb nahte. Er zog die *Mary-Jane Wellington* herum, sodass sie unmittelbar vor dem Haupttor schwebte, der Bug auf das Haupthaus gerichtet. Der Mann, der über dem Tor Wache hielt, ging in Deckung, als der Sturmwind der Triebwerke ihn von der Mauer zu fegen drohte.

John schaltete die Außenlautsprecher ein und regelte die Lautstärke hoch. »Hier spricht Captain John Donovan. Ich wende mich an den Mistkerl, der im Augenblick das Sagen hat. Sie halten eine Freundin von mir gefangen, eine Frau namens Kelly. Bringen Sie sie heraus, oder ich zerstöre dieses Anwesen.«

Ein leises Knattern erklang zur Rechten des Schiffs, gefolgt von einem leisen Prasseln auf der Schiffshülle. John ließ die *Mary-Jane* auf ihrem Prallfeld nach rechts driften. Die Außenkameras zeigten ihm zwei Verrückte auf dem nordöstlichen Wachturm, die mit einem Maschinengewehr auf sein Schiff feuerten.

»Sagt Hallo zur neuen *Mary-Jane Wellington*«, knurrte er und drückte einen Knopf. An der Unterseite des Backbordfrachtraums öffnete sich eine Klappe und eine zwanzig Raketen enthaltende, metallisch grau glänzende Lafette drehte sich aus dem schweren Rumpf des *Cambria*-Klasse-Frachters. Der Werfer, der eine Vielzahl an Standard-Raketentypen laden konnte, stammte aus einer ehemaligen Unionsmilitärfregatte und hatte über fragwürdige Umwege seinen Weg in *Ingberts Warenbörse* gefunden. Dort war er in Hobies und Aleandros Besitz übergegangen.

Das Bild auf dem Schirm von Johns Konsole wechselte, als eine weitere Kamera aktiviert wurde. Ein Fadenkreuz erschien, und Zieldaten wurden eingespielt. John nahm den Wachturm ins Visier, von dem aus sie beschossen wurden. Als die Männer dort registrierten, was aus dem Rumpf ausgefahren worden war, schrien sie erschrocken auf und wirbelten herum. Diesmal aber ließ John keine Nachsicht walten. Er drückte den Feuerknopf, und eine der Raketen schoss fauchend dem Turm entgegen. Sie schlug ein, und das Bauwerk aus Holz und weiß getünchtem Backstein verging in einer spektakulären Explosion.

John ließ den Frachter zurück zum Haupttor driften. »Möchte noch jemand Widerstand leisten?«, fragte er über Außenlautsprecher. »Ich würde davon abraten. Und jetzt übergebt uns Kelly!«

Ein Mann tauchte aus dem Haupthaus auf. John erkannte Cavill wieder, einen der engen Vertrauten von Enrico Valquarez. Der sehnige Mann kam mit gehobenen Händen und grimmiger Miene näher. Staub umwehte ihn und seine strähnigen Haare flatterten, als John die *Mary-Jane* etwas höher zog und über den Torbogen gleiten ließ.

Cavill schrie etwas, aber John konnte ihn nicht verstehen. »Aleandro, dreh mal das Richtmikrofon auf den Kerl«, bat er. »Die Triebwerke sind zu laut.«

»Augenblick, Cap.« Der Junge machte sich an den Instrumenten zu schaffen.

»Wiederholen Sie, was Sie gesagt haben«, befahl John über Lautsprecher.

»Ich sagte, hier ist keine Kelly«, erwiderte Cavill.

»Dann fangen Sie besser schnell an zu suchen, denn meine Geduld ist endlich.« John drehte den Raketenwerfer auf die Scheune unweit des Nebentors, in der Isabel vor ein paar

Nächten ihre Habseligkeiten versteckt hatte. Er drückte auf den Auslöser und jagte eine zweite Rakete in den Dachstuhl. Die Detonation wirbelte Dachbalken, Querverstrebungen und Wellblechplatten durch die Luft.

Cavill schrie auf und duckte sich. Dass er nicht die Beine in die Hand nahm und das Weite suchte, sprach für seinen Mut. Nachdem die letzten Trümmerstücke zu Boden geprasselt waren, richtete er sich wieder auf.

»Das ändert gar nichts, Sie Wahnsinniger! Bei meiner Mutter, ich schwöre Ihnen, dass ich nichts vom Verbleib Ihres Weibsstücks weiß. Señor Valquarez hatte keine Gefangene.«

»Sie wurde von Sophia gefangen genommen«, erklärte John.

»Von Sophia?« Cavill blinzelte gegen den Staub an, der von den Prellfeldprojektoren des Frachters aufgewirbelt wurde.

»Ja.«

»Dann hat sie Ihre Kelly vielleicht in den Bergen versteckt. Sophia besitzt eine Hütte, am Rand der Bridens Gulch in den Thousand Canyons.«

»Wo liegt die Schlucht?«

»Das …« Cavill zögerte. »Das ist schwer zu beschreiben.«

»Dann kommen Sie mit und zeigen sie uns – und das war keine Bitte!«

Der Mann verzog mürrisch die Miene, sagte aber nichts.

John wechselte auf den Bordsprechfunk. »Hobie, mach die Frachtraumluke auf. Wir nehmen einen Mann an Bord. Kelly ist nicht hier. Er wird uns zu ihr führen.«

»Verstanden, John.«

Erneut wandte er sich an Cavill. »Kommen Sie vor das Tor, und beeilen Sie sich. Wenn Sie sich weigern, trifft die nächste

Rakete das Haupthaus. Ich nehme nicht an, dass Sie das Ihrem Boss erklären möchten.«

Vorsichtig setzte John den Frachter zurück, bis er wieder vor dem Eingangstor über der Ebene hing. Dort landete er die *Mary-Jane Wellington*. Durch die Cockpitscheibe sah John, wie Cavill angerannt kam. Er verschwand unter dem Steuerbordfrachtraum.

»Wir haben ihn«, meldete Hobie wenige Sekunden später über Funk.

»Bring ihn ins Cockpit«, gab John zurück, während er den Frachter wieder abheben ließ. Die Raketenlafette verschwand auf Knopfdruck wieder im Rumpf. Er blickte zu seinem Kopiloten. »Aleandro, wie sieht es im Orbit über uns aus?«

»Die Schiffe bewegen sich um Stanton Station. Sie scheinen zu kämpfen.«

»Irgendwelche Anzeichen von Unionsmilitärschiffen?«

Aleandros Finger huschten über die Konsole. »Keine. Die Union hält sich raus.« Der Junge sah John an. »Vielleicht freut es den Gouverneur sogar, wenn sich die Stantons und die Valquarez gegenseitig auslöschen. Mehr Macht für ihn.«

»Möglich wäre es«, stimmte John zu.

Hobie und Cavill betraten das Cockpit. Der Vertraute des Rinderbarons machte ein finsteres Gesicht, aber Hobies Donnerbüchse hielt ihn davon ab, sich offen zu beschweren.

»Fliegen Sie zu den Thousand Canyons«, sagte er. »Ich führe Sie von dort.«

»Kluge Entscheidung, mit uns zu kooperieren«, sagte John mit einem Schulterblick, während er die *Mary-Jane* in eine weite Kurve lenkte.

»Ich will nur vermeiden, dass das Heim von Señor Valquarez in Schutt und Asche gelegt wird. Ich bin ihm treu, nicht seiner exzentrischen Tochter.«

Mit dröhnenden Triebwerken rasten sie zurück zu dem Schluchtenlabyrinth, von dem aus sie eben gestartet waren.

»Sagen Sie, diese Grünhäute im Frachtraum kommen mir ziemlich bekannt vor«, meldete sich Cavill erneut zu Wort. »Sind das nicht Huren aus dem *Rocket-Girl-Club?*«

»Möglich wär's«, meinte John, ohne sich umzudrehen. »Sie sind mir auf dem Raumhafen zugelaufen. Und da man nie genug Frauen an Bord haben kann, habe ich sie mitgenommen.«

»Das klingt, als hätten Sie es sich eben ausgedacht.«

»Ist mir eigentlich egal.«

Einige Sekunden schwieg Cavill, dann sagte er: »Sie spielen die ganze Zeit schon ein falsches Spiel, nicht wahr? Sind Sie für den Aufruhr am Raumhafen verantwortlich?«

»Wenn Sie es sagen, wird wohl was dran sein.«

»Aber warum?«

John blickte sich erneut zu dem Mann um. »Fragen Sie Ihren Boss. Und jetzt konzentrieren Sie sich auf Ihre Aufgabe. Wo ist diese verdammte Hütte?«

Missmutig deutete Cavill nach vorne durch die Cockpitscheibe. »Sehen Sie den spitz zulaufenden Gipfel auf ein Uhr? Steuern Sie in diese Richtung.«

John folgte der Anweisung. Danach orientierten sie sich an einem schlangenartig gewundenen Canyon, bogen an einem Gebirgsfluss ab, der sich zwischen hohen Bergwänden seinen Weg bahnte, und erreichten schließlich einen Bergsee.

»Sehen Sie das baumbewachsene Ufer auf der anderen Seeseite?«, fragte Cavill.

»Ja.«

»Dort, am Eingang einer breiten Schlucht, liegt die Hütte.«

Er deutete durch die Scheibe auf ein kleines Holzhaus, das in Sicht kam, als sie das Wäldchen umrundeten. »Die Schlucht ist die Bridens Gulch«, erklärte Cavill. »Durch sie erreicht man das Tal, wenn man mit einem Bodenfahrzeug unterwegs ist.«

»Befinden sich Wachen in der Hütte? Oder ist Sophia dort?«

»Ich weiß es nicht. Sophia macht, was sie will. Da niemand von uns ihr etwas vorschreiben kann, machen wir so gut es geht einen Bogen um sie. Ich habe nicht mitbekommen, ob sie mit dem *Padre* zum Raumhafen geflogen ist oder nicht.«

»Was ist das überhaupt für ein abgelegener Ort?«, wollte Aleandro wissen. »Geht sie hier etwa angeln?«

Cavill lachte rau. »Bestimmt nicht. Die Hütte ist Sophias Rückzugsort. Dort besucht man sie nur, wenn man eingeladen wird. Sonst fängt man sich eine Kugel ein. Was genau sie hier treibt, kann also keiner von uns sagen. Es gibt Gerüchte, dass sie irgendwelche Liebhaber hierhin mitnimmt. Und nachdem sie ihrer überdrüssig geworden ist, erschießt Sophia sie und wirft ihre Leichen in den See.«

Stirnrunzelnd sah John Cavill an. »Das sind ja schöne Schauergeschichten.«

Der zuckte mit den Achseln.

Bett oder Sarg. Offenbar lagen diese beiden Ruhestätten näher beisammen als John gedacht hatte.

Mit fauchenden Prallfeldern ließ er den klobigen Frachter auf einem flachen Geröllfeld unweit des Wassersaums niedergehen. Er schaltete den Antrieb aus und stand auf.

»Na gut. Da unsere Landung alles andere als unbemerkt geblieben sein dürfte, spare ich mir die Heimlichkeit und gehe jetzt hinüber, um anzuklopfen. Sie kommen mit, Cavill – nur falls wir tatsächlich auf Leute von Ihnen stoßen.« John zog den Revolver aus dem Gürtel und machte eine auffordernde Bewegung.

Ergeben ging Cavill vor ihm her. Sie verließen den Frachter und schritten über das Geröllfeld auf die Hütte zu. John nahm seine Umgebung genau in Augenschein, versuchte, mögliche Angreifer zu erspähen, die sich beim Nahen der *Mary-Jane* auf die Lauer gelegt hatten. Er entdeckte niemanden. Das einzige ihnen zugewandte Fenster der Hütte war geschlossen, dahinter hatte jemand einen Vorhang vorgezogen. Im fiel auf, dass nirgendwo ein Fahrzeug parkte. Das musste allerdings nichts bedeuten. Es konnte zwischen den Bäumen hinter dem Haus stehen.

Etwa zwanzig Schritte von der Eingangstür entfernt kam John ein Gedanke. Er blieb stehen und zog das Komm-Gerät vom Gürtel. »Hobie, fahr mal den Raketenwerfer aus, und bitte die Hüttenbewohner, in Erscheinung zu treten.«

Mit leisem Rumpeln und Surren tauchte die Lafette unter dem Frachtraum auf und drehte sich dem Holzhaus zu.

»Guten Morgen«, drang Hobies Stimme aus dem Außenlautsprecher, was angesichts der Uhrzeit angemessen war, auch wenn es John so vorkam, als dauere dieser Tag schon ewig. »Wenn Sie im Augenblick in dieser Hütte sitzen und sich fragen, ob Ihr letztes Stündchen geschlagen hat, kann ich Sie beruhigen. Wir wollen niemanden töten – wenn es sich vermeiden lässt. Wir möchten bloß Kelly zurückhaben. Also wenn Sie bitte so freundlich wären, mit ihr herauszukommen. Sie brauchen keine Waffen mitzubringen. Wir haben hier draußen genug, und niemand ist auf eine Schießerei scharf, zumal unser Kaliber etwas größer sein dürfte als das Ihre. Nur falls Sie es vom Fenster nicht richtig erkennen können: Wir haben achtzehn zielsuchende Explosivraketen auf Sie gerichtet, wovon jede einzelne ausreichen dürfte, um Ihre Unterkunft in Kleinholz zu zerlegen.«

»Der macht das ziemlich gut«, sagte John erstaunt zu Cavill. »Ich sollte ihm häufiger das Verhandeln überlassen.«

Cavill brummte nur.

An der Hütte tat sich nichts.

»Ich wiederhole noch einmal«, sagte Hobie. »Kommen Sie ohne Waffen, aber mit unserer Gefährtin Kelly aus der Hütte. Wir wollen keinen Streit mit Ihnen, aber wir sind bereit, Gewalt anzuwenden, wenn Sie sich sträuben.«

Nichts passierte.

»Soll ich mal eine Rakete in den Wald abfeuern, zu Demonstrationszwecken?«, fragte Hobie über Funk.

»Nein, das wäre Geldverschwendung«, gab John zurück. »Ich habe das Gefühl, dort ist niemand.« Er warf Cavill einen warnenden Blick zu.

»Ich habe nie behauptet, dass Ihre Freundin ganz sicher hier ist. Ich sagte, Sophia habe sie vielleicht in ihrer Hütte versteckt.«

»Finden wir es heraus. Sie gehen vor.«

Gemeinsam begaben Sie sich zum Eingang. Cavill drückte die Klinke runter. Die Tür erwies sich als verschlossen. Kurzerhand senkte John den Santhe und gab einen Schuss ab. Dann trat er die Tür auf, packte Cavill am Kragen und schubste ihn ins Innere.

Dem Mann entfuhr ein Laut des Erschreckens, als er nach vorne taumelte, direkt in einen möglichen Hinterhalt hinein. Doch nichts geschah. Er fing sich, zog sein Hemd wieder gerade und funkelte John wütend an. »Sie sind ein Scheißkerl, wissen Sie das?«

»Ich bin gerade wirklich nicht in der Stimmung, ein netter Mann zu sein.« Überzeugt, dass kein Angreifer hinter der Tür lauerte, trat John über die Schwelle. Im Halbdunkel ließ er den Blick schweifen. Die Hütte bestand nur aus einem großen Raum, von dem ein kleiner Sanitärbereich abgetrennt war, dessen Tür offen stand. Wände und Möbel bestanden aus dunklem Holz, an der Rückwand gab es einen Kamin aus Natursteinen, in dem sich kalte Asche sammelte. Die Einrichtung wirkte rustikal und gemütlich, ein Ort, an dem auch John sich wohlgefühlt hätte. Es gab eine braune Couch, eine kleine Kochstelle, einen Tisch mit zwei Stühlen, und im rechten Teil stand ein breites Bett. Das Einzige, was in der Hütte fehlte, war Kelly.

Johns Miene verdunkelte sich, und er richtete den Revolver auf Cavills Gesicht. »Wo ist Kelly?«, zischte er bedrohlich leise.

Unsicher zuckte Cavill mit den Schultern. »Ganz ehrlich, ich bin überfragt. Wenn Sie in Sophias Hand ist, hätte sie hier sein müssen. Hier oder ...« Ihm schien ein Gedanke zu kommen. »... auf der *Despiadado*. Das wäre die einzige naheliegende Alternative.«

Auf Johns Stirn entstand eine steile Falte. »Ist das ein Schiff?«

»Ja, Sophias Privatraumer, ein ehemaliger Expresstransporter der *Messenger*-Klasse, extrem schnell und nachträglich bewaffnet.«

John spürte, wie sich seine Eingeweide zu einem harten Knoten verkrampften. Ein Transporter der *Messenger*-Klasse war vorhin vom Raumhafen aufgestiegen, um sich gegen die Stantons in den Kampf zu stürzen. Wenn Kelly wirklich oben im Orbit war, konnte jede Minute ihre letzte sein. *Und ich wäre schuld an ihrem Tod.*

Ohne ein weiteres Wort ließ John Cavill stehen und stürzte aus der Hütte.

– 24 –

Mit donnernden Triebwerken raste die *Mary-Jane Wellington* dem Orbit von Alvarado entgegen. Im Cockpit saß John am Steuer und betete zu einem Gott, dem er normalerweise nicht viel Aufmerksamkeit widmete, dass die Valquarez in dem Raumgefecht rund um Stanton Station die Oberhand behielten.

»Hobie, kannst du erkennen, was dort oben passiert?«

Sein alter Freund schaute angestrengt auf die Sensoranzeige. »Noch scheinen sich alle Schiffe aktiv zu bewegen. Zumindest kann ich kein Signal orten, das driftet. Warte! Der *Asinus* entfernt sich vom Kampfgeschehen. Entweder fliehen sie oder ... Nein, keinerlei Beschleunigung. Das Schiff treibt. Die hat es erwischt, und wenn nur die Flugsteuerung ausgefallen ist.«

Vor ihnen wechselte das Blau des Himmels zum sternenübersäten Schwarz des Weltraums. Mit einem letzten Fauchen verließen sie die Atmosphäre. Im luftleeren Raum wurde ihr Flug ruhiger, und John erhöhte den Schub. Sein Blick glitt über die Triebwerksanzeigen. Hobies Reparaturen sahen gut aus.

In der Ferne wurde Stanton Station in ihrem hohen, geostationären Orbit über Zaragoza sichtbar. Kleine metallene Körper flogen um sie herum wie seltsam ungelenke Insekten. Haarfeine Lichtfäden zuckten zwischen ihnen durch die Dunkelheit, die Leuchtspuren von Massetreibergeschossen. Gelegentlich erblühte eine lautlose Explosion, wenn eine Rakete ihr Ziel traf.

»Die Sensoren zeigen acht Schiffe an«, berichtete Hobie, »die *Fastuosa*, den Intersystem-Jäger und Sophias *Despiadado*, außerdem Stantons altes Patrouillenschiff, seine zwei Jagdmaschinen und zwei leichte Frachtschiffe. Ich kann dir aber nicht sagen, zu welcher Partei die letzten beiden gehören.«

Eine weißblaue Explosion, deutlich größer als die einer Rakete, erhellte einige Sekunden lang den Weltraum vor ihnen. John kniff die Augen zusammen, und Hobie fluchte leise.

»Okay, das war eines der Frachtschiffe. Wie es aussieht, wurde es von einer Jagdmaschine der Stantons verfolgt. Das muss ein direkter Treffer in den Texaferm-Konverter gewesen sein. Nichts sonst veranstaltet ein solches Feuerwerk.« Der Mechaniker warf John einen Seitenblick zu. »Was genau haben wir eigentlich vor? Du willst hoffentlich nicht in diesen Kampf eingreifen. Die *Mary-Jane* hat eine dicke Hülle, aber das dort ist ein Gemetzel.«

»Ich weiß es auch noch nicht, Hobie«, erwiderte John. »Ich weiß nur, dass wir an Bord der *Despiadado* müssen, um Kelly von dort zu retten. Und wir müssen an Bord von Stanton-Station, um Piccoli zu befreien.«

Hobie runzelte die Stirn. »Wo ist die *Despiadado* eigentlich? Eben war sie noch auf dem Bildschirm.«

»Was willst du damit sagen? Ist sie fort?«

»Irgendwie schon.«

»Zerstört?« John spürte, wie sich sein Körper anspannte. *Wenn da draußen irgendeine höhere Macht existiert, in deren Schuld ich mich begeben kann, dann lass das nicht wahr sein.*

Hobie machte ein unglückliches Gesicht. »Kann ich dir nicht sagen, John. Ich ...«

»Die *Despiadado* hat an Stanton Station angedockt«, meldete sich Mary-Jane zu Wort. »Ihr Sensorprofil wird von der Raumstation überdeckt.«

Johns Blick zuckte zur Decke. »Bist du sicher, Mary-Jane?«

»John, ich bin eine Künstliche Intelligenz. Ich äußere keine Vermutungen.« Sie klang ein wenig pikiert wegen der Nachfrage.

»Entschuldige, hätte mir klar sein sollen.« Mit neuer Hoffnung beugte John sich vor und änderte den Anflugvektor des Frachters.

»Jetzt siehst du aus, als hättest du einen Plan«, meinte Hobie.

»Und so ist es auch«, bestätigte John. »Wir lassen das Raumgefecht links liegen und nähern uns Stanton Station von der anderen Seite. Dann docken wir ungesehen ebenfalls an und suchen unsere Leute.«

»Oha, nicht gut.« Hobie tippte auf seiner Konsole herum und rief weitere Sensordaten auf.

»Was ist los?«

»Von Hesparda nähern sich drei weitere Schiffe. Und von Alvarado befinden sich vier im direkten Anflug auf Stanton-Station.«

John stieß einen leisen Pfiff aus. »Die wollen es wirklich wissen. Mir scheint, dass sich in den letzten Jahren eine Menge Zorn angestaut hat, und jetzt haben wir die sprichwörtliche Plasmafackel in die Gasblase gehalten.«

»Was ich damit sagen will: Wir sollten uns lieber beeilen. Stanton Station musste schon einiges einstecken. Wer weiß, wie lange man dort noch sicher ist.« Hobie deutete auf die Raumstation, die vor dem Cockpitfenster immer größer wurde. Sich ausdehnende Wolken aus Metallfragmenten,

Glassplittern und gefrorenem Gas drifteten an drei Stellen von dem Familiensitz der Stantons weg.

»Ja«, pflichtete John ihm mit knappem Nicken bei. »Schnell, rein, schnell wieder raus. Das halte ich auch für das Beste.« Er kontrollierte ihre Schubwerte. Wenn sie zu schnell wurden, schossen sie über ihr Ziel hinaus und mussten sich diesem mühsam erneut annähern. Aber ihre Relativgeschwindigkeit war im grünen Bereich.

Ein Warnlämpchen auf Johns Konsole flackerte auf.

»John, der Intersystemjäger von Mister Valquarez nähert sich uns«, meldete Mary-Jane.

»Er feuert!«, rief Hobie.

»Heckkamera«, befahl John, und Mary-Jane legte das Bild auf das Display vor ihm. Zwei grüne Leuchtfinger tasteten durch die Finsternis. Gleich darauf knallte es im Heck des Frachters, als sie über den Rumpf strichen. »Wieso schießt der Idiot auf uns? Wir sind unschuldig. Hobie, ihr habt doch den falschen Transponder aktiviert, oder?«

»Na klar. Wir sind die *Sternwanderer* von Constitution, geführt von Captain Bob Robertson. Stimmt doch, Mary-Jane?«

»Das ist korrekt.«

»Offenbar glaubt der Bursche, dass Robertson zu Stantons Leuten gehört«, meinte John, »und wir haben leider keine Zeit, ihn vom Gegenteil zu überzeugen. Hobie, fahr die Lafette aus und schieß zwei Raketen ab.«

»Alles klar, geben wir ihm was zum Nachdenken.«

John war bewusst, dass er Gefahr lief, dem Reiz des neuen Waffensystems zu erliegen. Vier Raketen binnen einer Stunde zu verschießen war ein verdammt teurer Spaß. Zum Glück waren nicht all ihre Tage derart ereignisreich.

»Raketen abgefeuert!«, rief Hobie.

Auf dem Bildschirm sah John, wie zwei kleine Projektile, Flammenschweife hinter sich herziehend, dem Intersystemjäger entgegenrasten. Der Pilot erkannte die drohende Gefahr rechtzeitig und riss seine Maschine steil nach oben. Die zielsuchenden Raketen hefteten sich an seine glühenden Triebwerke und verschwanden in der Schwärze.

Das genügte John. Das Schicksal des Jägers interessierte ihn nicht, solange der ihm keine Schwierigkeiten machte. Er entfernte sich sicherheitshalber weitere zehn Kilometer von der heißen Zone, anschließend drehte er die *Mary-Jane Wellington* und ließ sie halb um die eigene Achse rollen, um sich der vom Planeten abgewandten Seite der schirmartigen, oberen Stationssektion zu nähern. Der Raumkampf geriet aus seiner Sicht, als Stanton Station anschwoll und das Cockpitfenster ausfüllte.

»Dort drüben.« John deutete auf eine Andockstelle am Rand der Wohnsektion. »Da legen wir an. Mary-Jane, ruf bitte Aleandro ins Cockpit. Ich brauche ihn.«

Gleich darauf tauchte der junge Computerspezialist auf. »Wie kann ich helfen?«

»Klemm dich hinter deine Konsole und überbrück per Funk die Andockkontrolle drüben auf der Station. Kriegst du das hin?«

»Stanton Station wird kaum besser gesichert sein als das Mondanwesen.« Aleandro winkte ab. »Kinderspiel.« Er ließ sich auf seinem Platz im hinteren Cockpitbereich nieder, und seine Finger begannen über die Konsole zu huschen.

John gab leichten Gegenschub, um ihre Annäherung zu verlangsamen. In Situationen wie diesen, in denen buchstäblich das All brannte, wünschte er sich, man könne ein Raumschiff wie einen Schweber fliegen, es herumreißen, Gas geben und Vollbremsungen machen. Leider musste man selbst dann im Weltraum Ruhe und Sorgfalt walten lassen, wenn der eigene Puls raste und man das Gefühl hatte, einem renne die Zeit davon. Wenn er den Andockkragen nicht richtig erwischte, lief er Gefahr, die Schleuse der *Mary-Jane Wellington* zu ruinieren – und dann müssten sie mit Raumanzug und Sicherungsleine zur Station übersetzen, was noch viel länger dauern würde.

»Entfernung hundert Meter, Annäherung mit einem Meter pro Sekunde«, meldete Hobie.

John zündete die Manöverdüsen und drehte den Frachter. Die Seitenkamera schaltete sich ein und zeigte die Stationsschleuse. »Mary-Jane, du übernimmst das Andockmanöver.«

»Gerne, John«, sagte die Schiffs-KI.

»Aleandro, Status der Schleuse?«

»Hab's gleich.«

»Fünfzig Meter«, warf Hobie ein.

John erhob sich. »Hobie, du bleibst mit Aleandro an Bord. Bewacht das Schiff und haltet euch für die Flucht bereit.«

»Du brauchst Rückendeckung, John«, wandte sein Freund ein.

»Ich nehme Sekoya und ihre Leute mit.«

»Bist du sicher? Die wissen doch kaum, wo bei einer Waffe vorne und hinten ist.«

»Solange sie Krach machen und Stantons Leute ablenken, genügt mir das. Die eigentliche Rückversicherung brauch ich hier an Bord. Ich will nicht mit Kelly und Piccoli im Schlepptau zur Schleuse zurückkommen, nur um festzustellen, dass in der Zwischenzeit die *Mary-Jane* geentert oder abgeschossen wurde.«

»Okay. Wir halten die Stellung. Zwanzig Meter.«

»Ich habe die Schleusenkontrolle übernommen«, verkündete Aleandro.

John nickte den beiden zu. »Wir sehen uns.«

»Viel Glück, John«, sagte Hobie. »Bring unser Mädel und den Riesenkerl sicher nach Hause.«

Mit einem metallischen Rumpeln dockte die *Mary-Jane Wellington* an. John ging in Gedanken seine Ausrüstung durch. Der Santhe-CG steckte im Holster, der Colt Minimum im Gürtel an seinem Rücken, das Messer im Stiefelschaft. Außerdem hatte er fünf Trommeln Munition dabei. Das musste genügen.

»Warum tragen Sie eigentlich keine Schutzweste?«, fragte Sekoya, die mit einer Pistole aus dem Arsenal der *Mary-Jane* an seiner Seite in der Steuerbordschleuse stand. »Wäre das nicht viel sicherer?«

»Das bringt nichts«, erwiderte John, während er darauf wartete, dass die Außenluke den Weg freigab. »Entweder sind die Dinger leicht, dann schützen sie nicht vor Massetreiberprojektilen – oder sie sind schwer, dann machen sie einen langsam. Für Stellungskämpfe mag das gut sein, für die Art von schnellen Zuschlagen-und-Verschwinden-Operationen, wie wir sie normalerweise durchführen, wäre eine Schutzweste nur hinderlich.«

Alle Anzeigen wechselten auf Grün. Die Verbindung zwischen dem Frachter und der Station war hergestellt. John öffnete die Tür. Mit einem leichten Windzug glich sich der Luftdruck im Schleusenbereich aus. Er zog sein Komm-Gerät hervor. »Aleandro, wir sind bereit. Lass uns rein.«

»Verstanden.« Die Schleusentür der Raumstation glitt zur Seite.

John bedeutete den Peko, die ihn begleiteten, an den Wänden in Deckung zu gehen. Er spähte um die Ecke. Anders als der in Weiß, Rot und Gold gehaltene Prunksaal, der sie bei ihrem ersten Besuch auf Stanton Station begrüßt hatte, war dieser Eingangsraum deutlich schlichter und zweckorientierter gehalten. Die Wände bestanden aus weißer Plastverkleidung, das Licht strömte aus schmucklosen Deckenpaneelen, und in die Wand eingelassene Staufächer enthielten laut der Beschilderung Raumanzüge und Notfall-Sets.

Wie erhofft, hielt sich keine Menschenseele in dem Raum auf. Zwei Korridore führten zur Linken und zur Rechten tiefer in die Station. In der Ferne waren Schreie und Schüsse zu hören. Irgendwo in den Gängen wurde gekämpft.

John wandte sich an die Peko. »Wir machen Folgendes: Sekoya, Awan, ihr kommt mit mir. Ihr übrigen bewacht diesen Schleusenraum. Es bringt nichts, wenn wir als große, auffällige Gruppe in die Station eindringen. Das verwickelt uns nur in Gefechte. Viel wichtiger ist es, dass Stantons Männer uns nicht den Rückweg abschneiden. Also wenn sie hier auftauchen, spart nicht an Kugeln und haltet sie euch irgendwie vom Leib.«

»Lassen Sie *mich* mit der Geonoji gehen«, bat Leotie. »Im Gegensatz zu Awan kann ich schießen.«

Statt ihr zu antworten, warf John dem jungen Peko-Mann einen fragenden Blick zu.

Der packte sein Gewehr – oder vielmehr Hobies Gewehr – fester. »Ich bin bereit, zu kämpfen.« Er wirkte aufgeregt und ein wenig verunsichert, aber auch wild entschlossen, seinen Teil zum Erfolg der Mission beizutragen. John fühlte sich bei Awans Anblick sehr an Aleandro erinnert.

»Ich bin Ihnen nützlicher«, drängte Leotie. Möglicherweise lag ein Hauch von Sorge auf ihren Zügen, Sorge um den eifrigen Jungen neben ihr, der nicht nur im buchstäblichen Sinne grün hinter den Ohren war.

»Schön, Planänderung«, sagte John und verließ sich dabei auf sein Bauchgefühl. »Leotie, Sie kommen mit uns. Awan, Sie übernehmen hier das Kommando und sorgen dafür, dass es einen Ort gibt, an den wir zurückkommen können.«

Der grünhäutige Mann nickte. »Ich werde Sie nicht enttäuschen.«

»Na dann« – John nickte den fünfen zu – »viel Glück – oder was immer Sie sich so wünschen, wenn Sie in den Kampf ziehen.«

Ohne auf Antwort zu warten, eilte er los, den rechten Korridor hinunter. Sekoya und Leotie folgten ihm

»Wie wollen Sie Ihre Gefährten finden, John?«, fragte Sekoya.

»Kelly sollte sich an Bord von Sophias Raumschiff auf der anderen Seite der Station befinden«, erwiderte John, insgeheim darum betend, dass es wirklich stimmte. »Und was Piccoli angeht: Ich werde einfach jemanden fragen.«

Ihr Opfer war ein junger Techniker, der einen großen, olivgrünen Overall anhatte und sein langes, fettig glänzendes Haar in einem Pferdeschwanz zusammengebunden trug.

»Ich schwöre Ihnen, ich weiß nichts von irgendwelchen Gefangenen auf der Station«, stammelt er hektisch, als John ihm den Santhe unter die lange, spitz zulaufende Nase hielt. »Ich reinige nur Wartungsröhren.«

»Und wer kann uns weiterhelfen?«, wollte John wissen.

»Wenn ihr den Gang hinuntergeht und am nächsten Quergang Richtung Stationsnabe abbiegt, kommt ihr zu einem der Wachräume. Ich wette, die Burschen dort wissen mehr.«

»Großartig. Gehen wir.«

»Was? Ich dachte, ihr lasst mich laufen.«

»Tun wir auch. Nachdem wir gut dort angekommen sind.

Könnte ja sein, dass du uns Mist erzählst.« John bedachte den Jungen mit einem vielsagenden Grinsen.

»Okay, okay, wartet. Ich glaube, dass es erst der übernächste Quergang ist. Mein Fehler. Die Anspannung, versteht ihr?«

»Er weiß, wo die Gefangenen sind«, verkündete Leotie.

»Wie? Nein! Weiß ich nicht.«

Sie beugte sich vor und funkelte ihn aus ihren dunklen Augen an. »Ich bin eine Peko. Ich kann spüren, wenn du lügst, Mensch.«

Er wurde bleich. »Au, verdammt. Okay, okay. Vielleicht finde ich den Weg zu den Gefangenen doch. Ich war mal dort und habe Rohre gereinigt, ist aber eine Ewigkeit her. Ich muss mich konzentrieren.«

John griff in seine Hosentasche und zückte einen Fünfzig-Dollar-Schein. »Eine Kugel in den Bauch oder fünfzig Dollar. Deine Wahl.«

Die Augen des Jungen wurden groß. »Mann, noch nie sahen fünfzig Dollar nach so viel Geld aus, wie in diesem Moment, das können Sie mir glauben.« Er schnappte den angebotenen Schein und steckte ihn in den Overall.

»Dann vorwärts, du Spaßvogel«, befahl John.

»Folgen Sie mir.«

Als sie sich wieder in Bewegung setzten, bedachte Leotie John mit einem grimmigen Lächeln. »Manchmal zahlt es sich aus, dass ihr Menschen keine Ahnung davon habt, wozu wir Peko imstande sind – und wozu nicht.«

Gemeinsam mit dem Techniker drangen John, Sekoya und Leotie in die inneren Teile der Station vor. John hätte lieber zuerst Kelly gerettet, aber dazu mussten sie ganz auf die andere Seite von Stanton Station. Wenn sie Piccoli auf dem Weg befreien konnten, war es sinnvoll, das zu tun, nicht zuletzt, weil er genau die Art von Muskeln hatte, die John im Moment fehlten.

Je weiter sie in die Raumbasis vordrangen, desto ruhiger wurde es. Sowohl das Leben als auch die aktuellen Kämpfe schienen sich an der fensterreichen Außenhülle der Schirmsektion abzuspielen. Die Seitengänge wirkten, als müssten sie mal wieder geputzt werden, und mehr als nur ein Leuchtpaneel war dunkel und nicht ersetzt worden. *Wie symbolisch*, dachte John nicht ohne Sarkasmus. *Unter der glänzenden Hülle verbirgt sich ein verrottetes Herz.*

Sie hatten die Nabe der Station beinahe erreicht, als ihr Führer langsamer wurde.

»Sehen Sie die Tür dort hinten?«, fragte er und deutete auf eine Metallluke. »Dahinter befand sich früher ein Rechenzentrum. Das hat man stillgelegt, als die Sensortechnik modernisiert wurde. Jedenfalls hat Mister Stanton den Raum eine Weile als Lager verwendet – und dann wurden ein paar Umbauten vorgenommen. Genaues weiß ich auch nicht, aber es heißt, dass Stanton dort Leute festhält, die ihm in die Quere gekommen sind. Das haben Sie aber nicht von mir! Wenn der Alte erfährt, dass ich geplaudert habe, lande ich demnächst in diesen Kammern. Darauf kann ich verzichten.« Der junge Techniker schüttelte sich.

»Wie kommen wir da rein? Ist die Tür versperrt?«

Ihr Führer nickte. »Man braucht eine Codekarte, um hineinzukommen.«

John fluchte unterdrückt. Jetzt bereute er, Aleandro nicht mitgenommen zu haben. Dabei hätte er sich denken können, dass ihm ein Computerspezialist auf einer Raumstation von Nutzen sein würde. Er hob den Revolver ein wenig. »Wenn du so eine Karte hast, Kumpel, wäre jetzt der richtige Zeitpunkt, dich daran zu erinnern.«

»Ich … Nein, ich schwöre, dass ich keine Karte habe.«

Mit einem leichten Drehen an dem Kontrollregler der Induktionsspulen sorgte John dafür, dass diese sich summend stärker aufluden. Das bedrohliche Geräusch ließ den Techniker zusammenzucken.

»Okay, okay, hören Sie zu: Ich schätze, ich weiß, wo wir so eine Karte bekommen können.«

»Heraus damit!«

»Wir müssen in die Wachstube auf dieser Ebene, den Gang hinunter und danach links. Oder …« – er blickte an John vorbei – »… oder Sie nehmen die Karte von dem Typen da.«

Alarmiert fuhr John herum. Hinter ihnen war ein kräftiger Mann mit kantigem Gesicht im Korridor aufgetaucht, der paramilitärische Kleidung trug und nervös eine Automatikwaffe vor sich hielt, die mit einem Gurt um seine Schulter geschlungen war.

»Wer sind Sie?«, rief er. »Waffen runter. Hände hoch.«

John und Leotie hatten bereits ihre Revolver auf ihn gerichtet. Sekoya hielt Hobies abgesägte Schrotflinte in der Hand und hielt den Techniker in Schach.

»Wie wäre es, wenn Sie die Waffe senken?«, schlug John vor. »Wir sind zu dritt. Wenn Sie jetzt anfangen zu schießen, sterben Sie garantiert als zweiter. Denn glauben Sie mir: Ich schieße nie daneben.« Er verengte die Augen und sah sein Gegenüber mit ruhiger Entschlossenheit an.

Der Blick des Mannes huschte von einem zum anderen. Er schien seine Chancen zu überschlagen.

»Sie haben die Wahl«, sagte John. »Schießen Sie, und Sie sterben. Ergeben Sie sich, und ich sperre Sie mit dem Burschen hier ein, sobald wir unseren Freund aus dem Raum dort hinter uns befreit haben. Ihr Kampf mit Valquarez ist uns vollkommen gleichgültig. Wir wollen nur unseren Freund haben. Also? Was darf es sein?«

Mit grimmiger Miene senkte der Wächter seine Automatikwaffe und ging dann langsam in die Hocke, um sie zu Boden zu legen. Mit von sich gestreckten Armen stand er wieder auf. »Na gut, Sie haben gewonnen.«

»Sehr klug«, lobte John ihn. »Und jetzt hätten wir gerne Ihre Codekarte. Holen Sie sie aus Ihrer Tasche und geben Sie sie meiner Begleiterin. Ganz langsam. Leotie.«

Die Peko-Frau steckte ihren Revolver ein und ging an der Wand entlang auf den Wachmann zu. Der übergab ihr schweigend eine schmale Datenkarte.

»Vielen Dank«, sagte John, als er von Leotie die Karte entgegennahm. »Und jetzt kommen Sie zu uns und knien sich auf den Boden, Hände hinter dem Kopf verschränkt. Leotie, Sekoya, ihr behaltet ihn im Blick.«

Nachdem er sicher war, dass der Wächter keine Gefahr mehr darstellte, ging John zu der Automatikwaffe hinüber und nahm sie an sich. Er schlang sich den Gurt über die Schulter, sodass sie ihm auf dem Rücken hing. Als Präzisionsinstrument war sie völlig ungeeignet, aber für ein ordentliches Sperrfeuer taugte sie ohne Zweifel.

»Wartet kurz hier«, gebot er den Peko-Frauen. Dann winkte er ihrem Führer. »Du kommst mit.«

Zu zweit liefen sie zu der Metalltür vor. Dort angekommen, hielt John die Karte vor einen Lesesensor und nahm zufrieden zur Kenntnis, dass die Luke entriegelt wurde.

Er packte den Techniker am Kragen, zog erneut den Revolver und hielt ihm den Lauf des Santhe an den Hinterkopf.

»He, was soll das?«, begehrte dieser auf und hob verängstigt die Hände. »Ich habe doch alles getan, was Sie verlangt haben.«

»Halt die Klappe und mach die Luke auf«, erwiderte John.

Eilig kam der junge Mann dem Befehl nach.

John schob ihn vor sich her ins Innere. Der Raum war dämmrig erleuchtet. Im vorderen Bereich saß eine kompakte Frau mit kupferfarbenem Bürstenhaarschnitt und einer Narbe im Gesicht, die sich über ihre linke Wange zog. Wie der andere Wächter hatte sie paramilitärische Kleidung an. Sie reinigte gerade eine auf einem Tisch vor ihr zerlegte Pistole. Drei weitere lagen glänzend und schön aufgereiht daneben.

»Guten Tag«, begrüßte John sie.

Erschrocken sprang die Frau auf und packte eine Pistole auf dem Tisch. John zog den Santhe etwas zur Seite und schoss am Kopf seines Gefangenen vorbei. Der schrie auf, als der Revolver neben seinem Ohr krachte. Der Kopf der Frau wurde nach hinten gerissen. Sie fiel, riss den Stuhl um und krachte mit ihm polternd auf den metallenen Gitterboden.

Johns Begleiter riss sich los und presste sich die Hand aufs Ohr. »Verdammt, Sie sind doch irre. Ihretwegen werde ich jetzt taub.«

»Lieber taub als tot, oder nicht?«, entgegnete John.

»Mussten Sie sie unbedingt erschießen?« Erschüttert blickte der Techniker auf die Leiche und wirkte, als müsse er sich gleich übergeben.

John verzog die Lippen. »Manchmal kann man verhandeln, manchmal nicht.«

Rasch sah er sich um. Zur Linken stand ein am Boden befestigter Metallstuhl, an dem Schellen angebracht worden waren, mit denen man den Sitzenden fixieren konnte. Von der Decke hing ein Scheinwerfer, und an der Wand erhob sich ein Regal mit Werkzeug, das garantiert nicht dort lag, weil Stanton in dem Raum so gerne Heimwerkerarbeiten verrichtete.

John spürte, wie sich sein Magen verkrampfte. Er fragte sich, ob Emil Ingbert, der den Bergbaumagnaten noch vor ein paar Tagen einen Ehrenmann genannt hatte, auch nur ansatzweise wusste, was hier im Orbit vor sich ging.

An der Rückwand des Raums reihten sich sechs Türen zu Kabinen, die nachträglich in den Raum eingebaut worden waren.

»Nimm der Frau den Schlüssel für diese Zellen ab und schließ sie auf – alle!«, befahl John dem Techniker.

Leise würgend kam dieser der Aufforderung nach.

Vier der sechs Zellen waren leer. In der fünften fanden sie Harold Piccoli. Der dunkelhäutige Hüne lag, durch den Schuss alarmiert, halb aufgerichtet auf einer Pritsche, die an der Rückwand der Zelle stand. Er war barfuß und lediglich in einen einfachen, vermutlich von Stantons Leuten geliehenen Overall gekleidet. Als er John sah, machte er ein überraschtes Gesicht. »Captain Donovan?«

»Hallo, Piccoli.«

»Ich kann kaum glauben, dass Sie tatsächlich gekommen sind, um mich zu holen.«

»He, Sie gehören jetzt zu meiner Mannschaft.« John grinste ihn an. »Und bei mir wird niemand zurückgelassen. Außerdem schulden Sie mir noch verdammt viel Geld.«

»Und nun haben Sie mir schon zum zweiten Mal das Leben gerettet«

»Ich schreibe es mit auf die Rechnung. Können Sie laufen?«

»Es wird schon gehen.« Ächzend erhob Piccoli sich und presste dabei eine Hand auf den Unterleib, wo sich unter dem Overallstoff ein Druckverband abzeichnete.

»Hoppla!«, rief der Techniker, der unterdessen die letzte Zellentür geöffnet hatte. »Wen haben wir denn da?«

John gesellte sich an seine Seite. Seine Augen weiteten sich. »Na, das nenne ich ein unerwartetes Widersehen.«

Auf der Pritsche in der kleinen, schmucklosen Kabine hockte, die Beine angstvoll an die Brust gezogen und die Arme um die Knie geschlungen, Isabel Valquarez.

– 25 –

»Was bei allen Sternen machen Sie hier?« Fassungslos sah John Isabel an.

»Captain!« Die junge Frau sprang auf und warf sich ihm an den Hals. »Sie sind hier! Welch ein Glück.« Erleichtert drückte sie sich an seine Brust.

Der Techniker wollte die Gunst des Moments nutzen und sich davonstehlen, doch Piccolis schwere Pranke legte sich auf seine Schulter. »Ich glaube, Sie sind noch nicht entlassen.«

Isabel löste sich von John und schaute ihn fragend an. »Wie haben Sie erfahren, dass ich hier gefangen bin?«

»Um der Wahrheit die Ehre zu geben, bin ich nicht wegen Ihnen hier, sondern wegen dieses Mannes.« John deutete auf Piccoli. »Wie sind Sie in die Gewalt der Stantons geraten?«

Isabels Schultern sackten herab. »Edwards Freund hat uns ausgeliefert.«

»Der Commander des Unionsmilitärs?«

Sie nickte.

John fluchte leise. »Trau einem aus der Kernwelten-Union …«

»Ich fürchte, dass wir ihn dafür nicht einmal verurteilen können. Wenn ich das richtig verstanden habe, hat Edwards Vater Ihre Geschichte nicht geglaubt, dass wir entkommen seien. Deshalb hat er sich mit diesem Colonel auf dem Mond in Verbindung gesetzt, und der hat sich Aiken zur Brust genommen. Edward und er sind Freunde, aber die soldatische Pflicht ging anscheinend doch vor. Und so wurden wir heute früh am Morgen von Mister Stanton abgeholt. Kaum, dass wir auf der Station angekommen waren, hat man mich hier eingesperrt. Ich dachte, ich werde wahnsinnig in dieser Zelle. Zum Glück sind Sie so schnell aufgetaucht.«

»Und Edward? Ist er auch eingesperrt?«

»Natürlich hat Edward sich gegen unsere Trennung gewehrt. Sein Vater hat ihn in seinem Quartier unter Arrest gestellt, bis er sich wieder beruhigt.« Isabels Blick wurde flehend. »Mir ist klar, dass Sie schon viel für uns getan und sich in schlimme Scherereien gebracht haben, aber, bitte, Captain, nehmen Sie Edward und mich mit, wenn Sie von der Station fliehen. Wir können nicht ohne einander leben, und wir wollen nicht im Griff seines verbitterten Vaters enden.«

»Au Backe, das ist so romantisch«, entfuhr es dem Techniker. »Captain, wie kann das Flehen dieser Jungfrau nicht Ihr Herz erweichen?«

John warf ihm einen warnenden Seitenblick zu. »Halt du dich da raus.«

»Nein, hören Sie, ich verstehe diese Verzweifelte voll und ganz. In meinem Leben gab es auch mal eine Frau, als ich noch jünger war, sechzehn oder so.«

»Interessiert mich überhaupt nicht«, entgegnete John.

Doch die Miene des Technikers wurde abwesend. »Unsere Liebe war heiß, aber sie durfte nicht sein. Deswegen musste ich immer heimlich über den Gartenzaun klettern und durch die Hintertür ins Haus schleichen, aber das ging auch nur, wenn außer Emma und mir niemand zuhause war. Es waren die besten Stunden meines Lebens.« Er seufzte, dann klärte sich sein Blick wieder. »Leider hat uns am Ende doch ihr Mann erwischt. Das war der Tag, an dem ich Alvarado den

Rücken gekehrt habe und auf Stanton Station Reinigungskraft wurde.«

»Worauf willst du hinaus?«

»Ich verspüre Mitleid mit den gequälten Seelen und würde mich bereit erklären, Sie auf Wegen zum Quartier des jungen Stantons zu führen, die die meisten Stationsbewohner kaum kennen dürften.«

»Tatsächlich? Woher plötzlich dieser Edelmut?«

»Ich sagte doch, ich verspüre …«

»Red keinen Quatsch!«

»Okay, okay.« Der Techniker hob abwehrend die Hände. »Also in Wahrheit wäre ich sehr angetan, wenn Sie mich ebenfalls mitnehmen könnten, sobald Sie von Stanton Station verschwinden.«

»Du willst mitfliegen?«, fragte John verwundert.

»Der Schlägertyp draußen hat mich mit Ihnen zusammen gesehen. Wenn am Ende Ihr Mann und diese holde Dame und der Sohn des Hauses fort sind, ich aber noch hier sitze, könnte das ein paar unangenehme Fragen aufwerfen – damit meine ich körperlich durchaus unangenehme.« Er nickte in Richtung des unheilvollen Befragungsstuhls.

»Und wenn wir dich mitnehmen?«

»Bringe ich Sie zu Stanton und zurück, ohne dass uns jemand behelligt.«

»Wie?«

Er grinste breit. »He, für irgendwas muss es gut sein, dass ich all die Jahre Wartungsröhren gereinigt habe. Ich kenne mich zwischen den Wänden von Stanton Station aus wie kein Zweiter.«

Irgendwo in der Ferne ereignete sich eine dumpfe Explosion und erinnerte John daran, dass nach wie vor innerhalb und außerhalb der Station gekämpft wurde. Mit jeder verstreichenden Minute war nicht nur Kellys Leben mehr in Gefahr, sondern auch das ihre. »Einverstanden. Aber wenn du uns übers Ohr hauen willst …«

»Peng und weg – schon verstanden. Sie haben das in den letzten Minuten bereits ein paar Mal betont.« Der Techniker winkte ab.

»Man kann nicht vorsichtig genug sein«, knurrte John. »Manche Leute sind erstaunlich schwer von Begriff. Wie heißt du eigentlich?«

»Finn.«

»Ich bin Donovan, aber du kannst mich Captain nennen.«

»Captain Donovan, alles klar. Sie werden es nicht bereuen, Sir. Ich bin auch kein sehr großer Esser, insofern …«

»Gehen wir einfach«, schnitt John ihm das Wort ab.

Sie brachten den entwaffneten Wachmann in einer der Zellen unter, danach teilte John ihre Truppe auf. »Leotie, Sie müssen Piccoli und Isabel zurück zum Schiff bringen. Die beiden halten uns nur auf, zumal Piccoli mit seiner Schussverletzung keine Schächte hochklettern kann.« Er verzichtete ungern auf den Hünen, aber es ging nicht anders.

Die Peko-Frau machte eine unwillige Miene. »Die Geonoji braucht mich. *Sie* brauchen mich.«

Sekoya legte Leotie eine Hand auf den Arm und sagte etwas in ihrer Muttersprache. Leoties Blick wanderte zu John, und sie antwortete mit deutlicher Skepsis in der Stimme. Doch Sekoya bekräftigte ihr Gesagtes erneut, und widerstrebend nickte die andere Frau.

»Gehen wir«, sagte Leotie zu Piccoli und Isabel.

»Hier.« John reichte Piccoli die Automatikwaffe. »Falls Sie unterwegs auf Feinde stoßen.«

»Bekomme ich auch eine Waffe?«, erkundigte sich Finn eifrig.

»Nein«, erwiderte John vielleicht schärfer als nötig.

»Okay, okay, man wird ja mal fragen dürfen.«

»Wenn du uns sicher zu Edward gebracht hast, denke ich darüber nach«, sagte John und schob sich eine der Pistolen der getöteten Wachfrau unter dem Mantel in den hinteren Hosenbund, nachdem er sich vergewissert hatte, dass sie geladen war.

Sie trennten sich. Während Leotie, Piccoli und Isabel zurück zur Außenhülle der Station liefen, bedeutete Finn John und Sekoya mit einem Winken, ihm zu folgen.

»Kommen Sie, dort vorne ist eine Wartungsklappe. Von da gelangen wir in die Schächte.«

»Was haben Sie Leotie gesagt?«, wollte John leise wissen, während sie dem jungen Techniker nachgingen.

»Dass ich ihrer Dienste nicht bedarf, weil ich bereits den besten Beschützer habe, den eine Geonoji haben kann.«

Seine Mundwinkel zuckten belustigt. »Seltsam, und ich dachte, Sie wären *meine* Leibwächterin.«

»Es sieht wohl so aus, als würden wir beide aufeinander aufpassen.« Sie lächelte ihn vielsagend an.

John dachte an die Frage, die ihm in der Schleuse gekommen war: Wann hatte er angefangen, Sekoya zu vertrauen? Es spielte im Grunde keine Rolle. Das Gefühl war einfach da, und es überraschte John, denn er war niemand, der Fremde rasch zu Freunden machte – und das hatte für Peko bislang doppelt gegolten.

Geräuschvoll öffnete Finn eine etwa eineinhalb mal ein Meter messende Luke in der Wand. Dahinter wurden Leitersprossen sichtbar, die in einem schräg aufsteigenden Schacht lagen.

»Hier entlang«, sagte er.

Mit einem Seufzen holsterte John seinen Revolver.

»Retten wir Edward«, sagte er zu Sekoya, »schon wieder.«

Als sie einige Ebenen weiter oben wieder aus den Wartungsschächten hervorkrochen, musste John sich eingestehen, dass er einen echten Glücksgriff getan hatte, als er den jungen Techniker am Kragen gepackt und ihm die Waffe unter die Nase gehalten hatte. Finn mochte ein wenig schmierig sein und stets auf seinen Vorteil bedacht, aber solange John ihm etwas bieten konnte – etwa die Aussicht auf Flucht von Stanton Station –, überschlug er sich beinahe vor Hilfsbereitschaft. Zudem waren seine Kenntnisse der selten genutzten Wege innerhalb der Raumbasis Gold wert, denn sie sparten John nicht nur Zeit, sondern auch Zusammenstöße mit Stantons Leuten.

Die Wohnebene der Stantons zählte zu den luxuriösesten Teilen der Station. Rote Läufer bedeckten den Boden, poliertes Edelholz und Blattgold zierten die Wände. Alle Leuchtpaneele verströmten angenehm gelbes Licht, und aus verborgenen Lautsprechern erklang sanfte Musik, die in krassem Widerspruch zu den dumpfen Erschütterungen stand, die von weiter unten heraufdrangen. Es war fast zu friedlich.

Der Eindruck verschwand sofort, als John durch eines der gewölbten Fenster nach draußen ins All blickte. Trümmerteile umschwebten die Station, gut zu erkennen als dunkle, zerfaserte Wolken vor dem hellen Hintergrund des Planeten. Nur wenige Kilometer entfernt zuckten grüne Lichtfinger durch die Leere. Winzige Explosionen zeugten von Raketeneinschlägen. John hatte das Gefühl, dass der Kampf, der im Orbit tobte, an Wildheit zugenommen hatte – auch wenn sich das aus seiner eingeschränkten Perspektive nur schwer beurteilen ließ. Es konnte bloß noch eine Frage der Zeit sein, bis die Patrouillenschiffe des Unionsmilitärs diesem Weltraum-Äquivalent einer Straßenschlacht zwischen zwei Banden ein Ende setzte.

Wieder wurde die Station erschüttert. Diesmal war die Detonation deutlich näher. Ein leichter Windzug setzte ein, begleitet von einem fernen Alarm. Gleich darauf vernahm John das metallische Dröhnen zuschlagender Drucktüren. »Wir sollten uns nicht zu lange in Hüllennähe aufhalten«, meinte er. »Wo ist Edwards Quartier?«

»Dort links.« Finn deutete den Gang hinunter auf eine geschlossene Tür.

Sie eilten den leeren Korridor entlang, erreichten die Tür, und John versuchte, sie am Kontrollfeld zu öffnen. Wenig überraschend erwies sie sich als verschlossen. Er hielt die Codekarte des Wächters vor den Sensor – ohne Erfolg.

»Hast du einen Trick auf Lager?«, wandte er sich an Finn.

»Warten Sie, vielleicht kann ich der Tür vorgaukeln, dass sie von der Sektionszentrale auf Wartungsmodus geschaltet wurde. In dem Fall sollte ich sie mit meiner Wartungskarte öffnen können.« Er zog ein Werkzeug aus der rechten Oberschenkeltasche seines Overalls und setzte es an den Rahmen des Kontrollfelds an. Ächzend löste er die Platte von der darunterliegenden Elektronik. Mit konzentriertem Stirnrunzeln nahm er einige Einstellungen an winzigen Steckern auf der Rückseite der Platte vor, dann setzte er sie wieder locker in den Rahmen und zog eine Kunststoffkarte aus der Brusttasche. Ein elektronisches Piepsen erklang, und die Tür glitt in die Gangwand.

Der Raum dahinter war weitläufig, elegant eingerichtet und besaß, genau wie Stantons private Lounge, ein prachtvolles Panoramafenster, das einen erschreckend klaren Blick auf die

Kämpfe außerhalb der Station bot. Edward Stanton marschierte mit dem gereizten Blick eines eingesperrten Wildtiers in der Mitte des Raums auf und ab.

Als er das Zischen seiner Barriere vernahm, richtete er sich auf und seine Augen weiteten sich. »Captain Donovan!« Mit langen Schritten eilte er auf ihn zu. »Bitte sagen Sie mir, dass Sie gekommen sind, um mich aus dieser unerfreulichen Lage zu befreien!«

»Ich bin gekommen, um Sie aus dieser unerfreulichen Lage zu befreien.« John trat beiseite, um Edward auf den Korridor zu lassen. »Schnell. Wir haben nicht viel Zeit.«

In diesem Augenblick erbebte die Station in einer gewaltigen Explosion, die John beinahe von den Füßen riss.

Weitere Sekundärexplosionen folgten. Der Klang von Alarmsirenen hallte durch alle Gänge. Das Licht flackerte, und einige Sekunden lang fiel die Schwerkraft aus, bevor ein Notenergiegenerator sie stabilisierte. Ein Ächzen und Stöhnen lief durch die Hülle der gesamten Raumstation, das auf enormen Materialstress schließen ließ.

»Was war das?«, schrie Finn erschrocken.

»Eins der Schiffe draußen hat die Station gerammt«, mutmaßte John. Ein einfacher Raketeneinschlag hätte niemals eine solche Erschütterung bei einer Station dieser Größenordnung hervorgerufen. »Wir müssen hier raus. Sofort.« Er wollte losrennen, dann fiel ihm ein, dass das Panoramafenster von Edwards Quartier vielleicht nützlich sein würde, und er machte auf dem Absatz kehrt.

»He, wo wollen Sie hin?«, fragte Edward.

»Ich muss nachschauen, an welchem Dockkragen Sophias Schiff festgemacht hat. Sie hat Kelly in ihrer Gewalt.« John stürmte durch das Zimmer. Die Bodenplatten unter seinen Füßen fingen leicht an zu vibrieren, und ihm fiel auf, dass der

Planet vor der Scheibe langsam nach links wegdriftete. Stanton Station begann, sich um die eigene Achse zu rollen. Das war kein gutes Zeichen. Vermutlich hatten die Explosionen der Station einen Drall gegeben, und der massive Atmosphärenverlust in den betroffenen Sektionen hatte sie Manöverschubdüsen gleich in Bewegung versetzt. Wenigstens schien das Fenster, vor dem er stand, nicht bruchgefährdet, was angesichts der Heftigkeit der Erschütterung für das verbaute Material sprach.

Johns Komm-Gerät meldete sich. Es war Hobie. »John, ist alles in Ordnung bei euch?«

»Ja, wir leben noch, danke der Nachfrage. Konntet ihr sehen, was passiert ist?«

»Einen der Neuankömmlinge vom Mond hat es erwischt. Sein Heck ist explodiert, und das Schiff wurde etwa auf neun Uhr in die Station getrieben – wenn die dem Planeten zugewandte Seite zwölf Uhr ist. Es war ein ziemlich übler Zusammenstoß. Stanton Station sieht aus, als hätte ihr jemand das Gesicht eingeschlagen.«

»Verstanden, danke.«

»Wie ist die Lage bei euch?«

»Wir haben Edward. Piccoli und Isabel dürften ja mittlerweile an Bord der *Mary-Jane* eingetroffen sein.«

»Sind sie. Sitzen beide sicher in der Messe.«

»Sehr gut. Ich hole jetzt Kelly, und danach verschwinden wir schleunigst.«

»Das Triebwerk ist heiß. Die *Mary-Jane* ist bereit, in der Sekunde abzudocken, in der ihr wieder eintrefft.«

»Ich melde mich, sobald wir in der Schleuse stehen. John: Ende.«

Er wandte seine Aufmerksamkeit wieder dem Panoramafenster zu. Sein Blick glitt über die gewölbte Oberfläche der

Schirmsektion. Der untere Rand war kaum zu erkennen, dennoch fiel ihm zur Rechten das klobige Hecktriebwerk ins Auge, das charakteristisch für ein Raumschiff der *Messenger*-Klasse war.

»Edward, Finn, welcher Dockkragen ist das da unten?« Er deutete auf die Stelle.

Die beiden jüngeren Männer gesellten sich an seine Seite.

»Dockkragen drei«, sagte Edward.

»Nein, vier«, verbesserte ihn Finn.

»Stimmt, vier.«

»Das ist unser Ziel«, sagte John.

Die Station erbebte erneut, und sie mussten sich festhalten, um auf den Beinen zu bleiben. »Herrgott, die Station bricht auseinander«, keuchte Edward.

»Dann beeilen wir uns besser. Los, zeigen Sie mir den Weg.« John packte ihn am Arm, zog ihn herum und rannte los. Sekoya und Finn schlossen sich ihnen an.

»Kriege ich jetzt eine Waffe?«, wollte der Techniker wissen.

»Nein«, gab John zurück. Er reichte Edward die Pistole der toten Wachfrau. »Aber Sie sollten die hier nehmen. Zur Sicherheit.«

Edward nickte dankend.

Sie hasteten durch die Korridore zum nächsten Aufzug. In die engen Wartungsschächte wagten sie sich angesichts der Lage nicht. Statt des Aufzugs, der bei den gegenwärtigen Energieschwankungen alles andere als ein sicheres Fortbewegungsmittel war, wählten sie die Treppe. Das Treppenhaus gehörte zu den speziell gehärteten Strukturen der Station, damit man auch in Krisensituationen von Ebene zu Ebene wechseln konnte.

Immer die letzten Stufen überspringend, stürmten John,

Sekoya, Finn und Edward die fast zehn Stockwerke nach unten bis zur Andockebene. Da die Treppe lotrecht in die Tiefe reichte, befanden sie sich bald weit im Inneren der breiter werdenden Schirmsektion. Durch einen der speichenartig angelegten Quergänge rannten sie in Richtung Außenhülle.

Auf dem ganzen Weg begegneten ihnen nur eine Hand voll Menschen, alles zivile Angestellte der Station. Eine kleine Gruppe Techniker hasteten mit Strukturverstärkerstreben, die auf eine Schwebebahre geladen worden waren, an ihnen vorbei, ohne Notiz von ihnen zu nehmen. Ein paar Verwaltungsangestellte standen verunsichert beisammen.

»Mister Stanton«, rief eine der Frauen, als sie Edward sah. »Wird die Station evakuiert?«

»Ja«, erwiderte der, offenkundig ohne nachzudenken. »Begeben Sie sich zu den Rettungskapseln. Alles zivile Personal verlässt die Station.«

Erleichtert leistete die Gruppe der Anweisung Folge.

Erneut gab Johns Komm-Gerät Laut.

»John, wir haben ein Problem«, meldete sich Hobie. »Wir können mit der *Mary-Jane* nicht angedockt bleiben. Die ständigen Erschütterungen belasten die Dockverbindung. Außerdem fliegen hier furchtbar viele Trümmer herum. Das geht nicht mehr lange gut.«

Na großartig. Rasch ging John seine Alternativen durch. »In Ordnung, Hobie, zieht euch zurück. Wir fliehen entweder mit der *Despiadado* oder wir steigen in eine Rettungskapsel.«

»Verstanden. Wir bleiben auf jeden Fall in der Nähe. Vielleicht können wir sogar auf der anderen Seite kurzzeitig andocken.«

»Passt auf, dass ihr nicht in den Raumkampf gezogen werdet.«

»Wir geben unser Bestes, nicht aufzufallen.«

John steckte das Komm-Gerät weg.

»Habe ich das gerade richtig verstanden?«, mischte Finn sich ein. »Sie haben unser Fluchtfahrzeug ohne uns abfliegen lassen?«

»Wir finden einen anderen Weg von der Station«, gab John zurück.

»Verdammt, einen anderen Weg hätte ich mir auch selbst suchen können.«

»Willst du hier bleiben? Niemand hält dich auf. Du hast deine Schuldigkeit getan, also brauche ich dich nicht mehr. Vielleicht *sollte* ich dich sogar erschießen, um mir unnötigen Ballast zu ersparen.« John wedelte vielsagend mit dem Santhe, den er schon die ganze Zeit während ihrer Flucht wieder in der Hand hielt.

»Captain!«, entfuhr es Edward.

»Okay, okay, war nur Spaß«, beeilte sich der Techniker zu sagen. »Ein anderer Weg wäre genau in meinem Sinne.«

»Wusste ich's doch.«

Sie erreichten den breiten, ringförmigen Korridor, der die Eingangsräume der verschiedenen Dockkrägen verband, und bogen nach rechts ab. Hier unten waren die Schäden der Kämpfe deutlicher zu bemerken. Abgeplatzte Deckenplatten lagen auf dem Boden, Leuchtpaneele hingen flackernd halb aus den Wänden, und Zierrat war von seinen Sockeln gefallen, alles Folgen der jüngsten Explosionen. Außerdem fanden sie die ersten Toten, Männer und Frauen, die ihrer Kleidung nach zu Stantons Wachmannschaft gehört hatten und durch gezielte Schüsse in die Brust oder den Kopf umgebracht worden waren.

John blieb neben einer toten Frau stehen, die an einer Wand zusammengesackt war. Die Kugel hatte ihren Körper glatt durchschlagen und steckte nun in der Plastverkleidung der Wand. John zog sie hervor und nickte grimmig. Das Kaliber passte. »Sophia Valquarez ist hier.«

Sie durchquerten den Eingangsraum, der zu Dockkragen zwei gehörte. In diesem hatte Wilbur Stanton John, Kelly und Piccoli bei ihrer ersten Begegnung empfangen. Es war erst wenige Tage her, aber es fühlte sich an wie eine Ewigkeit. Der eindrucksvolle Kronleuchter hatte sich in tausend Kristallscherben über den Marmorboden verteilt, und auf der Treppe, die zu der Galerie eine Ebene höher führte, lagen zwei Tote.

Wenige Schritte weiter versperrte ein Sicherheitsschott den Korridor. Ein rotes Lämpchen darüber signalisierte, dass jenseits des Schotts keine Atmosphäre mehr existierte.

»Verdammt, die Sektion an Dockkragen drei hat einen Hüllenbruch erlitten«, fluchte Edward Stanton.

»Wir könnten durch das Lager gehen«, schlug Finn vor. »Das hat einen Ausgang direkt bei Dockkragen vier.«

»Hoffen wir, dass die Schäden nicht bis dorthin reichen«, sagte Edward.

Sie wandten sich nach rechts und stießen durch einen Quergang wieder Richtung Stationsmitte vor. Wenige Meter weiter befand sich eine große Frachttür in der linken Wand. Sie stand offen. Dahinter erwartete sie eine Überraschung.

Die Lagerhalle war ein Schlachtfeld. Auf beiden Seiten hatten die kämpfenden Parteien hinter Kisten und Tonnen Deckung gesucht. Geholfen hatte es letzten Endes wenig. Zehn am Boden Liegende zählte John beim raschen Überblicken der Lage, der überwiegende Teil davon Stationsverteidiger. Die meisten regten sich nicht mehr, was angesichts ihrer Verletzungen nicht verwunderlich war. Ein großer Mann mit kantigem Kinn lehnte mit dem Rücken an einer der Kisten.

Es war der Bursche, den John als Hyde kennengelernt hatte, einer der Betrunkenen, die sich in Zaragoza über Sekoya hergemacht hatten. Seine Augen waren geschlossen, aber seinem schweren Atmen zufolge lebte er. Dass er noch lange durchhalten würde, bezweifelte John. Hydes Hemd war nass vor Blut.

John ging neben ihm in die Hocke. »Hyde, hören Sie mich?«

Der Mann öffnete die Augen und sah John mit verschleiertem Blick an. Er brauchte ein paar Sekunden, dann ächzte er: »Ich kenne Sie.«

»Ja, wir hatten eine handfeste Begegnung in Zaragoza«, erwiderte John, »doch das spielt keine Rolle. Ich bin nicht nachtragend.«

Hydes Augen richteten sich auf Sekoya. »Diese Peko …«

»Richtig, um die ging es bei unserem Streit. Hören Sie zu, Hyde, ich …«

»Schon witzig«, redete Hyde weiter, »dachte, ich würde ihr beim Sterben zusehen. Jetzt schaut sie mir zu. Ist wohl ausgleichende Gerechtigkeit.« Er hustete, und blutiger Schaum trat auf seine Lippen.

»He, hören Sie mir zu!« John verpasste ihm eine Ohrfeige.

»Hm?« Hyde wandte sich ihm wieder zu.

»Ist Ihnen hier oben die Tochter von Valquarez begegnet, Sophia?«

»Two-Guns …«

»Genau.«

Hyde nickte schwach. »Sie war hier.«

»Wann?«

»Nicht lange her. Kam durch die gleiche Tür wie Sie. Hat den Kampf hier beendet. Wir standen ihr wohl im Weg. Dann ist sie abgehauen. Hatte anscheinend Angst, die Station fliegt in die Luft.« Er lachte blubbernd und hustete erneut. »Was woll'n Sie von ihr?«

»Sie umbringen.«

»Dann rennen Sie lieber. Die war auf dem Weg zu ihrem Schiff.« Er deutete schwach auf die gegenüberliegende Tür.

John erhob sich.

»Sie schlagen übrigens wie'n Mädchen«, sagte Hyde zum Abschied. Er gluckste, holte pfeifend Luft, seine Augen weiteten sich und dann sackte er mit starrem Blick zur Seite.

Eine weitere schwere Explosion erschütterte Stanton Station. Tonnen fielen um, und ein Lastenheber-Exoskelett legte sich mit metallischem Krachen auf die Nase. Finn wurde von den Füßen geholt; John, Sekoya und Edward konnten sich gerade noch auf den Beinen halten.

Mit einem Fluch auf den Lippen rannte John weiter. Die Station zerlegte sich in ihre Einzelteile. Er betete, dass Sophia noch nicht das Weite gesucht hatte.

Auf der Schwelle zum Eingangsraum von Dockkragen vier fanden sie die Spuren eines weiteren bewaffneten Zusammenstoßes. Hier lag der schwarz gekleidete Glatzkopf, Wilbur Stantons Leibwächter. Er hatte den mit Silber beschlagenen Griff seiner Pistole noch in der Hand, der Ausdruck auf seinem Gesicht zeugte von Überraschung.

Johns Blick huschte durch den Raum. Die Kammer glich im Wesentlichen dem Empfangsraum bei Dockkragen zwei. Der einzige Unterschied bestand in der Art der ausgestellten Ziergegenstände. Auch hier lagen Trümmer auf dem Boden verteilt, und der unangenehme Geruch von schwelender Elektronik hing in der Luft. Von Sophia war keine Spur zu sehen. Auch sonst hielt sich keine Menschenseele in dem Raum auf.

Zu Johns Erleichterung stand die Schleusentür an der gegenüberliegenden Wand weit offen, und er sah die Zugangsluke von Sophias Raumschiff dahinter. Sie hatte also noch nicht abgelegt.

»Schnell«, sagte er und eilte los. Sekoya, Edward und Finn folgten ihm.

Sie kamen genau bis zur Mitte des Raums, als plötzlich in blitzschneller Folge drei Schüsse knallten. John wirbelte herum und sah Sekoya, Edward und Finn hinter sich zu Boden gehen. »Nein!«, schrie er. Im gleichen Moment gewahrte er die dunkle Gestalt oben auf der Galerie und riss den Santhe hoch.

Die Gestalt duckte sich hinter die metallene Brüstung und Johns Schuss ging ins Leere.

»Halt!«, schrie sie, und John erkannte die Stimme von Sophia. *Sie hat uns – mir! – eine Falle gestellt. Woher zum Teufel wusste sie, dass ich kommen würde?* Vermutlich hatte sie es nicht gewusst. Sie hatte gepokert und darauf gebaut, dass er Mittel und Wege finden würde, um Kelly zurückzubekommen.

»Sehen Sie sich Ihre Leute an«, befahl Sophia von oben, ohne sich aus ihrer Deckung zu bewegen.

John nutzte den Moment, um sich im Eingang eines Seitenkorridors ebenfalls in Sicherheit zu bringen, damit er nicht wie auf dem Präsentierteller vor ihr stand. Sein Blick suchte seine Begleiter. Entgegen seiner ersten Befürchtung waren sie nicht tot. Stattdessen lagen sie keuchend auf dem Boden und hielten sich mit schmerzverzerrter Miene den linken Oberschenkel, der von je einer Kugel getroffen worden war. Finns Augen waren so glasig, als stünde er unter Schock.

Eine unheilvolle Ahnung stieg in John auf – eine Ahnung, die Bestätigung fand, als Sophia weitersprach.

»So sieht es aus«, sagte sie. »Sie und ich, ein Duell mit Revolvern, hier und jetzt.«

»Warum sollte ich mich darauf einlassen?« Johns Finger tasteten zu seinem Gürtel, fanden, was sie suchten, und drückten einen Knopf. »Sie sitzen auf der Galerie fest. Wenn Sie zur *Despiadado* wollen, erwische ich Sie. Also muss ich bloß abwarten, bis Sie entweder weichgekocht sind, Sophia, oder bis uns die Station um die Ohren fliegt.«

Wie um Johns Worte zu unterstreichen, grollte es in den Eingeweiden der Raumbasis, und sie schüttelte sich wie ein waidwundes Tier.

»Ganz einfach, John«, antwortete Sophia. »Sie werden sich darauf einlassen, weil ich sonst Ihre Begleiter umbringe, einen nach dem anderen. Stellen Sie sich mir zum Zweikampf, und Sie retten deren Leben. Vielleicht retten Sie sogar Ihr Leben. Denn wenn Sie mich besiegen, können Sie Ihre Leute auf mein Schiff bringen. Es hängt abflugbereit an der Schleuse. Sie bekommen auch Ihr Mädchen zurück. Sie befindet sich an Bord, gut verpackt auf meinem Bett.«

»Sie denken auch immer nur an das eine«, bemerkte John, um etwas Zeit zu gewinnen.

Sophia lachte. »Sie wollten ja nicht. Also musste ich mit Kelly vorliebnehmen. Sie ist wirklich eine außergewöhnliche Frau. Und sie spricht in den höchsten Tönen von Ihnen. Ich würde Ihnen ja empfehlen, ihr den Hof zu machen, falls Sie das hier überleben. Ich fürchte bloß, das wird nicht der Fall sein.«

»Hören Sie zu, Sophia: Es muss doch nicht so enden. Warum verschwinden wir nicht erst mal alle von dieser dem Untergang geweihten Station? Sie geben mir Kelly zurück, ich kann Ihnen im Austausch Isabel übergeben, die sich, wie es der Zufall will, auf meinem Schiff befindet –

und dann trinken wir einen und lachen über die letzten Tage.«

»Dafür ist es zu spät, Donovan. Sie hatten Ihre Chance, mit uns zu trinken und zu lachen. Aber Sie haben uns einmal zu oft verraten. Jetzt haben Sie nur noch diese eine Wahl. Kämpfen wie ein Mann oder wie ein Feigling auf den kalten Tod im All warten, der uns erwartet, wenn die Station auseinanderbricht. In dem Fall können Sie sich aber von Ihren Gefährten schon mal verabschieden. Ich zähle bis zehn, dann erwischt es den ersten. Eins.«

»Captain«, flehte Edward. »Tun Sie etwas.«

»Zwei.«

John blickte zu den dreien hinüber.

»Drei.«

Finn war bewusstlos geworden. Sekoya sah ihn mit einer Ruhe an, die Johns Respekt vor dieser Frau steigen ließ.

»Vier.«

»Captain!« Der junge Stanton wirkte zunehmend panisch.

»Fünf.«

Edward begann auf den gegenüberliegenden Eingang zuzukriechen, aber er würde ihn niemals rechtzeitig erreichen.

»Sechs.«

»Warten Sie!«, rief John. »Ich bin bereit, unter einer Bedingung.«

»Welcher? Sieben.«

»Wenn Sie mich besiegen, nehmen Sie meine Leute mit auf Ihr Schiff. Das ist eine Sache zwischen Ihnen und mir – und wenn ich tot bin, haben Sie Ihre Rache bekommen.«

Sophia lachte. »Sie glauben ernsthaft, dass ich eine Grünhaut, den Schänder meiner Schwester und einen schäbigen, kleinen Techniker rette? Acht.«

»Ja.«

»Nein. Alles oder nichts. Sie gewinnen, alle leben. Sie verlieren, alle sterben. So einfach ist das. Neun.«

John presste die Lippen zusammen. Seine Miene verhärtete sich.

»Na schön«, rief er. Langsam trat er aus der Deckung. Eine tödliche Ruhe ergriff von ihm Besitz. Er schob den Revolver ins Holster und begab sich in die Mitte des Raums. »Wie Sie wollen, Two-Guns. Dann schießen wir es also aus.«

Oben auf der Galerie erhob sich Sophia aus ihrer Deckung. Auf ihren schönen Zügen lag ein kaltes Lächeln. »Ja, lassen Sie uns endlich herausfinden, wer von uns beiden der Schnellere ist.« Sie deutete mit der freien Hand auf Johns Begleiter. »Entwaffnen Sie Ihre Freunde. Es soll keiner von ihnen auf die Idee kommen, sich in unser Duell einzumischen.«

Schweigend kam John der Aufforderung nach und nahm erst Edward, dann Sekoya die Waffe ab. »Ich lasse nicht zu, dass Sie sterben«, sagte er leise, als er Hobies Donnerbüchse aus den Händen der grünhäutigen Frau entgegennahm.

»Und ich lasse nicht zu, dass *Sie* sterben«, erwiderte Sekoya ernst. Ihre Finger griffen nach seiner Hand. *»Ayor anosh'ni.«*

»Was heißt das?«

Sie zögerte kurz und schenkte ihm dann ein scheues Lächeln. »Es ist eine Art Segen meines Volks.«

»Ein Peko-Segen, hm? Na ja, ich schätze, ich kann jedes bisschen Glück brauchen.« John nickte ihr zu.

Dann drehte er sich zu Sophia um. Er hielt die Waffen hoch, trug sie zur Schleuse und legte sie daneben auf den Boden. Anschließend kehrte er in die Mitte des Raums zurück, um zwei Schritte neben seinen Leuten stehen zu bleiben.

»Ich bin so weit«, sagte er und schlug seinen grauen Mantel

zurück, um das Holster seines Revolvers freizulegen. Der Boden unter seinen Füßen zitterte, und John verspürte ein leichtes Ziehen. *Wahrscheinlich fällt gleich die Schwerkraft aus*, dachte er mit einem Hauch bitterer Belustigung.

Ruhig schob Sophia auch ihren Revolver ins Holster. Sie ließ die Hände auf der Schnalle ihres breiten Ledergürtels ruhen, während sie mit gemächlichen Schritten die Treppe hinunterging, eine dunkle Königin des Todes. Die Mundwinkel ihrer vollen Lippen waren verächtlich nach unten gezogen, ihre eisblauen Augen beobachteten John genau, achteten auf die kleinste Regung bei ihm.

John ließ sie kommen. Die Beine leicht gespreizt und mit der Linken den Mantelsaum hinter dem Rücken zusammenhaltend, stand er da und erwartete Sophia. In Momenten wie diesen verlor alles an Bedeutung, die von Explosionen erschütterte Station, seine verletzten Gefährten, die Frage, ob er es jemals lebendig von hier fort schaffen würde. Sein Geist wurde klar und scharf, konzentrierte sich nur auf eine einzige Sache: den Moment, an dem sie beide ihre Waffen ziehen und schießen würden.

Es war nicht Johns erstes Duell. Alle paar Monate forderte ihn jemand draußen auf den Randplaneten. Die meisten seiner Gegner waren Grünschnäbel und Aufschneider. Die Gefahr, bei diesen Waffengängen ums Leben zu kommen, hatte sich stets in Grenzen gehalten. Auch heute ging John davon aus, dass er siegen würde. Er musste es. Zweifeln bedeutete sterben. Und so ignorierte er hartnäckig die leise Stimme in seinem Hinterkopf, die ihn an den Augenblick zu erinnern versuchte, in dem Sophia in sein Wettschießen mit Enrico Valquarez eingegriffen hatte.

In zehn Schritten Entfernung stellte Sophia sich vor ihm auf. Johns Blick heftete sich an ihre Gestalt. Ihre Hände lagen ganz entspannt neben den Griffen ihrer Revolver. Nicht das kleinste Zittern, das auf Nervosität hätte schließen lassen, war zu erkennen. Dafür fiel John ein eigentümliches Detail am unteren Saum ihrer schwarzen Jacke ins Auge. Es fehlte ein silberner Knopf, direkt über der Gürtelschnalle. Es kam ihm eigenartig vor, dass eine Frau wie Sophia, die so sehr auf ihr Äußeres achtete, ausgerechnet eine Jacke anzog, an der ein Knopf fehlte. *Es sei denn …*

Sophia zog, und John zog, sie mit links, er mit rechts. Zwei Schüsse knallten fauchend. Sophia taumelte einen Schritt nach hinten, John spürte einen heißen Schmerz im rechten Brustbereich. Keuchend fasste er sich mit der Linken ans Hemd. Als er die Hand hob, war sie blutig. Der Santhe entglitt seiner Rechten und fiel klappernd zu Boden. Überrascht blinzelnd wankte er. Wie war das möglich? Er war schneller gewesen, das stand außer Frage. Und trotzdem hatte sie ihn erwischt und ihr Schuss hatte sich nur leicht verzogen. Beinahe hätte sie sein Herz getroffen.

John merkte erst, dass er zu Boden gesunken war, als er schmerzhaft mit dem Hinterkopf aufschlug. Erneut blinzelte er. Das Atmen fiel ihm schwer. *Dieses verdammte Miststück.*

Neben ihm schrie jemand angsterfüllt – vielleicht Sekoya.

Dann tauchte Sophia in seinem Sichtfeld auf. Breitbeinig stand sie über ihm. Ein triumphierendes Lächeln lag auf ihren Zügen. Mit der Rechten zog sie ein silbernes Kettchen aus dem Ausschnitt ihres Oberteils. Am unteren Ende hing ein blausilbernes Stück Metall, in dem eine Massetreiberkugel steckte. *Das Amulett!*, begriff John. *Das Stück Peko-Raumjäger.*

»Guter Schuss«, lobte Sophia ihn. »Ein echter Millionentreffer – für mich wohlgemerkt. Für Sie weniger.«

Sie richtete erneut ihren Revolver auf John. Der spürte etwas in der rechten Hand, die beim Fallen hinter seinem Rücken gelandet war. *Der Colt Minimum!* Aber es hätte auch die Zwanzig-Raketen-Lafette der *Mary-Jane* sein können; die Waffe nutzte ihm nichts. Er konnte sie niemals schnell genug ziehen, um seine Gegnerin mit in den Tod zu nehmen.

»Leben Sie wohl, Captain John Donovan.« Sophia hob den Revolver ein wenig, zielte genau zwischen seine Augen. »Oder vielmehr: Sterben Sie wohl.« Ihr Finger krümmte sich um den Abzug.

In dieser Sekunde warf sich eine grünhäutige Gestalt auf sie. Mit einem schrillen Schrei packte Sekoya den Arm und den Revolver und klemmte beide mit ihrem Körper ein. Ein Laut der Überraschung kam über Sophias Lippen. Eine Sekunde lang rangen beide Frauen miteinander. Dann löste sich mit dumpfem Krachen der Schuss, und Sekoya stürzte zu Boden. Doch sie hatte Sophia nicht nur den gezogenen Revolver entrissen, sondern auch den zweiten aus dem Gürtel gezogen. Fassungslos stand die Valquarez-Tochter da, starrte auf ihre leeren Holster und auf die zusammengekrümmt am Boden liegende Peko-Frau.

Mehr Zeit brauchte John nicht. Mit einem Ächzen riss er die Hand mit den Colt Minimum hinter dem Rücken hervor und schoss. Der Schmerz raubte ihm beinahe das Bewusstsein. Trotzdem nahm er noch wahr, wie mitten auf der blassen Stirn von Sophia ein roter Fleck entstand. Ein Rinnsal aus Blut lief zwischen ihren Augen über den Nasenrücken und an ihrem vor Erstaunen geöffneten Mund vorbei.

Lautlos brach sie zusammen.

»Erwischt«, flüsterte John.

Er drehte den Kopf, spürte, wie seine Sinne schwanden.

Wie aus weiter Ferne vernahm er Stimmen. Rief jemand seinen Namen?

Neben ihm lag Sekoya. Die dunklen Augen der Peko-Frau waren weit geöffnet. Ihre Hände umklammerten noch immer die Revolver. Blaues Blut drang zwischen ihren grünen Fingern hervor und besudelte den Stoff ihres Kleides. John sah Sekoya an, und sie sah ihn an. *Es tut mir leid*, wollte er sagen, aber er konnte es nicht mehr. Trotzdem schien sie ihn zu verstehen. Ein Ausdruck von tiefem Frieden breitete sich auf ihren Zügen aus.

Auf einmal kniete jemand neben ihm, schrie ihn an. Kräftige Hände umfassten seine Schultern und hoben ihn mit einer Leichtigkeit hoch, als wäre John ein Kind. Er sah dunkle Haut, dann ein besorgt dreinblickendes, faltiges Gesicht unter einer roten Kappe.

Piccoli! Hobie! Sie hatten seine Übertragung empfangen und waren gekommen, um John und die anderen zu retten. Johns Augen brannten, aber er hatte keine Tränen, die er vor Freude vergießen konnte. Dumpfer Donner, wie von einem fernen Sommergewitter, drang an seine Ohren. Eine eigentümliche Leichtigkeit überkam ihn. Dann schwappte eine Welle aus Schwärze über ihn hinweg und riss sein Bewusstsein mit sich.

– 26 –

Als John die Augen wieder aufschlug, lag er auf einem Diagnosebett, wie man sie auf Krankenstationen fand. Er hatte einen wenig kleidsamen Kittel an, ein Druckverband schlang sich um seine dumpf pochende Brust, und in seinem linken Arm steckte eine Kanüle, die über einen Schlauch mit einer Batterie neben seinem Kopf hängender Medikamentenfläschchen verbunden war.

Da der Raum über einen festen Boden, gemauerte Wände und ein großes Milchglasfenster verfügte, durch das Sonnenlicht fiel, war ihm klar, dass er sich nicht mehr im Weltraum aufhielt, weder auf Stanton Station noch auf der *Mary-Jane* oder einem zu Hilfe geeilten Raumnotrettungskreuzer. Es stellte sich die Frage, wohin man ihn gebracht hatte.

»Guten Morgen, John.«

Sein Kopf fuhr nach rechts. Als er die bisher unbemerkte Besucherin sah, die neben ihm auf einem Stuhl saß, wurde ihm warm ums Herz. »Kelly.«

Er ließ den Blick über die blonde Frau gleiten. Sie wirkte körperlich unverletzt, und auf ihren Zügen bemerkte er auch keine Hinweise auf seelische Misshandlung. *Wie es aussieht, hat Sophia mich nur reizen wollen, als sie andeutete, sich mit Kelly vergnügt zu haben.*

»Wie geht es dir?«, wollte Kelly wissen.

»Ganz ordentlich, schätze ich«, erwiderte John. »Ich lebe noch, das werte ich als gutes Zeichen.«

Sie lächelte. »Ja, du hast großes Glück gehabt. Die Kugel

hat deine rechte Lunge durchschlagen. Hätten Hobie und Piccoli euch nicht geholt und diese Peko mich nicht befreit, um euch zu versorgen, könnten wir jetzt vermutlich nicht miteinander plaudern.«

»Sind die anderen auch hier? Edward und Sekoya?«

»Und dieser Techniker Finn, den ihr aufgelesen habt, ja. Finn und Edward haben lediglich Fleischwunden am Bein erlitten. Die werden gut verheilen. Isabel ist bei ihnen und kümmert sich um sie. Bei Sekoya bin ich mir unsicher, wie ich ihren Zustand einschätzen soll. Weder ich noch die Ärzte kennen sich mit Peko-Physiologie sonderlich gut aus. Ich habe Sophias Kugel aus Sekoyas Unterleib geholt, und ich habe zusammengenäht, was kaputt zu sein schien. Erfreulicherweise besaß eine der anderen Peko-Frauen eine zumindest rudimentäre medizinische Ausbildung. Sie hat mir sehr geholfen. Nun ja, und dann ist Sekoya in eine Art Schlaf verfallen. Ihre Werte sind stabil, soweit ich das beurteilen kann. Aber sie liegt einfach mit geschlossenen Augen da. Kayari, also meine Helferin, sagte, Sekoya befände sich in einer Heiltrance, in die Peko-Körper anscheinend verfallen können, um sich schneller zu regenerieren. Ich habe sie jetzt sich selbst überlassen, aber die Peko schauen regelmäßig nach ihr.« Kelly zuckte mit den Schultern.

John schüttelte schwach den Kopf. »Sie hat sich in Sophias Revolver geworfen, genau wissend, dass sie sich eine Kugel einfangen würde. Ich hätte nie gedacht, dass es jemals dazu kommen würde, dass sie mein Leben rettet – aber sie hat es getan.« Und sie hatte ihm ermöglicht, Sophia zu besiegen. Damit hatte sie auch Edwards, Finns, Kellys und ihr eigenes Leben gerettet.

»Sekoya ist eine sehr tapfere und zugleich selbstlose Frau«, bestätigte Kelly. »Eine solche findet man nicht alle Tage.«

»Ich weiß.« John schwieg einen Moment. Wie es aussah, würde er sich seine Meinung über die Peko in Zukunft mit etwas mehr Bedacht bilden müssen. Sekoya, Leotie, Awan... sie alle hatten, jeder nach seinen Möglichkeiten, bewiesen, dass die besten Eigenschaften eines Frontiersman in ihnen steckten: Mut, Ehrenhaftigkeit und die Bereitschaft, für Freunde einzustehen. *Verdammt, jetzt nenne ich die Grünhäute schon Freunde.*

Er richtete seine Aufmerksamkeit wieder auf Kelly. »Und wie geht es dir?«

Seine blonde Gefährtin verzog die Lippen zu einem kleinen Lächeln. »Von meinem verletzten Stolz abgesehen bin ich in Ordnung.«

»Wie bist du in Sophias Gewalt geraten?«

»Ich bin mir nicht ganz sicher, ob ich einfach Pech hatte oder die Frau eine außerordentliche Intuition besaß. Jedenfalls wurde ich von ihr und diesem Messermann Pasquale aufgegriffen, als ich gerade dabei war, das Scharfschützengewehr zusammenzupacken.«

»Vielleicht hat sie den Toten auf dem Wachturm entdeckt.« Es wäre ein enormer Zufall gewesen, aber dass Sophia vom Glück gesegnet war, hatte er am eigenen Leib erfahren müssen.

Im Türrahmen tauchten drei Männer auf.

»John!«, rief der erste und riss sich die Kappe vom Kopf, um sie zum Gruß zu schwenken. »Es tut gut, dich wieder unter den Lebenden zu sehen.«

»Ja, ich bin auch froh darüber.« John grinste Hobie, Aleandro und Piccoli an. »Habe ich euch zu verdanken. Das war eine Bilderbuchrettung in letzter Sekunde.«

Der Mechaniker schaute ein wenig zerknirscht. »Wir wären schon früher dagewesen, aber ich musste erst mal begreifen, was da plötzlich aus dem Lautsprecher des Komm-Systems der *Mary-Jane* quäkte. Wir haben versucht, mit dir Kontakt aufzunehmen, aber es ging nicht. Unser guter Aleandro war so schlau, anzunehmen, dass du vermutlich heimlich gesendet hast, um uns zu dir zu rufen.« Hobie schlang dem jungen Computerspezialisten den Arm um die Schulter und schüttelte ihn kameradschaftlich.

»Lag doch nahe«, meinte der verlegen.

»Und du hättest Piccoli sehen sollen«, fuhr Hobie fort. »Grau im Gesicht wie ein Regentag auf Harrington, aber trotzdem hat er Sekoya und dich links und rechts unter die Arme geklemmt und zurück zur *Mary-Jane* geschleppt.«

»Man tut, was man kann«, sagte der dunkelhäutige Hüne. »Immerhin war der Captain meinetwegen auf der Station.«

»Und du solltest im Bett liegen, Harold«, tadelte Kelly ihn und erklärte John: »Seine Wunde ist bei der Anstrengung wieder aufgerissen.«

»Ich verschwinde gleich wieder«, versprach Piccoli. »Ich wollte nur mal sehen, ob sich unser Einsatz gelohnt hat.«

»Wo sind wir eigentlich?«, wollte John wissen. »In Zaragoza?«

»Nein, in Dutchman's Harbor«, sagte Hobie. »Wir hielten es für klüger, etwas Abstand zwischen uns und das Chaos zu bringen. Ich wäre ja bis ins Nachbarsystem geflohen, aber Kelly sagte, das überlebt ihr nicht, also haben wir uns hier versteckt.«

»Und wie ist die Lage sonst so da draußen?«

»Wir sind gerade noch rausgekommen, bevor das Unionsmilitär eingegriffen hat. Offenbar wurde es dem Gouverneur doch zu bunt.«

»Man nennt den Kampf bereits *Die Schlacht um Stanton-*

Station«, fügte Aleandro eifrig hinzu. »Die Gerüchteküche im planetaren Netz überschlägt sich geradezu, aber noch weiß keiner so recht, wie es dazu kam, dass sich auf einmal fast zwanzig Schiffe im Orbit beschossen haben.«

»Zwanzig? Das wurde am Ende ja noch richtig voll.«

Der Junge nickte. »Insgesamt dreizehn wurden dabei zerstört, darunter die *Despiadado* – aber dafür waren wir verantwortlich. Hobie hat den Antrieb überlastet, um die Spuren unseres Kampfes mit Sophia zu ... entsorgen.«

»Ihr habt das Schiff explodieren lassen?«

»Darauf kam es auch nicht mehr an«, meinte Hobie. »Dieser Teil der Station war ohnehin schon ziemlich hinüber.«

»Und die Station insgesamt?«

»Hängt noch im Orbit. Die Rettungskräfte scheinen die Lage halbwegs im Griff zu haben. Aber bis sie wieder vollständig repariert ist, dürfte es ein paar Monate dauern.«

»Wer hat denn letztlich gewonnen?«

Hobie kratzte sich am Kopf. »Wie es aussieht, Gouverneur Beckerman. Berichten zufolge wurden sowohl die Stantons als auch die Valquarez erst mal festgenommen – wegen illegalen Waffeneinsatzes, organisierter Kriminalität, Störung der Raumsicherheit und noch einem Dutzend anderer Vorwürfe. Sieht so aus, als sei der Gouverneur zu dem Schluss gekommen, dass der Anlass günstig sei, um sich von alten Partnern zu trennen.«

»Dann haben Wilbur Stanton und Enrico Valquarez überlebt?«

»Ja. Aber sie dürften wohl auf absehbare Zeit gesiebte Luft atmen.«

»Hm. Trotzdem sollten wir Alvarado in Zukunft lieber meiden.«

Hobie zuckte mit den Schultern. »Früher hätte ich das bedauert, aber irgendwie ist Zaragoza ohnehin nicht mehr das, was es mal war.« Er grinste schief. »In dem Zusammenhang haben wir übrigens eine kuriose Funknachricht erhalten. Darius Martell hat sich gemeldet.«

»Martell?«, echote John erstaunt. »Ging es um die Lieferung der Massetreiberkanone?«

»Nein, überhaupt nicht. Er hat sich ... bedankt. Und gemeint, er freue sich schon darauf, neue Geschäftsfelder zu erschließen. Weiß der Teufel, wie er spitzgekriegt hat, dass wir bei der Angelegenheit unsere Finger im Spiel hatten.«

»Du meinst, dass der Pate von Constitution in den Raumhafenbetrieb von Zaragoza einsteigen will?«

Erneut zuckte Hobie mit den Schultern. »Wer weiß. Es wäre nicht das erste Mal, dass er der lachende Dritte ist, schätze ich.«

Kelly stand von ihrem Stuhl auf und klatschte in die Hände. »Na schön, Freunde. Das genügt für heute. John muss sich schonen. Wir wollen doch alle, dass er schnell wieder auf den Beinen ist, damit wir von hier verschwinden können.«

Hobie trat vor und klopfte John auf den linken Arm. »Das wird schon wieder, John.«

»Gute Besserung, Cap«, sagte Aleandro und tippte sich mit zwei Fingern grüßend an die Stirn.

»Wir kommen bald wieder zu Besuch«, versprach Piccoli.

Dann gingen die drei Männer.

»Kelly«, hielt John seine blonde Gefährtin auf, als auch sie sich ihnen anschließen wollte.

Sie drehte sich zu ihm um. »Ja, John?«

»Bring mich in Sekoyas Zimmer. Bitte.«

Sie zögerte, und ihr Blick fiel auf die Medikamentenbatterie in dem Ständer neben Johns Bett. Dann nickte sie. »Also schön.«

Mit geübten Handgriffen kabelte sie das Diagnosebett von den Überwachungsmonitoren an der Wand ab. Anschließend schob sie es zusammen mit dem Medikamentenständer in den Korridor. Das Krankenhaus von Dutchman's Harbor war in der Tat sehr klein und übersichtlich. Sekoya lag nur zwei Zimmer weiter.

Die Peko-Frau war allein in dem Raum, und sie rührte sich nicht, als sie hereinkamen. Genau wie John hatte sie einen hellen Kittel an, der die Verbände um ihren Unterleib und ihr Bein verdeckte. Das Laken war bis zur Brust gezogen, ihre Hände lagen gefaltet darauf. Sie hatte die Augen geschlossen, und ihr Atem war kaum zu bemerken. Ihre grüne Haut wirkte blass. Fast hätte John sie für tot gehalten. Doch die Überwachungsmonitore bestätigten, dass sie nach wie vor unter den Lebenden weilte, wenngleich alle Werte an der Schwelle zum roten Bereich standen.

Kelly schob Johns Bett neben Sekoyas und stöpselte ihn wieder ein. Mit einem Lächeln sah sie ihn an. »Ich hätte nicht gedacht, dass du dir mal Sorgen um eine Peko machst.«

Er erwiderte das Lächeln mit einem schiefen Grinsen. »Ich auch nicht.«

»Es besteht tatsächlich noch Hoffnung für dich, John Donovan.« Sie beugte sich vor und gab ihm einen leichten Kuss auf die Stirn. Dann wandte Kelly sich ab und verließ den Raum.

Als sie allein waren, drehte John den Kopf. Schweigend betrachtete er Sekoya. Trotz der Blässe wirkte sie ausgesprochen friedlich, keineswegs so, als schwebe sie zwischen Leben und Tod. Das schwarze Haar fiel ihr lang über die Schultern, und ihre Lippen waren leicht geöffnet, während sie ganz leise durch den Mund atmete.

Eine Menge Dinge gingen John durch den Kopf, die er Sekoya gerne gesagt hätte. Wie seine Wut auf die Peko vor vielen Jahren entstanden war, und dass Sekoya dieser Wut auf erstaunliche Weise ihre Schärfe genommen hatte. Dass er sie nun endlich von ihrer Schuld entbinden und freigeben konnte, es auf einmal aber nicht mehr wollte. Und dass er nie vergessen würde, was sie für ihn getan hatte, ganz gleich, wohin das Schicksal sie in Zukunft verschlagen mochte.

»Danke«, war schließlich das einzige Wort, das er flüsternd über die Lippen brachte.

Und obwohl es eigentlich unmöglich war, dass sie ihn gehört hatte, verzogen sich ihre Lippen zu einem ganz kleinen Lächeln.

Zwei Wochen später durften John und Sekoya, Piccoli, Edward und Finn das Krankenhaus verlassen. Ihre Wunden waren zwar noch nicht ganz verheilt, aber die Ärzte hatten ihnen bescheinigt, transportfähig zu sein, sofern sie sich noch eine Weile schonten. Und auch wenn Wilbur Stanton und Enrico Valquarez offensichtlich im Gefängnis saßen und auf einen komplizierten Prozess warteten, konnte John es nicht erwarten, das System zu wechseln.

»Alles Gute«, verabschiedete er sich von Finn, dem Techniker, der sich in der Zwischenzeit entschieden hatte, in Dutchman's Harbor zu bleiben. John argwöhnte, dass seine Bekanntschaft mit dem alten Boon und einer Reihe jüngst aus Zaragoza eingetroffener Damen nicht ganz unschuldig daran waren.

»Guten Flug, Captain«, sagte der junge Mann. »Wenn

Sie mal wieder in der Gegend sind, schauen Sie bei uns rein.«

»Ich glaube nicht, dass wir in nächster Zukunft Alvarado erneut anfliegen, aber ich merke mir die Adresse«, gab John zurück.

Auch Leotie, Awan und die vier anderen Peko hatten sich entschlossen, in der verschlafenen Stadt am Meer zu bleiben. Anders als in Zaragoza schienen die Bewohner der Aussteigerkolonie keine Probleme mit Peko zu haben. Tatsächlich waren die sechs Nichtmenschen als Botschafter ihrer fremden, exotischen Kultur mit offenen Armen empfangen worden.

»Vor zwei Wochen hätte ich es für unmöglich gehalten, mein Leben weiter auf Alvarado zu verbringen«, sagte Leotie. »Aber dieser Ort ist etwas Besonderes. Ich glaube, hier können wir glücklich werden. Danke, dass Sie uns hierher gebracht haben, Captain Donovan.«

»Keine Ursache. Sagen Sie« – er senkte die Stimme ein wenig, sodass seine Mannschaft, die am Fuß der Frachtraumrampe wartete, nichts mitbekam – »was genau bedeutet eigentlich *Ajor Anoschni?*«

Leotie hob die Augenbrauen. *»Ayor anosh'ni?«*

»Genau.«

»Wer hat das zu Ihnen gesagt? Die Geonoji?«

»Ja. Sie meinte, es wäre ein Segen oder so.«

Die blauen Lippen der jungen Frau verzogen sich zu einem Lächeln. »Oder so. Das ist schon richtig, Captain.« Mit diesen Worten wandte sie sich ab und ging. Die anderen Peko schlossen sich ihr an.

»He, und was heißt das jetzt?«, rief John ihr nach.

»Fragen Sie sie selbst«, erwiderte sie, »irgendwann.«

John brummte missmutig, als er ihnen nachsah. Er schob

die Hände in die Taschen seines Mantels und spürte einen kleinen Gegenstand zwischen den Fingern der Rechten. Verwirrt zog er ihn hervor. Es war der Silberknopf, den er am Tag ihrer Ankunft auf Alvarado in den Trümmern von Hadden-Patons Farm gefunden hatte. Stirnrunzelnd sah er ihn an. Hatte er solche Knöpfe nicht erst vor Kurzem gesehen?

Stanton Station, Sophia, der Moment kurz vor dem fatalen Schusswechsel. John presste die Lippen zusammen. »Also haben wirklich die Valquarez Hadden-Patons Leute umgebracht«, murmelte er. Umso mehr hatten Sophia und Enrico verdient, was sie bekommen hatten.

Er schnippte den Knopf weg. Das lag hinter ihnen. All das hier lag jetzt hinter ihnen. Mit einem tiefen Atemholen drehte John sich zu seinen Leuten um und ging auf sie zu. Dabei klatschte er aufmunternd in die Hände. »Na gut, machen wir uns auf den Weg, Freunde. Wir haben ein Schiff, wir haben eine Fracht, die Galaxis erwartet uns.«

»Das ist schon irgendwie absurd«, meinte Hobie und deutete mit dem Daumen über die Schulter auf die zweihundert Longhorn-Rinder, die im Frachtraum hinter ihnen standen und stoisch auf ihrem Fertigfutter herumkauten. »Wir hatten den ganzen Ärger wegen dieser Viecher da, und nun nehmen wir sie wieder mit.«

John zuckte mit den Schultern. »Mister Stanton hat uns gut für den Transport bezahlt. Also bringen wir ihn, seine Holde und den Grundstock ihrer neuen Farm dorthin, wo sie wollen.« Er nickte Edward und Isabel zu, die Arm in Arm neben ihnen standen.

Sein Blick fiel auf Sekoya. »Was ist eigentlich mit Ihnen?«, fragte er. »Bleiben Sie auch in Dutchman's Harbor, oder sollen wir Sie auf einer anderen Welt absetzen?«

Die junge Peko-Frau faltete die Hände vor dem Bauch und

sah ihn erstaunt an. »Wie kommen Sie darauf, John, dass ich die *Mary-Jane Wellington* verlassen würde?«

»Nun ja, Sie haben mein Leben auf Stanton Station gerettet. Ihre Schuld ist damit beglichen. Sie sind frei und können gehen, wohin Sie mögen.«

»Nicht ganz.«

»Nicht ganz?« Er hob die Augenbrauen.

»Meine Lebensschuld bei Ihnen ist beglichen. Nun allerdings schulde ich Kelly mein Leben und Hobie und Piccoli und Alcandro – denn ohne sie wäre ich auf Stanton Station gestorben.«

John pfiff durch die Zähne und grinste. »Da haben Sie aber einiges vor sich.«

Sie erwiderte sein Grinsen mit einem Lächeln. »Das ist wahr. Wie es aussieht, werden Sie mich eine ganze Weile nicht loswerden.«

»Es gibt Schlimmeres.« Er vollführte eine einladende Geste. »Also bitte, kommen Sie an Bord ...« Sein Grinsen wurde breiter. »... Prinzessin.«

»Prinzessin?«, fragte Kelly.

Sekoya zog die Augenbrauen zusammen, und eine steile Falte entstand auf ihrer Stirn. »Ich hoffe, Sie wollen mich jetzt nicht ständig so nennen, Captain.«

»Was wäre Ihnen lieber? Durchlaucht?«

»John.«

»Hoheit?«

»Sie werden albern.«

»Wenn Sie wüssten ... Ich habe noch gar nicht angefangen, albern zu sein.«

Und die Mary-Jane Wellington *fliegt weiter ...*

Danksagungen

Ehre, wem Ehre und Dank für die Entstehung an diesem Roman gebührt: Natalja Schmidt & Julia Abrahams, meine beiden langjährigen Agentinnen, haben seinerzeit nicht nur den Vorgängerband *Höllenflug nach Heaven's Gate* für mich ausgehandelt, sondern *Blutfehde auf Alvarado* gleich mit. Anfang 2015 wurde die Agentur geschlossen, weil die beiden sich neuen Aufgaben auf der anderen Seite des Verhandlungstischs – als Verlagsmitarbeiterinnen für Phantastik-Programme – widmen wollten. Julia Abrahams habe ich dann als meine neue Ansprechpartnerin bei Bastei Lübbe gleich wiedergetroffen. Dass sie mein – in privat turbulenten Zeiten – miserables Zeitmanagement stoisch ertragen hat, rechne ich ihr hoch an. Hanka Jobke hat einmal mehr als Lektorin sprachliches Feingefühl und dankenswerte Flexibilität bewiesen.

Weiterhin muss ich wohl Samuel Dashiell Hammett danken, der 1929 seinen ersten Roman *Rote Ernte* veröffentlichte, in dem es um einen namenlosen Detektiv geht, der in einer von rivalisierenden Gangsterbanden beherrschten Stadt aufräumt. Dieser Roman soll angeblich den japanischen Filmregisseur Akira Kurosawa zu seinem Film *Yojimbo – Der Leibwächter* von 1961 inspiriert haben, der wiederum direkt die drei Jahre später entstandene Neuverfilmung *Für eine Handvoll Dollar* von Sergio Leone nach sich zog. Dieser Film, der sowohl den Durchbruch für Clint Eastwood als Schauspieler bedeutete als auch ein erster Meilenstein des

Italowesterns war, lieferte die Idee für den vorliegenden Roman.

Schließlich möchte ich einmal mehr meinem Umfeld – Familie und Freunden – danken, das nachsichtig mit mir war, wenn ich mal wieder für nichts und niemanden Zeit hatte, weil ich »dringend noch ein Kapitel schreiben« musste, und das verständnisvoll mein Ringen mit mancher Textklippe begleitet hat. Und natürlich meiner tapferen Frau, die buchstäblich auf Schlaf, Essen und Freizeit verzichtet hat, um mich in der letzten heißen Phase der Manuskriptentstehung zu entlasten. Du bist meine Isabel Valquarez!

Werde Teil der Bastei Lübbe Welt
You Tube
www.lesejury.de
Lesen, rezensieren, Bücher gewinnen
Lerne Autoren, Verlagsmitarbeiter und andere Leser kennen